摄影者：刘建

丁帆，1952年生于苏州，当代著名学者。南京大学资深教授、博士生导师。南京大学学术委员会委员。原中国现代文学研究学会会长，国务院学位委员会中文学科组第五、第六届评审委员，国家社科项目评议组成员。

目　录

文学现象观察

003　我们经历了什么样的"现实主义"
008　在文学的边缘处思想
015　我的自白：文学批评最难的是什么
021　寻觅浪漫主义的踪迹
026　批评家"再造形象"和"骑士精神"的能力
033　批评家与评论家的灵感
041　生态文学中的伦理悖论
048　阅读小说时的"蒙太奇"反映
054　自然主义之殇：心灵牧歌
061　自然文学书写之我见
068　"活下去，并要记住"发出"本身的光"
072　当代作家应该如何书写自然
078　乡村巨变：历史与现实中的审美取向
084　自然生态的风景画与国家文化身份认同
092　彷徨在城市与自然风景的十字路口

099　面对乡土　如何选择
　　　——从作家对乡土文学的观念视角谈起
117　宏观文化背景下的乡土文学史观

作家作品评论

125　我们从"童眸"中看到了什么？
　　　——兼论儿童文学创作观念的嬗变
129　漂泊诗人的激情
　　　——纳博科夫《致薇拉》读札
133　韩少功的创作何以入史
136　王怀宇长篇小说《红草原》：重建东北作家群
139　"根"的思念与思考
　　　——中国乡土小说家族意识的追寻
143　末代知青罗曼司的背影
　　　——从《红杉树下》观末路的"知青小说"
153　转世孔乙己的自白书
　　　——重读《孔乙己》
159　"穿心"在浪漫与现实之间的哲思抒写
　　　——论《穿心莲》开放性文体的一种美学探索
166　黄蓓佳《太平洋，大西洋》：谱写友情的复调悲怆交响诗
173　触碰中国乡土小说史诗的书写
　　　——《有生》读后札记
180　"故乡"的沉沦：三种文明叠印下的乡村风景
　　　——话剧《故乡》观后随想录

198　短篇小说的引力究竟在哪里
　　——从朱辉的叙事方法看短篇小说的构思和语言
205　在写满人性的天空中飞翔
　　——电视剧《人世间》观后
209　调色板上的颜色
　　——文学、绘画与舞蹈的灵魂旋律
217　悲剧美学的深入与上升
220　黄蓓佳跨界小说中的感伤浪漫抒写风格
225　在拯救与自我救赎中徘徊的白衣骑士
　　——毕飞宇长篇小说《欢迎来到人间》读札
260　夏坚勇"宋史三部曲":让死的史料活起来,是文学作品的最高目标

学者评论与著作读札

269　青年作家的未来在哪里
276　做一个为文学留下印痕的人
281　带着生命体征和温度的文字
287　"世界中"的中国现当代文学史编写观念
　　——王德威《"世界中"的中国文学》读札
302　启蒙是启蒙者的悲剧
307　人生如诗　诗如人生
318　平民理论视野下的中国当代小说
322　"边地文化"与"文明等级"
　　——评金春平《边地文化与中国西部小说研究》

326	文学批评的个体言说
	——关于方岩的批评
332	为我引路的良师益友
	——我与《文学评论》
341	我们应该如何治中国新文学史
	——《文学史的命名与文学史观的反思》读札
357	现实世界中作家的历史倒影
	——《文学法兰西》读札（之一）
365	飘然思不群
	——李章斌诗歌研究刍议
374	在朦胧的艺术边界里寻觅艺术的感觉
379	为了不能相忘于江湖的笑声

文学现象观察

我们经历了什么样的"现实主义"

在中国,自五四以降,对现实主义的阐释是五花八门、各种各样的,多为改造过的,也有一些是"伪现实主义",怎样梳理和鉴别,却是一个永远的话题。

在百年文学史中,我们对"现实主义"的理解和汲取往往是随着政治与社会的需求而变化的,可以细分成若干个不同历史阶段进行梳理。大的节点应该有三四个。

1915年《新青年》创刊后不久,陈独秀就提出了"写实文学"和"社会文学"的主张,引导文学"今后当趋向写实主义"。缘于此,中国文学主潮就开始了"为人生而文学"的道路,遂产生了20世纪20年代中国文学的"黄金年代",如果说鲁迅的小说创作是践行19世纪批判现实主义而开创了中国现代小说的现实主义文学的先河,深刻的批判性和悲剧性弥漫在他的小说和散文创作中,这就是所谓的"鲁迅风"——批判现实主义的精髓所在。那么集聚在他旗帜下的众多作家和理论家们,都是围绕着"批判"社会和现实的路数前行的,他们效仿的作家作品基本上都是勃兰兑斯在《十九世纪文学主流》中分析到的名人名著,这里就不能不提及"文学研究会"的中坚人物茅盾了,因为他在五四前后写了许多理论文章来支撑中国的现实主义文学,呼唤着"国内文坛的大转变时期"的来临,诟病了"唯美主义"和"颓废浪漫倾向的文学",倡导"附着于现实人生的、以促进眼前的人生为目的"的"现代的活文学"。他还付诸创作实践,在1927年大革命失败之时,激愤而悲观地写下了长篇小说《蚀》三部曲和短篇小说集《野蔷薇》,这些即时性作品既是思想的"混合物",同时又是"悲观倾向的现代的活文学"。

总而言之,五四新文学第一个十年,中国文学无论是在理论上还是创作上,都是基本遵循着欧美19世纪批判现实主义创作法则的。而真正的"大转变"则是20世纪30年代初"左联"的成立,引进了苏联的"社会主义现实主义创作方法"。也是由于茅盾先生自1928年7月为政治避难东渡日本后,接受了日本无产阶级理论家从苏俄"二次倒手"而来的无产阶级文艺理论,于20世纪30年代初归国后,在共产党领袖人物瞿秋白参与构思下,写下了著名的长篇小说《子夜》,从此,中国的现实主义才真正来了一个大转弯。当然,我们对《子夜》也不能一概否定,我个人认为这部作品仍然有着19世纪批判现实主义的创作元素,许多现实生活的场景都是"现代的活文学",其批判现实的锋芒依然犀利。但是那种要求作家必须从革命发展的需求来描写现实的创作法则,便大大地减弱了作品反映生活的准确性和客观性,所谓"艺术描写的真实性和历史的具体性必用社会主义精神从思想上改造和教育劳动人民的任务结合起来"的规约,就把自己锁死在狭隘的现实主义囚笼之中了。这在《子夜》的创作过程中表现得就十分明显:原本茅盾是想写中国民族资产阶级在买办资产阶级的压迫下溃灭的主题,试图塑造一个失败了的民族资本家吴荪甫的悲剧英雄人物形象,但为了实行上述创作方法的原则,他就只能遵从一切剥削阶级都有贪婪本质的命题,把吴荪甫的另一面性格特征夸张放大后进行表现,这在某种程度上反而削弱了主题的时代性和深刻性。尽管《子夜》是先于苏联1934年钦定的"社会主义现实主义"条例出版,但是,共产国际的声音早就传达于中国"左联"之中了,从而让这部巨著变成了另一副模样。

这个问题不仅仅纠结了几代作家和理论家的创作思维和理论思维,让现实主义在革命和现实的两难选择中滑进了对文学客观描写和主观阐释的混乱逻辑之中,历经八十年都爬不出这个泥潭。这就使我想起了亲历过这样痛苦抉择的胡风文艺思想,多少年来,我一直纠结在他的"主观战斗精神"和"创作方法大于世界观"的现实主义理论中不能自拔。其实,这种逻辑上的矛盾现象,正是包括胡风在内的每一个作家都无法解决的创作价值理念与客观现实之间所形成的对抗因子。一方面要执行革命家的"主观战斗精神",另一方面又要尊崇现实主义的创作规律,按照事件和人物本来应该行走的路径前进。我想,任何一个高明的作家也不可能在这种自相矛盾的逻辑中抵达创作的彼岸。这在"胡风集团"中坚人物路翎的长篇小说《财主底儿女们》的创作中表现得尤为突出,作者也无法跳出其领军人物自设的魔圈。

在共和国文学的长河当中,我们可以看到许许多多为现实主义献身的现实主义作家和理论家,我们也可以在现实主义几经沉浮的历史命运中,寻觅出它受难的缘由,但是,现实主义尽管走过那么多弯道,我们却不能因为他踏入过历史的误区,就像对待一个弃儿一样拒绝它的存在。曾几何时,秦兆阳的《现实主义——广阔的道路》、周勃的《论现实主义及其在社会主义时代的发展》和钱谷融的《论文学是人学》,把现实主义抬上了历史的高位,但是在20世纪60年代对他们的批判,遂使现实主义步入了雷区。连邵荃麟和赵树理的"现实主义深化论"和"中间人物论"都成了被批判的靶子。带有理想主义的"两结合"创作方法替代现实主义的真正原因就在于现实主义往往是带有批判的元素,是带刺的玫瑰,它往往不尊崇为政治服务的规训。

随着思想解放运动的兴起,"伤痕文学"异军突起,标志着19世纪批判现实主义在20世纪80年代的又一次回潮。人们怀念80年代并不是说那时的作品怎么好,而是认为那个时代批判现实主义创作方法被激活,是给中国的写实主义风格作品开辟了一个从思想到艺术层面的新路径,也是给启蒙主义思潮打开了一个缺口,让思想的潮流和艺术方法都有了一个新的宣泄载体。

而随着对于旧现实主义创作方法的弊端的不满,20世纪80年代相继出现过诸如"现代现实主义"和借鉴拉美"文学爆炸"后的"魔幻现实主义""心理现实主义"和"结构现实主义"创作思潮。到后来由于对现代主义与后现代主义"先锋小说"创作思潮的抗拒心理,导致了"新现实主义"和"新写实"的崛起,这些正是对社会主义现实主义一次次的修正与篡改,是重新对那种毛茸茸的"活的文学"的肯定和倡扬。作为"新写实"事件的策划者和亲历者之一,我们在二十年前就试图从人性和人性异化的角度来解释"新现实主义"与"旧现实主义",尤其是与"颂歌"型的"社会主义现实主义"区别开来。回顾其发展变化的全过程,这个判断大致是不错的。我们不能说这样的概括就十分准确,但是,直到今天似乎它的生命力还在。我们不能说"新写实"是一个完美的现实主义的延续,但是,作为一种创作方法的反动,它在文学史上是有意义的。

再后来,"现实主义三驾马车"的兴起和新世纪"底层文学"的勃起,现实主义似乎又回到了五四的起跑点。然而,在现实主义的道路上,我们的文学似乎还是缺少了一个重要的元素,这恐怕就是"批判"(哲学意义上的)的内涵和价值立场。

历史的经验告诉我们:创作方法只有回到初始设定的框架之中,才能凸显出其作品的生命力。尤其是长篇小说。

原载于《长篇小说选刊》2018年第5期

在文学的边缘处思想

在百年中国现代文学史上，文学试图摆脱思想的束缚，已经经历过了许多次文学思潮和文学流派的冲击和洗礼，让文学回到纯而又纯的技术操作层面，似乎成为某些"纯文学"作家炫耀文学技巧的大蠢，用"纯美主义"来遮蔽多彩的社会与惨淡的人生，这让一般的写作者陡然产生出了许多敬畏之心，甚至面对波澜壮阔的社会图景和汹涌澎湃的人类苦难都视而不见，生怕被热烈的生活所感动，而在作品中流露出价值的理念来，被主张"纯美主义"的批评家和高蹈的技术派作家诟病和耻笑。

文学可不可以远离社会和思想，这是不是哈姆雷特之问，显然是一个伪问题。文学是可以作为一件把玩的艺术品而存活于世，但它绝不是文学的唯一，更不是文学的导向和主流。倘若一个国家和民族的文学仅仅就是限于这样一种所谓的"纯美"模式之中，它肯定是陷入了技术制约思想的艺术怪圈之中，那是一个文学的悲哀结局。

我十分激赏马克思和恩格斯对于社会"异化"和文学作品思想"倾向性"的经典性阐释：一、文学的意识形态性就是作家面对客观的现实世界必须做出明确的价值判断，它必须是审美性的，但是它又必须将其意识形态的"倾向性"植入文学作品之中；二、马克思在《致斐迪南·

拉萨尔》中提倡"莎士比亚化",就是要求作家揭示生活的本质,而生活的本质最重要的方面则是反映出客观世界里的生活与思想。虽然马克思也提到了审美意识形态中的个性化、情节的生动性和丰富性等问题,但更重要的问题则是客观地反映你所看到的真实世界的景象,这是一个作家创作的前提;三、为什么要提倡现实主义的艺术方法,尤其是批判现实主义的方法?作为一个能够对客观世界做出即时性反映的作家,这才是真正推动历史前进的"火车头",也就是一个作家面对客观世界的欢乐与痛苦,是否能够从感性世界上升到理性世界,将其融入具体的描写之中,则是一个作家在"意识形态审美"过程中必须考虑的关键问题,当然,同时它也是衡量一个现实主义创作者思想和艺术高下的试金石;四、百年来的文学史始终在思想和艺术的悖论中盘桓而不能自拔,其纠结点就在于大量的作家作品陷入了这样一种悖论之中:思想性强的作品,其艺术性就弱化,而艺术性强的作品却思想性销蚀或模糊。其实对这个问题马克思和恩格斯也做出过明确的答案,同样,在《致斐迪南·拉萨尔》中,马克思之所以推崇"莎士比亚化",而批评了文学作品的"席勒化",就是因为要遏制那种把文学作品"变成时代精神简单的传声筒",这是现实主义或批判现实主义创作的原则性问题,它必须遵循的艺术审美原则是:将观点越隐蔽对作品越好!亦如恩格斯在《致敏娜·考茨基》中所说:"我认为倾向应该从场面和情节中自然而然地流露出来,而不应当把它指点出来。"这才是马克思主义的辩证法,作家对于世界的情感泄露和批判,并不是一种简单的呈现,而是通过多种的艺术手段来加以表现,比如采用比喻、反讽、变形、夸张、隐喻等艺术方法来折射作者思想表达的间接效果,这就是鲁迅所提倡的"曲笔"。

作家和批评家、评论家所采用的文学表达方式是不同的，前者是形象思维方法，后者却是采用抽象思维方法。所以，我以为作为一个批评家和评论家，无须隐瞒或遮蔽自己的观点，对于文学批评而言，就是："观点越清晰明朗对于批评的对象来说就越好！"然而，我们的批评家和评论家能有几人秉持这样的批评风骨呢？

针对近些年来文学批评和文学评论愈来愈媚俗化的倾向，我一直在思考的问题就是：一、马克思主义批判哲学的评论观念究竟过时了没有；二、批评者是否需要保持其批评的独立性，他（她）可否与作家反其道而行之，"变成时代精神简单的传声筒"；三、一个持有知识分子"护照"的批评者应该用什么样的姿态来从事文学批评事业。

其一，毫无疑问，近四十年来，世界性的马克思主义理论研究不仅仅是一个政治和社会发展的话题，更是一个严肃的学术话题，马克思主义理论是在不断继承和发展中得以获得生命的，而作为文化和文学的批评者，更要继承的是其直言不讳的批判价值立场。2015年我就在《文艺研究》上发表了《中国当代文艺批评生态及批评观念与方法考释》一文，开宗明义地表述过这样的观念："马克思主义文艺批评的精髓是怀疑与批判的精神。如果没有这种批判意识，马克思主义就不可能发扬光大，但就是这样的人文社会科学常识，在我们今天的批评界却成为一个难以解决的问题。这是时代批评的悲哀，也是几代批评家的悲哀。谁来打捞具有批判精神的文艺批评呢？这或许是批评界面临的最大危机。也正是由于这种危机的存在，我们这一代研究者才负有重新建构文化与文艺批评话语体系的责任。"毋庸置疑，从当前中国的文学形势来看，我们面临的仍然是两个向度的批判哲学悖论：首先，就是马克思所提出的对资本社会的批判，具体到文学界，即商品文化漫漶浸润现象的泛滥已成潮流。从20世纪90年代开始的资本对文学每一个毛孔的渗透所造成的堕落现象，在二十年的积累过程中已然成为一种常态的惯性，这种渗透有时是有形的，有时是无形的，却是不争的事实。但是，商品文化的侵袭往往是不以人们的意志为转移的，它是与多种的主流意识形态媾和在一起，是从无意识层面对人的大脑进行悄无声息的清洗。其次，就是马克思所指出的文学应该反映"历史必然性"的批判向度在这个时代已然逐渐消逝。在现实生活题材作品中看不到"历史必然性"的走向，而在历史题材作品中也看不到"历史必然性"的脉络，历史被无情地遮蔽也已经成为一种作家消解生活的常态，而文学批评者也在历史的语境中失语，也就成为顺其自然的闭目塞听现象，如今我们看到的是满是一种"传声筒"的声音。

鉴于上述两个向度批判的缺失，窃以为，即使是在今天，使用马克思主义的批判哲学对其进行学术性和学理性的厘定，甚至是较大的外科手术，仍然是十分必要的，同时也应该是十分有效的措施。

其二，既然马克思主义的文学批评和文学评论需要保持批判的张力，那么，就需要批评者持有独立批评者的权利，这个权利由谁来赋予呢？由于广大的批评者都认为这个权利是来自外力——那只无形之手，而我却以为它更来自批评家和评论家本人的内心——那个藏匿在灵魂深处的恐惧。毫无疑问，我们在历次的文化运动的拷问中，丧失了一个批评者应有的独立价值判断的立场，不是没有思想，而是不敢思想，或是闻风而动的思想，处在一个失魂落魄的境遇中，所以，我们不敢正视马克思主义的批判哲学原理，放弃了怀疑的批判精神。

作为一个批评家和评论家，面对纷繁复杂的大千世界，可否与作家反映世界的方法反其道而行之，直接成为"时代精神的传声筒"呢？

我个人认为答案是不具有唯一性的，质言之，我并不反对持有这种批评方法的批评家和评论家的存在，他们有作为"传声筒"的权利和义务，但是，这不能成为其他批评家和评论家持有独立个性的批评和评论，否则就会形成文化和文学批评严重的失衡状态，一个没有独立与个性批评的时代是一个悲哀的时代，"传声筒"越多，对文学批评就越发不利，如果我们连古人的"百花齐放、百家争鸣"的文化批评态度都没有，文学批评就毫无希望。

我们重返马克思主义的批判哲学，就是要去除那些到处都可以见到的那种"传声筒"式的评论和隔靴搔痒式的温情主义文学批评，用独立而犀利的马克思主义批判哲学精神取代"传声筒"效应，弘扬绝不留一丝温情的批评。

文化批评，尤其是文学批评一定是需要独立性的，关键就在于我们能否破除自己心中的那道魔咒。

其三，倘若我们需要坚持马克思主义批判哲学的文艺学方法，那么，我们就必须完成一个批评者面对世界和面对文学的人性洗礼。一个持有知识分子"护照"的批评者应该用什么样的姿态来从事文学批评事业，这个诘问才是我们这个时代文化和文学真正的"哈姆雷特之问"。

谈这个问题之前，我认为需要说明的是，在当下中国的知识界存在着一个严重的背离现象：知识分子的贵族化与媚俗化并存于同一时空之中。这就造成了持有两种不同"护照"的知识分子，前者就是约翰·凯里所批判的脱离"大众"的精神贵族，如果将他们比喻为拿"蓝色派司"（设若蓝色象征着浪漫）的引导者的话，那么后者就是持有"红色派司"的知识分子。这个现象并不奇怪，但是，如果不从这个表面现象看到事物的本质,那就是我们对于这个世界的文化盲视。

我一直是以人、人性和人道主义这三块人类发展的人文基石作为我认知解读中国文化和文学的坐标,失却了这样的坐标,无论你是哪一种类型的知识分子都是偏离了你的职责和义务的伪知识分子——没有良知的批评者应该是没有资格进入批评行业的。

诚然,在中国百年文学史的长河中,我们也不缺乏有理想、有担当、有思想的独立批评家和评论家,但是,在种种制约下,那些批评家应有的品格就远离他们的社会良心和自由心灵而渐行渐远了。也许中国不乏在艺术表现层面十分优秀的作家和有思想的批评家,但他们对一己之外的事物毫不关心,唯利是图,这些失去了一个知识分子底线的作家和批评家是永远成不了真正的作家和批评家的,其关键就在于他们没有是非标准,缺少人文情怀,他们更没有对社会与世事的批判能力和勇气。回眸历次文学运动中许多批评家和评论家的种种行状,你能窥视到许多浮游在历史显微镜下的许多软体细菌,却寻觅不到一丝脊椎动物的痕迹。所以那些扬言作家要和知识分子划清界限的鼓吹者,俨然是与多年来鄙视知识分子良知观念紧紧相联系的。俄罗斯"白银时代文学"为我们提供的不仅仅是那些异彩纷呈、数量巨大的文学文本,更重要的是它为我们展示了一个国家与民族文学批判精神的强大感召力和自觉的生命力,这些都是因为他们有别林斯基这样一流的伟大批评家掌握着文学发展的航向。亦如以赛亚·伯林总结的别林斯基批评个性的几点要素那样:追求崇高的真理;为人民的利益而介入文学的社会批评;坚守道德本质的文学和批评;将美学融入人性的文学批评之中。所有这些,都体现出了别林斯基在本质上仍然是一个理想主义的批评家。如果没有这样人性化的理想主义作为一个批评家的思想支撑,我们的文学批评和文学评论是没有希望的。

我们的作家需要直面惨淡的人生吗?

我们需要秉持马克思主义的批判哲学精神去对当下的文学进行批评与评论吗?

我们需要高举别林斯基的批评火炬去照耀我们前行的文学之路吗?!

无疑,我想在这有限的文字里为读者诸君提供一些答案,但是其中尚有许多语焉不详之处,尚祈各位能够在思想的空白处填写出自己的答案。

2018年5月31日匆匆草于南京仙林依云溪谷

原载于《文艺争鸣》2018年第11期

我的自白:文学批评最难的是什么

批评的标准似乎是一个十分复杂的文艺理论问题,但是梳理一下中外文学史,其实就是一个非常简单的答题,这一命题从中国新文学早期"创造社"和"文学研究会"的"为艺术而艺术"与"为人生而艺术"的争论中,就显现出了两种创作方法各有的片面性,如果将两者合二为一,这恐怕才是全面准确的答案。可是,近百年来,我们的创作和批评就是不能跳出这个各自设定的魔圈,沉湎于一己的创作世界和批评世界之中。

倒是在中国新文学历史的长河中,我们在某一个历史时段中实现过两者的统一,即"政治标准第一,艺术标准第二"的时代立马让这两种观点实行了自我阉割,让位于"文艺为政治服务"的大一统本位。无疑,政治正确才是创作与批评的铁律,也是文学批评的唯一标准,以至于在20世纪80年代的"拨乱反正""向内转"时,人们则羞于谈作品的主题思想。其实,"为人生的艺术"是被20世纪30年代"左翼文学"进行了过度的理论阐释后,才异化了的,以至于在后来仿苏联的文艺理论体系时愈来愈被妖魔化。其实,真正好的文学作品一定是在思想层面和艺术层面高度统一的,而这个"人生"并不是为某种政治服务的摹写,它一定是驻足停留在"人性"的层面上的,不管是"将人生的有价值的东西毁灭给人看"也好,还是"将那无价值的撕破给人看"也好,离开了"人性",纵然你的技巧玩得再娴熟,那也只是一种匠艺而已。浏览所有的世界名著,无一不是建立在"人性"基石上的灿烂之花。

近来看到同事毕飞宇一篇《想象力的背后是才华,理解力的背后是情怀》的讲话稿,其中谈及自身创作体会的顿悟时说:"人到中年之后,情怀比才华重要得多。""情怀不是一句空话,它涵盖了你对人的态度,你对生活和世界的态度,更涵盖了你的价值观。……我们不缺才华,但我们缺少情怀。"毋庸置疑,当一个作家悟出了创作中不可或缺的重要元素——把才华上升到哲思的高度,他才是一个成熟的作家,他才是一个完整的人,一个大写的人。从形而下升华到形而上,将艺术和人生融为一体,让其折射出穿越时空的光芒,那才是一个大作家的手笔。

同理,一个从事抽象思维的批评家只有在拥有独立和自由的思想空间的时候,你才能面对自己的批评环境和对象,从而面对自己的人性和良知。我们的批评不缺少诸多的理论,也不缺少林林总总的方法。但是,我们缺少的是批评家的品格,缺少独立的思想和自由的精神,批评家往往成为理论的"搬运工",成为作家作品的附庸,成为"官"与"商"的使用工具。

百年来新文学的批评让我们看到的却是更多的"瞒和骗"的批评。当然,也包括我自己在内的文学批评,也往往会不由自主、情不自禁地走进这样的魔圈之中。在"捧"和"棒"之间,我们必须在忏悔中反思,目的是让文学批评真正走上正途。我也深知,这个简单的推理,说起来容易,做起来却是难于上青天。当然,文坛上也不缺一些少数"真的猛士",但是"真的猛士"却又往往带着个人的恩怨与情绪,也同样有损于文学批评的形象。

无疑,文学批评面临的首先就是你所处的时代语境,一个批评家只有站得比你的时代更高,站得比作家作品更高,你才能占据文学批评的制高点。否则,你只能钻在时代大幕的背后喃喃自语地说出那种不痛不痒的话,这样的批评很快就会被时代的变化所吞没与诟病,这样前车之鉴的历史教训虽然很多,但是"应声虫"式的批评家仍然层出不穷,其繁殖力是愈加强大,这种历史的惯性一方面固然是外部环境的影响,另一方面则是批评家自身人格操守的失位。在一个满是利益诱惑的丰饶土壤里,有几个批评家能够保持住自己的操守和人格呢?亦如鲁迅先生在几十年前概括"京派"与"海派"时说的那样——"从官"与"从商"正是当下批评家们的不二选择。诚然,我们没有办法选择自己所处的时代,但是我们能不能尽量在一个不适合于独立批评的时代里少说一些违心的话,或者面对趋之若鹜的违心"赞歌"评论保持沉默呢?

其实,批评家最难面对的是自己所熟悉的批评对象,一个独立自由的批评家最好的选择就是千万别与作家交朋友,尤其是名作家,否则你就是在自己的脖子上套上了一副枷锁。但是,在中国文坛百年来作家与批评家的关系中,我们寻觅到更多的是亲密关系,鲜有毫无瓜葛关系者,像傅雷当年批评张爱玲作品那样,只顺从自己内心世界好恶,率性而为的批评,早在七八十年前就消逝了。当然,当代也不乏职业的"骂派"批评家,但这毕竟是少数,且往往被边缘化了。尤其这几十年来,"捧"者众,"棒"者少。中国的"人情债"表现在文坛,一个名作家屁股后面跟着一大群"御用批评家"的情形已然漫漶于批评界,这种几近商业炒作的现象，其实谁都心知肚明，却仍然成为一种批评的常态，这是批评落寞的悲剧。其中的推手，既有作家的意愿，又有批评家的迎合，更有媒体的疯狂蛊惑。所谓批评的乱象由此而构成的一道文坛"阴霾"风景线，让上上下下当作一道绚丽的彩虹，却是批评堕落的悲哀。

杜绝与作家交朋友，这在中国的批评界是难以做到的事情，更难的则是我们不敢直面自己作家朋友作品的缺陷，不敢讲出自己对作家朋友作品的不满之处，更是批评的另一种悲哀。我们缺乏的就是那种真正敢于面对自己良知的大批评家的胸怀和勇气，像别林斯基那样对待自己捧出来的大作家果戈理违反作家良知的行径的猛烈抨击，在我们的文坛中似乎从来就没有出现过，即便是在中国百年文学史的所谓"黄金时代"，当然，鲁迅先生的批评是有这种风格的，但那多是在文化范畴之列。

反思自己的批评生涯，我当然知道自己为了"挣工分"做过不少无端和无聊吹捧自己作家朋友的不齿评论，当我意识到这种批评行为近于无耻时，也至多只能做到认为作家朋友作品不好就缄默无语，不发言论，甚至拒绝一切约稿。但是，我没有勇气去对自己认为不好的作品进行批判性的批评，成了鲁迅"林中响箭"声中的退却者，成了别林斯基皮袍下的萎靡小人。我也试着拿自己最亲密的作家朋友开刀，于是我就把苏童的《河岸》和毕飞宇的《推拿》作为批评的对象，论及长篇小说存在的一种潜在的危机，虽然是一孔之见，不见得就正确，仅供参考罢了。我想，他们不至于会当真承受不了吧。果然，作家本人倒无所谓，却是作家的另一些朋友们就不能理解了，他们质询我的作家朋友是否最近与我有什么矛盾和过节了。这就是中国文坛作家和批评家关系的真实状况:一俟动了真格的批评,那一定是人际关系发生了变化,这也是许多评论家和批评家不愿说出真话的重要本质原因之一,尽管某些批评家在私底下聊天的时候也承认他为之称颂的作品并不好,但是耽于人情,也只能如此这般了。也有的批评家会用另一种方法为之解脱:我的文章最后不是也说了一两点作品的不足之处吗?但是,这种不痛不痒的"蛇足"文字,似乎就是在作家的新衣上掸一掸灰尘,与真正的批评相距甚远。

批评家是作家的"擦鞋匠"吗?抑或就是站在犀牛背上的"寄生鸟"?

一个真正的批评家应该是首先面对自己的内心良知,确立了独立自由的批评心态以后,才能获得心灵的解放;只有在解脱了外部环境的压力之后,确立了自我认知的价值理念,你才能坦然面对一切批评对象,敢于说出真正的"人话"来;只有把"为艺术"和"为人生"有机地融合在你的批评坐标上,无论你是赞颂作家作品,还是批评贬斥作家作品,才能获得自由状态下的真批评。而这种权力的获得首先得从自己的内心做起,不能总是抱怨客观环境的恶劣而放弃了一个批评家应有的品格。

最后,我还是要引用毕飞宇的一段话来作结:"作家的创作永远应该听自己内心的话,不能听别人的话,哪怕作品被很多人批评也无妨,因为听别人话的作家永远没出息,不具备一个小说家的基本力量。"

同理,一个真正的批评家也应该听从自己内心的呼唤,既不能被作家绑架,又不能被一切来自"官"与"商"的因素挟持,哪怕是被千夫所指,也不改变批评的原则,这才是一个批评家的基本品格!

虽然我也难以完全能够遵循这样的批评操守，但是我心向往之，努力为之奋斗，我坚信，倘使每一个评论家和批评家都能稍稍向前迈出一步，我们的批评也会大有进步的。

原载于《文学报》2019年2月28日

寻觅浪漫主义的踪迹

无疑,浪漫主义文学思潮产生并风行于18世纪末至19世纪初正值资产阶级大革命时代的欧洲,其时要求个性解放和自由的呼声日益高涨,在政治上反抗封建主义的统治,在文学艺术上反对古典主义的束缚,为适应这样的时代需求,浪漫主义文学思潮便应运而生。

浪漫主义文学最初就是一种新的文体概念而已,意即"传奇""小说"。而真正成为一种文学思潮则是起源于德国,流行于法国。其实,在欧洲,对浪漫主义的定义也是五花八门的,并没有十分严格统一的范式,这也是我们需要甄别的一个问题的关键所在。而我们一百年来对其的再三定义,也是随行就市的,也就是说,我们百年来的浪漫主义文学是在一个不断变异的过程中,与浪漫主义的原初定义渐行渐远。我们在外国文学史和文艺学的教科书之中所获取的知识点往往是可疑的,其间所概括出来的规整条律往往是束缚和破坏浪漫主义生存发展的枷锁。

其实作为创作方法和风格,浪漫主义在对待现实世界上,强调主观与主体性,与现实主义的"再现"客观世界不同的是侧重"表现"理想世界,用超越现实的想象和夸张的手法塑造理想中的形象。但这绝不是那种凭空想象、脱离现实世界的幻影式的描写,也不是"现代派"那种哈哈镜式的变形形象的重塑,它与现实主义反映世界是相同的,不同之处就在于它在折射这个世界时注入了更多的感情色彩。

反观中国文学史,不难看出中国是一个现实主义文学的大国,就古典小说的四大名著而言,算得上浪漫主义的也只有一部《西游记》,且不说其浪漫主义创作方法与西方浪漫主义的定义有所不同,即便从题材和艺术风格上来说,它也不是直接面对现实世界的作品,它是一种魔幻小说,它的伟大之处就是早于西方世界进入了后浪漫主义的"现代派"创作语境之中,但是,我们一直把它归为浪漫主义文学的胜利却是不妥的,这不仅降低了它在世界文学史上的地位,更重要的是后来者混淆了浪漫主义和"后浪漫主义"之间的本质区别,致使我们的浪漫主义创作和批评走进了一个百年误区。

众所周知,欧洲,尤其是法国的浪漫主义小说是在现实主义真实的基础之上赋予其理想主义的人文情怀的一种创作范式。而在中国百年的文化与文学的语境中,除了其种种社会与政治形成的利于其生长的现实主义的肥沃土壤外,就是由中国新文学奠定的新传统与旧文学留下来的旧传统在现实主义文学思潮流派选择上的高度一致,新文学传统和旧文学传统可能在许多地方有很大的分歧,例如主题思想和语言表达上的决裂,却唯独在主流创作方法上是没有太多争议的,它们在20世纪一拍即合。当然,那种浪漫主义描写元素的"凤凰涅槃"和具有"新浪漫主义"(即"现代派")的创作,并不能表明真正的浪漫主义精神与思潮已经进入了我们百年新文学创作的骨髓之中,那大量皮相的浪漫主义和伪浪漫主义的创作就开始漫溢于我们的百年创作之中,在整个叙事文学之中,小说创作为最,其中长篇小说更是重灾区,这一切皆源于我们对浪漫主义的误读与曲解。

我们的浪漫主义文学往往是从属、依附或蛰伏于现实主义文学思潮和流派之中的,其重要的原因就是那个连接古代和现代的"小说界革命"的"群治关系"和"开启民智"的在肩重任压抑着作家们用另一种眼光去观察世界,作家的激情被外在的许许多多无形之手扼住了抒情的咽喉,所有这些,是西方文学家所没有背负的重荷,这与西方启蒙时代的以人性为基石的现实主义和浪漫主义创作方法是有着较大区别的关键问题。

我反反复复思考了一个四十多年的两难悖论而不得其解的问题是:为什么法国人会把雨果这样深刻反映大革命前后历史真实生活画卷的巨匠也归为浪漫主义的长廊之中？难道他的作品不是现实主义最真实最清晰的"一面镜子"？尤其是像《巴黎圣母院》《悲惨世界》《九三年》那样深刻反映现实的作品,为何正与我们的现实主义创作方法定义高度一致,这样的理念差距又是怎样形成的呢？

有人认为"雨果的作品气势恢宏,具有强烈的理想主义色彩,表现了对中下层人民群众的深厚同情,是法国也是欧洲浪漫主义文学的杰作"。但这绝对不能成为他成为一个浪漫主义作家的理由,全部问题的关键就在于雨果式的浪漫主义来自卢梭对浪漫主义思潮的"自然"形态的定义,那是大革命的产物,但是,雨果的伟大就在于他在自己的浪漫主义的自然形态之中融入了一个伟大作家自己的激情:"在绝对正确的革命之上还有一个绝对正确的人道主义。"正是这句名言引导着作家把浪漫主义文学推向了艺术的顶峰,《九三年》就是最好的诠释。这些在中国文学的归类中均属地地道道的现实主义的作品,为什么在他们的文学史教科书里就变成了浪漫主义的作品呢？也许这就是答案。

　　我想,或许就是别国的浪漫主义的核心元素是高擎人性的和理想主义的大旗罢,创作者从来就不迎合时尚的社会思潮,而是跟着自己的艺术良知和创作感觉走。但是,不能忘却的是,浪漫主义在原初的定义中有一个最重要的元素,即现实为文学创作的根本,浪漫主义的创作源泉和灵感都来自现实,并非脱离现实,就像希腊神话中的安泰不能拔着自己的头发飞向天空那样,浪漫主义是深扎在现实世界土壤中的奇葩,"唯美主义"的语言张力和林林总总的夸张艺术手法的表达,都是为塑造现实生活中大写的人而刻意追求的目标。

　　也许,从新文学开始我们就误将浪漫主义定义为一种在语言和唯美层面上的感情抒发,而忽略了它在现实世界中的独特观察方式,以及它所秉持的人性主义的大旗,尽管我们也大声疾呼"人的文学"和启蒙文学,而落实在具体的创作中,却没有直面人生和面对现实世界而激情澎湃呐喊的勇气,沉湎于现实主义客观镜像地再现世界的创作逻辑之中。在这个轨道上运行的文学创作,历经左翼文学的洗礼,我们就愈发难以廓清现实主义与浪漫主义的区别了;以至于后来在"革命的现实主义和革命的浪漫主义相结合"中更加混淆了两种思潮和问题之间的区别;再后来,在 20 世纪 30 年代兴起的"新感觉派"和 80 年代勃发的"先锋派文学"的热潮中,"后浪漫主义"与原初的浪漫主义的界限已然成为人们难以辨别厘清的东西了。

　　回顾百年来浪漫主义文学在中国文坛上的遭遇,真有一种难以名状的悲哀,除了在文学理论上重新认知这个流派的定义外,还得梳理出它在中国百年文学史上的变异过程,只有这样才能正本清源,让这种原初的浪漫主义创作形态进入我们的文坛。

我们这个时代是否需要真正的浪漫主义文学呢？他的文学精神和创作方法是否过时了呢？这些问题也许是每一个创作者和批评者都要深刻思考的真命题。

原载于《北京晚报》2019 年 8 月 13 日

批评家"再造形象"和"骑士精神"的能力

批评家除了具备那种对文学作品进行转换时的"再造形象"的能力外,还要具备的是一种以赛亚·伯林所说的知识分子阶层中的"骑士精神"。

在文学批评史的长河之中,文学批评的核心内涵就是马克思主义所指的哲学"批判",而这个"批判"是包含着各种各样方法的,我还是喜欢康德式那种批判方式:"当我们在世界上碰到一个无形式的对象时,我们首先通过自己感性直觉来理解它;换句话说,我们创造了一种对对象的内心表现,这种表现通过在空间和时间中的安排而被赋予了某种形式。在此之后,想象力接了过去,把表现再造成一种形象。"(《文学批评史——从柏拉图到现在》,[美]M.A.R.哈比布著,阎嘉译,南京大学出版社,2017年1月版)在"理论之死"的时代里,我们的批评仍然充斥着"学院派"套用理论的方法来制造大量毫无创意的批评文字,背离了文学批评"再造成一种形象"的文学本质特征,康德所提倡的文学批评的"想象力"和"表现力"正是我们当下批评方法的要害问题。我虽然并不十分同意弗兰克·伦特里奇亚在《新批评之后》一书中陈述的《莫瑞·克里格最后的浪漫主义》的一些观点,但是,从"主题学"意义上来说,其中通往历史存在的"窗口"说却是有道理的,"理性的解释不能直接告诉我们幻象、存在和话语这些相反的领域是如何连接在一起的"。

无论"后克罗齐式的死胡同"如何,克罗齐的"直觉即表现"的审美理论还是适用的,尤其是在这个工具理性横行、技术至上的时代,我们批评则一定需要有将文学批评拉回到充分体验文学文本后"再造形象"的文学本质的自觉意识。否则,我们的文学批评则是一种无效,也是无意义的乏味的文字游戏而已。我们的文学评论和文学批评始终徜徉在林林总总的陈旧理论模式之中不能自拔,往往说出的是与批评对象的文学文本毫无关系的话语,在"鸡同鸭讲"的语境中无法形成"对话"关系,这种各说各的情形已经在中国批评界流行了几十年,在毫无生机的文学土壤中疯长,且不断蔓延,这是理论的悲哀,还是文学的悲哀呢?抑或就是文学批评自身的悲哀呢?

当然,我也不是一概反对纯理论的分析,但是,在具体的文学文本的解析中,倘若你所运用的理论恰恰与你研究的文本对象,具体来说就是你所面对的作家作品,在一种恰如其分的对接中完成了一次灵魂的交媾,这无疑是一种有效的文学批评,这种解析虽然没有过多的文学形象的再造和表现,但是,在文学批评最大化的分析中,让文本呈现出多维的意义来,表现出文学作品更多的人文意义,也是可取的。然而,不幸的是,这样的批评家在中国是稀少的,搞文艺学的学者被囚禁在大量的理论术语、范畴的牢狱之中,很少关注和阅读大量的作家作品;而在文艺学与当代文学学科交叉口,我们会遇见许多派生出来的文学批评新人,他们往往成为从理论中抽绎出许多语词的掮客,用术语来包围文学文本,这样便可通吃一切作家作品了,就像我们时常讥笑官场上的套话那样,我们的许许多多的评论和批评文章不也是充斥了用理论术语这个"套马杆"去"套评"文学作品的普遍现象吗?

  我常常在想,我们在参照西方文学批评的时候,在目迷五色的批评方法中,我们似乎过多迷恋哲学化了的理论话语,被其学理性的学术魅力所左右,尤其是学院派的批评家们,将学问之上的抽象思维提高到了无以复加的地步,而恰恰忽略了文学批评的文学特性,把"再造形象"的感性思维弃之如敝屣,让人们在没有形象的"死水"中永远摸不到那块有温度的"文学化""石头"。

  我之所以喜欢以赛亚·伯林的文学批评,就是他的这些文字是可以当作散文来读的,那些理论观念往往是通过通俗易懂的语言来表达的,同样给人以震撼,而这种震撼则是以文学化的语流而直指人心的,没有丝毫的理论炫耀和卖弄,让人在十分舒服的文学形象的表现中获得哲理的沉思,这才是文学批评的高手,其文字不仅有效,而且更具艺术的魅力。

  十几年前,我在读《伯林谈话录》时,就被其中分析俄罗斯著名作家和批评家的独到见解所征服。伯林是一个思想家,但是他又是一个文学家,他对许多思想家和理论家进行了否定性的批判,比如对阿伦特的否定性批判充满了蔑视的口吻,这种非理性的批评让人感觉到这种文字在文学化的过程中似乎不太严谨,但是,当你看到了他的理论分析以后,你不得不为其"再造形象"的"表现"直觉所折服。尤其是他面对俄罗斯作家作品的时候,更是显现出一个文学家的天赋与才能。他对涅恰耶夫、屠格涅夫、陀思妥耶夫斯基、亚历山大·赫尔岑、普希金、阿赫玛托娃、帕斯捷尔纳克、曼德尔施塔姆等作家作品的分析,既准确又十分独到,更充满着机智的文学表达,将其分类成"刺猬和狐狸"的形象比喻,就充满了文学寓言的表现力。

伯林对别林斯基、车尔尼雪夫斯基和杜勃罗留波夫的评价也是通过他们的评论思想和风格来进行褒贬的,这就促使我在这十几年当中一直在思考一个问题:我是选择做什么样的批评家呢?是选择别林斯基式,还是车尔尼雪夫斯基式,抑或是杜勃罗留波夫式的批评家呢?

无疑,我选择具备"骑士精神"的别林斯基,尽管他的文字尚有不足之处,尽管他只活了三十七岁,但是,作为俄国文学批评和文学理论的奠基者,在他身上充分体现出了那种知识分子批评家的"骑士精神",正是他的正义感和形象激愤的批评文字让我对这个俄罗斯的大批评家脱帽敬礼!

什么是"骑士精神"呢?我以为这就是一个批评家价值理念中的正义感以及所拥有的真理性。别林斯基之所以欣赏赫尔岑,就是因为赫尔岑是俄国激进主义之父和社会反抗之父,他虽然十分温和,但是他文字却是尖锐犀利的,他影响了俄罗斯和苏联的几代人,连列宁都认为他是"反君主制的奠基者"。别林斯基读了赫尔岑的小说《谁之罪》以后告诉他"不仅要为俄国文学史活着,而且要为俄国的历史活着"。因此,他的《往事与随想》才成为比卢梭的《忏悔录》还要优秀的天才之作。这些都有赖于他的思想始终都是站在人性的、历史的和审美的立场上对整个19世纪俄罗斯进行了全景式的描写与思考,所以他影响了车尔尼雪夫斯基。如果要追问一个知识分子作家或批评家与一个历史写作者和记录者有什么区别的话,那么,那种冷峻的、没有激情的作家和批评家是毫无"骑士精神"的。

赫尔岑与托克维尔偶遇的故事就能说明问题。1848年赫尔岑在法国参加政治集会被捕，途中遇上了时任法兰西第二共和国外交部部长的托克维尔，便请求托氏说服警察释放他，孰料被冷漠的托克维尔婉言拒绝了。试想，在一个漠视人性的作家或批评家那里，你能指望他的大脑里迸发出真理的思想火花来吗？所以，许多人在读托克维尔的《旧制度与大革命》一书时会陷入一种歧义性的沼泽之中，难以判断作者的价值取向，只有与他的《论美国的民主》进行对读时，才能猜测出其所要表达的意思来。这种历史学家的行为是被赫尔岑和伯林这样的思想家所不齿的，尽管他也反对帝制，但不愿与同道者结盟而伸出援助之手的非骑士精神让人侧目。

从别林斯基与赫尔岑等人的友谊就可以看出俄罗斯文学的强大就在于他们在那个"黄金时代"里有着一个知识分子阶层，这个阶层被伯林称为"骑士阶层"。所谓"骑士精神"并不是指那种尚武的战斗精神，而是一种为荣誉和真理而奋斗的精神，人们对别林斯基"不灭的骑士精神"的赞扬就是对一种文学激情化了的信仰的崇尚。

同样在 1848 年的前一年，另一个故事发生在别林斯基和他所激赏的著名作家果戈理身上，由于果戈理写了一本《致友人书信集》的小书，文中拥护家族制、地主制、农奴制，歌颂沙皇统治，面对果戈理的变节行为，万分激动的别林斯基一连伏案三天，慷慨激昂地写就了那封被称为整个 19 世纪俄国自由主义社会解放运动"圣经"的《致果戈理的信》，批评果戈理的"新封建主义"："你，一个伟大的艺术家，怎么能捍卫这样可恶的制度？"用伯林的话概括，信中充满了"正直、自由、献身正义和真理"的精神，充分表现出了别林斯基这样的批评家的"骑士精神"与风骨。

上文提到的知识分子阶层需要具备一种别林斯基式的"骑士精

神",这种以群体出现的知识分子就是伯林定义的:"是指那些只对观念感兴趣的人,他们希望尽可能有趣些,正如唯美主义者是指那些希望事物尽可能美的人。知识阶层在历史上是指围绕某些社会观念而联合起来的人。他们追求进步,追求理智,反对墨守传统,相信科学方法,相信自由批判,相信个人自由。"从这个意义上来说,"知识阶层产生的前提是启蒙运动的信念"。伯林认为法国、意大利、西班牙和俄国有知识阶层,而挪威和英国却没有知识阶层,理由就是这个群体之中有着强大的反教会的意识,以反教会作为阶层的标准,我觉得是不合适的,你让百年来受着启蒙主义熏陶的中国知识阶层往哪儿搁?难道我们只有乌托邦,而没有一个知识阶层,更没有"骑士精神"的知识分子吗?

是的,我们没有像俄罗斯"黄金时代"和"白银时代"那样的知识阶层,没有他们那些文学艺术家们有着统一的信仰以及"骑士精神",甚至在苏联"大屠杀时期"他们中的一些人仍然保有的一分绅士风度和"骑士精神",形成了俄罗斯文学精神的"祖国纪事"。也许我们的文学世界里产生过具有"骑士精神"的伟大作家和批评家,那就是独一份的鲁迅。但是,鲁迅为什么孤独呢?因为他深知在中国是不可能形成一个知识阶层的,即便是有,也少有"骑士精神",他在铁屋子里的呐喊就充分说明了他那种与风车作战的悲哀心理:"两间余一卒,荷戟独彷徨"就是无声中国最好的写照,倘若有千万个鲁迅形成了一个知识阶层群体,也就用不着他一个人肩扛着黑暗的闸门了,所以鲁迅才一直抨击着中国人的奴性和劣根性。

> 一些作家、评论家、音乐家、美术家相互维系着一种类似于当年的知识阶层中间的亲缘关系,这些人希望抵御反动力

量和市侩作风，就像当年沙皇俄国时反抗"黑白人团"（注：哥萨克军团的名称，后来指称反动的反犹太主义的民粹运动）。

　　自我反省一下：在中国，我们这些文学和各个艺术门类的艺术家是老死不相往来的一群人，即便是文学圈子内，作家与评论家、批评家、理论家也根本不可能为着一个共同的信仰去建立一个哪怕是松散的群体的，相聚在一起，也就是抵御一下寂寞和排解一下孤独而已。我们抵御不了反动力量，也反抗不了市侩作风。所以我以为，在中国当下的文学界和批评界，包括我在内的作家和批评家，眼里只有"江湖"，却少有"义气"（此处的"义气"泛指"正义之气"，就是别林斯基式的"骑士精神"），你又怎么指望我们和他们能够写出那种动之以情的批评文字呢。

　　我们没有"骑士阶层"，固然也就没有个体的"骑士精神"。

　　1863年车尔尼雪夫斯基的《怎么办》的回声在我们的时空中飘荡，我们当下有"新人的故事"吗？

2019年11月8日初稿于南京至苏州旅途中
11月9日修改于上海至北京航班上

原载于《文学报》2019年11月28日

批评家与评论家的灵感

柏拉图的"灵感说"似乎就是建立在"神灵附体"的诗学基础上的眩惑之论,与中国文论中的"妙悟""顿悟"亦是相通的,其目的都是想寻觅到一条通往诗学道路的金钥匙。我们过去批判过这种唯心主义的诗学理论,后来又盛行过对它的膜拜,进入消费时代以后,大家对它却又淡漠了。然而,文学创作一旦失去了"灵感"就会像一杯白开水那样无味,这样的观念是容易被人接受的,那么,倘若把从事理性工作的文学批评和文学评论者也归为需要"灵感"的类别,尤其是占着这项工作比例百分之九十的"学院派"批评者和评论者,在高楼深院的论文制作的流水线上制造出来的大量论文,这样的"产品"究竟会是一个什么样的情形呢?

文坛经常批评"学院派"的批评家和评论家对文学作品的评价失当,其根本原因就在于批评家对作品的理解是有偏差的,其原因就在于他们没有用感性的知觉去体味作品中的人物的肌肤与心灵,没有进入作家创作时那种灵魂出窍的艺术分娩的痛并快乐的无可言说的过程之中,他们评论一部作品就像医生解剖一具失血的尸体那样,我们听到的只是冷冰冰的手术器械落在白色医疗容器中死寂的响声。

当然,我们充分理解批评家与评论家所使用的话语系统和作家艺术家使用的话语系统是完全不一样的模式的道理：一个是形象思维的直觉迸发，一个却是理性抽象思维的辨析；前者往往徜徉在一组组意象的河流中，后者却是陶醉在严密的逻辑义理辨析的高峰攀援中。然而，人们在把这两种不同的思维方式断然分开的时候，忽略了两者在互补后对文学艺术所产生的能量的可观性，就像爱因斯坦从陀思妥耶夫斯基的作品受到了启迪那样，两种截然不同的思维方式杂交出来的东西或许更有生命力。

但就是这个常识性的问题却被我们这个时代所遮蔽了，眼下的状况则是两者处在一种对抗的状态，各持自己的思维方式，老死不相往来，至多就是相互在各自的利益诉求中各取所需，比如对作家的创作谈视为完美的创作义理，就是一种理性逻辑思维进入评论和批评的误区，这是另外一个话题，并非本文探讨的主旨，不赘。形象思维与理性思维公说公有理，婆说婆有理，这种看似风马牛的纠缠是两个不同文学艺术学科领域的无谓缠斗，但是，这些问题却又是两者聚焦在一个话题中绕不开的症结。这就不由得使我想起了几十年前读到鲁迅在《看书琐记（三）》中所说的那些话来了："焉于创作家大抵憎恶批评家的七嘴八舌。记得有一位诗人说过这样的话：诗人要做诗，就如植物要开花，因为他非开不可的缘故。如果你摘去吃了，即使中了毒，也是你自己错。"那时候我首先想到的是这个诗人的话仿佛并没有错，因为我一开始也是想当一个作家来着的，直到后来有一天我变成了"批评家"（不能叫家，只能叫者）和评论工作者后，于是便站在了被作家憎恶的批评家一面，我用理论的武器去阐释一切文学创作，俨然以一个高高在上的"理论家"姿态去指手画脚，便很是洋洋得意。

直至后来经历了许许多多的事情，便真诚地反思文坛，反思作家与批评家,反思自我的位置,于是再读鲁迅论批评家与作家的关系时就自觉得比较客观深刻一些了:"我想,作家和批评家的关系,颇有些像厨司和食客。厨司做出一味食品来,食客就要说话,或是好,或是歹。厨司如果觉得不公平,可以看看他是否神经病,是否厚舌苔,是否挟夙嫌,是否想赖账。或者他是否广东人,想吃蛇肉;是否四川人,还要辣椒。于是提出解说或抗议来——自然,一声不响也可以。但是,倘若他对着客人大叫道:'那么,你去做一碗来给我吃吃看!'那却未免有些可笑了。"这段话让我醍醐灌顶了许多年,认为这是对批评家和作家关系最公允和客观的评价了,因为站在批评家和评论家的立场说话,让我更有"学术"的逻辑底气了。

又过了若干年,在经过某种较为刺激的经历之后,我却有所顿悟,觉得鲁迅先生说的道理似乎也不全对,起码在当今这个时代里好像是不太合时宜的,倘若我们的批评家和评论家只会做一个"食客",用一套又一套的中外理论去"套评"和指点作家作品,那一定会评"死"许许多多作家作品的。我们不去后厨去看一看厨师烧制食物的全部流程,也不知道厨师采用了什么样的食材和调料,用想当然的制作方法和套路将其纳入一种陈旧理论的批评和评论范式之中,显然就是"学院派"经验主义思维基因对作品的一种粗暴态度。

灵感思维方法是人类一种顿悟思维方法,是作家创作中激发出来的一种灵光闪现的过程,用科学家的说法就是"脍炙人口的苯环分子结构链的发现"是"灵感(顿悟)思维方法成功应用的典型案例"。作为一名同样参与进文学活动的批评家和评论家来说,如果不具备这种具有灵光一现的形象思维素质,我想,他的理论文章和评论文字一定是僵死枯燥的,是没有文学呼吸的"死魂灵"。

谈到文学的灵感和悟性，那自然就是衡量作家作品的重要标志，我想，柏拉图的"灵感说"中的"神灵附体、迷狂、灵魂回忆"应该与尼采的"酒神精神"是一致的吧，作家的创作一旦进入了迷狂状态，它才有可能获得诗性的灵感，才能抓住缪斯的臂膀飞升起来。如果一个评论家和批评家在阅读作品时对这样的感受毫无知觉，无法进入创作的形象思维的内部，那他就无法同作家一起飞翔在文学艺术的天空中，当然，前提是那个作家一定是创作出了具有灵感才华的优秀作品。一旦作家创作出了灵光一现的好作品，而我们的批评家和评论家却没有能力去体味其中诗意的激越才情，显然就是一个并不合格的文学艺术的批评家和评论家。如果说一句十分刻薄的话，那就是，在我们当下所看到的许许多多的批评和评论的文章里，我们难以寻觅到那种灵光一现的文字，看到的多数是满眼在论文工厂的流水线上下来的"产品"，我不敢说我们的批评和评论全是从机器模具中生产出来的"次品"，更不敢说这都是"垃圾产品"，但是，我敢说，作为理论和评论文章的"食客"和鉴别者，我每年读着大量的公式化、概念化和机械化的博士论文，往往是倒胃口的，味同嚼蜡。在其审美的过程中，我没有获得"真善美"的心灵悸动，没有激情燃烧的时刻，只有在灰色理论中的无聊倦怠与昏昏欲睡的困顿。

二十多年来，每一届博士生进门，我都让他们第一学期就去我们院图书馆翻阅一百多年来的重要期刊，我让他们不仅留意杂志中留下的历史痕迹，还要留意每一则读者来信之类无关紧要的文字，更要留意每一则宣传画和每一幅广告，因为你能够在那里面嗅到当时的文化气息，进入文化与文学的现场，呼吸到历史的种种气息，那些意象就会像蒙太奇一样进入你的大脑皮层，让你感受到作家灵感获得的来源，也许你在顿悟之中，就会对自己的研究对象产生更加切身的感知认识。

虽然王蒙的创作并不是具有那种让人眼前一亮、灵感漫溢的类型，但他曾说过的一段话却是令人有所启迪的："灵感就是人生经验、情感经验、社会经验、生活经验等各种经验结合起来之后浮动在一般理性层次、经验层次智商的一种灵气和悟性。"灵感来源于生活，学会在生活中汲取灵感并巧妙地运用在创作中的道理是不错的，但是，我们可以看到这样一个惨不忍睹的严酷事实：我们有些作家创作了一辈子，在浩渺的作品中，我们丝毫感受不到其作品的魅力，因为他始终站在灵感的大门外面；同样，我们许多批评家和评论家书写了汗牛充栋的批评和评论文字，我们从中没有能够感受到一丁点文学艺术的况味，因为他们不知晓文学批评和评论也是在进行着一场灵感乍现的文学艺术活动。一种只把文学创作与批评当作"饭碗"和工具的人，是永远无法进入文学艺术内部的。他们虽然行走在文学创作和文学批评的道路上，但他们永远是文学艺术的门外汉和流浪汉。

朱光潜先生对"天才与灵感"的定义当然是来自柏拉图的理论，但是他进行了适当的修正与补充："灵感既然是突如其来，突然而去，不由自主，那不就无法可以用人力来解释吗？从前人大半以为灵感非力，以为它是神灵的感动和启示。在灵感之中，仿佛有神灵凭附作者的躯体，暗中驱遣他的手腕，他只是坐享其成。但是从近代心理学发现潜意识活动之后，这种神秘的解释就不能成立了。"显然，朱先生在这里又添加了弗洛伊德的"潜意识"理论："灵感就是在潜意识中酝酿成的情思猛然涌现于意识。它好比伏兵，在未开火之前，只是鸦雀无声地准备，号令一发，它乘其不备地发动总攻击，一鼓而下敌。在没有侦探清楚的敌人（意识）看，它好比周亚夫将兵从天而至一样。……据心理学家的实验，在进步停顿时，你如果索性不练习，把它丢开去做旁的事，过些时候再起手来写，字仍然比停顿以前较进步。这是什么道理呢？就因为在意识中思索的东西应该让它在潜意识中酝酿一些时候才会成熟。功夫没有错用的，你自己以为劳而不获，但是你在潜意识中实在仍然于无形中收效果。所以心理学家有'夏天学溜冰，冬天学泅水'的说法。溜冰本来是在前一个冬天练习的，今年夏天你虽然是在做旁的事，没有想到溜冰，但是溜冰的筋肉技巧却恰在这个不溜冰的时节暗里培养成功。一切脑的工作也是如此。"把一种难以解释清楚的理论用一种浅显的文学语言进行表述，这才是一个获得灵感的批评家和评论家所具有的文学鉴赏的高素质，由此，我们看见的并不是一个趴在故纸堆里啃书的蠹虫，而是一个文学艺术创作者在激情燃烧中抒写创作谈，这样的批评文字才是活的批评。

"灵感是潜意识中的工作在意识中的收获。它虽是突如其来，却不是毫无准备。法国大数学家庞加莱常说他的关于数学的发明大半是在街头闲逛时无意中得来的。但是我们从来没有听过有一个人向来没有在数学上用功夫，猛然在街头闲逛时发明数学上的重要原则。在罗马落水的如果不是素习音乐的柏辽兹，跳出水时也决不会随口唱出一曲乐调。他的乐调是费过两年的潜意识酝酿的。"这些小故事虽然并不新鲜，也不起眼，但是它们所构成的画面感，却让一个试图攫取"天才与灵感"的人受到了灵感启蒙式的教育与示范。

"艺术家往往在他的艺术范围之外下功夫，在别种艺术之中玩索得一种意象，让它沉在潜意识里去酝酿一番，然后再用他的本行艺术的媒介把它翻译出来。吴道子生平得意的作品为洛阳天宫寺的神鬼，他在下笔之前,先请裴旻舞剑一回给他看,在剑法中得着笔意。……王羲之的书法相传是从看鹅掌拨水得来的。法国大雕刻家罗丹也说道:'你问我在什么地方学来的雕刻?在深林里看树,在路上看云,在雕刻室里研究模型学来的。我在到处学,只是不在学校里。'"本来以为朱光潜先生要自此上升到理性的层面来总结灵感获得的经验了,但他仍然不离不弃地用典故来暗喻着"潜意识"获得的源泉——"一种意象"才是全文的"诗眼",朱先生不仅是在阐释灵感获得的来源,更重要的是他是从"一种意象"抒写的身体力行中,让我们抵达了理论的彼岸。罗丹的一句"只是不在学校里"充分表达了躲在书斋里是难以获得灵感的道理,这样的道理不是仍然适用于我们当下"学院派批评"的范式之中吗?!

朱光潜先生对灵感的理论总结仍然是沉潜在"一种意象"的表达之中,"天才与灵感"的全部知识的获得都是在感性的抒写中完成的,这些文法给我们的批评家和评论家,乃至理论家都提供了一个很好的范例:"从这些实例看,我们可知各门艺术的意象都可触类旁通。书画家可以从剑的飞舞或鹅掌的拨动之中得到一种特殊的筋肉感觉来助笔力,可以得到一种特殊的胸襟来增进书画的神韵和气势。推广一点说,凡是艺术家都不宜只在本行小范围之内用功夫,须处处留心玩索,才有深厚的修养。鱼跃莺飞,风起水涌,以至于一尘之微,当其接触感官时我们虽常不自觉其在心灵中可生若何影响,但是到挥毫运斤时,它们都会涌到手腕上来,在无形中驱遣它,左右它。在作品的外表上我们虽不必看出这些意象的痕迹,但是一笔一画之中都潜寓它们的神韵和气魄。这样意象的蕴蓄便是灵感的培养。"

我之所以大段地援引朱光潜先生在《谈美》中的论述,就是希望从中能够解释清楚什么是由灵感而迸发出来的文学艺术之美。其实,这篇文章本身就是一种文学艺术灵感再现的好文字,他运用了大量的文学语言和修辞来阐释一个复杂的理论问题,让我们在感性的认知层面充分体味到那种具有毛茸茸质感的文学化语流,从而在无意识的层面将一个艰深的灰色理论化为一种与感知融为一体,且有升腾感受的活的知性,这才是获得灵感的理论家的大手笔。

反观当下我们的文学批评和文学评论,甚至是文学理论文章,我们在获得知识的教养中有没有注意到灵感的发掘和运用呢?这个问题是一个真问题,还是一个伪问题呢?

我们没有文学批评、文学评论和文学理论的灿烂星空,这与没有灵感的获得有关系吗?我在苦苦思索着这个不是哲学的艺术美学问题的真伪。

改变一种思维方式的批评与评论可行吗?

2019 年 10 月 1—4 日书写与定稿于南大和园

原载于《文艺争鸣》2020 年第 1 期

生态文学中的伦理悖论

面对中国当下林林总总、汗牛充栋的生态学的理论,我们的"生态文学"创作与批评应该如何处理这个难解的社会伦理学和文学命题中的悖论呢?

在人与自然的关系中,从原始文明到游牧文明,再到农业文明的过程中,人类在大自然中并不占据主导地位,他们在遭受自然灾害和其他物种侵袭时显得束手无策而恐惧不已,这在古今中外许许多多文学作品中留下了不可磨灭的痕迹。随着工业文明,尤其是后工业文明到来,科技进步造就了一系列征服自然的能力与方法,大机器时代让自然成为人类的奴仆,使一切物种臣服与恐惧。毫无疑问,当今时代,自然生态被破坏的程度已经到了必须解决的刻不容缓的时间节点,工业污染造成的大气污染、地球变暖、冰川解冻……人类在后工业文明"最后的晚餐"中是否走向世界末日的不归路,这个抉择当由人类自己来承担。

这一系列的人为灾难不但严重地威胁着人类的生存环境,而且也给人类的社会伦理带来了颠覆性的动摇。然而,在这里我要探讨的是在生态伦理学中必然涉及的"生态文学"作品的价值理念问题,生态伦理价值观念的混乱,让我们的作家和批评家们失去了作品价值取向的方向感,让我们在"人与自然"的悖论中彷徨踟蹰:一方面,一味地赞美和回护大自然的原始生态而抨击遏制科技的发展,或恐会让人类失去文明进步的动力;另一方面,片面强调人类科技发展的需求,满足人类无限膨胀的欲望,而忽视大自然生态平衡的重要性。这两者都是不可取的价值"傲慢与偏见"。

窃以为,从人文主义的角度来正确地评价"生态文学"的价值理念,不仅仅是"生态文学"的价值伦理的重要问题,也是全人类面临的生态伦理价值观抉择。

生态伦理学分为两大派系,究竟谁对谁错,作为一个秉持中国新文学启蒙理想火炬的作家和批评家,在"以人为中心"和"以自然为中心"的价值选择中,我当然是前者的拥趸。其实原因十分简单,逻辑也并不复杂,作为一个新文学滋养下的学人,我们仍然是以"人的文学"为坐标的定位,这就是我一直强调的"历史的、审美的和人性的"价值功能在文学中的显现。在论述"生态文学"时,为了观点陈述的方便,我把这三个次序的排列颠倒过来进行表述。

首先,且抛开人类生存的必需物质水和空气自然资源不论,就人类与其他物种的竞争来说,我们面对的生态伦理悖论也是十分复杂的。从"人性的"角度来看,"人与自然"应该是共生的关系,如果这个关系的平衡被打破,就会让这个世界充满危险的变数。但是从人类发展史来看,人类与世界的进步无不是在与自然界的其他物种的竞争和角逐中壮大发展起来的。除去与自然灾害博弈外,人类与动物界为生存空间而战斗的历史从来没有停息过,而且充满着血腥的争夺。无疑,当人类可以用先进的科技方法战胜动物世界的时候,如果"宜将剩勇追穷寇"的话,那就是一种人类自杀的行为,换言之,当人类彻底消灭世界上其他物种的时候，也就是人类自我毁灭的时刻，这样的世界不仅是残酷的，而且也是不利于人类自身发展的。尤其是随着后工业革命的到来，人类在无限扩张自身欲望时，正在一步步地侵蚀着其他物种的生存空间，这无疑是违反人性与人道的行为。反之，当其他物种威胁着人类的生存空间时，我们也不能假以保护自然的名义去牺牲人的生命，而由其他物种蔓延开来，侵犯人类的利益，甚至毁灭人类。从这个角度来说，那些宣扬自然优先的论断是值得商榷的，有人把玛丽·雪莱1818年创作的《弗兰肯斯坦》作为"生态文学"的第一部开山小说，就是要表达现代科技主宰自然后必然会走上自我毁灭悲剧的主题思想，这样的主题立意在当时新兴的工业革命日益繁盛之时提出来，无疑是给人类在迈向快速前进的历史轨道上敲响了警钟，这无疑是"生态文学"作品积极的一面，也就是对即将异化的人类生态意识形态做出了提前的预判。

然而，历史并没有因为这种"异化"而停止工业革命的脚步，正如恩格斯所言，"在黑格尔那里，恶是历史发展的动力的表现形式。这里有双重的意思，一方面，每一种新的进步都必然表现为对某一神圣事物的亵渎，表现为对陈旧的、日渐衰亡的、但为习惯所崇奉的秩序的叛逆；另一方面，自从阶级对立产生以来，正是人的恶劣的情欲——贪欲和权势欲成了历史发展的杠杆"。从这个意义上来说，人类的进步是带有"污秽和血"的历史。"生态文学"作家的这种批判和反思的主动性，无疑是对人类在自身发展中必须保持生态平衡起着重要作用的。但是，如果我们错误地解读和过度夸张地阐释作品的含义，将它作为阻碍人类科技进步发展的人文旗帜，显然也是片面观念，在中国当下的文学创作和文学批评界，持有这样偏执价值理念的人还不在少数。

这十几年来，我们对一些宣扬"狼性文化"主题作品的追捧，无疑是有害无益的，如果这个世界"狼性"蔓延，动物性泛滥，而失却了人类建构起来的"大写的人"的社会性，不仅是人类的毁灭，也是世界的末日。换言之，只有人类才能阻止这个世界的毁灭，因为只有人的思想、人性和人道主义才能完善世界的和平与宁静。相信人类会克服自身的人性弱点，逐步让人与自然走向和谐共生的生态环境。我不相信鱼能思想，其他物种，尤其是高级灵长类动物也不可能有超越人类的智慧和能力来治理好地球，除非真的有超越人类智慧的"外星人"出现。

其次，从文学审美的角度来看，我们会发现这样一个奇特的现象：越是人们在现实世界中无法得到的理想主义原始风景描写与阅读审美期待，就越是能够在具有浪漫主义元素的作品中得以完美的表现；反之，越是人造的科技景观，越会被作家和读者排斥在文学描写和阅读期待的视域范围内，那种工业文明初期把高楼大厦作为文学描写炫耀的时代早已过去，亦如在20世纪50年代，我们的诗歌将冒着滚滚黑烟的大烟筒当作一种文明象征的表达。殊不知，这是工业文明对人类生态破坏的一种亵渎与象征，我们却将审丑当审美来歌颂。原始文明、农业文明和游牧文明的自然风景线在后工业时代成为消失在地平线上新的浪漫主义标识，重新回到了文学描写的中心位置，这种文学史的循环正是"生态文学"伦理悖论的折射。

早在1854年，亨利·戴维·梭罗的散文《瓦尔登湖》的发表就开启了对工业文明的质疑，作为爱默生的学生，作者并没有直接抨击工业文明的弊端，而是以一种离群索居的决绝行为方式向这个世界发出"为自然界万物争取平等地位"的呼吁；人类只有在与自然和平的相处中才能得到心灵的慰藉。远离时尚,追求简单,便成为许多人追逐的生存方式,直到20世纪末,日本人在中野孝次的《清贫思想》的鼓舞下,去北海道过简单的原始生活,其思想来源正是梭罗。然而,这种理想主义,甚至是原始主义、禁欲主义的生活方式并不是主宰这个世界的主流,更多的人还是在追求物质生活的现代化和科技化,"节欲"并不是动物的本能,包括人类在内,欲望是永无止境的,它是历史发展的动力。虽然我们把这样的作品作为文学教科书,试图让人们记住原始文明、农业文明和游牧文明的"乡愁记忆",但是,我以为真正的生态伦理的准确表达应该是被誉为20世纪上半叶最伟大的"生态文学家"奥尔多·利奥波德在其著名的《沙乡年鉴》中所表达的:"有助于保护生物共同体的和谐、稳定和美丽的时候,它就是正确的;当它走向反面时,就是错误的。"这部作品被誉为"生态文学"的《圣经》,作者被称为"当之无愧的自然保护之父"虽然有点夸张,但其生态理念绝对是辩证唯物主义的杰作。

就此而言,当我们沉浸在浪漫主义"生态文学"审美情境中的时候,农业文明和游牧文明,甚至是原始生态文明风景线的幻觉让我们暂时忘却了现实世界的残酷,但不可忘却的是,生活在现实世界中的人们更多追寻科技文明带来的物质享受,在现代科技的盛宴上,或许人们选择的是无需劳作就可以在电子化的过程中享受另一种文学的样态,而非"生态文学"给我们带来的审美的过去式。因此,我们的作家在这种审美伦理的悖论中如何找到审美价值观的出口,就显得十分重要了。何去何从?我们从当下许多中国作家那里得到了不同的答案。在冯秋子编著的《苇岸日记》里,我看到的是奥尔多·利奥波德《沙乡年鉴》中的大地伦理幻影,而在阿来、迟子建的风景描写中,看到的却又是另一番伦理表达。所有这些，都是中国作家在生态伦理悖论下面临的审美收获与伦理悖论。

　　最后，从历史的角度来看，人类在前现代、现代和后现代的社会中对待生态的观念和哲思是有着很大区别的，所以，人类把生态主义理念正式提上议事日程，还是以美国作家，更准确地说是生物学家蕾切尔·卡逊在1962年发表的《寂静的春天》（虽然她自认为其《海洋三部曲》是最好的作品）为标志，将工业文明时代与后工业时代的文学表达，更准确地说是人文思想的表达进行了明确的区分，生态主义者和"生态文学"作家的许多主张和观念都源于她的这部著作，因为她"改变了历史的进程"，引发了世界性的"环境革命"和"绿色革命"。她的话并非危言耸听："人类对自然的态度在今天显得尤为关键，就是因为现代人已经具有了能够彻底改变和完全摧毁自然的、决定着整个星球之命运的能力。"这段话虽然有所夸张，但是，她提出的"人类命运共同体"的生态主义观念是每一个"生态文学"作家都应该关注的问题。所以，这一警告恰恰又是与早期生态文学作家敲响的警钟相同："征服自然的最终代价就是埋葬自己。"窃以为，这句话恰恰反映出生态主义作家的"深刻的片面"。

　　毋庸置疑，生态平衡和改变的人类命运的走向是掌握在人类自己手中的，这是一把双刃剑，就像武器掌握在什么人的手中一样，一旦人类的正义力量占据上风，生态的平衡发展就会得到妥善的解决，"生态文学"伦理也就会朝着正确的方向行走；而一旦邪恶势力占据上风，比如那种"狼性文化"理念的扩张成为风气，卡逊们的预言就会变为现实。因此，所有生态伦理前行的方向盘一定要掌握在具有真善美意识形态的人手中，它必须依照有良知的人文学者建构起来的强大理论体系方向前进,开动一切现代媒体宣传机器,克服生态伦理悖论的困囿,通过教育和文学的渠道来输送正确的生态文明价值理念。

而作为每一个"生态文学"的作家,我们如何选择和渗透作品的伦理价值观呢?

原载于《文艺报》2021年1月4日

阅读小说时的"蒙太奇"反映

其实,每一个阅读叙事文学的读者,无论他的艺术鉴赏水平高低优劣,都会根据自己的生活经验和艺术的想象力去建构他所认为的阅读画面,也许这就是所谓"阅读期待"后的艺术"再创造"功能吧。比如,你去观看一部由著名小说改编的电影,它可能产生以下几种情形。一种是你没有作品中的生活经验,完全被编导所设置的场景和人物故事所覆盖,凭借编导"饲喂"输入给你的全息镜头景象观看,你是处于被动全盘接受的状态。另一种是你看到的成像为编导给定的镜头景象与你所接触到的生活高度吻合,你完全认同镜头所折射出来的生活场景和人物故事,并与其产生价值观的共鸣,于是,这部电影就会得到你的高度赞誉。还有一种是你的生活经验和价值理念与电影编导产生了分歧,甚至是强烈的反差,认为编导根本就不了解、不熟悉原著中的生活,甚至是歪曲了小说原著,使你对电影作品产生了厌恶。再有一种就是你认为电影的编导在"蒙太奇"的组接过程中拔高升华了小说原著,获得了"再创造"的成功;相反,那就是电影编导非但没有升华原著的审美空间,反而降低了小说原著所欲抵达的审美高度和深度。因此,无论你遇到了以上五种情形的哪一种,你都会自觉不自觉地投入"蒙太奇"的自我设置之中。

"再创造"的幸福是相同的,而拼接成的"蒙太奇"画面风景却各有各的不同。所以,毫不夸张地说,每一个阅读者都是他阅读作品的电影编导,他们甚至不懂电影制作的技术,也不会什么当代"非编"技术,但是,他们会在无意识中进入"蒙太奇"电影镜头的剪辑之中,形成自我脑海中自设的故事情节场景和人物形象的拼接。

然而,一旦你懂得了一些电影制作的技巧,当你在"有意后注意"中知晓"蒙太奇"的镜头取舍与选择后,你就会在阅读小说的过程中自觉地重新编排你认为更加合理的生活场景和人物故事,你对小说的理解就会超越一般读者的水平,也会在一定程度上超越作者和其他批评者的视界,成为一种有独立视角和品位的阅读者与评论者。当然,谁都想进入这样一种两栖艺术家的阅读状态,然而这不是一件十分容易的事情。当人们有能力去指责一部由小说改编的电影中编导的失误和不足,说出电影降低或是没有提升原著的品格和品位时,这种指手画脚就是一种自设"蒙太奇"的效应,如何放大这样的效应,才是我们阅读小说原著时的最大收获,才是在小说阅读过程中进入深度模式的二度创造贡献。

感谢历史为我提供了一个有意识进入"蒙太奇"语境的机缘。

20 世纪 70 年代初虽然已经到了"文化大革命"的中后期,但是"读书无用论"仍然盛行,而于我们这些"闲着也是闲着"的无知读书人而言,到处找"禁书"消磨时光则是一种快乐之事。记得那年春天我和大院一发小到沪宁线上的桥头镇江苏省"五七"干校去玩,尽管昔日在那里劳动改造的干部们都在 1969 年的"一号命令"中疏散去了各地,但尚有极少数的留守人员在护校,除了幽静美丽的校园环境外,就只有那个冷冷清清的小小图书馆是可去之处了。当然,馆里的藏书都是马列书籍为主,偶有一些文学类的书籍也都是《艳阳天》《金光大道》《虹南作战史》之类的"公销书"。当然,各种新编的鲁迅选集也赫然在目。

在一大堆理论书籍中,偶尔翻到了两本关于电影方面的书籍,让我眼前一亮。一本是夏衍的《写电影剧本的几个问题》,一本是张骏祥的《关于电影的特殊表现手段》,书籍虽然很薄,却都是硬壳精装本。前者作为理论性的读物,我只是翻翻则已,而后者中关于电影"蒙太奇"的技巧手法的论述却让我着迷。殊不知,在那个知识荒芜的时代里,能够看到好电影是不可能的,以为20世纪60年代留下来的《青春之歌》《英雄虎胆》《野火春风斗古城》就是最好的影片了。外国影片除了残存的部分苏联影片如《保尔·柯察金》《列宁在一九一八》外,就是盛行一时的朝鲜影片,除了《卖花姑娘》,都是一些比中国影片还要差上一大截的片子,比如《摘苹果的时候》《南江村的故事》。阿尔巴尼亚的影片也多,却远不及罗马尼亚和南斯拉夫的电影,同是社会主义大家庭,东欧的电影差距为什么那么大呢?尤其让大家佩服的是南斯拉夫的影片《瓦尔特保卫萨拉热窝》《桥》和罗马尼亚的《多瑙河之波》《橡树,十万火急》,最让我感动的是在那个年代受到巨大艺术冲击的罗马尼亚艺术影片《沸腾的生活》,那部电影的诗意主题曲永远萦绕在我的耳畔挥之不去,以至于电影散场后我仍旧沉浸在艺术的享受中,直到影院的管理人员来驱逐。现在回想起来,这都是诗化了的"蒙太奇"拼接效果。

遥想当年,20世纪70年代中后期我们集体组织去看谢晋导演的《春苗》,坐在旁边的一位中年教师流着眼泪喃喃自语:太感人了!散场后,我们几个青年教师问他什么地方感人,他说,你看李秀明那双大眼睛表达了多么丰富的内涵啊！我们哄然大笑，一直把这当作意识形态的历史笑料。殊不知，其实他所指的就是电影"蒙太奇"中特写镜头的运用而已，只是因为我们生活在一个没有审美艺术比照的时代里，所以对镜头的审美有着极大的局限性。

对比20世纪70年代中外电影，我以为在没有西方影片为参照系的语境中，罗马尼亚和南斯拉夫的影片是那个荒芜时代最好的影片了，除了内容表现的真实感外，隐隐觉得人家的电影技术也好，究竟好在哪里，我也说不出来。直到1978年以后大量的"内参片"涌入国门，从半开放的"地下通道"进入了观众的视线，我们才懂得什么是好的电影。

记得当年我在中山东路的"军人俱乐部"看到由哈代原著改编的彩色影片《苔丝》，立马就被电影中一幅幅油画般的"蒙太奇"组接镜头深深地震撼了，从此顿悟出了悲剧美学的最高"显影"效果就是运用色彩和色调的巨大反差来突出悲剧峰值的阐释结论。这些思考的火花均来源于那本薄薄的《关于电影的特殊表现手段》的阅读，虽然现在看起来那是一本既没有多少学术含量，又是陈旧老技术的书，但是，这样的入门对我以后的小说阅读产生了极大的影响。

我庆幸自己当年遇上了这本书，能够粗略领悟电影"蒙太奇"制作技术手法运用的奇妙，让我开阔了眼界，也由衷地感谢当年在焚书时没有将这些电影"蒙太奇"技术"盗火者"的东西付之一炬，我能够在彼时彼地偶遇此书。这是我个人阅读史上的万幸，天恩浩荡，便有了一种火中取栗的兴奋，虽不是什么珍宝，却也建构起了我在阅读小说时自设"蒙太奇"的兴趣。

还记得那一年我和董健先生一道读王安忆的小说《岗上的世纪》

时，我不断用电影"蒙太奇"的拍摄技巧去阐释作品，比如李晓琴与生产队长杨绪国在月光下的描写，我认为这里应该用逆光镜头由远景推至中景，再推至近景，最后用大特写镜头把从李晓琴指缝中钻出来的青草做最后的定格。这样把越是丑的故事置于最美的镜头下进行反差显影，就越是能够形成审美的震撼力，这就是"蒙太奇"的力量。董老师说，你还不如去当导演呢。当天夜里我立即写就了那篇评论文章，虽然那一年因故撤稿了，后来毕竟还是刊登在另一个刊物上了。

历史往往会由不经意的细节所改变，如果不是当年我在书架上挑出了这两本电影书籍，以四卷本的《列宁选集》作掩护，堂而皇之省去了登记的环节，绝尘而去，就不会有后来阅读小说时的这种习惯。那真的是窃书不为偷的时代，因为傻子才读书，而我们是在极其无聊的精神空虚时才从书中去寻觅千钟粟、黄金屋、马如簇和颜如玉的。

书得手后，便用心去啃噬那本《关于电影的特殊表现手段》，缘于从小就喜欢看电影，总想揭开电影制作技术之谜，尤其是它的拍摄技术，恰巧这本书里的"蒙太奇"的电影表现手段章节深深地吸引了我。于是，这本书就成为我第一本电影技巧的启蒙书籍，但它对我的影响却是终身的。每每阅读小说的时候，我都会自行用"蒙太奇"的手段去自设小说中的场景、外景、人物，甚至细节布局，调动镜头的"推拉摇移""淡入""淡出""闪回""叠印""远景""中景""近景""特写""高光"……这些术语让我读得津津有味，以至于我去探寻什么"交叉蒙太奇""平行蒙太奇"的技术，我心里偷偷地幻想，倘若我能够编导一部电影的话，那将是人生多么大的幸福啊。如今回想起来，自己每读一篇小说时，不就是在自导一部自己的电影吗？它在外景和室内的取景选择应该是跟随着你的生活经历和经验的映像拼接出来的样貌。你所选择的演员容貌举止是照着你的审美眼光进行二次加工的，虽然有时会根据原著作者的肖像描写进行复制，但是，不能忽略的问题是，你有可能在"再加工"的过程中修正原作家作品中的影像，当你的生活积累超越原著的描写时，你的审美品格是大于作者的，当你的生活积累落后原著描写时，你的审美品格是小于作者的。这就是我在看一部电影时臧否导演对场景和人物设置的不合理的原因，这也是读者在阅读小说原著时参与了自设电影"蒙太奇"导致的后果，也是每一个读者和观众都是在无意识和有意识中参与了电影编导的结局，用这个道理来解释"有一千个读者就有一千个哈姆雷特"的审美道理是再合适不过的了。

一晃四十多年过去了，"蒙太奇"的电影组接方式助我在阅读小说，当然也包括其他叙事作品时获得了鲜活的镜头感。

我是要感谢那个时代给我个人带来的幸运呢，还是去诅咒那个时代对整体审美能力的戕害呢？

原载于《文艺报》2021年7月28日

自然主义之殇:心灵牧歌

文学上的自然主义概念有着两种完全不同的阐释。

四十多年前我师从叶子铭先生研究茅盾,后来又赴京参加人民文学出版社《茅盾全集》的编辑工作,对茅盾早年大力提倡的"自然主义"极有兴趣,还专门撰写了两篇论文,认为茅盾后来之所以成为"文学研究会"以"为人生而艺术"的中坚,其理论溯源就来自于对"自然主义"竭力的鼓吹,因为他早期的文学观念是建立在"自然主义—写实主义—现实主义—社会主义现实主义"的认识进化阐释基础之上的,直到1958年,他在撰写长篇文学思潮史论文《夜读偶记》时,才把这一世界文学思潮史的脉络修正为另一个更廓大的"古典主义—浪漫主义—现实主义—新浪漫主义或现代派"全景公式上,显然,这个公式是与勃兰兑斯的19世纪主流思潮史相吻合了,其中最重要的一点就是茅盾主动地删除了自己早期对"自然主义"(实则是对纯客观的"原始写实"的现实主义)的主张,因为在那个年代里,他不得不修正自己的观点:"几年前就提出来的反对形式主义同时也要反对自然主义的口号,基本上是正确的,在今天也仍然正确。"从此将革命的现实主义奉为文学创作的圭臬。所以,多少年来我们绝大多数从事现代文学思潮史的学者,也是顺应这种正宗观念去梳理百年文学史的。

然而，现在我要阐释的却是另外一个"自然主义"概念和思潮的理论，旨在指出这种"自然主义"消逝造成的后果是：在世界和中国文学创作方法与观念中自然描写的消退，显然对文学艺术作品不容小觑的至深伤害，甚至是毁灭性的打击，尤其是在一个工业文明和后工业文明吞噬一切游牧文明和农业文明原始"风景画"的时候，如何在文学艺术作品中保留自然形态之美，当是每一个文学家和艺术家应该深度思考的问题。

当我在20世纪80年代读到丹麦批评家勃兰兑斯的《十九世纪文学主流》分册《英国自然主义》的时候，才意识到这个属于浪漫主义一支的"自然主义"的内涵竟然是那样的博大精深，既富有理论的震撼力，又有艺术的感染力。与茅盾早期对"自然主义"的定性恰恰相反，勃兰兑斯的"自然主义"并非"浪漫主义"的反动，而正是浪漫主义表现形式的一种不可或缺的重要描写元素，与茅盾眼中的"左拉主义"式的"自然主义"不同，它们并非纯客观的描写，而是带有强烈的主观色彩，当然也不是"为艺术而艺术"的"创造社"式的廉价浪漫主义的描写元素。如今重读这部人民文学出版社新版的书籍，更是感慨良多。

在勃兰兑斯"自然主义"的旗下聚集着华兹华斯、柯尔律治、罗伯特·骚塞、瓦尔特·司各特、托马斯·坎贝尔、兰多、济慈、雪莱、拜伦这些被论述的大家，足以见出"自然主义"强大的阵容了。

"对于大自然的爱好，在19世纪初期像巨大的波涛似的席卷了欧洲"，所以，我们才能理解"风景画"的作品竟然在历史的时空坐标上会那么畅销，才能打破出版商为什么会将一个名不见经传的玛丽·拉塞尔·米特福德乡村贵族破落户小姐的一部《我们的村庄》打造成为闻名于世的畅销书之谜，甚至在后工业时代的今天它还发出历史的回音是值得我们思考的。

勃兰兑斯认为,这种"自然主义"兴起的缘由"是认为城市生活及其烦嚣已经使人忘却自然,人也已经因此而受惩罚;无尽无休的社会交往消磨了人的精力和才能,损害了人心感受纯朴印象的灵敏性"。这种返归自然的情绪首先弥漫在英国的诗歌创作中,后来才影响了其他文体,至于扩散到世界文学领域内,首先是在散文随笔创作当中,后来又浸润在许许多多的小说描写之中。在中国百年文学史中,其发端除了"小品美文"外,就是漫溢在大量的乡土小说的描写之中,因此,"自然主义"描写元素的植入,几乎就是"风景画"的代名词,作为文学创作的一种外在形式,尚不足以说明其对文学艺术的重要性,更重要的文学元素就在于它在历史、现实和未来的时间维度上植入了"自然主义"的思想内涵。

我们一直强调乡土小说中的"自然主义""风景画"的描写,这种描写给文学作品带来的审美愉悦,不仅仅是消除工业文明和后工业文明中大机器和电脑屏幕单调苍白画面给人的心灵带来的审美疲劳和创伤,更重要的是作为文学作品的装饰效果,它是与唯美主义的形式美紧紧相连的。正如勃兰兑斯对华兹华斯在描写英国自然风貌的时候,采用了"纯地形学"的观念,也就是我们一再强调的文学描写中的"地方色彩","认为任何一个诗人都必须和某一个具体或场所保持密切的接触"。所以,他才与柯尔律治、罗伯特·骚塞组成了"湖畔派"诗人群体,罗斯金称华兹华斯是"伟大风景画家","于是他就成了专门描绘英国自然风光的画师,而他的描绘在本质上也总带有这种地方情趣"。这就让我联想到许多著名的小说家也充分利用"风景画"的描写来装饰作品的范例,这不仅大大增强了作品的审美艺术效果,更是形成了作品主题释放的深刻蕴含。比如在哈代的《德伯家的苔丝》里那种优美的风景画面中，反衬出的却是人物的悲剧命运，这种具有逆向审美和反差的艺术辩证法描写手法，恰恰是由"风景画"引发的主题风格的强化。又比如苏童小说中抹不去的"枫杨树"乡村风景画情结，这个意象成为作家作品的一种形式美学的"LOGO"，同时也是作品人物生存的精神世界的标志，是作家故乡、风景和地缘情结的一种条件反射。虽然勃兰兑斯过分夸张了"故乡"和"地方色彩"对文学作品的审美作用，说出了华兹华斯"作为英格兰人，独立矗立在故乡的土地上，像一株根深叶茂、绿荫如盖的老橡树"的过誉之言，但是，作为当代作家在后工业文明时代对"风景画"元素描写重要性的盲视和摒弃，却真是一个不容忽视的警示。所以，勃兰兑斯认为"司各特才是文学创作中地方色彩化手法的真正发现者和第一个运用者，这种创作手法后来成了法国浪漫主义全部作品的基础，立即为雨果、梅里美和戈蒂叶所采用"。如果勃兰兑斯的这一观点成立的话，那么，我们就可以看出这种自然主义和浪漫主义的渊源关系了，同时也可以从既可算作法国浪漫主义标志性作家，亦可阐释为批判现实主义作家的大文豪雨果身上看到"自然主义"在"风景画"描写中的许许多多重要元素——无论是在《巴黎圣母院》，还是在《悲惨世界》，抑或是在《九三年》中，我们都可以找到那种实实在在的"地方色彩"和"地形学"的"风景画"描写。由此我想到的是，这七十多年来我们的作家，尤其是小说家，那种永远是虚构一个城市和乡村地名的恶俗，用 A 城、B 城或是"江城""山城"来替代所真实的故乡与城市，极大地削弱了小说的阅读代入感和可读性，这是一种疏离艺术本质和拒绝地方色彩"风景画"真切进入作品带来的亲切感和亲近感的行为，而这种行为给作品的伤害是不易觉察的，却也是对"自然主义"描写"优根性"无形的致命打击。

勃兰兑斯对司各特"边界地区风土民情"的散文和小说大加赞赏，尤其是他的《湖上美人》，"这部美丽的诗作通篇吹拂着的那来自山冈和森林中的清新的微风"，能够征服许多读者，让我震惊的是文本的巨大艺术魅力：在冒着敌人炮火匍匐在地的士兵群里，上尉跪在那里朗诵战争情景的诗句，将士们任凭炮弹在自己的头顶上呼啸而过，还不时发出阵阵笑声，这是需要多大的艺术吸引力呢？这是浪漫主义的胜利呢，还是"自然主义"的凯歌呢？正如勃兰兑斯说的那样："读者还会发现诗中对自然景物的描绘犹如露水一样清新，就像描绘诗中的人物克里斯蒂安·温泽尔一样。读者所看不到的是心理描写和性格刻画"——风景也是有性格的。因此，我始终认为一个作家如果能够在他人眼中平淡无奇的"风景画"中看到艺术描写的精彩人文性，那么他就是一个高明的作家。

毫无疑问，当我们在阅读这些具有"风景画"的诗歌、散文和小说（戏剧舞美设计的"风景画"装饰效果同样也是戏剧不可或缺的审美体现，虽然那是人工合成的假景）的时候，大脑里浮现的是一幅幅色彩斑斓的视觉画面，就像我们驻足在英国18世纪著名油画家欧内斯特·查尔斯·沃尔本绝美的乡村风景画那样，画面风景构图和人物的对位关系恰恰就是小说描写中风景与人物关系的写照，他能够让读者在"人与自然"的和谐中获得形式与内容双重审美的愉悦和哲思。当然，那种纯粹描绘乡村自然风光的"风景画"也并非一种单色调的内容呈现，英国的另外一位摒弃一切工业文明痕迹的风景画家约翰·克莱顿·亚当斯的诗意田园画面的描绘，依然是用曲笔来反抗现代文明给人们心灵带来的忧郁和感伤，折射出来的人文性是隐藏在"风景画"背后的,需要观众细细品味才能咂摸出来。

因此,在诗人的国度里,"风景画"的寓意就更加有讲究了,勃兰兑斯对雪莱诗歌特征的分析是非常精辟的:"他的一些最著名的抒情诗的灵感源泉都是来自生活以外的,甚至是整个人类世界以外的题材;这一类诗篇所写的是云,是风,是各种自然物的生命,是风和水的不可思议的自由和气势磅礴的力。然而,这位在内心深处最容易动感情的抒情诗人,同时在表面上又最热衷于描写外部世界,这两者之间并不存在真正的矛盾。"也许这就是勃兰兑斯写这部"自然主义"思潮史的初衷,堪称全书的"论眼"。

同样,在分析拜伦诗歌的时候,勃兰兑斯认为:"《曼弗雷德》是拜伦这一时期感受了大自然的印象的直接成果,它的最令人赞叹之处就在于它是一幅无与伦比的阿尔卑斯山风景画"。从某种角度来说,抒情诗往往才是采用"借景抒情"的最佳文体。这也就是勃兰兑斯强调的"确实,比起这里,再没有别的环境能够在同样的程度上影响人的心灵倾向于把大自然人格化了"。

勃兰兑斯先生说得多好啊,一个杰出的作家在面对世界时,如果能够"把大自然人格化",那么他的作品就不会差。回顾百年来的中国文学史,我们不难发现这样一个事实:在20世纪中国文学"黄金时代"的二三十年代,描写"风景画"的作家普遍存在,就连以严肃著称的鲁迅作品中也有"风景画"的描写,尽管有着"安特莱夫式的阴冷"。那时周氏兄弟对"地方色彩"的强调给中国乡土小说的艺术推进,造就的是一代作家作品的辉煌,而进入20世纪五六七十年代后,连茅盾都转变了早期对乡土文学的定义,对消极浪漫主义"复古派"的"风景画"进行了无情的鞭挞:"它把资本主义降临以前的中世纪的田园风光描写的那么诱人,好像中世纪的封建制度比资本主义制度好得多。"(《夜读偶记》)殊不知,"风景画"描写是超阶级、超时代的装饰描写,正如勃兰兑斯所言,有的作家在书写"风景画"时,"企图以每一个时代自己的标准去衡量各个时代,并且力图在读者面前展现出往昔历史的生动图景"。在这一点上,我以为作家在描写"风景画"的时候,一定是需要兼顾时代背景,照应人物内心世界的,谁是主体,谁是客体,并不重要,因为不同的文体有不同的比例需求,但是,互为照应则是必需的前提。

毋庸置疑,这四十年来,我们的文学作品,尤其是散文和乡土小说在"风景画"的描写中取得了辉煌的艺术成就,涌现出了一大批对"风景画"描写的优秀作家,这是有目共睹的事实。但是,我们也不能不觉察到文学艺术思潮史给它带来的划时代困扰——随着后工业文明时代注重器物的描写,"自然主义"的"风景画"渐行渐远,标志着一个抒情时代的终结。

如何看取"自然主义"和它的"风景画"描写,我们的文学能够眼看着它们进入文学史的"博物馆"里去吗?!

2021年9月9日终稿于南大和园

原载于《文艺争鸣》2021年第12期

自然文学书写之我见

其实,对"自然主义文学"和"生态文学"的思考是我一直关注的文学史命题,因为中国乡土文学描写无法离开这一描写域,因为"大自然"的描写元素几乎就是"风景画"的代名词,文学作品缺少了这一元素,就会成为清汤寡水的叙述。这次兴安先生组织这个栏目,的确是一个十分有文学本体意味的论题,因为它关乎中国文学的走向。

从20世纪三四十年代开始,生物学家蕾切尔·卡森看清了资本主义对自然资源的肆意掠夺将会给人类带来灾难性的后果,所以她才以笔为旗,撰写了大量的文章,对人类乱砍滥伐、破坏自然进行了无情的抨击,这是生态主义文学之滥觞,卡森的许多作品,如《沐浴海洋》《我们周围的海洋》《海洋的边缘》或许在许多人眼里最多只能算是亚文学作品,但是,她应该是最早的自然生态保护写作者,尽管在世界文学史中不乏许许多多描写和歌颂大自然的作家作品存在,但这些写作并没有在更广阔的人类人文视野中去认识到自然对人类生存的重要性,由于卡森是一个女性作者,所以她的观念与日后将生态主义与女权主义勾连起来也是顺理成章的。直到她去世的1962年,震惊世界的《寂静的春天》以生动的文学语言出版,显然,其哲学内涵的震慑力遮盖了这部作品的文学史意义,然而,其传播力的广泛与深入,却是依靠了这部著作的文学力量，它应该列入世界文学史的序列之中。

卡森描写了工业文明所带来的诸多负面影响，意在向人类发出警告，直接推动了环保主义哲学思潮和运动的发展。我以为，卡森作品的哲学内涵就是摒弃传统的人类中心主义，全新阐释人与自然的关系，倒置了"自然与人"的关系，推翻了人类是自然界主宰的统治地位，重新阐释了人在自然中的"存在"意义。当下中国的生态主义理论家和文学家，以及文学批评家们，无不是在卡森的生物哲学文化语境中展开抽象和形象的表达。我对卡森思想表示由衷的敬佩，但对其自然中心主义的思想有一定的保留意见。

在这篇文章中，我并不想就卡森的反人类中心主义进行理论的辨析，只想就文学中的"自然书写"谈一点浅见。当然，我并不反对有人用各种各样的名头给"自然写作"冠名，但是，追根溯源，我们对"自然写作"的历史应该有所了解。

我在《自然主义之殇》一文中就勃兰兑斯《十九世纪文学主流》第四分册《英国的自然主义》一书的自然主义进行了甄别，勃兰兑斯所指的自然主义是从无意识层面对文学中的大自然描写进行了总结性的分析批评，他所举证的是以"湖畔派"代表作家华兹华斯为主的对大自然讴歌作家作品，柯尔律治、罗伯特·骚塞、瓦尔特·司各特、托马斯·坎贝尔、兰多、济慈、雪莱、拜伦皆为评论对象。在这些作家作品中，有一点是与后来的卡森是一致的，这就是勃兰兑斯认为，"自然主义"兴起的缘由"是认为城市生活及其烦嚣已经使人忘却自然，人也已经因此而受惩罚；无尽无休的社会交往消磨了人的精力和才能，损害了人心感受纯朴印象的灵敏性"。这种返归自然的情绪首先弥漫在英国的诗歌创作中，后来才影响到了其他文体，至于扩散到世界文学领域内，首先是在散文随笔创作当中，后来又浸润在许许多多的小说描写之中。

循着勃兰兑斯"对于大自然的爱好，在19世纪初期像巨大的波涛似的席卷了欧洲"的足迹，我在克拉克"风景画"理论中，用文学作品与绘画艺术的比对里找到了文学艺术对自然抒写的共同性——追寻自然之美是人类人性审美的根性和本能需求。这个理论充分破译了那个名不见经传的英伦乡村贵族破落户小姐玛丽·拉塞尔·米特福德的那部《我们的村庄》为什么会成为举世闻名的畅销书之谜。

在效仿伍尔夫书写《伦敦风景》时，我也试图在系列散文《南京风景》中把自然风景与人文风景融合在一起，以此表达一种哲思的艺术效果，但是，我遇到了一个无法规避的难题——我们面对历史进程中的大自然变化，如何从审美和人性的角度去对待自己笔下的自然书写呢？这是一个哈姆莱特之问，因为这涉及一个作家站在什么样的价值立场上去看待你眼中的大自然景观。毋庸置疑，卡森的人类中心主义为什么会遭到许多学者的反对，这就是自然写作所遭遇到的二难选择。从今天大多数作家的选择来看，我们对梭罗的《瓦尔登湖》那样的自然抒写抱有天然的艺术好感，这就是人性深处的精神旅行的文学归属感驱动力所致；我们喜欢苇岸的《大地上的事情》同样是被作品中的大自然描写元素所吸引，但是，苇岸与梭罗不同之处是，梭罗是追求原始自然之美，苇岸除了对原始自然之美的描写之外，还有对农耕文明人工合成自然之美的讴歌。我两次坐在瓦尔登湖边，都在思考这样一个难解的人类哲学和文学之谜——作家究竟是以自然中心还是以人类中心的价值观介入作品的自然书写呢？显然，不同生活经历和社会阅历的作家就会采取不同的写法，这就是我们今天讨论"自然文学"和

"生态文学"的"诗眼"——原始的自然和人工的自然景观迷住了我们的眼睛。

在这大半年里,我每天清晨围绕着自己居住的仙林方圆五公里地区行走,看到了两种不易被人觉察的差异性自然风景,终于让我猛然顿悟,我不正是行走在一个"四叠纪"的自然地质形态之中吗?我所写的《南京地图》的主题地标不正是在此呈现了吗?

在这里,我看到了人类没有开发过的丘陵湿地,类似瓦尔登湖里倒伏下来的千年朽木横亘半露在水面的景象,那些没有被开垦过的处女地,那些原始的灌木丛林植被,那些白鹭野鸭在水中游弋,树林中传来的百鸟鸣叫,湖边错落茂盛的芦苇、菖蒲和水草,山里杂草灌木丛生,蓬蒿与腐草散发出的野味气息……让我听到和嗅到了大自然的呼吸与呼唤。这些原始的、原生态的自然为什么天天就呈现在你的眼皮之下,我们竟然就不能发现呢?

在那边,我又看到了人工栽培的千株樱桃树和路旁整齐排列的名贵花木,羊山湖、仙林湖,以及大大小小的河流沟汊都镶上了彩色石条的堤坝,经过精心设计的芦苇和菖蒲等水生植物当然也招引了许多飞禽野鸟在此栖息,这是人工合成的自然景观,它是以人的审美意志强加于自然的美。

在这两种自然风景中,你更喜欢哪一种自然书写呢?!

因为我们的审美被几千年的农耕文明的自然形态所迷恋,以致形成了民族的集体无意识,对人工合成的自然美更加青睐,这就是我们赞誉"天工开物""人工鬼斧"审美力量的根源所在。

只有身陷完型的原始大自然的风景中,我们才能看到自然风景的美貌,当我们在辽阔的科尔沁草原上,当我们在伊犁河谷雪山草地上的时候,当我们在拉斯维加斯大峡谷的时候,当我们在南极冰川的时候,当我们在撒哈拉大沙漠的时候……我们才能深切地感受到远离尘嚣的大自然的美丽和鬼斧神工。然而,我们都是大自然的过客,所以,旅游成为人类对原始自然的精神追求,踏进原始自然风景区的游记散文就成为沙龙里的谈资和躺在席梦思床上的枕边书。如果让你一生在那样的环境中去过离群索居的生活,我想谁都不想离开文明社会,即便是像梭罗那样执着原始自然、甘于孤独的人,最后也只能回到文明社会中来。

所以,在许许多多的作家作品中,把麦浪滚滚、稻菽千重浪当作最美的自然风景的时候,殊不知那是对自然的一种误读,因为这是带着人工痕迹的风景,是注入了人文色彩的风景线,只不过是被我们的作家披上了自然的外衣而已。同样,当我们在马路边看到一排排整齐划一的同一树种的林木,以及湖边种植的大片花木森林时,它们已然打上了"生态文学"的自然印记,整齐、对称、划一的美学风格最适合传统作家的口味,于是,它们成为人工斧凿的自然之美,这几乎成为一种恒定的审美标准,让许多作家深陷其中。正如勃兰兑斯说司各特"因为在他的内心深处,他更偏爱古代那种绚丽多彩和激动人心的生活,而不喜欢现代生活按常理办事的单调乏味"那样,我们的许多作家也是更喜爱农耕文明的自然描写,虽然它们带有人工合成的痕迹,是一种"伪自然"的书写。这样的审美选择是作家创作的自由,孰优孰劣,历史自有评判。

在中国百年文学史中,当我们先前理解现代性的时候,往往沉浸在迷恋工业文明的景观之中,比如在20世纪50年代,我们曾经把冒着滚滚黑烟的林立烟囱当作最美丽的自然风景,这种对人工自然的工业文明的讴歌直到 20 世纪 80 年代以后才终止。我在仙林地区行走时，看到了倾倒的大烟囱废墟，看到臭气熏天、污水横流的垃圾站还矗立在碧绿的丘陵之下和高楼林立的路边，便感叹人类对工业文明污染的憎恨。然而，我们的觉悟太晚了，虽然我们再也没有对工业文明的文学颂歌了，但我们对废墟中工业自然风景的反思力度还不够。

为什么我说仙林地区是"四叠纪"的自然景观呢？因为这里还有一个看不见的后工业时代貌似美丽的自然景观处所——那个叫作液晶谷的工业区。这里有整齐的树木花草和现代化的厂房，却没有一只鸟儿飞过，因为电磁干扰让飞禽远离这植被繁盛之地。我想，这才是大自然的危地所在。没有人歌颂它，但也没有人批判它，因为作家的触角还没有伸展到这一领域之中，它是"伪自然"书写的盲区。

然而，我们又不能否认人工合成的大自然书写能够成为文学典范的杰作，像俄罗斯作家普里什文的《大自然日记》这样优美的散文，当属世界文学宝库中的精品之作，作者站在自然与人的中间，保持着若即若离的距离感，抒写了人在自然中的愉悦。想必这样的作品会让更多的作家和读者青睐。

面临着林林总总的自然书写，当然就会有不同的自然观，其实问题终究归结到一个焦点上：究竟是采用人类中心主义还是自然中心主义价值观，抑或是人类与自然两个中心调和的中庸主义价值观。如果用开放的视角去看待自然书写，我以为，放任作家自由吧。然而，无论采用什么样的自然书写观，一个文学亘古不变的隐在价值观念是不能遗弃的，这就是人性地、审美地和历史地看取自然与人的关联性。

其人性的标准就是，在整个宇宙世界里，只有人能够控制自然，改变自然，从这个意义上来说，人类中心主义是主导自然的唯一力量。

然而，循着人性的真善美的路径去面对自然，才符合世界与自然的生存秩序。

其审美的标准就是，在文学的世界里，美的选择是由各个作家在不同的描写语境中产生的即时性反映，我们不能苛求审美的统一性和标准化，所以，任何自然的书写都应该遵照作品的自然规律而行进，只要是存在的自然，或自然的存在，都是合理的审美对象。

其历史的标准就是，在历史的长河中，呈现出了各个时代不同的自然景观，如何看待历史中的自然书写，必须秉持文学的真实性原则，把不同时段的自然风景如实地描写出来，杜绝臆造自然才是"历史的必然"。

自然的文学书写能走多远，全凭作家对自然的认知的深度与广度。

原载于《文学报》2022 年 7 月 14 日

"活下去,并要记住"发出"本身的光"

作为一个从小就喜爱诗歌的人,当我十六岁插队在苏北这块土地上的时候,每天坐在运河支流岸边背诵唐诗宋词和外国诗歌,由衷地沉浸在对诗歌的敬畏和热爱之中,我曾经恭恭敬敬抄录过几大本中外诗歌。曾几何时,"朦胧诗"篇激荡着我的青春热血,但是,自20世纪90年代以后,"梨花"诗风风靡诗坛后,新世纪以后出现的许多"大白话诗歌",都让我觉得厌倦。但是,我又是一个专事现当代文学史的学者,我不能忽略这个在中国文坛有着强大生命力,以及拥有最广大作者和读者文体的客观存在,我不能不面对当下诗歌界还有许多好的诗人和优秀的诗作——这是一个沙里淘金的诗歌时代。

新世纪以来,我们面临着诗歌抒写的重重困厄,但是,在众声高歌的时代里,我们还是发现了许许多多闪耀着"思与诗"的诗篇,飘零散落在诗坛的暗隅里。

毋庸置疑,诗歌的"思"是诗人思考历史和现实的思想结晶。它是诗歌的灵魂所在,我之所以用沙克这首诗的题目做文章的标题,就是因为我认为它足以概括我对当下诗歌的认知——诗人也应该记住自己作品所要表达的"我思故我在"的"活着"哲学内涵,它是诗人的灵魂和生命力的象征。具体到每一个诗篇,诗人的价值立场需要有一个恒定不变的坐标——人性的良知才是驱动诗歌良心发现的引擎。用沙克的诗句作诠释，那就是："我雪亮的耳朵听得清楚：/苦，生艰难；爱，生幸福/——活下去，并要记住/被时光染血的白大褂飞了/我与和平女神的眼神一起飞了/活下去，并要记住"。无需过度阐释，我们从诗句的组合里听到了历史的回声，在诗歌的意象叠印中看到了诗人超越时空的思考和价值流露。

正是诗人的风骨支撑起了诗歌灿烂的星空，我们从《问答》中看到的是诗人面对一个新的时代的哲学"回答"："你经受过无休的生死折磨了吗/那是他死去的所有爱人/他身单势弱，无牵无挂/身后站着全部的人类你有过生命换取的信仰吗/那是平常日子的一瞬间/所有的宗教的忏悔/不如婴儿出生的啼哭。"从中，我们读出了人类对现实和历史的生存密码，它是诗人对当下生存语境最好的哲思阐释，当然也是作者超越时空的预言。

这样的哲思弥漫在沙克许许多多诗篇当中，亦如大运河永不停息的河水那样流淌。《仿田间：假如我们不记住过去》是作者借田间《假如我们不去打仗》的诗歌主题表达，更进一步思考阐释人类生存意义的诗篇，当然，对比受着时代局限的老诗人田间，沙克所表达的诗歌哲思的深度显然是高于前者的，它在疗救人类的历史顽疾"失忆症"："假使我们不记住过去/敌人还会用野心欺侮我们/还会指着我们的骨头说/看/这是软骨病//假使我们不记住过去/不强健起来，不懂得爱与回忆/电脑、阳光和翅膀们都会失望/还会指着我们的家园说/看/这里不会有和平。"毫无疑问，思考的广度和视野的宽度决定了诗歌的深度。

沙克有一首诗引起了我对诗歌永恒命题的思考——诗歌中的

"我"究竟是"大我"好,还是"小我"好?这个命题本应该属于诗人风格的讨论,却在我们的诗歌史中变成了一个价值观的重大问题,在否定"小我"的时代里,诗歌也就消解了发自心底里的浪漫抒情的潜意识和下意识的本能冲动,失却的是诗人对世界的本我的认知。被意识形态的"大我"所包裹着的诗歌在失去了诗人发自内心世界的呐喊时,它的个体艺术风格就消遁了,被大一统的呆板艺术风格所替代,那是在给定的价值观念中浮游的浅薄作品。当然,我们不能否定还有一种将"大我"与"小我"融合在一起的诗作,只要作家能够把握好诗歌在意识和无意识之间的那个抒情的度,也可能成为一篇动人心魄、发人深省的好诗。

而沙克那首名曰《本身的光》的短诗,看似是徘徊在"大我"和"小我"之间进行思辨的诗,然而,它最后抵达的则是诗魂哲思的彼岸:"人的命中生着黑暗的刺/不知道等一会儿发生什么/刺伤谁,不安的/嘴唇舔着太阳的余晖//仿佛客栈,迎来生面孔/一次次送走夕阳//其实世上没有黑暗/那是太阳离开了我们/太阳回来了/我们又生活在光明之中//太阳不回头/我们的心脏同样在翼动/是本身的光/在流动//我常审问自己/当我在夜间行走/凭什么快步如飞/凭什么身手轻松//是本身的光/在流动。"

"太阳"这个中国文化与文学语境中的诗歌"意象",即便是不懂诗的人,也都知道它的意识形态涵义,无论是带来光明,还是送走夕阳,那都是一种通俗之美的象征,而"我们",这里虽然用的是复数的"我们",却是代表着"小我",他与"太阳"的对位关系被颠覆解构了,因为即使"太阳不回头,我们的心脏同样在翼动,是本身的光,在流动!"诗人用"诗眼"作题,就足以证明他已经彻悟到了诗歌的全部灵感都来自本我的激情的迸发的真谛,作别了太阳的光辉,送走了美丽的夕阳,"我们"在黑暗中行走,凭什么快步如飞,身手轻松呢,因为本我就是发光源、发光体,它才是驱走灵魂黑暗的主体。在这里,主客体的换位,是诗人表达深沉思辨的价值观体现。它也照亮了沙克诗歌的全部,诗歌成为刺破黑暗的利剑,只有思辨的批判才能到达哲诗的彼岸,人性的光辉让沙克的诗句成为每一颗灵动闪耀的珍珠。

是的,诗歌能够走多远,除了灵动的语言舞蹈魅力外,就依赖于形而上的思考能力,正如沙克在《思与行》中的诗句那样:"离开生地我能走多远/路很薄,水很深/天很高夕阳很低/我的腿迈下还是迈上?"倘若我们将形而下的诗歌意象艺术的呈现比作"迈下"的话,那是诗歌元素不可或缺的先天性禀赋;那么,"迈上"的形而上哲思并不是每一个诗者都可以持有的,这是诗者长期阅读观察世界、认识世界的知识积累,是在人性积淀中的价值凝练和提取,唯有两者有机的融合,那才是好诗。

当今的人类世界不仅仅是"颂歌"与"战歌"的时代,它更是"思与诗"和"诗与远方"的时代。有思想的诗是经得起历史检验的,那些投机时代与消费时代的"诗歌快餐"终究是走不远的垃圾。

但愿沙克们能够越走越远,就像他所言:"思考,行走/把心脏当作物种/把血液当作河水/一条腿踩地一条腿漂流//所经之处/留下金星的脉动和灵火。"这就是形上的思与形下的诗(艺术)高度融合的诗的哲学。

我们这个时代不缺乏有深刻哲思的诗人,但是,我们缺少漫溢哲思的诗风、诗品与诗派。

原载于《中华读书报》2022 年 8 月 17 日

当代作家应该如何书写自然

倘若需要厘清文学中对自然描写的历史逻辑，首要的问题可能就在于作家和批评家必须搞清楚自身所处的历史现场是什么，以及面对复杂而巨大的人类生存悖论，我们应该站在什么样的价值立场来书写自然。

每天清晨，我行走在自己居住的丘陵湖泊地带，常常顺着美国作家梭罗的思路去思考自己对自然的理解，得出的答案和梭罗的理论有所差异。显然，我们所处的时代和梭罗所处的时代已经有了明显的区别。也就是说，当工业文明刚刚侵袭自然生物形态的时候，但凡一个有良知的作家，都会以一个反抗者的姿态，以生动的文学笔触去描写并讴歌大自然的美丽，去抨击破坏自然的行为，这是没有错的，同时它已经成为自然文学与文学自然书写的优秀传统。

然而，当我发现自己每天都走在一个"四叠纪"的自然景物之中时，顿悟出了我们所处的文化语境，已经完全不是前工业文明时代那种简单的历史反抗逻辑所能够解释的复杂语境了。所谓"四叠纪"，就是"原始自然文明""农耕文明""工业文明"和"后工业文明"四种文明形态并置于一种时空的文化格局。不敢说这种"四叠纪"的文明形态已经覆盖全球，但相信大多数国家都叠印着广袤的自然风景和人文风景。

　　是的,这里有着原始植被的树林和湿地,彰显出梭罗所追求的那种自然形态的杂乱之美;这里有着农耕文明的痕迹,菜畦和农田里生长着郁郁葱葱的农作物;这里有工业文明遗留下来的旧式厂房,仍然生产着市场需求的工业产品;这里还有无声无息的后工业文明的操作车间,生产的是电子产品,周遭有着看似美丽的树木和绿色植被,但电子辐射可能拒绝了飞禽作为"闯入者"的签证。作为生态保护主义者,我们必须站在以自然为中心的立场,来表达我们的深切关注。

　　由此,我牵出的话题,其实就是自然描写的价值观问题——是用"以自然为中心"还是用"以人类为中心"的理念进行文学创作和批评,这是一切人文学科学者,包括作家在内,必须思考的哲学命题,这也是当今人类生存悖论的焦点问题,当然也就成为作家描写自然时不可回避的核心问题。

　　三十年前,我明确站在"人类中心主义"的价值立场对"自然中心主义"提出疑问,认为只有人类才能改变自然和保护自然,世界上一切物种都没有能力做到这一点,因为人类是有思想的动物。面对后工业文明的漫漶,我在人类面临的巨大生存悖论面前开始动摇,便寄希望在"人类中心主义"和"自然中心主义"之间建构一种辩证的价值体系。

　　无疑,当今世界在工业文明和后工业文明狂风暴雨般的涤荡中,不仅让原始的自然生态文明遭受到了严重的摧毁,而且连延绵几千年的传统农业文明形态也遭到了破坏。但是,人类文明的进程又不得不付出这种血的代价,这就是历史的逻辑。当然,这并不是简单用达尔文主义就可以解释的世界难题,目前的问题是人类如何把这种破坏降到最低值,达到人与自然基本和谐共处的状态。于是,在林林总总的人与自然冲突中,我们的作家作出什么样的价值判断,就决定了他的写作高度、广度和深度。

为什么人们都十分青睐回归自然的作家作品呢?原因不外乎有二:一方面,工业文明和后工业文明带来的巨大生活压力,让人成为卓别林"摩登时代"影像中的机器人,人在机械的动态中生存,但他们渴望回到静态的生存环境中去。原始自然那种静止的风景便成为人们的精神栖居地,即便是慢节奏的农耕文明生活方式,也比快节奏的工业文明舒适、惬意得多,因为它能够舒缓人的心境,慢和平静始终是人类的精神止痛膏。另一方面,工业文明、后工业文明对自然风景和农耕风景的破坏,表现在精神领域,是对传统审美意识的一次解构,从根本上颠覆了人类的一种"集体无意识",这种无意识是人类对自然和土地的敬畏与崇拜,已然成为一种共同信仰。于是,对自然深情的眷恋成为后工业文明时代晚宴上的一道审美大餐,也是作家取之不尽的创作富矿。

有许多人把自然书写与生态文学相提并论。当然,它们之间是有关联的,但是,两者之间不能画等号。生态文学是要改变环境,改造自然,而在梭罗那里,却是要求人"返归自然",回到原始的生存方式之中。所以,他做了一个令世界震惊的两年离群独居的人文实验,这才有了瓦尔登湖和湖边那间小屋的辉煌与灿烂。是的,这是文学描写的"北极圈",那种久违了的原始自然风景,触动了人们在工业文明压迫下的情感释放,使他们从中得到了"回归大自然"的身心愉悦,甚至让"中国的梭罗"苇岸如醉如痴地放弃了诗歌创作,像梭罗那样走向大地和原野,踽踽独行地去思考人生的哲理,"大地上的事情"就是回到一个"有机"的原始自然状态,就像苇岸自己所说的:"有一天人类将回顾他在大地上生存失败的开端,他将发现是1712年,那一年瓦特的前驱,一个名叫托马斯·纽科门的英格兰人,尝试为这个世界发明第一台原始蒸汽机。"

多少年来,梭罗的描写打动了世界上无数的读者,我们在感性世界的层面折服于这样的自然抒写:"我们常常忘掉,太阳照在我们耕作过的田地和照在草原与森林上一样,是不分轩轾的。它们都反射并吸收了它的光线,前者只是它每天眺望的图画中的一部分。在它看来,大地都给耕作得像花园一样。"作为一个梭罗的忠实读者,我总是像英国艺术史家肯尼斯·克拉克欣赏风景画杰作那样,仔细地品味梭罗对自然的描写,当然也包含着对农耕文明的礼赞。

这里需要注释一下的是,作为一个从事乡土文学研究超过五十年的学人,我发现了一个可能不易觉察的问题:对于反抗工业文明的侵袭,梭罗和苇岸站在同一价值起跑线上,以至于让许许多多作家都在跟跑。

然而,在理性层面可以说,每一个生存在这个星球上的人,谁也无法拒绝现代工业文明给人类带来的幸福,当我看到一个自然探险家来到非洲腹地中那个从不与外界接触的原始部落里,将打火机递到原始人手里的那一刻,一个钻木取火的时代即将结束,这不仅让原始人感到兴奋,我也在亢奋中找到了一个新的答案:我们不能一边享受着现代物质文明给予的恩惠,一边又忽视它的历史进步。如果像美国作家霍桑说的那样,梭罗"否定了一切正常的谋生之道,趋向于在文明人中过一种不为生计做任何有规则努力的印第安人式生活",时空永远凝聚定格在原始的自然生存状态,抑或农耕文明那种繁重而恬静、贫穷而枯燥的生存状态,我想,这些经历过现代文明给予丰富物质与精神馈赠的人,谁能舍弃他所处的人文环境,而走向原始的自然美景呢?大量的农村人口迁徙就足以说明一切。

梭罗说:"文明居住的这个充满着新奇的世界与其说是与人便利,不如说是令人叹绝,它的动人之处远多于实用之处;人们应当欣赏它,赞美它,而不是去使用它。"原始文明能够给人带来便利吗?尽管梭罗可以用农耕文明的生活方式去解决生计问题,但是他不能再用刀耕火种的生活方式生存,他还是要借助现代文明的手段来维持部分农耕收获,许多生活用品还是要去镇上购买。从这个意义上来说,人类无法回到原始自然,就像原始部落里的人群,只要见到现代文明的光,就不会放弃通往幸福之路。从这个意义上来说,人类只能通过文学作品的想象"返归自然",亦如弗洛伊德的"白日梦"之说,以此满足人性的需求,这也是哲学家和科学家所不能企及的。

梭罗在《瓦尔登湖》中说:"我在我内心发现,我有一种追求更高的生活,或者说探索精神生活的本能,但我另外还有一种追求原始的行列和野生生活的本领。"正是他工作过的庄园主人和精神导师爱默生把他送进了对原始自然环境的追求之中,从此,瓦尔登湖就成为一种自然和精神的象征。爱默生在 1862 年 5 月 9 日写就的《梭罗小传》中说:"梭罗先生以全部的热爱将他的天赋献给了故乡的田野、山脉和河流,他让所有识字的美国人和海外的人了解它们,对它们感兴趣。"是的,两个世纪过去了,当一次次工业革命的浪潮席卷而来,人们都会想起这个伟大的浪漫主义作家。

但是,我们能否用梭罗的行为去反抗工业文明和后工业文明带来的人类生存的悖论呢?

显然,原始自然的美丽风景线逐渐消逝,给人类带来的心灵创痛是无法弥补的。同样,农耕文明的风景线——麦浪滚滚和金黄的稻菽千重浪,以及那漫山遍野的红高粱,已经成为人类难以抹去的历史集体记忆,它早已通过文学描写的传导,植入了民族的灵魂。对乡土文学中的风景记忆,成为各国作家,尤其是中国作家的集体无意识。而这样的风景越是稀缺,就越会引起作家的眷恋,这种眷恋成为作家对"第二自然"的一种膜拜。这种现象在我国这样一个有着悠久农耕文明的国度尤甚,以至于我们的文学创作久久沉湎于固化了的审美乡土语境不能自拔,不能走出传统美学的泥淖。

然而,历史的发展往往不是以人的意志为转移的,我们谴责工业文明和后工业文明在追名逐利、唯利是图趋势下对大自然的摧毁时,不能也无法让现代文明的科技脚步停下来,关键问题就是如何在营造两者和谐共处的文化氛围中建构一个更加合理的体系。所以,作家应该清醒地认识到这种文化悖论给文学创作的价值理念带来的眩惑,以及它们背后的一些深层理念产生出的新观念认知。当然,作家有自己的艺术风格选择,但新的认知是必需的。

反转镜头,当我们从另外一个角度去认知"人类中心主义"的时候,你就会发现许多人走入了人与自然的认知盲区,这就是"人定胜天"的理念让我们失去了对自然的敬畏与恐惧之心,尤其是现代文明的傲慢,让人类文明偏航,以为智能机器可以解决人类所有的问题,包括对自然的征服,这同样是一种无知。

我们是谁?我们走向哪里?这是作家书写自然时必须思考的问题。

原载于《光明日报》2022 年 8 月 28 日

乡村巨变：历史与现实中的审美取向

2021年江苏作协组织到各县市进行采风活动，我就到半个世纪前插队的地方去再次回访，其目的就是看一看农耕文明形态下的乡村自然风景和人文风景的巨变。无疑，这是一场历史的巨变，作家如何去再现和表现这种充满着审美悖论的生活和场景呢？我们的思想触角如何在历史的变迁中建构属于文学自身的价值理念呢？这正是我们在文学史和当下文学创作方法和价值取向中所面临的世纪性难题。

从七十多年的中国当代文学史的角度来看，那个年轻时翻译过肖洛霍夫《被开垦的处女地》的著名作家周立波，写过一北一南两部地域文化的长篇小说。《暴风骤雨》获得过"斯大林文学奖"，《山乡巨变》虽没有获得过任何奖，但是，在文学史上的地位似乎比前者还要高，究其缘由，我想，除了文学本质的人性描写的艺术魅力外，就是对历史思考超越了当时一般作者对时代的盲从性，虽然许多批评家仍然感到不满足，但是，能够超越时代局限性的作家并不多，如今这样的叩问仍然会再次浮现，这就是作家如何"从历史链条看乡村世界"的书写逻辑。我们的作家是否能够观察这个历史巨变中的许多深层问题，用"第三只眼"去穿透"第四堵墙"，还乡村巨变中历史和当下的一个真实的面貌，其文学史的意义一定是指向未来的，其文学的"史诗性"就是让作品一直活着,让它成为一个时代的见证,更重要的是,它在未来的阅读者当中,仍然保有鲜活的审美意义。

法国史学家吕西安·费弗尔在《为历史而战》一书中第四部分"文学史学家"中说,历史的逻辑"就要求作者本人就是读者。叙述者不入戏吗?他永远不说'我'吗?"这就是文学作品如何置身于外,从读者的层面来考虑历史和现实世界的耦合性;同时,他也需要置身于内,这就是叙述者要成为戏中人,用亲历者的"我"进入角色的内心世界之中,成为一个超越时空局限的独特的"我",这样的叙述者才是既尊重历史,又面对真实,还面向未来的作家,唯有此,其"史诗性"的作品历史逻辑才能实现艺术的回归。

当然,我并不同意作为历史学家的费弗尔批评文学史家时对"历史之历史"的文学史定义。但是,"要把它们写出来,就需要复原环境,就要想到该由谁来写,为谁写;谁来读,为什么读……需要知道某某作家获得了怎样的成功,这种成功的影响范围和深度如何;需要在作家的习惯、爱好、风格和成见的改变,与政治的变迁、宗教精神面貌的转变、社会生活的演变、艺术时尚和兴趣的改变等之间建立联系"的意见还是可取的。这不仅是文学史家和批评家参照的历史逻辑,同时也是一个现代作家必须考虑的问题,如何将这种理念融入自己的创作理念和方法中去,也是作家活在未来世界里的历史逻辑。

创造"史诗"并非只是唱诗和颂诗,也就是说,作家在回眸与歌颂农耕文明自然形态的时候,要清醒地认识到在那种眷恋"麦浪滚滚"和"稻菽千重浪"的情怀背后,隐藏着多少农民的苦难和辛酸。如今当我们看到工业文明在一定程度上覆盖了农耕文明后,一栋栋华丽的别墅林立在湖畔沟渠旁,在歌颂工业文明给乡村农民带来幸福生活的时候,我们看到被污染的土地了吗?正因为我去年在埋葬着我青春的故土中看到了另一种乡村巨变:河流被污染,村里几乎看不到年轻人,全是空巢老人,当我看见82岁的生产队长时,我的眼睛濡湿了……这一乡村风景与那些值得歌颂的工业乡村风景相比照,其文学的悲剧审美更能触动我的心灵,这种审美的落差正是作家审美价值判断的依据,反思这样的风景,我们才能让文学在现实的土壤中绽放出"史诗"的花朵。这是站在现实大地上向前看的作品,它无疑是构成"史诗"的重要元素。

那么,还有没有另一种构成"史诗"的重要审美元素呢?答案就在我20世纪90年代就提出的乡土小说自然风景画描写的消逝后的重新发掘之中。

由此,我想起了20世纪下半叶在西方兴起"自然文学"的书写,那是因为土地伦理价值观的崩塌,让作家对乡村描写进入盲区。当然,我并不同意"自然文学"以自然为中心的审美价值观,但是,现代工业文明将自然界的风景描写剔除在书写范畴之外,那就让"史诗"的书写缺少了人与自然和谐相处的对话语境。哈德逊河画派的艺术宗旨就是"以大自然为画布",在这一点上,我们的乡村小说的描写缺失就凸显出来了,作家已然没有了视觉之中的自然风景,故事与人物描写淹没了风景,殊不知,风景是构成乡村人与自然的重要纽带,对风景的盲视,就是对文学作品"史诗"元素的轻蔑。在人类中心主义与自然中心主义之间,我选择的是两者平等的对位关系,这样才有利于作家在进入乡村描写时不至于在大自然景物描写中失明。无疑,在这次里下河水乡的文化考察中,站在高邮湖和宝应湖畔,我深深地感受到了自然景观对于一个会思想的芦苇来说,是何等的重要。我多么希望作家能够在这样的画布中描写出风景中的人和人在风景中的像,"像山那样思考"才是作家思想和艺术的高度融合,其中所漫溢出的人文意识和审美意识,才是作家最宝贵的财富,因为它透视出的是一种永恒的人性,也是文学作品的艺术源泉。用这个画派的理论来说,"人并不因此而被淡化,反而与自然更强烈地融为一体,被壮丽的景观烘托得更突出"。因为他们相信,"人有生有死,文明有兴有衰,唯有大地永存"。从这个意义上来说,乡土文学胜于城市文学的优势就凸显出来了,忽略了这样的优势,是作家对审美的漠视。我们的国家,除西部还有着广袤的原野和雨林植被外,在中原和沿海地区,如果仅剩的乡村自然风景都被忽略了,我们就无法面对历史和未来的文学。

我并不认为在乡土文学中存在着"诗化"与"丑化"的两级标准,作家面对乡村的巨变,其价值理念首先是站在人性基础之上的,这是文学作品的首要条件。二十年前,复旦大学的章培恒先生和骆玉明先生以人性标准为经纬撰写了一部《中国文学史》,让我醍醐灌顶。虽然有许多质疑的观点,但我觉得它是衡量世界文学作品不可或缺的试金石,这才是文学最"本真"的力量。如果站在这样的视角上去反映一个大时代,你笔下的历史内涵和审美内涵就不会丢失,你笔下的所谓"新人"就不会走样,现实主义的真实性就会如山泉一样自然流淌,浪漫主义的元素就会渗透在你的字里行间,变成一朵朵盛开的玫瑰。

今天,当我们与中国现代文学,也就是1919年至1949年的文学渐行渐远的时候,我们对《山乡巨变》这样作品的重新谱写,是否还容得下乡土文学开山之祖鲁迅的那样充满着批判意识的作品存在?这的确是一个深刻的社会价值判断的问题,当然这也是一个长期困扰着中国当代乡土作家的书写沟壑。无疑,柳青模式和路遥模式的书写是被认可的乡村书写,但是,我们不能简单模仿他们的模式来处理当下乡村巨变的历史语境了。他们没能看到这几十年来乡村的巨变,我们总不能带着他们的历史局限性进入巨变乡村的描写之中吧,他们的价值观停止在"新时期"开端的钟摆上。由于工业文明,乃至于后工业文明给乡村带来了中国历史上从未有过的巨变景观,如何面对巨变下的乡村书写,写什么?怎么写?是这个世纪文学给作家提出的历史诘问,没有一种恒定的价值观去统摄作品,作家哪怕就是依照人性的视角去构建自己笔下的故事、人物和风景,也会写出好作品,怕就怕你套用一种流行时尚的模式去进行应景的写作,那样的作品是没有生命力的,是永远被拒之于文学史门外的。

至于鲁迅风还适应不适应当下文学创作,这是一个常识问题,正如恩格斯对文学作品下了那个普泛的标准观念那样,只要是"典型环境中的典型人物"的塑造,就不能离开社会生活中的暗面,由于各个作家创作风格殊异,他对世界的认知程度就决定了他的作品填写的价值观高度,选择价值观是他创作的自由,写光明和黑暗对于作家来说是同等重要的价值选择,任何力量都不应该挡住作家观察生活时的感受和经验。但是,面对"内卷化"的乡村,面对"低欲望的乡村生活"图景,作家当然不能闭上那双充满着良知的眼睛,我们不能站在一个城市艺术家的立场去奢侈地过原始人类的生活,也不能从日本"里山资本主义"那里汲取生活美学经验。在中国,对物质的追求和对城市的渴望,仍然是乡村农民的追求。即便是像梭罗那样离群索居的孤独者,最后也只能回到人类群居的文明中来。那么,只要活在人间,苦难就会自然而然产生,文学作品的高下往往是在于作家面对现实中的苦难采取什么样的审美态度,像雨果那样采取人性悲剧审美取向,同样可以流芳百世,人们会记住《悲惨世界》《巴黎圣母院》和《九三年》中充满着人性的悲剧,它所产生的艺术感染力是一般作家作品不能比拟的,因为人性超越了时空,让他获得永恒。同样,鲁迅的乡土小说作品之所以还活在我们的教科书中,就是因为他作品中的典型环境和典型人物穿越了时空,照样行走在我们当下这个世界中。鲁迅不死,是指他笔下的人物还活在我们中间,所以一个世纪前的鲁迅乡土小说模式还适用否?这似乎是一个伪命题。因为鲁迅不仅是一个作家,他还是一个思想家。

正好在网上看到李强的一篇题为《艺术一旦拒绝思想,就等于拒绝自己》的文章,其中说道:"艺术和宗教与哲学一样,是真理的负荷者,一旦艺术开始拒绝思想和真理,它就开始在拒绝自己了。……艺术作品的主题不能理解为素材,而应该理解为它所表达的思想,也就是它所蕴含的'哲学'。"此言不虚,当为座右。

在乡村巨变面前,我们不能兼做一个思想家和哲学家,但至少我们应该学会做一个会思想的芦苇吧。

原载于《文艺报》2022 年 8 月 31 日

自然生态的风景画与国家文化身份认同

正在重读美国"哈德逊画派"的绘画,被19世纪初出生于英国的美国人托马斯·科尔创立的这个画派的风景画所吸引,这个崇尚自然的画家居然把画室搬到哈德逊河边,用浪漫主义的色调绘制了许多迷人的风景画,毫无疑问,他的自然生态油画是对大自然的讴歌,立马让人想起了同时期的美国自然生态理论的奠基人爱默生,更会自然联想到爱默生的学生亨利·大卫·梭罗那部震惊世界的散文集《瓦尔登湖》——它让人类进入了人与自然的沉思之中。

如何分析美国"哈德逊画派"风景画的特色,以及它们的主题表达呢?我试图从科尔的五部曲系列"历史寓言画"《帝国的历程》中寻找答案——作为文化符号的风景画是如何进入美国人的精神领地里的?

恰恰就在此时,我看到了南京大学历史学院青年学者姚念达发表在《历史研究》上的《荒野、画布和国家:哈德逊河画派与美国国家身份意识的塑造》一文,立有茅塞顿开之感,新的角度触发了全新的宏观思考。无疑,姚念达从"环境史"的角度分析了"哈德逊画派"对于美国人的国家"集体无意识"——自然、荒野一旦被搁置在艺术家的画布上,作为一种文化符号的徽标,它就会深深地扎根在一个国家文化意识之中，即便这个国家是再多的种族组合而成的，也丝毫不能阻遏共同文化意识的建构与认同，当艺术家和作家把这种意识变成形象的视觉和感觉时，风景画面就成为一个国家文化精神的地标。从这个意义上来说，只有两百多年历史的美国风景画是涂抹在自然荒野之上的精神徽标。而有着几千年文明历史的中国，我们的风景画是画在什么样的画布上呢？这是一个超越艺术和文学的哈姆雷特之问，值得我们深思。

姚念达认为："哈德逊河画派的画作在美国建国之初强化了美国人意识中'新世界'相对于'旧世界'的优越感，并通过图像符号的传播塑造了美国人共同的空间想象。"从历史的角度来看，这是一个毋庸置疑的正确结论，但科尔生活在一个前工业文明的时代里，他从这个时代的背影里寻觅到了所要表达的主题。我们从科尔的《卡茨基尔的日出》《美国白山峡谷》《从麻州北安普敦霍利约克山眺望雷雨过后的牛轭湖》的画面中读到了在这片荒凉的土地上无比壮丽的自然景观，风景画唤起了生长在这片土地上的人在思考人与自然关系时的独特视角。当然，桑福德·罗宾逊·吉福德的那幅《山中峡谷（卡特斯基尔峡谷）》更是用瑰丽恢宏的气势讴歌了自然世界鬼斧神工的壮丽风景，其所有的主题指向都是对自然风景画的全新阐释。

作为科尔的学生，也是第二代美国"哈德逊画派"的领袖人物，弗雷德里克·埃德温·丘奇创造了富于理想主义色彩的广阔自然风景画，它的代表作《安第斯山脉之心》最拿魂之处竟是那湍急而平静流淌着的小溪瀑布，这颗"自然之心"浇灌了几代美国人的心田。当然，就个人喜好的偏见来说，我更喜欢的是这个画派中德裔美国人阿尔伯特·比尔施塔特那种优美宁静的浪漫主义抒写，《优胜美地山谷的默塞德河》风景画面中的纯粹技术主义的光影与柔和的色彩,仿佛使人进入仙境一般,画家将细微的人物、小船以及牛羊处理成大自然之子,也许这就是他对这个国家认同的阐释吧,这在他的《落基山脉,兰德峰》中显得更为突出,优美壮丽的大自然景象在水与山动静相宜的画面中显影效果自不必说,山脉之心的瀑布仍然明亮地占据着画面中央,值得注意的是,在我看到的许多"哈德逊画派"作品中,第一次看到了画幅中出现如此多的人群、牛羊群和帐篷,早期西部游牧文明的生活气息跃然画布之上。画家给出的主题为:究竟人为自然之子,还是人为自然的主人呢?"旧世界"并没有被打得落花流水,它的视觉影像往往被作为艺术画面的重现,回到了现实世界当中,来到了人们的梦境之中。

然而,更值得注意的是,"二战"以后,当20世纪的美国人面临后工业时代即将到来,新兴资产阶级的崛起给世界和人类带来祸福时,就不再思考19世纪工业革命给自然生态和人性带来的戕害问题,转而思考什么才是人类生存面临的现实问题了。那本由亨利·斯蒂尔康马杰撰写的《美国精神》风靡一时,为新旧交替中的20世纪开始城市化的"美国精神"张目——以达尔文"物竞天择,适者生存"进化论为轴心的哲学漫漶了19世纪美国人对自然和野性的崇拜。

但是,文学往往是对社会思潮的一种反抗,在美国文学中,我并不认为杰克·伦敦"荒野文学"中"野性的呼唤"是对进化论的一种呼应,而是一种充满着对现代社会悲观情绪的反抗,直到英国诗人艾略特对"荒原"的现代回应,都是一种文学反抗的像喻。亦如弗洛伊德所言:"我们的文明充满着这样的苦难和不幸,其本身就应该受到谴责,我们如果将其全部抛弃,回复到原始状态,我们就将更加幸福。"言辞虽然过激，但却成为文学回归自然，反抗和批判现实的一种思想武器。如果你仅仅在斯坦贝克《愤怒的葡萄》中看到作者对资本主义工业社会的控诉是不够深刻的，必须看到那种崇尚自然，回归农耕的情结仍然是根植在美国人心灵深处的精神故乡，正如"迷惘的一代"作家托马斯·沃尔夫在《美国序幕》中说的那样："我相信我们在美国这里迷了路。"

"迷惘的一代"产生了美国许多大作家，如菲茨杰拉德、福克纳、海明威这样世界著名的作家，原因就在于他们都站在现实背景的反面去观察社会，从文学的滥觞之地的自然风景和原始人性中汲取营养，正如菲茨杰拉德在《了不起的盖茨比》中调侃似的说："我们来自远方，我们的梦想却那么近，看起来想不实现都难，然而我们并不知道，梦早已破碎。我们继续奋力向前，逆水行舟，被不断地向后推，直至回到往昔岁月。"他作品中那种对往昔岁月的深刻眷恋，正是一种美国传统的"荒野"意识融入作品的象征；而福克纳和海明威却是人类信仰的乐观者，正如海明威在《永别了，武器》中说的那样："生活总是让我们遍体鳞伤，但到后来，那些受伤的地方一定会变成我们最强壮的地方。"然而，就是这样一个乐观主义者的硬汉，最终用猎枪结束了自己的生命，关于他的自杀有着各种各样的猜测，我更相信的恰恰就是他的精神疾病，导致了他对自己"美国梦"的开枪，为自己的文学梦想送行。从这个角度来说，他是否愿意回到自然荒野的精神故乡去呢，这个真不好说。

也许，在 21 世纪文学艺术中的美国精神阐释里程碑上要镌刻着电影《荒野猎人》的名字，像"哈德逊画派"一样，当格拉斯沐浴在落基山的落日余晖中时，那种对"野性的呼唤"又一次震撼了美国人，唤起了他们对远古的原始自然形态文明秩序的人类记忆,以及对现代文明的沉思和回归荒野的愿景。

但是,自然风景影像可以用倒片的方式重放,人类文明的进程可以回头倒行吗?这是自然生态文明的艰难命题,也是人类生存的艰难选择。如果让哲学家、历史学家和文学家同时回答这个问题,答案肯定是不一样的。当然,中国作家和美国作家的回答也是不一样的。

中国文化与美国文化本质的不同就是我们有着延绵几千年的历史文化,但我们的疆土却没有美国、加拿大那么辽阔,人口也比他们多出了好多倍,荒凉的土地资源是他们在自然生态环境中获得国家认同的精神基础,正如科尔所言:"我们拥有无限宏伟壮阔的自然风光,这就是我们国家相比于其他国家优越的地方。"

我遐想,加拿大国旗上的那枚枫叶,是不是隐喻着自然生态资源才是他们精神的高地呢?即便像俄罗斯那样也有着那么辽阔土地资源的国家,其中远东西伯利亚的荒原,在他们来说并不在意,但也是他们拥有荒野的骄傲,然而,他们却没有像没有历史的美国人那样崇尚自然,他们唯一能够引以为自豪的就是,文学成为被别国认为的国家文化认同的基石。

中国拥有幅员辽阔的疆土,也是多民族的国家,成吉思汗之所以被称为"一代天骄",也是因为历史上疆土的扩张,使得荒凉的土地成为国家资源的属地,即便是飞地,也令人叹为观止,倘若疆土的历史钟表停滞在八百年前,荒野也许会成为中国风景画上的精神地标,其国家文化认同或许也是以自然景观作为徽标的,这是我站在符拉迪沃斯托克那个巨大的城徽锚链上所想到的。

在这个有着悠久农业文明历史的大国里,养育众多民族的长江黄河便自然成为中国的精神地标,显然,它们是自然的归属;倘若有人把长城作为国家文化认同的地标,就脱离了自然生态的意象,这种人工的建筑物是非自然的物象,虽然充满着人文精神,让它成为国家文化认同的标志,人文意义强烈了,却削弱了更加深邃的文化内涵。

我们与人类同步进入了 21 世纪的"新世界",浪漫主义的"伊甸园"风景画是否会在自然生态保护语境中重新复活?这是一个二律背反的命题——从人类不断追求丰富而奢华的物质生活本能而言,城市化空间越是发达、越是便利、越是秩序化,就越能满足生存的需求;而那些越是原始的、越是自然的、越是去除了人工打造的风景,就越是能够吸引观众。但凡景色最好的旅游地,都是没有被文明过滤的原始自然的风景区域,因为人们想回到风景如画的艺术故乡里去精神度假,追寻自身在喧嚣的后现代城市文明中所无法得到的浪漫餍足。这几乎就是全人类共同的集体无意识。

每天清晨,我走过一个"四叠纪"时代地貌风景的区间,融入原始文明、农耕文明、工业文明和后工业文明的风景画中:原始的丘陵山谷、自然的湖泊湿地、成群的飞鸟和踽踽独行的野兽;梯田、菜畦和养殖场;倒伏的烟囱和废弃生锈机器;整齐的街道两旁名贵的树木,以及周边建造的一个个公园;没有烟囱寂静无声的电子生产的流水线……统统集中在这一块尴尬的文化叠加土地上,作为一个艺术家和文学家,他们应该想的是如何表现充满着悖论的城市风景线呢?

我对肯尼斯·克拉克在《风景入画》一书中对梵·高风景画的评价记忆犹新,克拉克引用梵·高那句充满着深奥哲理的话来说,"我吃掉了自然"！以此来阐释印象派大师梵·高"将这种悲剧意识带回到了现代艺术之中；并且像尼采和罗斯金那样，在疯狂中追求对19世纪唯物主义唯一可能的逃避"。梵·高的逃避是艺术的隐喻，他没有像"哈德逊画派"那样直接用荒野的自然风景来表达最鲜活的美国文化认同和美国精神，然而，有几个人会像克拉克这样去看梵·高笔下那令人费解的画面呢？

倒是克拉克在此书第一章"象征风景"开头一段的话，更能让人接受："我们的四周环绕着非我们所创造的事物，它们有着不同于我们的生命与构造：树木，花朵，青草，江河，山峦，云彩。多少世纪以来，它们一直激发着我们的好奇与敬畏之心。它们是令人愉快的事物。我们通过想象力将它们重新创造出来就是为了反映我们的心境，当我们对之进行思考时便提出了一个观念，我们称之为自然。风景画标志着我们理解自然的不同阶段。自从中世纪以来，他的产生和发展是人类精神试图与周围环境和谐循环的一部分。"

是的，站在人类文明的十字路口，我们会毫不犹豫地站在作家和艺术家的风景画旁驻足观赏，回到浪漫理想的乌托邦的梦境之中，完成一场温柔梦乡的"画境游"；然而，当你从梦中醒来，面对现实生活困境的时刻，你会毫不犹豫地舍弃自然生态主义理念，因为它会阻遏你在现实生态环境中的现代文明生活秩序。

我们究竟要活在什么样的生态文明的文化语境中，这是一个问题。"哈德逊画派"优美的自然风景画让人产生不可抗拒的精神诱惑和愉悦；现代与后现代的生存方式和生活方式却又成为阻击人类通往自由和浪漫的巨大障碍。于是，那种产生共同文化认同的集体无意识已经无法在这个后现代文化语境中存活了，不要说远古的原始自然的风景线在逐渐消逝,就连农耕文明和工业文明的痕迹都在高度城市化的文化语境中被悄悄地抹去,工业文明也是时代的最后一抹夕阳。

我们歌咏自然生态,我们呼唤野性,只能限于文学艺术的表现吗?!

原载于《文学报》2022 年 11 月 24 日

彷徨在城市与自然风景的十字路口

公园往往成为一个城市的风景地标,世界上许许多多国家城市里的公园过去大都是私家花园,不是皇家的,就是大庄园主所拥有的,当然,被美国人骄傲地称为"地球上最独一无二的神奇乐园",也是世界上第一座国家公园的黄石公园,面积竟达近九千平方公里,但那不是归属哪个城市的公园,而是公园城市。

那么,属于城市风景一个有机组成部分的公园,我见过的最美的是具有法国古典主义特色的皇家园林凡尔赛宫,尽管金碧辉煌的圣彼得堡夏宫也是皇家园林杰作,但比起偌大的凡尔赛宫中广袤的绿植、精美的雕塑、遍野的喷泉、美丽的花圃、一望无际的森林和花野还是稍逊一筹,凡尔赛宫将人工雕琢的精美和大自然风景的巧妙结合做到了极致,让人沉浸陶醉在天上人间的美景中。森林、河流、湿地、瀑布被设计师巧妙地布局在这片广袤的土地上,成为世界园林史上巧夺天工的垂范之作。法国大革命前,这里拥有八千公顷土地,如今只剩下十分之一的八百公顷,但仍然是十分壮观的城市风景园林。

所有这些都是集游牧文明和农耕文明之精华的人工再造,那么,倘若将它们与原始的大自然天然去雕饰的美景相比,谁更加美丽呢?这似乎是一个伪命题,恐怕大多数人的回答都是一样的:两种形态的美我都喜欢！是的，从一个游历者的眼光，阅尽人间春色，无论什么形态的景观，自然的也好，人文的也罢，只要是景色，我们认为都是赏心悦目的，都是摄影机中美色的取景，尤其是对 19 世纪兴起的"画境游"的专业旅行者来说，他们能够从中获得更多的人文思考。但是，对于一个环境保护主义者来说，他们却会对人工打造出的城市风景的工业化产品嗤之以鼻。

这是人类所面临的审美困惑，如何看待两种形态的风景，实际上已经成为自然风景和人文风景在观念上的激烈碰撞，只是人类习焉不察而已。

其实，当 19 世纪自然生态写作者梭罗写下了由 18 篇散文组成的《瓦尔登湖》的时候，他就纠结在自己设置的悖论逻辑的困惑中了，一方面是对工业文明的蔑视与仇恨，另一方面是对自然原始文明的赞美，以及对农耕文明的深刻眷恋。很多人都把这篇作品当作人与自然和谐共处的经典范文来捧读，我第一次抵达瓦尔登湖的时候也是这么想的，但是，当我第二次抵达瓦尔登湖的时候，我就开始思考人类与自然和谐相处背后的另一个重要的问题了——人类在不断进步发展的过程中，从原始文明到游牧文明、农业文明、工业文明，再到后工业文明，任何一种文明形态中都有其自身的风景特征，这造就了各个时代不同的艺术风景风格与画派，以及各种各样的文学作品的描写艺术特色，意即，我们不能用某个时代的审美需求去否定其他时代的艺术风格。其实，梭罗并不想做一个在孤岛上生活的鲁滨孙，而每一个现代人都不想成为远离现代文明的原始人。

显然，梭罗是站在原始文明和农业文明的视角来否定工业文明的，因为大工业生产不仅破坏了自然生态环境，同时，还戕害了人类宁静的生活方式和生活理念,前者直接催发了20世纪60年代卡森在《寂静的春天》中对人类生态环境危机的思考,正式升起了生态保护主义的大旗;后者不得不重新将苏格拉底最古老的哲学命题——"我是谁"放到了20世纪人类两种文明撞击的交汇点上,因为人类知道自己已经生活在了两难选择的语境之中。

我在瓦尔登湖边想到的是:一个文学艺术家应该不应该,能够不能够做一根会思想的芦苇,这应该不是个伪问题,因为我看到了离群索居投入大自然怀抱的梭罗,不能离开的是农田里的原始劳作,更不能离开与故乡人的交流,虽然这只是和农民的朴素交流;甚至也不能离开工业文明给他带来的便利,比如电和生活用品。

我常常在想,两年多与人类半隔绝的生活状态,是梭罗的一种人类学的田野实验吗?《瓦尔登湖》就是一个以文学的名义绑定的人类社会学的象征物,实际上它就是一所天然的自然风景实验室。

因此,价值判断的正确和准确与否,似乎成了一个重大的人文命题,文学艺术家在创作的过程中要不要进行判断,怎么去判断,的确是一直萦绕在我脑际的问题。

跳过游牧文明、农耕文明、工业文明的风景画面,当我们从充满着后工业文明的大城市环境中,直接走到原始自然环境中(我这里所说的自然生态风景主要是指那种没有被过度开发的原始风景,排除那些已经被圈地了的且充满着商业化氛围的风景区),巨大的风景落差,让我们看到了人类在这个星球上的眩惑。

在中国边疆城市的边缘,那里有广阔无垠的雪山草地,那里有大片广袤的森林湿地和热带雨林,那里有各种各样的野生动物和千奇百怪的飞禽鸟类,是动物和植物自由自在生长的天堂。

当我在雪域高原那几亿年形成的巨大隆起的地壳面前时,我感到了人类的渺小;当我在大草原上看到了大大小小"海子"湿地的时候,我看到的是动植物顽强的生命力;当我站在大峡谷和大瀑布的壮观奇景中的时候,我惊叹大自然的鬼斧神工……这一切巨大的原始风景画,瞬间产生的浪漫主义美感,让我忘却和战胜了人世间一切渺小的生存观念和生活方式,然而,一俟你走出这样的风景画时,巨大的失落就来自于又回到了现实生活的大地上,隐入了高楼林立的水泥密林中,看着城市里灯火辉煌的后现代街市中灯红酒绿的生活场景,一种文明的巨大反差,让你在两种文明的巨大落差中不能自已,久久徘徊。

面对这样的风景,作家如何描写,艺术家怎么摹画,要不要植入自我的情感?是客观的自然主义笔法呈现,还是主观的抒情浪漫的情绪植入?是的,作家和艺术家有着自由的选择,同样的作家和艺术家,就拥有同样的读者和观者,各有各的不同,也各有各的相同。

在中国不断城市化的扩张进程中,我们看到了一种十分奇特的城市景观:一面是高耸入云的大楼和阡陌纵横的街道,以及星罗棋布的现代电子监控系统;另一面是依山傍水的湖泊湿地,这里聚集着几种不同形态的文明风景,我不知道这里是不是作家们可以描写的"新自然文学""新游牧文学""新乡土文学""新工业文学"和"后现代文学"之地,也不知道这是不是艺术家们可以绘制出的几种文明景观混杂在一起的奇特风景。

走进城市的边缘,你看到了群鸟飞翔,万鸟栖息在湖面上、湿地里、山林中的壮观风景,你甚至可以在有些城市的中心地带的树林里,看到松鼠之类的小动物在欢乐地嬉戏。你看到了一望无际的稻菽在风中摇曳,看到了麦浪滚滚田野上空云雀在飞翔,甚至你可以在繁华的边疆城市边缘地带,看到辽阔草原上的"海子"里原生态的自然风景。你也可以看到边地现代化的城市犹如城堡一样,被包围在雪山高原绿色苍茫森林之中的风景画之中,仿佛汪洋大海里的一座孤岛……

所有这些城市与自然、城市与乡村、城市与现代文明融为一体的景象,构成的是中国,乃至不同人群看待风景的不同世界观。更确切地说,我们站在城市与自然、城市与旧有文明的十字路口中央彷徨,其审美的眼光往往在一种充满着悖论的眩惑中不知"我往哪里去",虽然我们似乎已经弄清楚了"我从哪里来",却又无法决定自己要到哪里去。

每天清晨,我走过城市边缘的湖泊与湿地,看着贴着湖水飞翔的白鹤,便想起了梭罗那一段对并不十分美丽的瓦尔登湖的描写:"湖是风景中最美丽、最富于表情的姿容。它是大地的眼睛,观看着它的人也可以衡量自身天性的深度。湖边的树是眼睛边上细长的睫毛,而四周郁郁葱葱的群山和悬崖,则是眼睛上的眉毛。"这段拟人化的风景描写,恰恰就是在回应一个人类审美新角度的问题——我们看待自然是"衡量自身天性的深度",不过,这个"天性"并非先天性的存在,而是通过自身不断阅读书籍、阅读人间风景实践,通过反反复复琢磨出来的后天性的经验所积累下来的认知判断。唯有此,我们才能在风景的十字路口获得彷徨的权利,不至于在毫无思考能力的情况下,掉进那种"无注意后意识"的单一审美选择的陷阱中。

人类学家早就把人定义成为一种会思考的高级灵长类动物了,然而,当我伫立在湖岸湿地边,看到也同样伫立在水边一动都不动的白鹤时,我们能够用呆若木鸡来形容它吗?它望着平静的水面和干涸的湿地,望着水面上漂浮着的白色的塑料泡沫,难道不是在用那容量极少的小脑袋在思考它们的异类对大自然的种种行为吗？尽管它会羡慕人类用极其先进的科学手段去攫取大自然的资源，尽情享受生活的乐趣。

当我走过那个用铁栅栏围起的校园里大片的草坪时，仿佛置身于加拿大和美国的大庄园之中，在大都市里的校园里竟然有着几十亩绿茵茵的草坪，那是都市里的皇家公园都无法比拟的奢侈风景，真的是太凡尔赛了。

于是，我想起了英国艺术理论家马尔科姆·安德鲁斯在《风景与西方艺术》一书中所阐释出的艺术美学观念："每个城市都表现在景观的包围之中，而毗邻的乡村领土就被认为是城市的景观。按照地形学的观点来看，周围环绕的景观作为自然背景服务于肖像画的主体——城市，而环境则被理解为城市领地中的一部分。""风景：副产品，是一种对土地的表述，包括了山脉、森林、城堡、海洋、河谷、废墟、飞岩、城市、乡镇，以及所有我们视野范围内所展示的东西。在一幅画中，所有这些非主体或非主题的东西就是风景、副产品或附属物。"无疑，这些被画家和作家忽略了的城市和乡村的副产品和附属物，正是风景艺术和风景描写最具审美功能的素材和题材，尤其是中国城市化进程中为人类留下的种种值得思考的悖论问卷，才是作家和艺术家发掘艺术作品的宝藏。

在《约翰·克莱尔散文》中有一段这样的描写："每当一处自然的景物令我想起我喜爱的一些作家所描写的诗歌意象时，我总会欣喜不已……一个小丑也许会说他喜爱清晨，但是一个'有趣味的人'会在更高层次上感受清晨，他不禁想起了汤姆逊的美丽诗句'柔眼的清晨，露水的母亲'。"我是一个喜爱清晨的小丑，但我希望中国的作家和艺术家做一个"有趣的人",因为他们是风景画的执笔者。

  而且,安德鲁斯并没有看到这些"非主体或非主题的东西"具有丰富巨大的人文内涵——它是一件作品抵达艺术巅峰不可或缺的崎岖通道,甚至可能是羊肠小道,然而只要看清楚了这条道路抵达的目标,你就可能创造奇迹。

  我们的作家和艺术家睁开了那双观察城市和自然风景边界线的天眼了吗?!

原载于《草原》2023 年第 1 期

面对乡土　如何选择

——从作家对乡土文学的观念视角谈起

首先,我得把我为什么要沿用"乡土文学",而不是"乡村文学"这个名词做一个解释。除去近百年前鲁迅、茅盾等五四之子们所定义的概念有其合理性,以及社会学家费孝通在《乡土中国》中对其社会形态的描述有其巨大的历史内涵外,关键的问题就在于"乡土"对应文学描写来说,更有其丰富的历史内容和逻辑的自洽性。

"乡土"两个字拆分开来,包含着两层意思:"乡"既是指一个具象性意味的家乡处所,同时,又是一个基层政府意象和组织的象征。这是一个构成乡土社会集合体的前提,它是与农耕文明血脉相连,既具象也抽象的意识存在。然而,一旦其与"土"字相连,它就构成了一种双重含义的能指。"土"一旦成为土地资源就有了人文内涵,成为农耕文明中的社会关系总和——阶级、资源的争夺皆因土地而起。然而,当它成为文学描写对象"泥土"时,便赋予了其浪漫主义的内涵,无论是悲剧的,还是喜剧的,那种阈定了的"泥滋味""土气息"就渗透在文学作品之中。《红旗谱》中那种离乡时手抓一把黄土随身带的土地眷恋情结,便成为中国老一代农民走出家乡、离开乡土时标配的历史镜头。无论你走到哪里,离乡不离情的农耕文明意识形态印痕,深深地扎根在曾经靠土地吃饭的农人们的集体无意识之中。《回延安》里"手抓黄土我不放,紧紧儿贴在心窝上"成为一代又一代小学语文教科书中不可或缺的形象,便是一个民族不可忘却的历史记忆。

但是,人们往往会忽略"泥土"意象背后所隐藏着的另一个巨大而丰富的人文内涵,即几百年来,人类在"泥土"和"水泥"——农耕文明与工业文明的搏战中,土地资源的争夺就成为乡土文学描写的主要背景和景观。从另一个意义上来说,进入20世纪后半期,生态保护意识闯进人类思维当中后,"泥土"便成为一种重要的文化符号——它成为自然生态的一种象征物,更多了一层后现代的意味。

从上述各个角度来衡量当下的乡土文学,我们就有可能咂摸出更多的文学意味来。

随着"新乡土巨变"写作浪潮的兴起,我们如何从历史的、审美的和人性的视角来看乡土文学在当下的书写呢?我们是否需要拟定一条新的主题路径和审美标准呢?我们的书写形式是否需要更新换代呢?这都是我们必须面对的乡土书写难题。

时代在变,山乡巨变更是毋庸置疑的,但重要的是,旧的乡土中国社会的崩溃所造成的乡土社会中人的文化身份认同已无处可依,新的乡土秩序尚不健全,因此,乡土人在失去土地的空巢里的生活状况应该成为乡土文学,尤其是乡土小说描写的焦点。然而,令人感到沮丧的是,乡土文学,主要是乡土小说,反映当下尖锐生活矛盾的作品越来越少了,从历史题材切入的越来越多了,我们当然知道一个机智聪明的作家是要回避什么,所以,当你看到那些皮相描写乡土题材的小说时,只能哀叹百年乡土小说的沉沦。

一

我们一直说中国乡土小说的黄金年代是鲁迅先生一手实践、一手缔造的"乡土小说流派"。它以巨大的历史内容、高超的艺术手法和人性的呐喊,高度凝练地阐释了五四文学精神。这是中国新文学发轫期铸就的现代乡土文学现代性的基石。这样一种写作规范至今不能逾越,其生命力昭示着乡土文学在相当长的历史时期中还是在这一框架中运行的真理。毫无疑问,20世纪80年代乡土文学,尤其是乡土小说迎来了第二个创作高潮。当时有学者认为它已经超越了鲁迅时代的乡土小说。我们必须承认,在乡土小说创作峰值表上,这一时期的创作数量是大大超越了五四时期;而在质量上,尤其是在主题的巨大历史内涵揭示上,在反讽审美艺术的审美建构上,这一时期的作家都是无法超越乡土小说主将鲁迅的。尽管你可以说,在整个乡土小说创作队伍的比较中,20世纪80年代许多乡土小说作家在巨大的历史反弹中,找到了鲁迅那样观察世界的切口,以及深度思考历史和现实的介入模式;同时,在充分汲取了现代派创作方法时,寻觅到了新鲜的审美形式,尤其是让反讽的审美形式进入了内容的肌理,使之变成了一种文体模式。但是,从个体创作的角度来看,这个时期没有出现超越鲁迅的乡土小说大家。这是当代文学的幸还是不幸呢?窃以为,这是幸运的事情。别的不谈,就鲁迅留下的这个乡土文学所难以逾越的高度而言。它给乡土小说的创作留下的空间恰恰就是中国乡土小说的突破口。当我们进入乡土文学这个巨大的"空洞"时,正是时代和历史留给乡土文学最大的书写财富。

我们站在 21 世纪的乡土小说创作巅峰上，面对广袤的乡土，面对这个斑驳陆离的世界，让文学再次崛起，无论在选题还是创作方法上的突破，都是刻不容缓的问题。我在 20 世纪 90 年代初的一个研讨会上说过一句话：中国文学要得诺贝尔文学奖必定是乡土题材作家，因为我们的文学离不开有着几千年农耕文明的泥土。孰料被言中。

我们的乡土文学还能站在世界文学的巅峰吗？

作家的写作状态和写作观念就成为乡土小说创作最关键的一环，所以，勘察他们的价值动向和审美趣味是批评家所必须厘定的逻辑。为此，我和贺仲明先生一起在《小说评论》上开设了乡土文学的专栏，旨在探求当代作家是如何面对这片乡土社会，以及如何面对乡土文学书写的。

阿来认为，无论是"离乡"还是"归乡"，都是乡土小说题材永远的写作角度。他列举了那个被中国现代文学史所低估了的四川作家李劼人的一篇文章，证明了一百年后的中国乡土小说仍然没有逃出这一题材的主题表达，其历史的回声很值得我们思考。作家的思考已经抵达了当下乡土小说创作的本质问题，而批评家还在盲视之中。

阿来以李劼人 1924 年从法国寄回国的一篇《法人最近的归田运动》文章作引子，提出了中国乡土文学的致命问题："为什么？工业化，城市化。"一百年过去了，法国人的昨天正是我们的今天。正如李劼人所描述的那样："今年一月中间，法国好多报纸杂志都不期然而然的发出一种共同言论，他们的标题不是'农民之不安'，便是'归田之运动'，主要论点便是说乡村生活破裂了，法人殷忧正深，势非赶紧救济不可。""由于乡村生活破裂，大多数农人都变作了城市工人的缘故。法国人在四五十年前，工厂业未十分发达的时候，各阶级中以农人占最多数——就是现在也占多数,不过比较上却大减了——所以昔日的农产,不但可以自给,并且还有剩余输出;如今就因生活变化,城市吸收力过大,使农人等都不安其业,轻去乡土,机器的利用又未普及,芜田不治者日多,因而才酿出了这种社会恐慌。"因此,阿来认为:"时间距李劼人观察法国乡村不过百年,当下中国,城镇化浪潮由时代驱使由政府提倡,城乡关系发生更深度调整,乡土面貌急剧变化,其间许多状况与症候,却也和李劼人笔下彼时法国的情形何其相像。再写乡土,如何着眼下笔,所得作品,成功与否,怕还得另铸乡土时另铸出与之相应的乡土文学了。"①

毫无疑问,当下的时代与百年前的乡土社会相同之处就是,受到工业文明的冲击后,农民的生存方式和生活方式都发生了彻底改变;而不同之处则是,进入21世纪以后,中国的乡土社会又多了一层冲击波,那就是后工业文明的辐射也波及每一个乡村的角落。在田野山沟里,在深山老林里,在江河湖海里,互联网和手机把单一行动的耕作者拉进了无穷无尽的人际圈子内。这就造成了马克思所说的"人的关系总和"最大值在中国乡土社会犄角旮旯中实现的事实。更为值得注意的是,"城乡一体化"并非呈现在城乡建筑的外在风景上,而是根植在每一个社会单细胞的家庭中。虽然农村已然成为空心化的乡土社会,但是每个家庭都有与城市骨肉相连的直系亲属,血缘关系给乡土社会留下了最后一抹瞭望城市夕阳的窗口,乡土社会的血脉已经无血可输。

美国学者诺克林认为:"随着工业革命的来临及近代城市/工业复合体的演化,由城乡对立所具体表现出的价值冲突也变得愈加强烈。

---

① 阿来:《我对乡土文学的一点浅见》,《小说评论》2022年第4期。

城市在丰富的想象力下被看成当代的黑暗之心,一座世俗的地狱——集诱惑、陷阱与惩罚于一身——对强者来说它令人兴奋且富于相当多的可能性,对弱者来说则饱含威胁,它是传统规范的破坏者,新奇事物及无名性的创造者,近代混乱、疏离及倦怠无聊等种种普遍疾病的孕育者,这是一座砖、石、烟囱的丛林,其中有贪婪的掠夺者也有外表冷漠的受害人,而社会群体价值及个人情感在都市中遭到的压抑、漠视更是昭昭可见的。"显然,这种两个多世纪前的西方城市疾病已然在中国乡土社会中蔓延。自19世纪到20世纪的文学家正是在这种观念的驱使下,掉转了描写的镜头,"均以其主要角色在田园环境中短暂的闲逸生活为一种'对比角色所住的都市环境里的肮脏、下流'的有效机制"①。我并不认同诺克林的观点,在历史巨变的文明历程中,工业文明虽然张开了它的血盆大口,吞噬着田园牧歌式的农耕文明,但其毕竟也是人类历史的进步。正如恩格斯在《路德维希·费尔巴哈和德国古典哲学的终结》中所说:"在黑格尔那里,恶是历史发展的动力的表现形式。这里有双重意思,一方面,每一种新的进步都必然表现为对某一神圣事物的亵渎,表现为对陈旧的、日渐衰亡的、但为习惯所崇奉的秩序的叛逆;另一方面,自从阶级对立产生以来,正是人的恶劣的情欲——贪欲和权势欲成了历史发展的杠杆,关于这方面,例如封建制度的和资产阶级的历史就是一个独一无二的持续不断的证明。"②然

---

① [美]琳达·诺克林:《现代生活的英雄——论现实主义》,刁筱华译,广西师范大学出版社2005年版,第186—187页。
② [德]恩格斯:《路德维希·费尔巴哈和德国古典哲学的终结》,《马克思恩格斯选集》第4卷,中共中央马克思恩格斯列宁斯大林著作编译局译,人民出版社2012年版,第244页。

而，我们也不能不看到，乡土所遭受的攻击不仅仅来自工业文明的侵袭，同时，那个死而不僵的封建主义的阴霾也没有在中国乡土社会中消逝。也就是说，经过工业文明和后工业文明历史杠杆撬动下的新农村，封建意识形态并没有完全烟消云散。所以，无论是"离乡"还是"归乡"题材的作品，作家书写的价值观一定要清晰，哪怕在你的笔下把观点隐藏得很深，也是对新乡土题材作品的历史审美的贡献。

当然，对于那些早早从农村迁徙到城市里的"侨寓作家"而言，就像一百年前的李劼人那样洞悉到了工业化和城市化的历史进程必将带来农村人口大迁徙的大潮，他们在农民还被户籍制度牢牢钉在泥土上的时候，就逃离了故乡和土地。在20世纪90年代初的一次"中德乡土文学研讨会"上，莫言和刘震云都相继发表了他们仇恨乡土、逃离乡土的观念，回应了这个乡土眷恋的世纪难题。然而，当时我并不能理解，还专门写了一篇文章提出不同意见，但随着波澜壮阔的"乡下人进城"大潮的到来，我才醒悟过来，中国生长在泥土里的农民渴望进城的愿望说到底还是一个文化身份认同的问题。那时的我，亦如恩格斯评价写《城市姑娘》的玛·哈克奈斯看伦敦工人阶级的生活状况不够现实主义一样，天真幼稚。

从这个角度来说，在与阿来几乎是同题的文章中，毕飞宇说自己是一个乡土文学的终结者是有道理的。和莫言、刘震云一样，他们在离乡背井后考虑的是将乡土文学进一步升华的哲学问题，所以，毕飞宇的参照系是鲁迅对那个土地上的人的"国民性"的关心。这个问题要比他对小说中的浪漫主义色彩的风景画描写更为重要。当然，风景画显然是不能与乡土小说画等号的，正如毕飞宇在文中所说："作为一个洞穿了中国农民与中国乡村的作家，有一个问题我们就必须要面对:鲁迅先生描绘了农民和土地的关系否?不能说一点没有,我们大体上可以把祥林嫂作如斯看。但总体上说,鲁迅并没有在农民和土地的关系上做出过多的表达。""鲁迅先生没有过多地纠缠农民与土地的关系,他的话题要巨大得多,鲁迅的问题在'土地之上',也就是中国农民的精神,或曰,中国人的精神。大体上说,鲁迅是民族主义的。德勒兹在《什么是哲学》里十分武断地指出:'概念需要概念性人物来帮助规定自身的属性',那么,在鲁迅眼里的我们这个民族'自身的属性'——民族性——具体体现在这样的一串'概念性人物'身上——阿Q、祥林嫂、孔乙己、闰土、华老栓、九斤老太他们既是人物也是概念。鲁迅委实是一个形而上的作家,这是鲁迅的局限,更是鲁迅的光荣。"[①]的确,正是我们的乡土小说轻忽和舍弃了这种看似"概念性人物",才使得近百年来的乡土小说处于失魂落魄的叙述语境之中。从这个意义上来说,重拾"概念性人物"仍然是一个艰巨的任务。

  同样是像北方作家走出"黄土地"进入城市那样,毕飞宇从苏北平原的水乡中来到了旧都南京,城市和乡村生活背景的转换,让他有了一个全新的观察视角,在城市的参照系中,再去看乡村,当然意味就大不相同了。作为"侨寓作家",让自己的作品从形下到形上,从而进入哲思层面,这种从形象到抽象的过程,是乡土作家必须经历的哲学思考的洗礼。唯有如此,再进入形象描写时,他就有了十分的底气。我将这种过程称为"二度循环"的艺术创造过程。从这个角度来说,提炼土地中的农民意识和农民精神,让他们以饱满鲜活的形象活在自己的笔下,才是乡土小说创作的精魂所在,才是"概念性人物"出窍之时。

[①] 毕飞宇:《关于乡土文学的一点浅见》,《小说评论》2022年第6期。

因此，毕飞宇提出的前提"只要农民与乡土的关系不再有效"，正是所有人关心的事情。显然，衡量这个前提的标准就是"在乡"和"离乡"。生存语境决定了作家笔下人物的乡土属性，这个问题纠缠着许多乡土作家，恰恰就是在这一点上，正是乡土文学新的题材突破口——凋敝冷寂的山村水乡和包围着它的厂房，成为乡村特有的风景线。那里有着许许多多苦苦挣扎的农民身份的老年居住者和留守儿童，即便是用非虚构的乡土写实进行速写和素描，也具有强烈的现实主义的表现力。难道这仅仅是资本造就的恶果吗？人性才是作家需要思考的第一前提。

就我个人的观点而言，我认为鲁迅的乡土小说并没有离开土地的描写，那个土地是广义的意象和物象描写，除去农村的景物描写外，场景描写也凸显了人与土地的关系：鲁镇、土谷祠、咸亨酒店、祠堂等。鲁迅正是要从这个乡土场景滥觞中突围出去，把笔触延伸到国家和民族文化身份认同的广度和深度的哲理中，从而引导国民抵达如毕飞宇所说的这个已经取得中国百年艺术审美共名和共鸣的"国民性"表达的必由之路上，否则他们的乡土小说就无所依靠了。从这个意义上来说，毕飞宇最后三句深刻的结语正是我想延续表达的前半段。尽管我在以前的文章中已经说过类似的话，但如今在作家群里觅到了知音，必变着法子再说一次。我想延续下去的话是：哪一天鲁迅乡土小说中的人物都已经在这个时代死去，亦如当年阿英（钱杏邨）幼稚地说"死去的阿Q时代"那样，那么，这才是乡土小说真正终结的那一天，也是鲁迅作品只存在文物意义的那一刻，中国才真正进入了一个新的时代。

二

在浪漫主义乡土小说中,迟子建认定的乡土就像风景画艺术理论家肯尼斯·克拉克概括的"事实风景"那样执着。迟子建认为:"一个作家命定的乡土可能只有一小块,但深耕好它,你会获得文学的广阔天地。无论你走到哪儿,这一小块乡土,就像你名字的徽章,不会被岁月抹去印痕。不可否认的是,我们熟悉的乡土,在新世纪像面积逐年缩减的北极冰盖一样,悄然发生着改变。农业现代化和城市化进程,产生了农民工大军,一批又一批的人离开故土,到城市谋生,他们摆脱了泥土的泥泞,却也陷入另一种泥泞。乡土社会的人口结构和感情结构的经纬,不再是我们熟悉的认知。农具渐次退场,茂盛的庄稼地里找不到劳作的人,小城镇建设让炊烟成了凋零的花朵,与人和谐劳作的牛马也逐次退场了。供销社不复存在,电商让商品插上了翅膀,直抵家门。这一切的进步,让旧式田园牧歌的生活成为昨日长风。"① 作为一个带有浪漫主义书写气质的作家,对于日益衰败的田园牧歌的深刻眷恋,应该成为其乡土文学创作永远不能抹去的抒写内容,当然,这样的抒写可以是颂诗般的浪漫描写,也可以是悲情浪漫主义的长歌抒写,这完全取决于作家审美风格和题材的选择。这种"梦境游"被英国人称为"画境游",他们是从华兹华斯"湖畔诗派"那里找到灵感的,其被冠以"风景诗"之名头,想必也是有道理的。尽管这种描写方式和鲁迅笔下"安特莱夫式的阴冷"风格大相径庭,它没有鲁迅作品所包含着

---

① 迟子建:《是谁在遥望乡土时还会满含热泪》,《小说评论》2003年第1期。

的巨大历史内涵,以及对人性的深刻审视和具有反讽意味的启蒙意识,却也不失是一种对人类灵魂抚慰的安魂曲:"黄金时代的牧歌服务于怀旧和乌托邦的目的。怀旧牧歌的感情冲动与对儿童时代理想化的记忆有关。"用塞缪尔·约翰逊的话来说,就是"展现了一种生活,我们已经习惯了它与和平、闲适和天真联系在一起"①。

毋庸置疑,作为一个国家和民族意识的认同,以及个体无意识的文化身份认同,乡土文学对于深深扎根在个体心理暗陬中的农耕文明情结形成了民族文化的集体无意识,世界文学尚如此,中国文学也不能例外。在这里,我要强调的是,我所说的中国乡土文学的"风景画""风俗画"和"风情画"是一个广义的概念,它被镶嵌在"中国风景的巨大画框之中",既可以是现实主义和批判现实主义悲剧描写,也可以是浪漫主义田园牧歌的风景诗描写。从这个意义上来说,"三画"描写就是克拉克所认为的那种"沉思者的消遣",是在纷乱的世界里寻觅"静穆主义的征兆"。这是人类解脱"事实风景"的现世痛苦,试图进入一种"幻想风景"的精神通道。正像克拉克分析乔尔乔内的《拉斐尔之梦》一样:"在这里,人类与自然之间的和谐的最高阐释者提醒我们,神秘而邪恶的力量存在于我们心中的分量不亚于在自然之中,并总是等待着毒化我们爱享乐的宁静美梦。"②所有这些,我想表达的观点是——无论人类和世界进入了一个什么样的时代,乡土文学都是需要表现人性的正反两面,而且需要用多种不同艺术形式写出两种不同美学取向

---

① [英]马尔科姆·安德鲁斯:《寻找如画美——英国的风景美学与旅游,1760—1800》,张箭飞、韦照周译,译林出版社2014年版,第8页。
② [英]肯尼斯·克拉克:《风景入画》,吕澎译,译林出版社2020年版,第55页。

的人生悲剧与喜剧来。作为批评家,我们不能根据自己的喜好来颂扬和臧否不同风格的写作,因此,对于失去田园牧歌乐园的低回惆怅风格的描写,我们应该站在抵御现代文明在其发展过程中留下的人性创伤的角度,去理解那种"沉思的消遣"者内心深处的精神高地,给这样的抒写留一片辽阔纯净的天空。

所以,我们也应该允许同样是一直坚持浪漫主义抒写的张炜,始终坚守住他那一片深耕了几十年沃土的初心。虽然他还沉浸在"古船"的传统意象之中,作为当代古典夕阳中最后一道风景的描写者,他主张:"当代'乡土小说'在某一层面获得了口碑,或有扎实用心的作品。但在文学和思想含量(假如可以量化的话)方面,在更为纯粹的专业评判方面,得分不宜过高。对这部分作品的过高估计和评价,多为评鉴失准,极可能是审美力缺失,或者没有抵达诗学研究的高度所致。诗学研究之深邃复杂,与一个时期的大众接受、与市场化,许多时候是极不对榫,甚至是极为矛盾的。最终决定一部文学作品之价值,仍然还是文学与思想的含量,是审美价值,是能够接受时间的考验。这一切都要从诗学研究的意义进入,然后才能把握,才有意义。"[1]是的,审美力的缺失的确是乡土小说的致命病根,但是,如何冲破阈定思想的囚笼,让乡土小说释放出最大效应的美学功能,恐怕并不是谁能够主宰的。然而,如何接好诗学与思想的卯榫,则是小说家必须面对的问题。其实,诗学之美的问题似乎并不难,关键就在于思想如何安放在审美书写的语境中。其实,恩格斯早就给出了答案——思想观念越隐蔽,对于作品就更好。艺术本身就是戴着镣铐跳舞的行为,在时代铸

---

[1] 张炜:《乡土小说:表达与界定》,《小说评论》2022 年第 2 期。

就的躯壳里是需要作家自行独立思考和选择的。

刘醒龙的观点在某个层面对这个问题进行了回答:"在乡土中,乡的出场总是带着主观色彩,土则不同,不管有没有乡,土一直在场,因为土是有山有水,有草有木,有骄阳如火,有寒风如刀,有耕种与收获,有日日夜夜永不停歇的死死生生。这样的乡土之土,是我们的母亲大地。其实,文学意义的乡土,乡与土是不可分割的。只是有鉴于某些入了过分自我的乡,随了过分自我之俗,才生生地拆开来说。就像小区里半生不熟的人在说,如果感情太丰富不找个地方安放就会泛滥成灾那就养只狗吧!有些事,有些人,包括这里说的乡土,就是常被说成是这样的。没有谁能够将天下山水全部用钢筋混凝土进行改造,所以乡村的未来是天定的事。属于文学的乡土,也会拥有属于乡土自身的莫大生态。文学要做的,也是能做的,无非是用人人都会有所不同的性情之乡,尽可能地融入浩然之土。"①也许,中性客观的表达不失为一个较好的审美选择吧。

刘醒龙把"乡"和"土"拆解成两个字,一下就说出了作家在场时所秉持的价值立场问题——"无非是用人人都会有所不同的性情之乡,尽可能地融入浩然之土"。作家坚信的是乡土世界不会被人类文明所消灭,退一万步说,即使消灭了,它也永远留在人们的记忆之中,就看你如何书写了。乡之于土,土之于乡,就是人类祖祖辈辈梳理出来的那种土地母亲与人的关系所在。五四时期对乡土文学所谓"地之子"的概括,就决定了这种文体的传统属性。关键就在于作家如何与大地母亲去"分享艰难"。

---

① 刘醒龙:《彼为土,何为乡》,《小说评论》2022年第5期。

因此，我们无法避开的是：如何面对沉沦的乡土社会发出自己的声音，如何选择自己独特的表现方法去还原当下的真实世界，如何给文学的真实性一个满意的答案。

三

当阎连科把乡土文学又拉回到一个沉重的话题之中时，我又一次感到了乡土文学的危机感时时在敲打着作家和批评家的灵魂。我们能够在历史的、人性的、审美的维度上为乡土文学世界贡献些什么呢？

阎连科在列举和检视了中外古今，尤其是这几十年来许许多多抒写乡土的作家和作品时，诘问："乡土把聊斋丢到哪儿了？"其中之奥妙的确发人深省：

> "聊斋"作为词汇、概念、主义在乡土和乡土文学中从来没有丢，甚至比"红楼""水浒"作为词语、概念出现的频率都要高，但真正从当代作家作品的内部去找寻聊斋的文学精神时，却很难说哪个作家的作品真正继承并丰富了聊斋的想象和浪漫——我所理解的这种想象和浪漫，不简单是狐仙妖异、动物植物可以幻变为人到了人间来，而是《聊斋志异》中非人的人和人的互动、共生和对人的苦难的拯救与抚慰。这才是聊斋的独有和精髓，是聊斋精神成为写作中的"聊斋主义"吧。当格里高尔一夜之间变成甲虫后，我们看到了法国作家埃梅和舒尔茨、博尔赫斯、马尔克斯、卡尔维诺们的写作中，东方与西方、现代与古典的相通和相连，也看到了中国的

《山海经》《搜神记》《聊斋志异》等,尤其《聊斋志异》的491篇小说中,有一百八十余篇鬼为人,八十余篇狐为人,将近二十篇的其他动物、植物、虫豸变为人的"变形记"。这种东方与西方、古典与现代的"变形记",彼此联系的不仅是蒲松龄让动物或鬼成了人,卡夫卡、舒尔茨、马尔克斯和卡尔维诺们,让人在几百年后又返祖成为动物的反转与文学圆环的对接或对应,而是在这千年的写作中,我们从来都没有断绝过的——

文学的不真之真之写作。

蒲松龄恣意汪洋地写出了属于他和整个中国文学的不真之真实。

而20世纪那些充满探求精神的作家们,在他们诸多的探求中,有一条隐秘的隧道就是不真之真之探求。是这种不真之真把东方与西方、古典与现代,无形无踪地串连起来了。说今天的文学丢失了聊斋的精神,是说我们的写作除了从生活的经验走向故事的真实,从想象的真实走向文学感受的真实外,我们忘记了还有一条文学的路道是——写作是可以从完全的"不真"走向真实的。[①]

这个"隐秘的通道"使我想起了我在2003年《文学评论》第3期上发表的《论近期小说中乡土与都市的精神蜕变——以〈黑猪毛白猪毛〉和〈瓦城上空的麦田〉为考察对象》的文章。我以为阎连科试图以刘根宝这个近似于阿Q式的人物构成对整个社会国民性的反讽,让我们

---

① 阎连科:《乡土把聊斋丢到哪儿了?》,《小说评论》2022年第3期。

在有关人性的描写中寻觅乡村社会生活的症结所在。我在20年前这样说:"21世纪的中国与90年前的五四时代已不可同日而语,在现代社会形态渗透于乡土生活的时候,以官本位为核心的乡土宗法势力却仍有市场。阎连科在农村的日常生活里,敏锐地捕捉到了时代巨变中那未变的部分,用一个变形故事作载体,再现了现代知识分子的启蒙传统,用黑色幽默的笔触又一次掀起了'鲁迅风'。但这绝不是简单的话语重复。当作品的人物已经变成比阿Q还要麻木,还要悲哀,还要可怜,还要不争,还要不幸的'虫豸'时,人们还能保持那份写作的矜持与阅读的潇洒吗?还能沉潜于纯客观的'零度情感'的冷漠游戏之中吗?"[1]说句老实话,阎连科在谈"聊斋"的文学真实性指向的潜台词,仍然是曲不离口的作家人性深处的良知问题。

这些场景又让我想起了鬼子的中篇小说《瓦城上空的麦田》。这篇小说"将聚焦对准这一层人物的生活状态,放大了他们变形的灵魂,以及对这个世界的叩问!鬼子的创作终于从追求空洞的技术层面上回到了对人性的关注。同样是用近于黑色幽默的艺术手法来表现荒诞,但是,作品写出了乡土社会迁徙者与都市文化发生碰撞时灵魂世界的至深悲剧。李四是什么?李四就是漂游在城市上空的'死魂灵'!他们想融入这个高度物质文明的'现代的'或'后现代的'都市里去,成为安装在这庞然大物中的一颗小小的齿轮与螺丝钉。但是,这个被物质所麻木了的城市却永远拒绝了他们。作者给李四安排的第一次'错死'还具有喜剧效果,但主人公最后的自杀使人毛骨悚然。因为第一

---

[1] 丁帆:《论近期小说中乡土与都市的精神蜕变——以〈黑猪毛白猪毛〉和〈瓦城上空的麦田〉为考察对象》,《文学评论》2003年第3期。

次'错死',李四们真正看清了这个城市是拒绝亲情、友情和爱情的,尤其是传统的'乡村情感'只能遭到嘲笑、谩骂与拒斥。其实,比阿Q还要阿Q的李四至死也没有弄明白他的三个儿女为什么拒绝亲情。道理很简单,李四的身份证丢了,他在这个城市里已经没有了证明自己的身份依据。作者用这个象征性的'道具',为李四开出了'死魂灵'的'身份证'!作为城市的'边缘人',李四企图在物质化的城市里找回属于他的那份'乡村情感',而现实生活却给他以致命的打击。"①

一个没有身份认同的"死魂灵"游走在城市与乡村之间,也就是说,鬼子思考的是:同时失去了城市和乡村双重文化认同的人,如同行尸走肉一样,在鬼和人之间寻找自己灵魂的栖居地。这个象征不仅仅是人的问题,同时也是社会文化的一种艺术性的隐喻。

二十年过去了,这样深刻思考乡土文学反映生活本质的作家作品还有多少呢?也许这就是阎连科绕了一个大弯子所要表达的"写作是可以从完全的'不真'走向真实的"意图吧。

其实,这样的道理有思想的作家是懂的。毕飞宇尽管在行文中也是在曲里拐弯的大街小巷来回穿梭,最后的概括总结却让人会心一笑:"中国曾经是半殖民地(笔者认为,似乎'半封建'这个词不能删除),在20世纪全球性的民族解放运动的过程中,伴随着现代汉语的进程,我们获得了民族的独立。获得独立的中国最终拥抱了世界。殖民——拥抱,这就是过去一百年里发生在中国乡土上的两件事情,也是我们与世界的两种关系。在拥抱的这一极,我们的乡土文学到底会

---

① 丁帆:《论近期小说中乡土与都市的精神蜕变——以〈黑猪毛白猪毛〉和〈瓦城上空的麦田〉为考察对象》,《文学评论》2003年第3期。

呈现出什么样的可能呢？这取决于我们的热情，也取决于我们的胳膊，我们的胳膊还能体现出我们反殖民时期端起的汉阳造的那种力量么？"①是的，我们的乡土社会封闭得太久太久，虽然窗户早已打开了近百年，但是乡土山村空气里飘荡着工业文明的废气，封建的气息和后工业的气息同时混合弥漫在乡间小路和河沟港汊中，田园牧歌不再，环境污染成灾。风景画的天空已然失色，我们的作家在画布面前彷徨徘徊，我们将向何处去？

肯尼斯·克拉克的告诫响在耳畔："我们是否可以通过再次创造一个封闭花园的形象来逃避我们的惧怕感呢？不能。艺术家可以逃避战争和瘟疫，但他不能逃避思想。""作为一个过时的人文主义者，我坚信这个世界的科学和官僚主义、原子弹和集中营统统不会完全毁灭人类精神；而人类精神总会成功地以一种可见的形式体现出来，至于那将是一种什么样的形式，我们却不能预言。"②

这一段话作为《风景入画》的最后结语，是一个艺术批评家对这个纷乱的世界发出的犀利的呐喊。把它送给从事乡土文学创作和批评的这群人是不错的箴言，当然，送给一切从事人文工作的人，也是十分合适的。

2022 年 11 月 17 日 17 时初稿于南大和园
11 月 19 日 11 时修改于南大和园

原载于《当代作家评论》2023 年第 1 期

---

① 毕飞宇：《关于乡土文学的一点浅见》，《小说评论》2022 年第 6 期。
② [英]肯尼斯·克拉克：《风景入画》，吕澎译，译林出版社 2020 年版，第 79—80、225—226 页。

宏观文化背景下的乡土文学史观

这三年来,我三四次去苏北里下河地区,去考察那里的地域文化和文学创作的情形,深深感触到,一个文学艺术家,甚至包括一些史学家,倘若不将这几十年来的文化经济变迁,放在一个大的宏观文化历史背景下来进行审视,甚至置于整个世界从农业文明到工业文明,再到后工业文明的大框架中去比对思考,只看到眼下的实地风景,那只是肤浅皮相的印象而已,其价值判断之浅薄,必然会带来创作和批判价值观的模糊和视野的狭隘。没有外部研究的视点参照,我们的学术研究和文学创作就会陷入一种低层次无限循环的怪圈之中。

无疑,这些年地域文化和文学艺术研究的兴起,已经成为文学艺术界和史学界的一个热点,人们试图从 20 世纪 20 年代以来,以鲁迅和茅盾树立起来的乡土文学的大纛中突围出来,重新建构起"新乡土文学"的宏大格局;同时,也试图突破费孝通在三四十年代"乡土中国"与"江村经济"围造出来的农耕文明社会架构。所有这些设想,无疑是一种历史的进步,但是,我们的作家和批评家,以及历史学家,如果只是平面地去看待现实中国的乡土社会,失去纵向的历史比照,放弃横向的世界各个国别乡土社会历史与现状的参照,我们就会像盲人骑瞎马、黑夜临深渊那样危险。

地域文化与文学研究，为何会在史志方志领域里得以弘扬，无非是盛世修史的传统理念所致，面对乡镇（包括县级城市）文化的历史钩沉和文学书写，如何精确地把握正确的史观，或许是地域文化与文学能否客观流传下去，不辱历史，是其进入学理性正史序列的重要元素。

七十多年前，社会学家费孝通先生出版了《乡土中国》一书，此后，这本书几乎成为社会学科和人文学科研究者必读的参考文献，其实，它就是一部通俗易懂的学术报告，通过一个地区的族群生存与生活方式的田野调查，来解剖中国乡村地域文化特征，但它具有普遍的乡土中国文化社会本质意义，其全部学理性和学术性，都聚焦在对中国农耕文明"差序格局"范式的概括上。"差序格局"理论的层层涟漪，不仅大量蔓延在社会学的学术著述里，也扩散在人文学术领域内，更是满溢在中国乡土文学近百年来许多历史题材的文学创作描写之中，成为一种不死的形而下人物描写与故事叙事模型。无论是悲剧还是喜剧，无论是乡土歌哭，还是田园牧歌，人们对这样的文学作品始终是青睐有加，发自内心由衷地审美赞叹。然而，在历史的巨变之下，我们是否思考过，我们在告别了没落的农耕文明之后，那一成不变的价值理念，还能够解释当下极其复杂的乡土社会现实吗？

我发现了一个十分奇怪的现象，那就是，学界往往忽略了费孝通在八十多年前撰写的那份田野调查著作，那是他通过自己家乡苏南吴江乡村的观察所叙述和论证的地域经济文化状态的著作，比《乡土中国》还要早十几年，那就是他在其博士导师布·马林诺夫斯基指导下完成的《江村经济》一书，作为一部社会经济史著作，它的地域文化意义可能要比《乡土中国》更有普遍的历史价值，因为它成为今日中国地域经济文化的一面镜子，尤其是江苏地域文化在农耕文明时代的特征性概括,更是成为苏南苏北江村文化的一种比对模式,如今这种历史比较研究不仅在社会学界和经济史学界,成就式微,即便是在长镜头的历史题材的创作中,作家也很少有那样审视历史的眼光,我是多么期望生长在这一地区的作家,能够从"差序格局"的角度,去抒写一部这几十年来江村人文经济巨变中人性观念变化主题的鸿篇巨制啊,然而创作是自由的,作家的观念也是自由的。

然而,近百年来,尤其是改革开放四十多年来,中国乡村乡镇地域文化发生了翻天覆地的变化,在工业文明和后工业文明的冲击下,中国地域文化中的农耕文明"差序格局"早已礼崩乐坏,其残余形态只是极少地保留在偏远的文化隔离地域中,那里倒是农耕文明的最后一块"活化石",既是社会学家和历史学家田野调查的宝地,更是作家创作的"活水源"。

而在文化经济发达的东南沿海地区,在短短的四十年间,走过了农耕文明、工业文明和后工业文明"三叠纪"时代,犹如过电影一样,将西方两百多年的文明和文化进程,浓缩在这样一个大变局的时空之中,却也是全世界的学者都无法遇见的奇观。

毋庸置疑,在中国地域文化的版图上,尚存在着一个从东到西、从南到北的文明与文化的梯度形的"落差格局"与"反差格局",这也是泱泱大国地域文化最难以解决的问题,即便是最发达的长三角和珠三角地区的内部,也存在着这样的一种梯度形态格局。苏南苏北的"落差格局"就很能说明这个问题,关键就在于我们如何面对这样一个表面光鲜、内里矛盾重重的历史现象。克罗齐的"一切历史都是当代史"的论断,虽然并不是检验历史的唯一标准,但是,我们必须从当下的现实状态入手,用客观中性的价值理念,去统摄以往的历史和当下正在发生过程中的历史,尤其是后者,那是最高难度的学术整理与思考工作,它不仅仅是面对一堆真实的第一手材料和素材,让我们展示条分缕析的逻辑梳理功夫;更重要的是,它必须靠着史学家的远大历史眼光,预见性判断历史的走向与未来的发展趋向,形成一种大格局的研究局面。同样,在文学艺术创作过程中,作家倘若不向历史发出诸多的叩问,他(她)的历史题材故事构架一定是没有深度的叙述模式,他笔下的人物也一样会坠入概念化和雷同化的深渊。

不可否认的是,即便是马克思那样伟大的思想家、史学家,也无法准确地预见历史的未来,他试图通过巴黎公社这样的社会革命,来摧毁资产阶级工业革命存在着的种种丑恶的弊端。然而,历史发展的进程往往是九曲十八弯似的行进,历史的杠杆有时并不能够撬动高速运转的历史车轮,所以,超越资产阶级工业文明的理想,却在他的身后被工业文明和后工业文明大潮所淹没了。腐朽没落、垂死挣扎的资本主义,变换着另一种方式,在整个世界又一次次复活了,直至今日,资产阶级的"变形记"漫漶渗透在现代城市当中,这些问题似乎是当下最现实的问题。然而,从根本上来说,它仍然是一个宏大的历史问题,是一个所有前辈历史学家都没有也无法预见的历史难题——它面对当下,也面对历史。

我们的学者具备这样似常识又非常识的知识储备了吗?我们的作家准备好这样的主观意识思考和创作主体意识的植入了吗?

所以,林林总总的历史问题需要我们重新发掘和整理,而面临当下无法言说与难以辨析的现实中国乡土社会,要我们做出历史性的预判,我们该如何抉择呢?!如果说这种历史的书写对于一个学者来说,难度很大的话,那么,作家则是可以用曲笔的手法,去形象化地叙写这样的历史题材作品的,因为恩格斯早就赞扬过批判现实主义的创作方法;对于作家来说,观点越隐蔽对作品越好。

马克思有两个著名预言:一是无产阶级革命会在工业发达的英美国家发生;二是资本主义必然灭亡。然而,这两个预言并没有得到充分的印证,因为革命恰恰在超稳定性的农耕文明国家——俄国和中国发生了;而资本主义如上文所述,它以变形的方式再次复活了,这是哲学家和政治家思考的社会问题,难道不是史学家和文学家也得思考的宏大问题吗?

因此,从这一角度再看中国地域文化历史发展的进程,尤其是四十多年来,在跨越封建文明、工业文明和后工业文明的历程中,我们在历史的经验教训中,吸取了什么,得到了什么,又失去了什么呢?我希望作家能够在自己的作品中深刻地折射出这样复杂的历史场景,就像今年我阅读到的陈彦的《星空与半棵树》那样,具有马克思、恩格斯所倡导的批判现实主义的伟大情怀,这样的地域文学才具备了既有对历史的批判性反思,又有理想主义人性情怀的精神和素养。

黑格尔在他的《法哲学原理》中说:"中国从本质上看是没有真正的历史,它只是君王覆灭更迭的不断重复罢了,任何进步都未能从中诞生。"这是他并没有看见这四十多年来中国翻天覆地变化的误判结论,仅凭他当年所看到的尚无"现代性"进入的旧封建中国景象做出的判断,是经不起历史考验的,恰恰是这四十多年来,世界上各种形式的主义思想如洪水般涌入中国大地,在中国历史的长镜头中,让这个老大的乡土中国发生了深刻的山乡巨变,从而彻底颠覆了黑格尔的预言。

这是当代许多资本主义国家的中国学家也都始料不及的现象,同时,也让生长在当下不同历史文明语境中的我们,也深切地感受到了各个地域文化不平衡发展格局的差异性,也就让不同的人各自有了不同的价值判断。当然,即使是在同一时空语境中生活的人,因为其知识储备和认识世界的价值理念的差异性,其认知的差异性也是有距离的,如何塑造具有历史共性价值理念,的确是一件不容易的事情。虽然我们的文学理论提倡多元化的创作局面,但是,顺应主流的创作观念仍然是当下许多作家的不二选择,他们无法将"历史的、人性的和审美的"创作三元素植入自身的创作主体思想中,因此,许多棘手的问题都无从谈起。然而,不解决这些问题,文学的个性特征就无法彰显,是生还是死呢?!

所以,无论是研究古代历史和文学的学者,还是研究当代历史和文学的学者,最重要的还不是获得第一手的史料与素材,史料和素材是死的,人的思想是活的,你的价值观就决定了你选择什么样的史料和素材,由此而切入你的研究和创作的焦点;反之,在新发现的史料和素材中,你与史料和素材形成的对话关系,才是活的历史叙述。

我们无法准确地预见未来,但是,我们可以对未来做出理性的研究判断,我们更可以从幻想的创作中虚构未来的历史进程。

这既是我们的理想,也是我们对历史的尊重和文学的期待——透过本质看到虚拟世界历史的奇迹发生。

2023 年 7 月 12 日于南大和园
7 月 13 日修改于南大和园

原载于《文艺争鸣》2023 年第 7 期

作家作品评论

我们从"童眸"中看到了什么？

——兼论儿童文学创作观念的嬗变

儿童文学作品仅仅是充满着浪漫气息的"童话世界"吗？儿童教育往往就是从文学故事开始的，故事就是儿童听力和大脑世界的第一个启蒙老师！所以，什么样的故事造就什么样的童年性格，如果我们只是供给孩子们甜品，或者是带激素的精神食物，其后果是不堪设想的。黄蓓佳的《童眸》为我们提供了一种新的儿童文学模式——苦难中的快乐和快乐中的苦难——将我们引领进了对几十年来观念嬗变的儿童文学创作彻底反思的界面。

我从小阅读的第一部儿童文学作品就是《高玉宝》，那时只觉得故事不好玩，后来才明白是其情节太简单，概念化的成分太大。后来陆陆续续读过一些安徒生童话，《卖火柴的小女孩》给我的印象颇深，那是因为儿童的悲剧打动了我。而国内的一些儿童读物让当时只有十一二岁的我都感到太假，比如一直流传至今的《小兵张嘎》。也许不喜欢那种一眼就看穿的教化且故事失真的儿童读物罢，我便开始沉湎于猎奇刺激的《海底两万里》那样的探险作品，以至于后来一看到那种儿童文学作品就会被甜腻而幼稚的故事说教所击溃，浑身起鸡皮疙瘩，从此就落下了拒斥阅读儿童文学的偏见。所以对于那些得了什么儿童文学大奖而大肆做商业广告活动的行为嗤之以鼻。

黄蓓佳是我几十年的老朋友,说实话,她创作的所有成人作品我几乎每一部都看,我将她定位于当今文坛最后的浪漫主义作家之一,但是她的儿童文学作品我却是一部都不看的。此次江苏省作家协会召开黄蓓佳《童眸》的作品研讨会,作为老朋友我是友情出席,但是当我读完《童眸》后,突然就有许多话要说,且不吐不快。我在想:我们的下一代固然需要蜜糖式的儿童文学,但是他们总是泡在糖水里,对他们身心的成长有利吗?在一个只有喜剧的儿童时代,我们是否还得让孩子们知道这个世界上还有另一种苦难的儿童生活,还有一种悲剧在时时上演着?当然,所有这些苦难的儿童文学教育,是区别于那些阶级斗争式的创作模式,是远离了"灰姑娘"喜剧模式俗套的创作观念,是脱离了那种咖啡加糖的光明尾巴创作模式的真正悲剧。

从《童眸》中,我们看到了黄蓓佳儿童文学与其他作家观念不尽相同的地方:她开始在思考怎样把苦难植入自己的作品之中,还给儿童一个真实的世界镜像。于是,她调动了自己童年时代的全部生活积累,试图调试出有别于香槟的另一种五味杂陈的"鸡尾酒"来。

无疑,在《童眸》里,我们仍然能够看到黄蓓佳充满着浪漫主义的叙述风格,比如重现了农耕文明的风俗画场景,可以说,每一章前面的导语就是作者镶嵌在故事中的一幅风俗画。而作品中大量的场景描写则是对半个世纪前城镇与乡村交汇地的文化生活的钩沉,街巷、井台、餐桌、课堂、瓜棚、乘凉聚集地……婚俗、服饰、过年、游戏、电影、械斗……都是如今消逝了的文化场景与风俗习惯还原,然而它给我们的仅仅是一种对旧文化的"深刻眷恋"吗?我以为,所有这些描写都是为人物的命运作铺垫的。

书中写了四个少年儿童不同命运的苦涩童年生活。我不同意许多人的观点,认为这部作品就是"童年视角"或就不是"童年视角",我认为黄蓓佳是借用小说中的人物"朵儿"这一"童眸"来观察描写那个世界,而实际上又融入了自身大量"回眸"那个童年时代的新视角与新观念。所以,人物和作者的目光是有分有合的,这个"双眸视角"也许就是巴赫金的所谓"复调小说"的理论方法吧。

白毛的童年是在一种奇异的病症中度过的,他饱受了同伴们的歧视,但是这个人物是有深度的,因为在许多故事的叙述中,他作为一个被生活所抛弃的"局外人",往往提出的问题是违反儿童的常识性思维的,看似愚蠢,却有异秉,其实是对这个世界的反躬叩问,充满着儿童的机智哲思。他是一个身心都受到摧残的儿童,他的命运应该是悲剧性的,作家写出了他的苦难童年,却故意不交代他的悲剧命运结局。

大丫的命运看起来是悲剧性的,但是,类似的婚姻悲剧在那个时代是一种常态,作者暗示的是二丫和朵儿是否还会重蹈覆辙的命题。其实,这样的主题往往是无解的,其命运不是个人的悲剧,而是那个大时代固定模式的悲剧。

马小五是那个时代的异类,他是在斗争哲学中成长的儿童,械斗让他在生活的崎岖道上杀出了一条血路,用拳头说话的时代能够让他走多远呢?作者仍然留白。

闻庆来是从乡下走进城镇的少年,其家世贫寒困顿,他之所以不能融入那个群体,归根结底是文化的隔阂,这恰恰是对当年"消除城乡差别"口号的一种绝妙的讽刺。这个人物的特异性就在于他的苦涩是无法用性格的差异性来表述的。作者让他走下了历史舞台,换了一个角色,让他的妹妹重登舞台,设置了一个命运的悬念,其妹妹能够逃脱时代给她安排的命运吗？

　　这四个在悲剧门前徘徊的人物，为什么黄蓓佳没有把他们一一推进悲剧的门里呢？儿童文学写到了苦难已经是一种观念的突破了，你让她再写悲剧，的确是苛求了。况且，作家有自己选择审美取向的权力，在悲剧、喜剧和正剧的选择中有充分的自由。我也能够理解黄蓓佳选择只写苦难、点到为止的初心，这在《童眸》的后记中立马就可以找到答案：因为她崇尚奈保尔的那句哲理名言："生活如此绝望，每个人却都兴高采烈地活着！"所以，小说各有各的写法。

　　不过，我更信奉的是"悲剧是将人生有价值的东西毁灭给人看"的信条，因为那是人生教育的必修课程。

原载于《文学报》2017 年 1 月 12 日

漂泊诗人的激情

——纳博科夫《致薇拉》读札

同事唐建清先生送来了他的新译作《致薇拉》（［美］弗拉基米尔·纳博科夫著，唐建清译，人民文学出版社，2017年2月第1版），这对我一直想探索纳博科夫内心世界的夙愿，无疑是递上了一把解惑的钥匙。

前年去马萨诸塞州的韦尔斯利（威尔斯理）学院，特地在纳博科夫的办公桌前的椅子上小憩了一会儿，遐想着纳博科夫在七十多年前在此执教的情形，因为那时我读了纳博科夫的演讲稿，看到了这位天才作家所同时具备的理性思维天赋，很是吃惊一个浪漫主义的"诗小说家"的逻辑性。作为一个随父母逃亡异乡的俄国人，纳博科夫从小就学会了三国语言，正是因为小说家马克·阿尔达诺的英语不能胜任斯坦福大学写作课程，才使得纳博科夫有了在美国的教席，由于他讲授的内容受到了广泛的好评，他在韦尔斯利学院待了两年，也许，正是在欧美的生活经历，让他成为一个充满着浪漫激情的学者型作家。正如有的人这样理解他的这段经历："生活在韦尔斯利学院，在橡树和新英格兰宁静的夕阳下，他梦想以他的美国钢笔，交换他自己无与伦比的俄国羽毛笔。"其实，作家的内心世界和他丰富激情的浪漫生活并不是如此简单平庸的,而这部《致薇拉》正是为我们提供了一个作家对爱情和生活的真实心路历程。

自1958年《洛丽塔》问世以来,纳博科夫就被人们看作一个充满着变异的心理浪漫主义作家,争论不休的褒贬反而使他的名声更加显赫,虽然那饱受诟病的对少女的迷恋有一种罪感,但是我认为他的血脉里始终流淌着俄罗斯"黄金时代"诗圣普希金诗歌里的那种浪漫元素,尤其是为爱情而殉道的浪漫情愫,从早年在其父亲主编的自由派报纸《舵》上发表的诗歌就可以见出这个情种勃发出的荷尔蒙基因,无论是他遭遇第一个情人斯维特兰娜·西维尔特,还是认识了薇拉·斯洛尼姆,抑或钟情于婚外恋的情人伊琳娜·瓜达尼尼,他的所有献诗都带有俄罗斯民族性格的特质。

但是,读了《致薇拉》以后,我却陷入了另一种悖论的沉思当中:如果说作家创作的激情是受着时代背景、个人生活和年龄的限制的话,那么一个人的爱情火焰是否也受制于这些因素的限制呢?《洛丽塔》显然就是近六十岁的作家荷尔蒙不衰的明证,纳博科夫将其全部激情都注入了他的这部作品之中,作家与作品的激情呈现究竟是成正比还是反比,这也许是因人、因年龄的时段而异吧。然而,如纳博科夫这样毕其一生在创作和生活当中都能够充分保持着激情的作家应该是罕见的,如果说《洛丽塔》是纳博科夫激情创作的代表作,那么,这部历经了半个世纪之久的《致薇拉》通信,则是其激情生活的见证书。无论是仰望,还是平视,抑或俯瞰,我们都能从中闻到那种青春荷尔蒙的气息,这种经久不息的激情才是一个作家最宝贵的财富!

我们切不可以用道德的准绳去衡量一个作家的作品,甚至包括他的私生活,作为创作的源泉,激情的荷尔蒙往往是决定一个作家作品内在爆发力和深度的重要因素，尤其是浪漫主义作品更加需要它的精神支撑。就像当年有人对《洛丽塔》的指责一样，如果我们指陈纳博科夫也因为在漫长的婚姻中有了情人伊琳娜·瓜达尼尼这样浪漫激情的生活插曲，也就无法解释作家所扮演的这一生的创作角色和生活角色了。人们往往用那幅薇拉在纳博科夫身边织毛衣的照片来证明他们婚姻的幸福美满，我却不以为然，如果我们抛弃了道德的评判，仅仅从一个作家，或一个男人的欲望和眼光来衡量，纳博科夫的出轨是一个历史的偶然，更是一个历史的必然！当我将伊琳娜·瓜达尼尼的照片与薇拉·斯洛尼姆的照片进行比照后，显然，前者更加漂亮性感，浪漫的气息更加浓艳，作家难以抗拒的是激情生活的召唤与尝试，没有这种经历，就没有《洛丽塔》。但是，插曲毕竟是插曲，纳博科夫的长调之所以能够有恒久的艺术生命力，正如这部书的英译者奥尔加·沃罗尼娜所言："显然，纳博科夫写给他妻子的信则写得异常丰满，令人难忘。这些信几乎总是有趣、浪漫和精炼，并不能简化为几句金玉良言。"然而，事态的发展并不仅仅如此。

　　限于篇幅，我就想从他开头第一封《致薇拉》信中的献诗，到最后一封中的献辞说起。也许，我尚未看见纳博科夫早就先于薇拉给过斯维特兰娜的那些献诗，但就这部延绵半个世纪的情书而言，足见纳博科夫的毅力。除去大段的如诗一样的文字外，诗才是俄罗斯作家对爱情的最高表达，这是第一次给薇拉题为《傍晚》的情诗："你呼唤——在一棵小石榴树上／一只幼枭像那条小狗那样吠叫／傍晚时分，弯弯的月亮／是如此孤独和清丽。你呼唤——像泉水飞溅在青绿色的傍晚／水珠清扬，一如你的声音／那月儿，闪烁着它的光辉／颤动着穿过一只陶壶。"紧接着就是一首《闷热》："我识趣额头上大颗的汗珠／在发热的陡坡上躺下/芳香的松树间太阳闪耀/伴随着悠长的蝉鸣。我漂浮在南方时光灼热的黑暗中/醉意中传来阵阵鼓声/还有悠扬的长笛,那潘神的紫唇/贪婪地压向我的心房。"够了,这就是"我的童话""我的幸福"在青春期荷尔蒙勃发时的萌动表现,这种冲动一直延续到进入老年期的时候,逐渐变成了一种比较深沉的激情,他的温度究竟有多高,我始终不能给予正确的判断,尤其是经历了与瓜达尼尼的恋情以后,我看待作者的激情就有了一份冷静。所以,当看到半个世纪以后最后两首写于 1975 年 7 月 14 日的如诗又如电报体的短信笺时,我陷入了沉思:"你还记得我们童年时的雷阵雨吗?/可怕的雷声在阳台上轰隆隆地响——顷刻/露出蔚蓝的天空/一切如同宝石——记得吗?"此时的纳博科夫已经是沉浸在幸福还是痛苦的激情回忆中了? 而 1976 年 4 月 7 日的最后一封信无疑就是一封与生活和爱情的告别辞:"在荒漠中,电话铃响了:/我没有听见,/很快它就挂了。"荷尔蒙没有了吗? 激情消逝了吗? 抑或纳博科夫把什么更深的激情藏匿到了一个更加隐蔽的心底里,而我们不得而知。

虽然作者给了一把解惑纳博科夫情感的钥匙,但是我还是无法打开作者全部心灵世界的窗户。

原载于《中华读书报》2017 年 4 月 12 日

韩少功的创作何以入史

让我先发言，我想大概是因为我与韩少功是生在红旗下的同时代人吧，我是以少功四十年创作的一个历史见证人身份来参加会的。首先祝贺韩少功入驻北京师范大学。因为还有二十几个人要发言，不能超过五分钟，我简短说一下。

作为一个研究文学史的学人，我认为在中国当代文坛上，能够入史的作家并不是很多，如果再过五十年、一百年回头来看这几十年的文学创作，恐怕是会有作品要出局的，能够剩下的作家作品就不会很多了。从整个现当代的百年文学史角度来看新文学进程，在共和国新时期的文学发展进程中韩少功的作品都是站在历史潮头的，他是可以入史的作家。因为用我的标准来衡量，他的作品有两个向度就决定他能够入史：一个是他渗透于作品的思想的穿透力，读他的作品，你可以读到作品中作者试图站在大的历史背景下，把自己对社会和生活的思考融入其中的明显意图，像这样持之以恒的创作者在新时期的作家中不是很多，他便是其中一个。当然，我并不完全同意他的价值立场，尤其是像《革命后记》里所透露出来的那种二律背反式的价值游移。同时，他也是一个敢于尝试文体创新的作家，敢于创新是一种形式与技术的革命，我同意刚才格非讲韩少功是一个很先锋的作家的观点。

韩少功的作品起点很高，他是与新时期同步的作家，1978年就在《人民文学》上发表作品《七月洪峰》，1979年发表的"伤痕文学"《月兰》被很多大学教材采用，这两篇都获得过全国短篇小说奖，但是我认为最好的作品，是他的另两个短篇，因为作者把聚焦定格在创作的永恒主题上——以大写的人性作为小说创作的最高目标，那就是1980年的《西望茅草地》，为此我还专门写过评论。还有1982年的《风吹唢呐声》，这两部作品比1981年发表的《飞过蓝天》还要令我感动。

毋庸置疑，韩少功理论创作的高峰期和名世期显然是"寻根文学"理论的倡导和"寻根小说"的创作实践，作为一个"寻根文学"运动的直接参与者，除了对文学的根的探寻以外，更能够留在文学史上的是其"寻根文学"的代表作，在三部代表作中（《爸爸爸》《女女女》《归去来》)，我认为《爸爸爸》写得是最好的，它可以在"寻根文学"运动中留下重重的一笔。我之所以说他"先锋"，就是从那个时候开始，他就开始自觉地从文体和技术革命的层面切入小说创作了。另外，他同时翻译了昆德拉的《生命中不能承受之轻》这部作品，对当时的中国作家有着十分重要的影响，我想译者之所以在中国第一个推出昆德拉，那就是他对自己创作提出了一个更高的要求，新的开拓旨在与世界接轨。

2002年的长篇小说《暗示》的出版又标示着韩少功创作的一个新的文体创新高度。在江苏一次评审职称的讨论会上，大家对这部新出版的作品有不同意见，我曾经用"暗示"这个词来调侃江苏的某一个作家，他说我怎么从头看到尾都没看懂韩少功在暗示什么，我说却听懂了你的暗示，那当然是有特殊语境的。我要说明的问题则是：任何一个文体的创新都会带来非议的，贬也好，褒也罢，这正是对作品探索的一种肯定。《马桥词典》之所以在中国文坛上引起轰动,而且又被翻译,也就恰恰说明韩少功在文体的技术革命上面先走一步的高超之处。

《日夜书》我不认为是最好的,但是《革命后记》对我的震动却是很大,虽然我不完全同意他的观点,甚至有些价值观与其相反,但是他给我反思历史的冲击力很大,我们几个同仁在江苏专门讨论了这个长篇。我把它定位在重大历史反思题材作品的框架当中,作者对"文革"的反思做出了自己的判断,这种判断,尤其是在近几年来的文化语境中发出来,这本身就是非常有必要的,作为一个作家,能有这样的思想穿透力是令人敬佩的,因为他提出的问题是每一个知识分子所关心的历史问题,尽管我不同意作者那扑朔迷离、自相矛盾的观点,但是这种哈姆莱特式的诘问是一个大作家必须考虑的素材,可惜在中国能够这样反思历史的作家不是很多!所以我认为能够把大时代和大历史作为自己作品的一个大背景来写的作家,他一定是能够留在历史上的好作家。谢谢。

原载于《小说评论》2017 年第 3 期

王怀宇长篇小说《红草原》：
重建东北作家群

读王怀宇的长篇小说《红草原》让我想到了重建东北作家群的重要性。从文学史的角度和现实的角度来看，这都是重要的论题。为什么中国现代文学史上出现了"东北作家群"？应该说，东北人天生有一种抱团的性格，无论是在商界，还是在官场，都是抱团的。所以，历史上产生"东北作家群"并不是一件稀奇的事。在那个时候，能够撑起东北作家群像的也就三五个人，但他们的作品成就了中国现代文学史上重要的东北作家群。

但是，在中国当代文学史中，高大的"东北虎"竟然打不过江南的"小文人"、西北的"陕军东征"，这可能是值得我们反思的问题。即使把从东北走出去的作家算进来，把新时期以后写《曹雪芹》的端木蕻良等东北作家算进来，其阵容也不是很强大，不足以拉升当代东北文学史的鳌头地位。此外，对东北作家而言，关于"出关"和"在关"作家的知名度也是一个问题，出了关反而出名了，在关的不大容易出名，这是什么原因？我们考察东北的地域文学，这个问题很值得研究。

十年前，学者何青志写了一本《东北文学六十年》，写的不是真正的东北文学史，而是东北题材的作品史。外面的作家写东北，是可以纳入东北文学的,但是具体怎么归纳还是存在一定的问题。文学史怎么写?第一,要注重本土作家的写作。第二,要注重不同时期代表作家作品的文本阐释。第三,要注重叙事,注重原创性。第四,要注重创新性的研究。第五,要运用新思维、新方法、新视角阐述各种文学现象,寻求揭示当代东北文学的一些真问题。其实,东北作家群里有许多我们深入发掘的富矿,只是我们的评论界和文学史家没有充分关注而已。

几十年过去了,我们怎么书写东北七十年的文学史?现在,摆在我们面前的是如何梳理像王怀宇这样写了多年,但在全国的影响力还不够大的作家作品。我认为,王怀宇的作品属于边地的草原文学,长篇小说《红草原》就是一个写汉人草原的开创性作品。中国写草原的作家不是很多,写汉人草原的作家就更少了。

解读王怀宇的《红草原》,应该从纵向和横向两方面进行比较。纵向的比较是和东北作家群的主要代表作品端木蕻良的《科尔沁草原》做比较。我能下这个结论,是因为王怀宇的《红草原》在历史的厚重层面、在描写领域上面,应该说更宽阔一些,在这些方面要比端木蕻良前进了一步。虽然说《科尔沁草原》是标杆性的作品,但历史是进步的,王怀宇的作品也有他的独到长处。横向的比较则是和同样写草原的作品《狼图腾》做比较。姜戎也是写汉人和少数民族的草原生活,但其立意不同。《红草原》从写狼到写人的主体的转变,完成了从动物中心主义到人性中心主义的巨大转变,这一点非常重要。对于一个作家来说,这可能是一个作家价值观最终的体现,这一点非常值得赞扬。

小说《红草原》体现了叙事视角的转变。《红草原》中的"我"是第一人称的叙事视角,20世纪90年代流行起了叙事视角的转换,莫言等作家从全知全能的视角中挣脱出来,王怀宇也是。但《红草原》的视角并不是莫言的简单翻版,而是让文本在虚构与非虚构之间来回跳跃。比如小说中充满了柔性的浪漫主义的元素、散文式的写法等,在这一点上,王怀宇扩展了小说的展现空间,同时也造成了文体的变异性。此外,在作品中,民俗、民谣、民歌等的大量出现,丰富了小说中人与人的关系、人与自然的关系、人与动物的关系。除了主要书写野狼和大鱼之外,作者还书写了狗、猫、猪、马、牛、羊、鸡、鸟、花、草等生灵,都很有情义,很有味道。

小说《红草原》还有几个特色不容忽视。第一,与中原和沿海作家的作品形成了强烈的反差,又和少数民族的草原书写大不一样,我们应该注意总结研究这样的写作特点。第二,小说所营造的风俗画、风景画、风情画,与中原、西北的长篇小说大不相同。王怀宇更注重人物内心的描写,而不只是在"三画"的背景下书写。王怀宇的小说是对人物和画面进行平行描写,从某种程度上说,这会淹没一些人物性格纵深的描写,这种描写手法究竟怎么样?这种平行的推进手法好不好?怎么样理解这些创作上的变化?这些都是非常重要的研究课题。我认为,在《红草原》中,王怀宇对人物的把握,尤其是对草原好汉性格的描写颇有深度,但是对"我"这个叙述主人公的描写还存在拓展的空间。

王怀宇还写了很多中短篇小说和长篇小说,虽然很有特色,但是还没有形成固定的风格范式。显然,评论界对王怀宇、对东北作家的风格总结不够,在这一点上,培养一批本土的批评家和评论家非常重要,因为他们对这块土地的熟悉程度、对这个地方的风土人情的了解更深入。

原载于《文艺报》2020 年 1 月 10 日

"根"的思念与思考

——中国乡土小说家族意识的追寻

一位主编朋友介绍这部长篇小说让我看,因为忙着搬家一直搁置了,我奇怪这部小说居然请过那么多名家开过研讨会,却没有人写过真正意义上的评论文字,思忖再三,顿悟原因有二:作为单部长篇小说,洋洋洒洒近七十万字的篇幅,已然超出了一个进入21世纪新时代阅读者的阅读耐心,让一个习惯了快速阅读的人花上一个星期去读一部情节并不紧张,描写并不是处处出彩的小说,那是需要足够耐心的。我是用了一个星期,大多数时间是在漫长的旅途中完成阅读的。合上书籍,我在思考这样一个问题:我们值不值得,或者能不能够花上巨大的精力在一个不知名的业余作者貌似介于"虚构"和"非虚构"的"家族小说"作品中发现这个时代的一种书写新质?解剖这个长篇小说是否有助于我们认识到今天创作中的一些隐在的时代征候?这才是我们愿不愿意触碰《根》的根本原因。这让我想起了恩格斯不厌其烦地为玛·哈克奈斯《城市姑娘》所写的那篇小说评论,我们能否站在动荡世界的交汇点上去剖析一部小说从内到外的时代意义和文本意义。

这部叫作《根》的小说,是继20世纪80年代"寻根文学"以后又一次呈现出"向后转"历史回溯理念主题的创作,古老的"叶落归根"民族情结充斥在文本的字里行间;一个家族的兴衰史充满着时代变迁的历史印记;那种对旧时代的深刻眷恋又一次将人性置于"现代性"的拷问之中;彷徨于封建家族秩序与启蒙革命之间的游移……所有这些,都构成了《根》充满着悖论的主题表达和描写张力。

无疑,从20世纪八九十年代开始的家族小说的兴起,让我们迅速地进入了两种形态的"寻根文学"的描写之中:一种是在意识形态的迷茫之中去从历史回溯中寻觅旧日时光的宁静与平和;另一种是在那种"荷戟独彷徨"的愤懑中去批判封建家族意识是摧毁"现代性"的渊薮,无论作者是出于"无意后注意",还是"有意后注意",这两种的主题模式都各有利弊。毋庸置疑,《根》的作者选择的是前者。

就世界格局的小说创作而言,"返乡主题"永远是一个书写的焦点,作为人类与生俱来的对家乡的眷恋情结,无论是爱也好,恨也好,都是无法释怀的那个抹不去的精神栖居地,尤其是那些去国的游子,更加具有这样的精神寄托。《根》是以庄姓家族为描写轴心,辅以袁家、赵家、刘家、黄家等家族的变迁史,构筑了一幅20世纪初至50年代半个世纪的历史画卷。

作者虽然只是业余写作,显然他对长篇小说取舍的分寸感掌握有些失当,但是其描写生活的能力却让人产生了阅读兴趣,我之所以没有采取一目十行跳跃式的阅读,就是因为小说中的那些旧时代的生活细节和场景让我产生了兴趣和美感,这种美感来源于《红楼梦》,也追忆到《三家巷》《苦斗》,从爱情生活到各种各样的社会生活场景的描写,致使作品的画面充满着农耕文明风俗画、风情画和风景画的宁静舒缓风。毋庸置疑,作为一种怀旧式审美形式,越是离现代文明和后现代文明遥远的作品,就越能够呈现出艺术的魅力。作品中所涉及的各式各样的人物众多，从地主、家仆、小姐、丫鬟、保镖，到官员、土匪、军人、商贾、掮客、革命者、游医、外国人……可谓生动呈现了那个时代林林总总的人物肖像和社会风俗。

无疑，在所有的描写域中，作品花笔墨最多的就是爱情抒写，三代人的爱情没有托尔斯泰笔下那种"各有各的不幸"，只有梅子和赵林的爱情是以悲剧结局，这就充分体现了作者向善的本性。因此，作者采用的是大量的风情画面来构筑一幅田园牧歌式的爱情的童话世界。可以看出，作者是在现代文明和农耕文明的纠结之中，选择了两个"根"：一个是根深蒂固的溧水小城镇；一个是靠着现代大都市上海的常州。显而易见，作者更青睐的是前者，那里的风景如画，于是风景描写自然流淌在书中的字里行间，形成了"古典小说"特有的风景线。更值得一提的是，小说中刻意铺张的风俗画描写是吸引我阅读快感的一个兴奋点，那些婚嫁迎娶的民间习俗，那些节庆酒宴的风俗，甚至那些土匪勾当里的种种行状都是小说的看点所在。这些被现代和后现代小说所遗弃的小说创作元素，对于一个进入电子信息时代的读者来说，还有小说美学的意义吗？还是只是一种"遗老遗少"观赏古董时的快感？

这部长篇小说是一部农耕文明的赞歌，也是对革命的颂歌，与《白鹿原》有点异曲同工之处的是，一个勤勤恳恳的老地主置办起了一个大家业，延续了子嗣兴旺的家族荣耀，他们夫妇，尤其是大奶奶，把家中唯一的独苗送进了共产党的革命队伍，成为一个坚定的革命者，作品后三分之一就是描写革命故事，几乎是落入了"非虚构"的家世描写陷阱中，笔墨单调，失去了前面文学描写的美感，而且也拖沓冗长，缺少情节和细节描写的张力。然而，使我感到眼前一亮的是作者最后一笔对革命烈士人物的处理,尤其是大奶奶捍树而死,留下身后那个永不枯竭的大树之"根",既点了全书的主题,又还原了历史中的"真理性、人性和审美性",让这部小说在最后得以升华。

看完小说最后一页,放下这部精装本的沉重书籍,掩卷而思,我想,倘若作品删除三十万字,它会是一个什么样的阅读和审美效应呢?毋庸置疑,由于作者不懂得舍得与"留白"是作品空间更加廓大的辩证法,让读者徜徉在冗长,甚至有些重复的描写流中,并不是一个高明的做法,而是陷入了"痛说家史"的窠臼之中。倘若采用精简的写法,无疑会强化描写的张力,让阅读进入一个更加愉悦赏心的通道。

此外,作品中有几处没有"出鞘的刀",比如那个土匪头子"金不换"掉进悬崖究竟死没死是个谜,本以为这是作者为这个情节线索打下的一个扣,阅读期待是他的复活会构成小说后面复杂的"戏份",作者却只字不提,让人大失所望,小说的情节元素白白流失,真是可惜。

尽管这部长篇小说存在着这样和那样的缺陷,但是,作为一种文本的解读,它的意义远在文本之外。在中国大陆,尤其是东部沿海地区,城市化的进程让农耕文明时代的乡土风景消失在广袤的地平线上,亦如作品最后那棵曾经枝繁叶茂蓬蓬勃勃生长着的大树被伐倒后,大奶奶以命相抵护卫着那大树根一样,老一辈人眷恋的乡土社会之根系已然被啃噬撼动,它已无法抽枝发芽。面对失去的过去,我们站在历史的废墟上瞭望未来,倘若能够从这部皇皇大著中顿悟和汲取到一些什么,尤其是人性的善恶美丑的表现,或许才是阅读的真正含义。

原载于《文学报》2020 年 11 月 5 日

末代知青罗曼司的背影

——从《红杉树下》观末路的"知青小说"

四十多年来,反映知青生活题材的作品可谓汗牛充栋,从20世纪70年代末开始的"伤痕文学",多以知青生活为主流,且以悲剧色调为轴心展开故事情节的铺陈,从"青春无悔"到"反思苦难",再到"选择遗忘","知青文学"经历了由盛及衰的过程,这种题材的作品还时隐时现地出现在电视剧播出之中。我时时在思考,这样题材的作品还有生命力吗?历史已经渐行渐远,"知青"一代已经退出了历史舞台,我们只能在那些耄耋和古稀老人堆里寻觅他们的身影,从他们木讷的面庞中再也找不到昔日的激情了,历史就这样无情地埋葬了他们的青春和浪漫。于是,希望重拾昔日的辉煌,标举不被这个物欲横流时代所淹没的浪漫主义文学大纛,有些作家就在钩沉那段悲情的历史中,用罗曼蒂克来止痛;用理想主义的情操来填补现实世界的思想空洞,试图以青春和爱情的名义去拯救当下精神世界的虚脱。也许,陈德民先生的这部四十多万字的长篇小说《红杉树下》就是这样一首呼唤浪漫悲情归来的知青文学标本罢。

其实许多人并不知道"知青"的历史由来,翻阅共和国的历史,它最早的源头是1953年《人民日报》发表社论《组织高小毕业生参加农业生产劳动》，1955年河南郏县大李庄乡一批中学生回乡参加农业合作化运动，毛泽东主席亲自为报纸写了按语："一切可以到农村中去工作的这样的知识分子，应当高兴地到那里去，农村是一个广阔的天地，在那里是可以大有作为的。"同年8月9日北京第一批青年志愿者垦荒队赴北大荒；同年10月15日一支由98人组成的"上海市志愿垦荒队"奔赴江西省德安县。此后共青团中央在全国十多个省市组织了垦荒队，动员城市里的知识青年下乡，树立起了第一批知识青年的标兵人物董加耕、邢燕子、侯隽。这是第一波知青下乡高潮。

第二波高潮是在1964年年初，中共中央发布了《关于动员和组织城市知识青年参加农村社会主义建设的决议（草案）》并成立了相应的机构，这一波北京去北大荒的知青有248人。值得注意的是各省都有一批城市的"社会青年"被下放到农村去，待到1968年大批老三届插队时，称这批人叫"老插"。

第三波知青下乡是中国社会空前绝后的插队潮。1968年北京红卫兵蔡立坚赴山西榆次县插队，开了第三波插队的先河，6月上海掀起了上山下乡的高潮，这些都是自愿插队去农村的，整批去内蒙古和黑龙江的蔚为壮观。当然，其中有许多是"插场"知青，直到1968年12月22日毛泽东发出了最高指示："知识青年到农村去，接受贫下中农的再教育，很有必要。要说服城里的干部和其他人，把自己初中、高中、大学毕业的子女，送到乡下去，来一个动员。各地农村的同志应当欢迎他们去。"作为一种指令性的政策，除去当兵入伍和极少数留城者，俗称"老三届"的几乎全部初高中六届毕业生都下乡插队了。至此，下乡知识青年已达1200万左右。

消停了几年后的1975年，又开始了新一轮的上山下乡运动，又有

200万学生插队,这批人史称"新三届",是最后一代下乡知青。从1978年云南知青诉求回城运动,到1979年大返城,直到1980年5月8日,胡耀邦提出不再搞上山下乡运动,10月1日中央决定下乡知青可以回城,才彻底结束了三十年来的知青生活。

说实话,"新三届"的"插龄"是最短的,因而写"新三届"知青题材的作品甚少,"伤痕文学"过后的知青小说多以"老三届"知青人物故事为中心。倒是近年来有一部叫作《远方的山楂树》的电视剧较火,这是典型的以"新三届"知青生活为叙述轴心的作品。我读知青小说鲜有涉猎"新三届"题材的,而最近读到的这样的长篇小说还是第一部,这就是《红杉树下》。

说实话,一开始我很难进入小说的情境之中,尤其是场景设计有些软广告之嫌,但是,越是往下读就越是想看看作者是如何设计小说故事情节发展线索的,就越是想看看作者对这场运动的看法有何新的思想深度,越是想从其艺术手法中看到对知青题材小说的处理方法有何创新之处。

无疑,从知青文学的标高上来说,这部长篇小说在总体色调上来说是明丽与灰暗相结合的,相反相存的,更加真实地再现和表现那段苦难的岁月,悲情和浪漫的元素就决定了作者在"青春无悔"和"青春反思"的钟摆中"彷徨于无地"。由于作者太过于理想主义的涂抹,有时会让浪漫的爱情落入老套的窠臼,不过他所构思设计的爱情人物关系图谱却是其他知青小说所鲜见的排列组合。

作品设计了四组不同恋人的爱情组合(按照用笔力度排序):男知青和女知青(1号组合);女知青和男农民(2号组合);男知青和女农民(3号组合);男农民和女农民(4号组合)。显然,1号组合和4号组合是最正常的故事组合,作者为之设计的故事情节也最多,用力最甚的是1号组合,作者要表达的是一种古老的"爱情至上"的理念,它与4号组合形成的恰恰就是一种对应关系,即作者试图表现的是理想主义爱情破灭后的无奈选择之悲剧,映衬了更加伟大的罗曼司就来自古朴爱情观。直至将女主人公文澜处理成一个悲剧人物,让她在"梁祝"的悲怆交响曲的音符中逝去,使小说"大团圆"结局的读者期待彻底破灭,也的确凸显了小说主题深化的动机。

1号组合中郑东杰和文澜的爱情故事设计,让作者煞费苦心,为了不落俗套,作者不惜让他们在过多和过度的"误会法"的情节中错过相逢相爱的机会,甚至有些情节和细节几近失真,其终极目的就是要让其爱情走向悲剧的结局,从这个角度来说,我以为我们可以对小说部分的夸张手法的运用忽略不计,予以谅解,因为作者所要表达的"爱情至上"的理念毕竟还能打动我的心灵。

2号组合中乔琳和生产队长赵刚的"爱情"其实是最有故事的一对组合,它是在人性的"社会属性"和"自然属性"夹缝中成长的人物塑造,让人看到了人性复杂的悖论之深刻,这不禁使我想起了20世纪80年代末王安忆的中篇小说《岗上的世纪》中女知青李晓琴和生产队长杨绪国之间的"爱情"。女主人公李晓琴从先前的被动变为主动,完全就是挣脱了人的"社会属性"后,让其内心深处的"动物属性"占领了女权主义的高地,以自我的"性高潮"去俯视那个猥琐的男性形象,从而将主题突转上升为一个"社会属性"的大主题上。同样,乔琳也是从为了规避繁重的体力劳动,而对于赵刚的"强奸"行为进行了默认,从默认到默许,再到最后嫁给了这个比她大二十多岁的"强奸犯",其心路历程的"爱情"反转,也是夹杂着乔琳本身对"动物属性"青春快感的追求,从这一点上来说,作者对这个人物形象的塑造是不同于一般的知青小说理念的,因为这种性爱交媾过程是一种极其复杂的心理过程,并不是一种是非曲直的简单思想艺术表达就可以企及的,从这角度而言,作者明显高于一般知青小说的主题表达一等。正如作者所言:"乔琳自从被赵刚强暴以后,一开始对他憎恨厌恶,但经过赵刚对她劳动时的照顾,再经历多次肉体上的颠鸾倒凤、几番云雨之后,她竟然已经慢慢接受了这个现实。于是,一种逆来顺受的无奈在她的脑海里便成了顺从赵刚的理由了。"想起当年插队的时候,我也亲自见闻过同样的现实版的故事,少不更事的我们怎么也找不到这个人性复杂的答案,如何解释这样扭曲的性格,此书作者给出的也许只是一种答案,但我相信在人性复杂的大千世界里,还有千万种答案需要我们解密,探索解密人性的密码就是作家塑造人物的任务,可惜的是这组人物矛盾冲突描写的戏份还不够,倘若让故事情节和细节更加丰满地展开,或许这部小说的穿透力将会达到一个新的高度。当然,作者最后还是让乔琳和赵刚离了婚,彻底消解和否定了这种畸恋。

更耐人寻味的是,在2号组合之中,作者描写了一对更具柏拉图式的浪漫主义情侣,这就是那个目不识几丁的巧手盲流农民"弹棉匠"赵树森和漂亮的女知青章艳之间来自原始冲动的恋情,作者大胆地设计构思了这种看似不合逻辑的天方夜谭故事,以增添小说浪漫主义的气息,情节设计虽然老套了一些,比如在月色撩人的情境中,章艳一个人在小溪流中裸浴镜头被"弹棉匠"偷窥。那高光剪影下的胴体美的展现,与优美的景物描写融为一体,勾画出了一幅撼人心魄的裸体水彩画卷。这种畸恋爱情构成的元素如果仅仅是一种浪漫的猎奇,脱离了文化的语境和载体,成为一种超浪漫主义的形式表达,或许就会破坏现实主义艺术再现的真实性。但是我们不能强求作者按照现实主义陈旧的理念和原则去设计人物和故事情节，正如作者通过一号人物郑东杰的言论予以辨析的那样："感情这东西有时会奇妙得让人难以捉摸。它会在某种情况下超越文化、地域、种族、金钱、地位、年龄等外在的因素，成为纯粹的为爱或者不是为爱而产生的对异性的爱恋和依恋。"这就是作者理想主义爱情至上罗曼司写作情结所致，用1号组合中文澜的话来说"我觉得他们的反差太大了，不现实"。作者认为这是现代人的思想观念，如果是这样的话，那么这组人物的设计太过于浪漫化了。当然这种柏拉图式的爱恋是经不起风浪的，当章艳无意中看到"弹棉匠"在拥抱另一个女人时，其浪漫主义纯真的遐想立马就被无情的现实轰毁了——伪浪漫是无法抵御现实生活中的悲剧的，真正的浪漫主义是容不得心灵上沾染一丁点瑕疵的。

3号组合男知青和女农民的恋情在本书当中出现过几次，这也是浪漫主义情结使然，1978年我曾经写过一个同类题材的短篇小说《英子》，如果不是终审时主编嫌色调过于灰暗，差一点就在《北京文学》上发表出来。现在回想起来，这种浪漫主义悲剧结局的作品不仅是作者忧郁情绪的表现，更重要的是它暗含着一种居高临下的亚里士多德式的"同情和怜悯"的悲剧情结，殊不知，这并不是真正的平等爱情。当然，在此书中，成功的只有一组人物，那就是丢弃了幻想，留在县城里工作的男知青刘学卿与那个公社知青办的女干部戚卫红结成了连理。与其说这是一种浪漫的爱情结晶，不如说是一种无奈现实生活的合理安排，倘若刘学卿回城了，倘若他们中间有一个不是吃公家饭，那或许就是另一段"小芳的故事"了。

4号组合里的故事似乎是在重复一个天经地义、亘古不变的"门当户对"婚姻伦理。在那样的文化环境中，曾经不识几个大字的"弹棉匠"赵树森终于和农村漂亮的女孩小曼结婚了，彻底摧毁了一段罗曼蒂克的暗恋，虽然"弹棉匠"是入赘，但这就是农耕文明秩序下最合理的爱情注释，从这个角度去考察，小说对这一组人物"爱情"的发掘还不够深入。

总起来看，《红杉树下》在爱情人物关系处理上部分超越了以往知青小说的一般模式，推进了知青题材小说婚恋爱情题材描写的丰富性。从这个意义上来说，我们从中悟出的是一种对"知青题材小说"的深度思考。

其次，小说凸显了地域文化特征，将风景画、风俗画和风情画纳入了描写的范畴，突破了以往此类题材的单色调性。就这一点而言，它打破了"城乡二元对立"的思维模式，将农耕文明自然原始形态的风景画嵌入现代人的视觉之中，这是一种新的元素的发掘。

作品尤其注重风景画的描写，亦如小说描写中有一段文字用女主角的话道出了作者的意图："文澜被眼前这幅雕塑般奇美的景色震撼了，这真是大自然对劳动者最由衷的赞美。文澜想，如果自己是一个画家，一定要画一幅夕阳下堆草垛的画面，金色的夕阳，金色的草垛，金色的汉子……这幅画就取名叫《金秋》。"无疑，这使人联想起莫奈的著名油画《麦秸垛》，那也是莫奈在人生的逆境中画出来的最美图画，构图上没有人物出现，但是你能够看见人物劳作的艰辛。对比之下，作者在这幅《金秋》图中所体现出的浪漫画语就显得比较生硬了：一是主题表达太显露，风景是为了突出人物形象，而没有留给读者想象的空间。二是其中的比喻夹杂着一些戾气，如"像一个个戴着头盔，身穿甲胄的武士"，多少破坏了一些浪漫构图的艺术效果："割完稻谷的田埂上,露出金黄色的茬子,地里排列着整齐的稻垛,半人多高,像一个一个戴着头盔,身穿甲胄的武士,等待着往社场上汇集。新翻耕的黄豆地是深褐色,深秋季节,这里将是一片绿油油的麦田。"如果作者调动一下留白的艺术手法,其审美的效果就更好。三是最致命的,文澜一开始就把基调定格在"这真是大自然对劳动者最由衷的赞美"上,这种引导性的观念植入恰恰就是破坏画面多义性艺术效果的败笔,阻碍了艺术上升的通道。

然而,毋庸置疑的是,这种用大自然的美妙风光衬托浪漫爱情的诗性描写不但在此类题材的作品中罕见,同时也消逝在中国乡土文学的风景线中,我以为,这种在农耕文明中产生的诗意描写是不会降低现代人的审美兴趣和品格的,相反,在林林总总的后工业时代里,我们能够在视觉和感官的世界里看到自然风景的瑰丽,闻到鸟语花香的愉悦,让通感打通我们驻留在大自然的情境之中,这本身就是小说创作的一大审美功能。

另外,作者将"海州大调"的风俗民情融入小说的风俗画和风情画之中显然也是这部长篇小说的一大艺术特点,虽然有些地方过于雕琢,但是作为一种文化审美的添加剂,无疑增添了其可读性,尤其是切近原始自然的"原生态"唱词,虽然带有乡间村言俚语和俗文学的元素,却起着大俗大雅之功效,凸显了自然之美的文学品质。

显然,适当的方言的融入也增强了小说的地域文化色彩,方言的融入让地方人物活了起来,增加了小说人物形象的肌理。

再者,就是小说的结构手法体现了作者的匠心所在。此书采取的是中国古典章回体小说的写法,却又合理地融进了现代小说的倒叙手法,且在每一章开头都有一段父女对话作"引子",它既是故事情节衔接的纽带,又是对人物和故事主题的哲理性思考结晶,同时,也是作者直抒胸臆的一个思想表达窗口。无疑,这就是试图突破"全知全能的第三人称"叙述,让小说更有一点点"复调小说"的意味,从这个意义上来说,作者对艺术技巧的追求可见一斑,也许,这是作者陈德民在"无意后注意"心理层面完成的一次形式主义改造,但它的的确确增加了小说的技术含量,让叙述不再单调。

我在上述文字中已经说出了作品中存在着的不足,在这里,我还是要强调一下,这部长篇小说如果将回忆的场景平台置换到一个与作者毫不相干的背景中;如果将小说结尾那些画蛇添足的大团圆补叙干干脆脆地像切割盲肠一样痛快删除,就在文澜死去的那一刻戛然而止,让作品留下绵长的悲剧余音,那么这部作品就更加臻于完美了。因为,无论从这场运动的社会效应,还是个体经验来说,它都应该属于悲剧美学的范畴,悲剧是最能够打动读者的,而浪漫的悲剧则更加能够攫取每一个读者的灵魂,起着勾魂摄魄的美学效果。

最后,我对作者再提一条建议,如果将书名定为《马陵山下》似乎更好:一是使之更有地域特色和历史内涵;二是规避和重复许许多多诸如20世纪老一代浪漫主义作家张洁们追求的"山楂树下"的那种情境;三是变俗情浪漫为悲情浪漫格调,更有悲剧的美学韵味。如此这般,也就暗合了作者在"题记"中表白的初衷:"青春是一首太过精短的诗篇,我们眼含泪水,不时地吟咏。"这就达到了进一步深化主题内涵的作用。

让遗落在历史旷野中的青春与风景永远定格在马陵山下!

"知青题材小说"还有生命力吗?从陈德民先生末代知青小说《红杉树下》,我看到了希望,这就是:作为一种已经沉寂的历史题材小说,如果作家能够站在历史、现实和未来的三个维度上去俯视它,且以一种新的审美眼光去把控它,"知青小说"就会走向一个更有历史感和审美感的创作巅峰之上。

原载于《小说评论》2020 年第 6 期

转世孔乙己的自白书

——重读《孔乙己》

> 年轻时,当我读到这篇文章最后一句时,不禁潸然泪下:"我到现在终于没有见——大约孔乙己的确死了。"一个旧时代的面影就这样消逝了吗?这似乎也太低估了鲁迅作品的时代穿越能力了罢。月光婆娑,疏影幢幢,我仿佛看见了"上大人,孔乙己"早已转世复活了,只是分不清他的真面目,或许是百岁,或许是耄耋,或许是古稀,或许是花甲,或许是知天命,或许是不惑,或许是而立,或许是弱冠。他似乎像"变脸"一样出现在各种各样的场合中。
>
> 以下文字是我采访转世孔乙己的录音记录,未加修饰,公布于众,权作茶余饭后的谈资笑料。涉及人物的行状若有形似者,切勿对号入座。
>
> 谨以此文,献给当今时代可敬可爱的"新孔乙己"们!
>
> ——题记

我早已不屑鲁镇酒店的格局了,现如今穿梭于大都市的豪华酒店当中,终于从阿Q惨痛的历史教训中,懂得了这世界上读书人如何运用知识换酒喝的道理。

大家都知道我姓孔不错,过去一直不招人待见,名字也是众人在取笑声中赐予的绰号,真的太有革我的命的味道了,呜呼哀哉。孰料这几十年孔姓阔起来了,真是"三十年河东,三十年河西",攀龙附凤者众,溯起孔子世孙后裔者芸芸,可谓满世界都是圣人之后,他们配吗?!许多伪后人还可以在圣人学院中挂上若干个××学者的头衔,何况我这个有着正统嫡系血统的子孙呢。往事不堪回首,而今我再也不是那个"终于没有进学,又不会营生;于是愈过愈穷,弄到将要讨饭了。幸而写得一笔好字,便替人家抄抄书,换一碗饭吃"遭万人耻笑的孔乙己了,我已堂堂正正更名为流传有序的孔字辈中人(恕我暂时保留公布真实姓名的权利),成为学界大咖了,百年前那个唯唯诺诺、低声说话的"孔乙己"已经死去了,一个真正的"上大人"全新复活了,这个"上大人"便是朱熹在《答潘叔昌书》中说的那个"'天上无不识字底神仙',此论甚中一偏之弊。然亦恐只学得识字,却不曾学得上天,即不如且学上天耳。上得天了,却旋学上大人亦不妨也"。不怕羞涩,如今我就是学会了上天的"上大人",而不是"描红"的初学者摹写"上大人"的无知顽童小儿。

现在我上天入地,慷慨激昂,大有横扫千军如卷席,一呼百应尽欢颜的英雄气概;我指点江山,看苍茫大地,还须叩问谁主沉浮?谁说我老孔不会"营生"? 真是亮瞎了你们的狗眼!我做的是最大的买卖,那叫"革命的营生"。"革命不是请客吃饭",现如今我孔某人再也不是百年前那个没有被革命启蒙的浑浑噩噩之辈了,谁说革命都是"污秽和血"了,我分明看到了面包和奶酪从暗隅里发出的光来。那时阿Q和小D们"同去,同去"的革命行动虽然没有带上我,那是我看穿了他们的革命伎俩并不会得到实惠的宿命。

　　近几十年来,我早已不是孤身一人了,我换过许多老板,也换过许多老婆,生下了无数的小孔和小小孔,嘻嘻,许多人分不清我的年龄,辨不清我的相貌,原因就在于此,我的儿女哪一个不像我呢?从相貌到思想,个个都是一种基因造出来的。我不再像老Q那样被人骂成断子绝孙的货色了,如今,我的"西西派"(根据方位定名)成为最受大众崇拜的门派,也深得大众宠幸,中国文化重镇的"京派""海派"全都拿下,尤其是"海派"里的女弟子更是夺人眼球,博得了文坛阵阵喝彩,连醉眼蒙眬的老鲁都无法看清她戏法把戏的手段。如今,我们已经是手眼通天、炉火纯青且走遍世界的门派了。我随时可以以革命的名义向那些撼树蚍蜉的"柿油党"开火,打得他们人仰马翻、满地找牙,让人民大众欢欣鼓舞,也让那些手握权杖在上书房行走的重臣刮目相看。于是,我们便痛与快乐着。说一句私底下的悄悄话,我是从半个世纪前的那个历史的情境中,找到了前世没有悟出独门绝技的门道来的:革命就是一场投机、一次赌博,就看你的赌注押在哪个方向了。谓予不信,便可一试也。哈哈,这个秘诀切不可外传。

　　如今,"'温两碗酒,要一碟茴香豆。'便排出九文大钱"的时代早已过去了,阿Q在土谷祠里的生活已然被我抛掷九霄云外,他还炫耀什么"祖上曾经阔过"的陈芝麻烂谷子的历史,我是不用吹灰之力,自然而然地让历史的河流淌进了我的袋中。老Q们毕竟没有文化,是愚昧的大多数,而我虽读书不是很多,却懂得学以致用、立竿见影的读书谋略,更懂得历史是可以任人打扮的小姑娘的道理。其实钱算什么东西,百年前我为一碗酒,丢掉了读书人的尊严,如今我早已就是中国文化盛宴上的座上客了,时代把我们捧上了门派的宝座,何愁书中没有千钟粟和黄金屋呢。

　　再说"窃书"的事情,过去我只懂得皓首穷经地读古书,没有独立思考的能力,自打我转世以后,总结了历史的教训,终于得出了一条"窃书"的真谛——真正的读书人要"窃"的是书中为人处世的哲理,那就是"窃"来的思想无论是否符合人伦道德,只要得到一时的庇荫,能够立马兑现等值的利益,便是最大的学问。正因为那时我不能透彻地理解"窃书"的真理所在,还"睁大眼睛"与人辩解"你怎么这样凭空污人清白",现在想起来真是一番昏话,惭愧啊惭愧,那种没有底气的狡辩让我对自己的觉悟羞愧了几十年。如今那个行状时时在我脑海里出现,成为我醒世和警世形象的反面教材:"涨红了脸,额上的青筋条条绽出,争辩道,'窃书不能算偷……窃书!……读书人的事,能算偷么?'接连便是难懂的话,什么'君子固穷',什么'者乎'之类,引得众人都哄笑起来:店内外充满了快活的空气。"这不是把自己混同于阿Q之流了吗?他们去寻找什么"精神的逃路",真是可笑之极,那是蠢货的思想,我们从中寻觅到的是名利的最大化,说我们是"精致的利己主义者",不错,世人熙熙攘攘,谁不是趋利而来,"人不为己,天诛地灭"的含义在这个时代早已赋予了新的内涵。

　　自打转世以后,眼见着百年中国历史汹涌澎湃的大浪卷来,卷起千堆雪,却没有荡涤掉污浊的泥沙,反倒是平添了许许多多现代化的垃圾,沙滩上的足迹再也不是人的足迹了,而是布满了兽的脚印。我终于悟到了"弱肉强食"的人类生存哲理,于是我决心带领我的后浪们一次又一次地冲刷沙滩上人的足迹,生存哲学让我们快乐地活在这个世界上,无牵挂无挂碍地勇往直前,我们信奉的是"存在就是合理"的哲学,所以,我们会奋不顾身。

那时人们同情和怜悯我,连酒店的小伙计都用俯视的眼光看我:"站起来向外一望,那孔乙己便在柜台下对了门槛坐着。他脸上黑而且瘦,已经不成样子;穿一件破夹袄,盘着两腿,下面垫一个蒲包,用草绳在肩上挂住。"其实我比阿Q更凄凉,他好歹还在通往刑场的路上风光了一回,虽然并非英雄路,但老鲁先生终于将他送上百年文坛人物塑造的最高峰。如今,该轮到我给自己翻案的时候了,如果我能够把"西西派"的思想标榜成当代正统的教育理念,从而灌输下去,形成一种植入的国民性,那么老Q的点击率就远远不如我了,他在历史上的地位也就与我相去甚远,他是活在历史中,我是活在现实中,谁能活在未来,这还真的说不定呢。

在别人眼里,我是如此可怜不堪:"他的眼色,很像恳求掌柜,不要再提。此时已经聚集了几个人,便和掌柜都笑了。我温了酒,端出去,放在门槛上。他从破衣袋里摸出四文大钱,放在我手里,见他满手是泥,原来他便用这手走来的。不一会,他喝完酒,便又在旁人的说笑声中,坐着用这手慢慢走去了。"现在恰恰就是乾坤颠倒,我不是坐在酒店高处的柜台上,而是端坐在高高的云端之上,俯瞰着芸芸众生,笑人间的无知,笑那些什么知识分子良知者的蠢念,他们让我懂得了"四文大钱"决定一个读书人命运的人生哲理,所以转世以后我就反其道而行之。

那个叫阿英的文人竟然说出了不合时宜的评论,说什么"死去了的阿Q时代"的谬论,让人耻笑了百年。他真的不了解中国,更不了解历史和现实,我转世以后,最大的觉悟就是:老鲁实际上是预言了一个"死去了的孔乙己时代"!复活的是另一个与孔乙己截然相反的新时代读书人形象。虽然不敢保证我不朽,但我不可能速朽。

我是那个时代的悲剧,却是这个时代的喜剧。

孔乙己再也不是"站着喝酒而穿长衫的唯一的人"了!

草于 2020 年 7 月 2 日 16:16 分南大和园

原载于《随笔》2020 年第 6 期

"穿心"在浪漫与现实之间的哲思抒写

——论《穿心莲》开放性文体的一种美学探索

> 潘向黎长篇小说《穿心莲》的老版本放在我的书架上已经好几年了,浏览过一下,以为是一本艰涩的恋爱指南、一碗失恋者的心灵鸡汤,与我们这一代人的生活相去甚远,且有较大的阅读障碍,就没有仔细地阅读下去。收到2020年8月的新版后,趁着疫情期间的闲暇,我花了很长时间仔仔细细地读完了这部长篇,用红笔在书里密密麻麻地写下了许多眉批和旁批,于是就有了写评论的冲动。我把这种阅读定义为"成长阅读"。
>
> ——题记

这是一部无法跳着看的作品,其叙事与形式、故事与主题都可让你进入另一种小说的读法之中。《穿心莲》无论是在长篇小说的形式感上,还是在其主题的呈现上,都会让我想起20世纪王安忆、铁凝和陈染的某些作品,作为女性作家,她们把一种看似温柔却深藏犀利刀锋的哲思直插读者心脏,将浪漫的爱情诗意化作残酷的现实人生悲剧,撕毁了婚恋的外衣后,让你在幸福与痛苦的思考中进入更高层次的艺术与人生境界。这让我想起了温迪·雷瑟在《我为何阅读——探索读书之深沉乐趣》中所表达的中心论点"乐趣说",不同的读者奔着不同的"乐趣"参与阅读,一般读者的阅读期待就是首先进入小说的故事叙述层面,寻找人物的命运和故事的结局。然而,你并不能排斥另一种读者,他们希望的是在小说中寻觅哲学的答案,尤其是人生恋爱婚姻的哲学思考,这有可能成为他们(她们)受益终身的思想资源。也许你会忽略小说中许许多多其他的元素,也许我们会对作家作品进行"误读",但是只要作品产生了阅读的哲思反射,这个反射对读者而言就是有益的。如果你能够在N次的阅读当中不断获益,那么这部作品就是一部能够入史的好作品,正如温迪·雷瑟所言:"谈及文学,以至谈及作家,我们都在黑暗中摸索。尤其是作家。这是一件好事情——于文学可能是最好的事情之一。这一直是一种探险。甚至你第二次、第三次、第十次读一本书,它都能让你感到新奇。发现一位你喜欢的新作家就犹如发现一个全新的论域。""阅读的效果对于每一个人来说都是独一无二的,还会因时而变——书的内容越丰富、越复杂,情况就尤为如此。"如果一个读者可以在不同年龄时段读出人生的不同况味,那是否可以将这种阅读定名为"成长阅读"呢?

毋庸置疑,《穿心莲》是一部适合于中产阶级女性阅读的浪漫小说,因为它太符合这个群体的阅读期待了,亦如珍妮斯·A.拉威德在《阅读浪漫小说——女性,父权制和通俗文学》的阅读调查中所说:"我认为一本浪漫小说是男人和女人相遇、相知,最终热恋的故事——不论他们最后是如胶似漆还是劳燕分飞——他们(女主人公和男主人公)都知道,当前他们爱恋着彼此。"这些较浅层次的故事情节散落在小说的叙事之中，作者不惜用优美的散文笔法进行勾勒描写，但这并不是这部浪漫小说的主旨，它的终极目的是在寻找爱情哲理的顿悟，而不是"在讨论这个文类对于通常被称为'爱恨交织关系'这一内容的特有偏好时，这些女性经常明确有力地表示，他们非常看重过程和情节的发展"。恰恰相反，《穿心莲》追求的则是哲理层面的讨论，故事只是外在辅助的铺陈而已，这从它的小说结构上就可以看出。

《穿心莲》采用了一种虚构与"疑似非虚构"的创作方法，在第一人称和第三人称交替使用当中，那个"我"式的叙述者是交叠变幻着的小说人物，这种加大小说阅读障碍之举是浪漫小说通俗化的禁忌，潘向黎采取的是一种表层结构通俗化，而内里雅文化特质的哲理化写作路径，不同的"我"从不同的角度阐释出对浪漫爱情的多维思考，这也是巴赫金"复调小说"的韵味所在。也就是说，构成哲思场域的一个重要元素就是在"第一叙述者"（主角叙述者"我"）和"第二叙述者"（出场人物叙述者的"我"）之外，还有"第三只眼"的存在，即"第三叙述者"——作家哲思价值观介入其中的"显影"。这个"我"是处在与"第一叙述者"和"第二叙述者"相互"对话"的状态之中，这种人称叙事的繁复构成了小说哲理内涵的开放性和辐射性效果，把恋爱和婚姻的讨论高度呈现在许多急于参与进入文本事件的读者面前，留下了阔大的哲思空间。所以，它的形式感就决定了它的哲思高度和深度：这种在作品当中不断"闪回""叠印"的镜头，犹如套娃那样吸引着我们去探求另一种小说世界，让我们窥见那个隐身于"假我"背后的"真我"是在"说话"的作者，我们便可以进入哲思的阅读快感之中，这正是中产阶级读者，尤其是珍妮斯·A.拉威德所说的现代知识女性所寻觅的在浪漫与现实之间的小说。

也许作者对这种构思还处于一种"无意后注意"的创作状态,但这并不影响《穿心莲》是在接受美学上提供了在浪漫与现实之间迂回的小说另一种写法。比如我在阅读第二章"总是在开头"时,看到的是一个完整的"嵌入式小说",这一"套装短故事"并不简短,作者要表达的是对现实生活中这种古典保守主义女性的赞美还是质疑?作者给出了两种截然相反的结论,正如其假借"第一叙述者"的口吻说出的那个诘问:"这年头,被辜负的都是真心的人,因为谁也不可能去辜负一个不真心的人,更不可能辜负一个没有心的人。所以,爱就是身不由己飞蛾扑火,是天下第一件傻事,聪明人是不干的。"这是一个躲在暗陬里的作者挑起读者进入小说欲望的"诡计",无疑,这正是现代小说文体技巧的成功之处,也是消费文化时代博取读者眼球的形式,从这个意义上来说,小说形式颠覆小说内容似乎得到了一次实践的验证。恰恰相反,我以为,正是在这一点上,小说形式弥补了小说内容因常规性写法造成的审美疲劳,将读者也拉进了作品的讨论区,显然,这要比20世纪90年代传入中国的"评论小说"高明得多,让作者像评论家一样跳进小说内部去臧否人物、评判故事,绝对是一种小说的失败。唯有留下不着痕迹的开放性空间,让读者心甘情愿、自然而然地进入作品参与讨论与再创作,才是当代小说鲜活的文体创新,就像这一章"第二叙述者"莫愁"此地无银三百两"式的声明那样:"本情书纯属游戏,你如果因为人在旅途感情脆弱,就当真了,那只能证明你是一个不折不扣的傻子。"这个注解本身就是一种消解,作者在这个解构中获得的是一种引诱读者进入开放性文体讨论区的企图,我想,许多读者尤其是那些女性读者,都会自觉参与进来讨论的。

一个作家的写作应该处于一种极度开放的状态,才有可能从小说中释放出更多的"力比多"与"荷尔蒙",正如作者在不经意中说出了一个作家身份的"我"的感受那样:"写作就像好丈夫,终止了我在无数可能之间的流浪甚至放荡。"无疑,在写作者笔下,"好丈夫"是一个贬义词,只有在形式和内容上呈现出高度的"开放性",才能使作品在审美效应上达到出乎意料的效果,这虽然只是文学的常识,但是在小说实践中,能有多少作家深知其中之奥妙呢？罗丹为何将那个丑陋无比的《老妓》赞美成"丑得如此精美",这其中的艺术辩证法就在于作家是否敢于直面人生包裹在幸福甜蜜之外的惨淡。从这个意义上来说,《穿心莲》的主题是希望接近和达到这一高度的。一般小说作者往往是通过生动悲惨的故事来阐释出人物的悲剧命运,从而抵达这一主题的释放,但潘向黎不同,她不注重渲染故事的悲剧性效果,让当代读者陷入亚里士多德古典主义悲剧的"同情和怜悯"的叙述圈套,而是设置一个"开放性"的哲理讨论区,让"我"做一个中心发言人,引出更多有歧义的潜在反问、责问、自问、叩问、疑问、设问……而这种饱含着读者期待视野的讨论,实际上应该成为小说的另一种写作形式,也就是说,满足当代阅读者参与小说讨论的欲望,甚至设想出人物命运和故事走向的另一种途径,这才是小说创作的最大成功。《穿心莲》在一定程度上做到了这一点,然而我先前没有意识到这个关键的问题,许多读者可能也没有意识到这个问题,无论如何,这是明珠暗投了,尽管作者也未必有这样一种清醒的文体意识,然而,我们有责任将这种实验小说文体纳入创新的范畴。

　　《穿心莲》的故事情节并不紧张曲折、感天动地,其细节也不算楚楚动人、摇曳多姿,但是,"穿心莲"之所以"穿心",就在于它哲思的穿透力让人欲罢不能。我想许多女性读者可能成了作者笔下被"穿心"

的"莲"了。无疑,这个时代的婚恋已然成为浪漫与现实小说聚焦的主题,尤其是女作家反映这一题材的作品得到了更多关注,但是敢于深刻剖析多样婚恋观的作品并不是很多,《穿心莲》中有许多惊人的哲思散落,可谓星罗棋布,令人警醒。在第三章"薄荷"中,合租房屋里的男女既非夫妻又非情侣,却是当代婚恋形式的一种补偿,在一个没有激情的时代里,原始的性爱冲动带来的是什么样的结果?一百年前现代小说中的"杯水主义"能够饮鸩止渴吗?作为"第一叙述者"的"我"说出了一种普遍的当代性答案:"恋爱,我是知道怎么回事的。青涩的时候,恋爱是走着走着,突然咕咚一声掉进了一个大坑,好不容易掉到底了,却怎么都爬不出去。你甚至没有机会看清那个让你掉下去的是什么人,不,都不知道那是个人,还是一个如假包换、永远变不成王子的青蛙。后来,恋爱是你好好地走着,突然一张大网从天而降,把你劈头盖脸地整个裹进去,而且它是透明的,别人看你好好的,没有人知道你在网里挣扎得多么辛苦,等到挣脱出来,整个人已经生生被蜕了一层皮,要疼上很久很久,你还不可以哭,否则只会成为全世界的笑柄。再后来,我渐渐变得明哲保身,知道爱情不是人生唯一的意义,知道在爱情里让你笑的,迟早会让你哭,而且当初笑得越甜,后来的眼泪越苦。"这段话似乎是一个爱情导师总结出来的婚恋哲理,但是,这只代表着一种理念,因为下面的叙事中人物仍然处在爱情的波涛中起伏跌宕,不能自已,纵有千般艰难困苦,仍然追逐着爱情的甜蜜。这时作者正躲在故事背后冷峻地制造着爱情婚恋的杀机,让你体味到一种不知所措的价值选择,这就是小说的魅力所在。直到结尾,作为读者的我们才会明白:这终究是一株不能发芽生长的爱情"穿心莲"。

最有意味的是第十四章"前男友来信"(我是将"他"作为男主的漆

玄青镍币的另一面)中,"我"制造了一个开放性的辩论场域,一个是读者来信:"我一向觉得男人不可以只守着一个女人,起码要三个,一个成立家庭,生儿育女,一个一起吃喝玩乐、爱死爱活、哭哭笑笑,最后一个,是灵魂伴侣,可以平等地交流一些内心的东西……我觉得你会是我最理想的灵魂伴侣,不知道你是否愿意试试?"无疑,这是一个男人的春秋大梦,但是"第一叙述者"深蓝心中的回答却更有女权主义的色彩:"不知道这是个疯子还是喜欢思考并且超前的人。我冷笑:你需要三个女人,我还需要三个男人呢,一个可靠的丈夫养我,一个温柔的疼我,一个,专门给我搬重物和维修电脑、冰箱、水龙头、抽水马桶——我不要什么单纯的灵魂伴侣。"也许这只是女主深蓝的观点,并不代表更多当代女性,但作者模拟出了多种婚恋观念,古典的、当代的;浪漫的、现实的……铸就了作品的开放性结构,为小说提供了N种观点的回应,从而扩张了小说的内涵容量。

  我由此想到多丽丝·莱辛《金色笔记》作为妇女解放的"圣经"抒写,但这并不重要,重要的是用什么样的形式表现出来。尽管小说中散文诗一样的描写让我动心,尽管浪漫的爱情安慰剂让人眩惑,爱情导师和爱情按摩师让我身陷虚假的甜蜜之中,冷静阅读,唯有小说开放性中的N种观念碰撞,让我怦然心动、眼前一亮。作者开启的三种人称并置的叙事模态,让小说有了更大的想象空间和读者参与的空间。

原载于《文艺报》2021年3月17日

黄蓓佳《太平洋,大西洋》:
谱写友情的复调悲怆交响诗

我在九岁那年开始看小说,读的第一本就是非虚构作品《高玉宝》,少不更事的我只惟妙惟肖地学会了公鸡叫。而第二本是上海工人作家胡万春的小说集《骨肉》,也算是非虚构作品,却看得我流下许多泪水,那是亲情的悲剧审美打在我幼小心灵中抹不去的印痕。再后来,我就开始告别"儿童读物",直奔20世纪60年代出版的大部头成人读物去了。六十年来,我不喜欢儿童读物,偏见地认为其太幼稚、不深刻,直到黄蓓佳和我说《太平洋,大西洋》既是给儿童看的,又是给成人看的作品,我才带着试读的心理翻开了它的乐章。从早晨8点多一直看到下午1点钟,手不释卷,一口气读完了这部仅有十万字十八个乐章的交响诗般的长篇小说,其中有七个乐章让我因泪水模糊了双眼而中断阅读。以我的偏见,但凡让我动了真情的作品,一定是好作品,尤其是悲剧审美内容的作品更能震撼灵魂。

如果说弱肉强食的时代悲剧往往是摧毁人与人之间友情、爱情、亲情的滥觞,那么,在这个消费时代里,人与人的交往基础是建立在交易平台上的,它滋生出的人性之假恶丑则会从根本上动摇友情在世界上的延展。多少年来,在我们的中小学人文教科书中,对友情和友谊的素质教育是欠缺的,倘若我们的文学也不能担当这个重任,那么,我们的精神食粮肯定会出现基因突变的现象,好在我们的许多作家并没有放弃讴歌人类最真挚最真诚的友情,让真善美的人格品质传承在我们这块土地上,让它在少年儿童的心田里萌芽成长。

最近刚刚看完电视剧《新世界》,虽然剧中不乏江湖侠义通俗小说的影子,但是人物塑造和故事情节营造却一直围绕"友情"展开,让观众在人性的真善美与假恶丑角逐的悲剧对比中获得审美的教养。而《太平洋,大西洋》则是以一种"雅文学"的格调,像一首抒情诗那样诉说一个凄美动人的友谊故事,其技术层面音乐化的处理,恰恰又与审美内容上的表达高度契合,所以,我以为这是作家谱写出的一曲穿越时空、回响于历史和现实之间,并具有"复调"意味的"悲怆交响曲"。

难怪巴赫金一直强调"复调小说"的意义,并作为音乐技术的方法运用到作品叙事当中来,以增强小说的艺术感染力——"由两段或两段以上的同时进行、相关但又有区别的声部所组成,这些声部各自独立,但又和谐地统一为一个整体,彼此形成和声关系,以对位法为主要创作技法"。毫无疑问,《太平洋,大西洋》就是在这样的"复调"语境中诞生的一部关于音乐故事的音乐化小说。显然,黄蓓佳是意识到了这种艺术效果会给作品的叙事带来冲击力的:"这一场盲目、纠结、充满悬念、带着强烈使命感、以喜剧开场以悲剧结束的漫长寻觅,勾连了两个大洋之间的时间和空间,以复调的形式,在温暖泛黄的过往岁月和生动活泼的当代生活中穿梭往返,昨天和今天,历史和现在,太平洋和大西洋,从前的讲述和正在发生的寻找……我选择了这样一种时空交错的方式,把一段难忘的历史呈现给当代读者。"(《太平洋,大西洋》访谈)

作为"悲怆交响曲"的旋律,它既包含了贝多芬的《英雄》《命运》和《田园》的内涵,同时也具有柴可夫斯基的《悲怆交响曲》,尤其是《第六交响曲》"经典的忧伤"和"灵魂的震颤"的艺术效果,那是对人类友情的最高礼赞。

《太平洋,大西洋》的"复调"对位法倘若从最简单的小说叙事方法来阐释的话,那么中国式小说"话分两头"或"花开两朵,各表一枝"的"双线叙事"似乎也是,但"复调小说"的叙事却并非那样简单,要像巴赫金所阐释的那样形成一个没有指挥的多声部艺术效果不仅仅是形式上的对位,更重要的是在内容上的高度默契。显然,《太平洋,大西洋》的"复调"对位起码存在于这样几个逻辑叙事环节之中。

首先,我们看到的是现实与历史的对位。领悟到"猎犬三人组"的当下故事的"快闪"叙事与"来自爱尔兰的邮件"的历史故事的舒缓的"慢板"叙事所构成的形式对位,其内容的对位就一目了然了。作品以荆棘鸟童声合唱团里"猎犬三人组"围绕着帮助身处异国他乡的老华侨寻找失散七十多年的少年朋友"多来米",而展开的当代中国儿童"快闪"的生活故事,虽然作者将故事的外壳抹上了一层悬疑侦探的色彩,其实也是在展示当代少年儿童的友情内涵。与其对位的是由寻人而钩沉出来的七十多年前的历史故事,这个故事的人物年龄和生活环境恰恰又是与合唱团里的少年儿童相吻合,于是,一场超越历史、超越空间的对位(也基本呈"对称"的结构)叙事构成了起码是两个声部的描写,直到两个声部合拢后所产生的"悲怆交响曲"的审美效果让人沉浸在"灵魂的震颤"中。倘若要问两个声部谁主谁辅(就像所谓"双线结构"一定要分出一个主线、一个辅线那样),我只能回答,谁主谁辅都在各人心中,是由不同的读者的审美取向做决定的,因为好的作品是开放性的。我本人则更喜爱1945年至1948年间的那个泛黄了的历史长镜头童年叙事。

其次,平行交错的两种童年的对位、对称叙事描写,是"复调小说"在对应、对比中截取历史时段时,照应声调、旋律、节奏和色彩的机智处理,也许一般的作者和读者未必能充分地体会到这样的结构方式所带来的艺术效果,但是黄蓓佳能够在主体意识中触摸到这样一种叙事结构的高度是难能可贵的:"打捞一段令人泪目的'音乐神童'的成长片段。轻盈时尚的现代元素,勾连了沉重悲悯的历史遗案,这样的结构设计,是为了让今天的孩子们在阅读这个故事时,有更好的代入感,也有一段更宽敞的历史入口,方便他们走进去时感觉道路平坦,无阻无碍。"这种和声的艺术张力是远远大于"单调"小说叙事的,而它唤醒的却是和声效果背后巨大的人物性格历史悲剧的审美内涵,这就是作者突破自己藩篱的觉醒,因为她决心解除前一部《野蜂飞舞》形式束缚内容表达的桎梏,尽管《野蜂飞舞》已经好评如潮,作家还是要寻求创新。

无疑,小说的主角是音乐神童多来米,作者成功塑造了这个人物的典型性格。所谓的"典型环境中的典型性格"就是后天的环境对人物性格的塑造是大于先天存在着的人的自然性格,小说最动人心魄的人物亮相就是这个精灵似的儿童,一出场就裹挟着神秘色彩,那个食堂里难以捕捉的偷食老鼠原来是如此的诡谲:"一抬头,却见半空中有两颗夜明珠样的东西荧荧闪光,像一对猫眼睛,又像两粒磷火。""小男孩十岁上下,矮小、瘦弱,巴掌小脸,细长的眼睛,左脸颊上一颗通红通红的痣,哆哆嗦嗦站在人面前,蓬头垢面,衣着单薄,面色惊恐,馒头屑还沾在嘴角上,任校长怎么和颜悦色地问他话,硬是不开口,仿佛小哑巴。"

在那个战乱频仍的时代里,他的原生家庭遭遇了巨大的变故,他生活在那个已经不是自己家的家里,成为这个大宅院里熟悉的陌生"闯入者",最终成为这个音乐学校里的"借读生""旁听者"。他的特殊性格的形成多为那个时代的典型环境所造成——"多来米是这样一个人,他好像对身边的世界,对世界上所有的人和物,都是疏离的、隔绝的、遥远而置身其外的"。因为动荡的时代赋予他太多的苦难,让他把苦难置于身外,少年老成,这是一种境界,但发生在一个十岁的儿童身上却成为"这一个"典型性格了。

于是,我有充分的理由相信在《太平洋,大西洋》这部作品中,故事在哪里,典型人物性格就在哪里;泪点在哪里,主角就在哪里。

作为读者,我们都希望让故事和人物进入一个充满着"大团圆"的喜剧通道,阅读期待在召唤着作者,但是这次黄蓓佳下手忒狠,让小说进入了一个双重悲剧的和声效果语境中,忍泪完成了"复调小说"两个声部最后"悲怆交响曲"的绝响。在小说叙事合拢的结尾处甩给了我们一曲无尽的挽歌:"这个结尾我犹豫了很久,我也想写得光亮一点轻松一点,来一个翘上天的尾巴,这一点不难。可是多来米把我拽住了,他不让我这么干,我无法面对他的悲伤的眼睛。"

于是,我阅读时的七个泪点就落在了这首"悲怆交响曲"七个乐章旋律的高潮处。第一个泪点是疑似哑巴的多来米吐出的第一个字"哥"时,这个"义结金兰"的故事就决定了小说叙述者与多来米一生不了的兄弟情缘。第二个泪点是多来米抱着那个修理好的废旧小号睡觉,直到吉姆先生听到第一个音符时就睁大了眼睛,"他大概完全没有想到这样一把残缺不全、拼凑而成的玩具般的乐器,居然也能被这个孩子吹出旋律,而且口型、指法、运气方式还八九不离十。"音乐让多来米的人格升华了。第三个泪点是多来米把自家荷花缸下面隐藏的一罐银洋挖出来支持学校办学,以报答校长用自己的钱给他买一把小号的情谊,唤醒的是人物灵魂深处的真善美。第四个泪点是多来米拒绝与当了高官的父亲离开音乐学校,当他冰冷的躯体又悄悄地重新钻进兄弟温热的被窝里时,友情超越亲情的举止谁能不潸然泪下呢?第五个泪点是全校师生到南京向腐败的政府讨要教育经费时,在金大礼堂用那个旧时代的"快闪"形式演出的一场最后谢幕式的交响乐节目。第六个泪点是岑校长和"我父亲"在"太平轮"沉没时,把生的希望留给了下一代,让人耳边响起的是《泰坦尼克号》的主题曲《我心永恒》的旋律。最后一个泪点就是作者给我们奏响的这首"悲怆交响曲"的最强音——历经千辛万苦寻找到的多来米已然是一个与这个世界没有一丝情感联系的"老年痴呆症"患者,而"猎犬三人组"苦苦等来的却是来自爱尔兰老华侨的绝笔信。

感谢作者给了我们一个值得深思的结尾,犹如荆棘鸟那样:"它一生只唱一次歌,从离巢开始,便执着不停地寻找荆棘树,一旦如愿以偿,就把自己娇小的身体扎进最长、最尖的那根荆棘刺上,流着血泪放声歌唱。一曲终了,荆棘鸟气竭命殒,以身殉歌,用悲壮塑造了最美丽的永恒。"我们歌唱悲怆,因为它是永恒的人生旋律。

关于小说的浪漫叙事元素。我欣赏的是小说中不断插入的风景画所构成的那个"田园交响诗"一般的乐章,这恰恰就是衬托贝多芬"悲怆交响曲""英雄"和"命运"的"田园",如果没有这一乐章的旋律的介入,整个小说的画面感就会像缺少起伏回环节奏感的交响诗篇那样缺少张力,即便一直处于亢奋激越的旋律中,它也不能在更高层面抒写出它应有的美感来。这些童年生活的记忆构成的是充满着童趣的田园交响诗,尤其是在第九章中那些如歌如诗般的风景画将实景描写与叙述者想象中虚构的风景画融合在一起,浪漫童趣的田园乐章为最终的"悲怆交响曲"做出了反衬的烘托。

另外,传奇色彩是浪漫主义小说不可或缺的元素,除了悬疑侦探的叙事元素外,作品对山匪、湖匪的人物描写也是十分精到的,寥寥数笔就把土匪的行状勾勒得淋漓尽致,且是读者始终不能解开的故事扣子,作者故意留下一个令人思考的闲笔,细想起来,那个瘦毛驴换大骡子的土匪留下的一笔巨财的来源自不必交代,而去脉却没有了下文,土匪没有回头索款的原因何在,成人也未必能够解惑,明白的读者只能会心一笑了。

一部好小说的阅读群体是超越年龄与国别的,《太平洋,大西洋》就是这样的好小说,当我们这些垂垂老者在即将走向人生终点时,能够在这部优秀的作品中看到自己童年的面影,能够从故事叙述的缝隙中看到历史的陈迹旧貌,能够从充满童趣的风景画中窥见往日的风采,能够闻到田园诗里的花香气息,能够聆听到潺潺流水流淌着的天籁之音和激越高亢的人生悲歌,这一切都是一种回忆阅读的愉悦享受,我们沉浸在历史回旋的旋律之中。而如今生活在如花似锦年代里的儿童,他们可以在两种童年生活的对比中寻找到自己的生活位置,在历史的夹缝中,珍惜每一天得之不易的生活。我们不能强求今天的孩子也去过那种苦难的生活,但是我们要让他们知道先辈曾经的苦难,唯有如此,生活才会在历史中升华,才不至于滑向无边的黑暗。

只有当"悲怆交响曲"响起来的时候,我们的童年才是完整的。

原载于《文艺报》2021年4月23日

触碰中国乡土小说史诗的书写

——《有生》读后札记

《有生》采用了大量电影蒙太奇的时空"迭印"镜头来缝合历史与现实中人性的种种表现形态,从内里揭示出了中国乡土文化秩序中最本质的一面——基于人性的异化所造就的百年乡土社会中最难解的史诗性内涵——这是一般作家容易忽视的乡土文学描写场域——真善美与假恶丑在中原乡土大地上交锋于无形、无声、无相之中。

我发现当下许多长篇小说作家又重新注重史诗性的建构了,这是一个非常令人惊喜的文学现象。

《有生》并不容易解读,我断断续续读了两个月,才能勉强看完,如果说20世纪80年代韩少功以《爸爸爸》颠覆了中国乡土小说的叙事模态的话,那么,《有生》的叙事方法又一次在长篇小说领域内改变了百年来中国乡土小说的叙事形态。

这本近六十万字的长篇巨著是不是一部可以传世入史的中国乡土文学史诗般的作品呢?这显然还要经过时间的沉淀才能做出客观的历史回答。但是,有一点是可以肯定的——如果没有农耕文明的生活经历和经验,包括对乡村的人事与农事,甚至游牧(放羊)文明的经验,是无法写出如此恢宏深刻的作品的。无疑,这样的乡土历史的书写者将会越来越少,年轻一代作者仅从书本和民间传说采掘得来的素材,写出的只能是凝固的乡土文学风景。没有在田间劳作过、亲历过农事的人是无法想象出那种人在陷入农事场景时的种种感悟的。我不知道中国的乡土文学是否会在胡学文这代人中成为绝唱!

作品首先吸引我的是具有中原文化特征的叙事描写。其风景画、风俗画、风情画和乡土社会秩序下的人物个性,尤其是女性个性抒写是如此动人心魄,百年不死的"祖奶"就是中国乡土文化的一种象征性人物的覆盖,她带着灵性和神谕般的预见潜入每一个历史时段的社会皱褶的描写中,让我们看到了躲在暗隅里人的生活状态。

毫无疑问,这是对中国乡土文学的一种新的"改写",以男性为政治文化权力中心的主导地位被一个饱经历史沧桑的女性人物所颠覆与替换,性别反转让这部小说有了更深的文化社会政治意味,同时也让叙事有了一种新的内涵寄寓和依托。

让"祖奶"成为史诗中心人物的理由并不完全取决于"祖奶"是一个女性人物,更重要的因素是"祖奶"是一个百年历史叙述的视角与框架,她成了乡土社会的"历史的活化石",从她的性格特征中,我们可以窥见作者在塑造人物时的苦心孤诣。

"祖奶"是一个比男人还要坚强、还要有计谋、有担当、有主见的底层中心人物,而且占据了乡土家族的中心位置,性别的置换改变了中国乡土文学中人物描写的性别主宰。不论是乡绅、乡贤,还是乡土枭雄都无法颠覆"这一个"一眼就看穿世界的神性人物,我将她看成一个半人半神式的形象,她是表面柔弱而心底宽广的中国百年乡土的女巫似的主宰者,这是一个史无前例的"性别改写",它不是过去那种用"女匪首"式的山大王人物去"袭击"乡土社会秩序的创造,而确确实实是用她无限的生命力——"接生婆"这个身份使她占据了对人的生死居高临下的俯视,她似女巫一样参透世界万物和人生的语码,她是乡土社会智者的化身,于是"祖奶"便成为百年中国乡土小说中第一个被神化了的女性智者形象。

如果说陈忠实的《白鹿原》的史诗性表现在时间段上只限于清末至1949年,其历史长度是有限的。而胡学文将这一时间段延长至当下,在百年不死的历史见证者"祖奶"眼中,一切动荡的社会现象都是平静如水的风景。虽然作者是想刻意描写出在历史与当下来回跳跃、"叠印"、交合的大动荡下的乡土生活长镜头,试图从历史的缝隙中揭示出如"蚂蚁"一样焦虑的人生状态,但是,作品在处理这种主题表达的时候,更多的是用象征和隐喻的手法加以表现的。作品采用了大量电影蒙太奇的时空"叠印"镜头来缝合了历史与现实中人性的种种表现形态,从内里揭示出了中国乡土文化秩序中最本质的一面——基于人性的异化所造就的百年乡土社会中最难解的史诗性内涵——这是一般作家容易忽视的乡土文学描写场域——真善美与假恶丑在中原乡土大地上交锋于无形、无声、无相之中,让人在一种几近"先锋派"的写作方法中难以捉摸小说最终所要表达的意境和主旨,这一点与《白鹿原》不尽相同,但同样也能够传达出史诗性的内涵。

从这个意义上来说,"祖奶"不仅仅成为百年乡土社会的特异形象,而且还成为一种叙述视角,并且更是一种史诗的见证者和阐释者,由此而升华为乡土女神,最终成为乡土文化的图腾化身,这种一改中国乡土文学雄性特征为雌性性格特征,是否宣示为以柔克刚的女性图腾开始占据乡土社会中心位置的信号呢?

如果我们细细品评作品的话,你就会发现一个形式与内容存在着表面背离而内里凝聚的现象。在阅读过程中,本来我预想的结构应该是这样的,即作者把一百多年的中原乡土社会变迁通过"祖奶"(她既是乔大梅,却又是超越了乔大梅形象内涵的神性人物)的视角与感受呈现出来。它的"史诗性"结构似乎可归为三种态势。

一是线性的平铺结构法。按照时序一路写下来,从清末到20世纪上半叶;再从1949年至20世纪80年代;最后从20世纪90年代至今。从中把几位重要人物安插在各个时段里展现出时代变迁中的人物性格异化。这是一种消除一切阅读障碍的传统写法,当然这得将人物性格异化突显在各个时段的历史变迁当中。无疑,这是最好阅读,且没有阅读障碍的写法;而这种老套的没有形式感的技法一般不被不甘平庸的专业作家所采用。

二是"来回穿插历史片断法"。这就是目前小说的叙事结构。我认为,选取多个时段(不是全部历史时段呈现)来回跳跃的叙事方法,有"先锋"的形式感,也就是我在前面所说的用"蒙太奇"的剪辑构成叙事的先锋效应,是作家为形式创新所预设的方法,用作者的话就是:我想,换个形式,既有历史叙述,又有当下呈现,互为映照的"伞状结构"。显然,作者设计的"伞状结构",还不是一般的人物故事"辐射法",因为时空的来回跳跃,每个时段的故事叙事并不是顺叙而为,也不是倒叙式的结构方法,加上小说有时交代的历史背景不甚明确,其所带来的阅读障碍,往往会让读者难以拼凑整合,因为许多读者在教科书里看不到那些历史陈迹,即使是像我们这样阅读过和经历过那些历史的人,稍不留意也会掉进时空云山雾罩的陷阱里。

从作者的"后记"中我们可以看出，作者本来是要借鉴胡安·鲁尔福的《佩德罗·巴拉莫》到托尼·莫里森《宠儿》的叙述方法，即"鬼魂叙述"，以打破叙述平铺直叙的沉闷，"若由祖奶坐在椅子上，一边喝茶一边回忆又太简单太偷懒了。省劲是好，只是可能会使叙述的激情和乐趣完全丧失。小说家多半有自虐倾向，并非故意和自己过不去，而是对自己的折磨会暴发动力。这样，我让祖奶不会说，不会动——请她原谅，但她有一双灵敏的耳朵"。借"祖奶"的通感来引发作者创作的爆发力，提升自己的激情和乐趣是无可厚非的，也是小说在弥合内容与技巧之间裂隙的一种技术手段，《有生》就是在这一点上获得了它的成功。

诚然，小说通过"祖奶"的心理叙述完成了故事的完整叙事，这也是可圈可点之处。作为一个读者，我花了十二分的气力，总算看懂了作者基本的意图。但是，从接受美学的角度而言，作品一旦成为流通的精神商品，你是希望更多的人接受你传达出的人性和人文内容呢？还是设置更多的障碍，让人在阅读的奔跑中去跨越更多的技术性障碍物，费尽气力去寻找"跨栏"时的征服快感呢？还是让更广大的读者领悟到作者所要表达的书写密码呢？这是高端的专业作家、评论家与一般读者的区分，何去何从，见仁见智。

我以为这种分歧也体现在对余华新作《文城》评论的褒贬反差之中，我想，作为一个曾经"先锋小说"沧海的作家，余华聪敏地选择了视点下沉，不是没有道理的，因为小说首先是流畅的故事叙述，然后才是技巧的嵌入，否则就是本末倒置。是你抛弃读者呢？还是读者抛弃你呢？这是一个哈姆雷特式的天问。

为了满足自己的自虐性爆发力，而忽视了读者的感受，只满足极少数专业阅读者的口味,恐怕带来的阅读效应会递减,反而对作品不利。当然,《有生》在这一方面已经做得很不错了,针对这一普遍的创作倾向,我在这里只是提醒许多作家不要迎合一些评论家的胃口,包括像我辈之流那些具有极大片面性的个体阐释。

我预设过《有生》的第三种结构方法。这就是两端同时掘进的中间合拢法,即围绕着"祖奶"(年轻的乔大梅)在与父亲学瓷器锔匠的故事作为开端,将时空、人物、故事切割后,分别打散了嵌入安装在以上划定的时段次序中,慢慢向前推进。而另外一端是以当下人物、故事作为开端,倒推向前,反向叙述来推进故事情节,一步一步倒叙推进,最后选择中间时段的 1949 年与前半生的"祖奶"故事"合拢",这样的"分界合拢"或许更加能够凸显其史诗的效果。这是我自己幻想出来的一种构思,具体到作品的实施,难度肯定是很大的,但我自以为这样一个新颖的方案,并非纸上谈兵。关键是其形成的历史和文学的效应却会更加深刻,即史诗性中的巨大历史内涵的呈现——社会的发展从封建主义到后现代主义商品化的两头弊端的时间节点的划定是十分重要的,只有把封建主义和消费主义放在同一维度上进行比较,你才能真正理解什么力量是解构中国乡土社会本质的缘由,使其变成了一个世界独一无二的社会结构形态的社会机制是什么。或许我们尚未意识到这个以形式突显内容的巨大技术结构能量,更能让小说的史诗性得到更大内涵空间的展示。

《有生》作为一部具有象征主义和神秘主义色彩的鸿篇巨制,其中不断出现的那个"蚂蚁"意象成为小说重大事件的一种暗示和隐喻。这使我想起了八十年前茅盾的《蚀》三部曲里每当有重大事件时就出现在史循、章秋柳眼前的那个"黑影子",那是大革命悲剧的喻指,同样,《有生》中的"蚂蚁"作为神秘主义和象征主义的符码——从父亲的死中得来的悲剧意象,也是对乡土悲剧的文化暗喻,这是一个颇有深度的构思,起着小说叙事的巨大的杠杆作用。

长篇小说《有生》将成为2021年具有重要意义的一部力作。

2021年3月25日草于南大和园

原载于《文学报》2021年4月29日

"故乡"的沉沦:三种文明叠印下的乡村风景

——话剧《故乡》观后随想录

引 子

无疑,自故乡这个意象因鲁迅作品而成为中国现代文学的一个母题之后,农耕文明在各个时代语境中的折射,就成为中国作家无法摆脱的选题,编导演一体的话剧也无法摆脱这个母题的诱惑。虽然,近二十年来,这个母题在话剧界被更加前卫的表演理念冷落,但是,窃以为,倘若忽略了这一母题的重要性,我们就无法看清中国当下所处的历史语境,就无法认识中国社会的本质特征,就无法从它的来路看清楚它未来的走向。所以,在纪念鲁迅先生《故乡》发表一百周年之际,我应邀观看了由高子文编剧、吕效平导演、南京大学艺术硕士剧团演出的话剧《故乡》,感触良多,断断续续写下了自己的直觉感受。

是《蒋公的面子》打破了我不爱看话剧的"恶习"。一贯以为,观看节奏缓慢、表演做作(朗诵的台词距离生活语言实在太遥远)的话剧会让我浑身不太自在,总觉得现代电影蒙太奇(显然,早期电影都带有话剧的痕迹,主要就是演员无法摆脱念台词的非生活化语感)更有生活的现实感和现场感,即便布莱希特间离效果、二元对立的角色状态让我保持理性的批判思考,我也始终无法摆脱演员演戏的预设前提,导致故事和人物无法突破我的理性前置而进入真实的生活情境。然而,这样的观念是怎么形成的呢?

显然,一开始并不是这样的,但是,因为我们经历过那个火红的、激情化的革命浪漫主义和理想主义时代,那种激情和理想大于一切的时代让我们无视生活和历史的真实,沉浸在迷狂的精神里不能自拔,唯独没有独立思考的能力。

少年时代,学校组织去看话剧《年青的一代》,看得我们热血沸腾,这也是我们这一代人在三年后的1968年主动报名下乡投入改天换地的革命的动因之一,当然,还有电影《柳堡的故事》激发出来的革命浪漫主义热情的"怂恿"。

经历了一番对"第二故乡"苦难的认知,青年时代的我们在话剧《于无声处》中寻觅高涨的政治激情,激情消退之后,转而热衷于那种更有历史内涵、更有张力和爆发力的话剧,《茶馆》《雷雨》《日出》《北京人》《原野》等尚能吊起观看的胃口。再后来,1986年,我竭力撺掇《钟山》编辑綦立吾发表他同学朱晓平的小说《桑树坪纪事》,没想到的是,小说在1988年被改编成实验话剧。虽然我对先锋戏剧的表现形式并无兴趣,但是,我以为那是中国话剧故乡母题降下大幕的一部标志性作品。当然,直到《孽子》那种故乡情结的最后释放也无法挽回"无尽挽歌"的悲剧落幕,于是,我从此"屏蔽"了观看话剧的兴趣。

　　20世纪末,当我们亲身经历农耕文明在一种政治化、商品化了的乡土社会差序格局下的式微时,那个世世代代被颂扬的故乡便消解了。一百年前,鲁迅在《故乡》中虽透露出一种淡淡的乡愁,却也在少年闰土的塑造上给了我们一丝希望的微光。三十年前,我写过一篇文章,反思鲁迅在故乡场域中对那个被打入"另册"的主人公杨二嫂看法的不公,重农轻商、重义轻利的传统农耕文明意识形态阻碍了历史的进步。(杨二嫂这个形象不断出现在百年文学作品之中,本剧中,杨二嫂形象在李阿花性格上的延伸、复活、变异也是戏眼之一。)显然,故乡的沉沦、溃败是多元意识形态合力形成的,但是,其根本原因究竟在哪里?这也是话剧《故乡》提出的时代诘问——谁说历史不能重复?文学作品就是发掘出这些形象变异的性格特征是由什么历史动力驱动而实现主题创新的。只需有了这样的创作理念,其历史的追问本身就是作品引领观众和读者进入思考的价值通道。

　　所以,我如今在观看话剧的时候,会尽量去克服对台词、表演与生活距离的不适感,从其特定的时空、主题以及艺术结构上去寻觅其历史与现实之间的关联互动,充分发掘其潜台词和画外音的意义,让它所辐射出的意涵波及普遍的社会反响。

　　无疑,话剧《故乡》并不是一部完美的现实主义喜剧,它有待于在作者的不断完善中闪耀出更加夺目的辉煌,但是,我从话剧《故乡》中看到了三种文明形态叠印在故乡里的异化的风景线,它们在相互缠斗中呈现的矛盾冲突,足以让我们思考整个国家与民族命运的大问题,也让我们去深思,生活在这种语境下,人的命运去向问题。

我从来就没有相信过福山所谓"历史的终结"理论,最近的世界格局证明了这个结论的虚妄和荒谬。在中国,乡土社会并没有终结,故乡只不过是以一种文明叠加的形式更复杂地呈现在我们眼前,只不过能够发现这一母题变化的人甚少,而能够发掘这一母题深刻内涵的作家、作品就更少了,好在南京大学艺术硕士剧团中还有具备这种发现和发掘能力的人,这是值得称赞的。

多一点儿故事、人物以及背景的象征性,多一点儿人物语言的双关、多义、隐喻等修辞手法,多一点儿幽默,多一点儿反讽,多一点儿超越时空的发散性的舞美装台,多一点儿让人联想的台词和人物肢体动作,在历史、现实和未来的连接线上,我们让话剧留下人类思考的空间,这才是艺术的胜利。

于是,我不揣简陋,以一个门外汉的眼光匆匆写下这篇杂乱的观后感,就教于方家。

一

中国现代文学创作的发端来自两大题材——乡土与知识分子两条主线构成了百年文学书写不衰的题材。这两个题材往往是平行前行的,能够将二者缝合在一部作品中加以呈现的情形比较罕见,成功者不多,但是,二者交合所产生的艺术张力却一定是十分可观的,尤其是那种黑色幽默的语境，一定会因情节、语言、细节等文学表现手法和技巧的运用，释放出无限的艺术爆破力和感染力，特别是话剧艺术，更具备这样的能力与效果。就此而言，话剧《故乡》在某种程度上实现了这样双线并行的艺术效果，无论作者是在"有意后注意"还是"无意后注意"层面创造剧情和人物之间的矛盾冲突，都把几种无法对话的人物性格和文化滞差、落差与反差下的冲突表现出来了，虽然这些冲突所构成的喜剧成分没有得到更加充分的体现和放大，但毕竟成为话剧《故乡》的一种放大了的、展示人物和主题的潜能。

中国现代乡土小说发轫于鲁迅所开创的题材，以致形成了赓续至今的乡土小说流派。百年来，在题材和主题的开掘上，尚无超越鲁迅者，为什么会有这种奇怪的现象呢？照理说，时代在发展，千变万化、光怪陆离的历史变迁给作家提供了表现乡土社会的无限广阔的艺术空间和舞台，但为什么就没能产生比《阿Q正传》更加深刻的作品呢？是作家思想浅薄，还是才能欠缺？抑或胆识不够，形成了价值的匮乏？固然，外在的客观因素是制约作家对题材和主题开掘的原因，但是，在创作者的笔下，可以用曲笔、佯谬、隐喻、潜台词、反语等修辞手法对有限的表达空间进行艺术加工，使其艺术表现力在舞台空间中充分发挥，弥漫在无限的社会空间中，成为观众眼中、口中的"共名词"而传播于广袤的社会空间，甚至成为一种流行时尚的网络语词。利用后现代消费文化的传媒技术，扩展戏剧舞台的入魅功能，也即重启附魅式的二次启蒙，是相对于马克斯·韦伯去魅功能的再造。从这个意义上说，话剧《故乡》营造了这样一个可以并且可能的拓展空间，这就足够为其拓展戏份的点和面的开掘提供充分的依据。

我始终以为，一个作家，尤其是写作现实题材并预示历史的作家，如果没有乡土生活的经验，对中国的农村社会缺少感性的生活经验，那他是不可能写好故乡题材的。从话剧《故乡》作者的人生经验来看，他是有这样的生活基础的。

从20世纪30年代现代话剧舞台上的故乡书写来看，题材与主题的开掘始终阈定在反封建的范围。从田汉的《获虎之夜》到洪深的"农村三部曲"《五奎桥》《香稻米》《青龙潭》，再到曹禺的《原野》，从中华人民共和国成立七十多年来乡土题材话剧爆发期的《狗儿爷涅槃》到《桑树坪纪事》，尽管我们望见人物在历史悲喜剧沉浮中富有黑色幽默的命运是如此令人深思，但是它们在题材与主题的开掘上仍然跳不出单一的反封建宿命。当然，在我们今后的话剧创作中，这个主题必然也必须延续，因为我们无法摆脱这样的文化语境的制约，然而，20世纪90年代以后，消费文化意识形态作为一种不可抗拒的思潮侵入中国的城市和乡土社会，让人们的观念发生了巨变，这也严重影响着作家回眸故乡的观察视角——故乡已经不是单一主题视域下的农村协奏曲了，它已然成为巴赫金理论下那种多声部的、没有指挥的"复调"混声交响曲了。从这个意义上说，高子文的《故乡》已然设置了这个宏大的主题内涵，当然，要使其具有史诗的意味，也许在人物和故事，以及剧情设置的冲突与反转上尚需再强化。不过，作者意识到的宏大历史主题内涵在现实世界的深刻表达意愿却是明确的。

二

十分有趣的是，今年，由第六代导演贾樟柯拍摄的、几个乡土作家回眸故乡的纪录片《一直游到海水变蓝》吸引了众多观众，创作者也试图展示社会巨变下乡土社会的异化,这无疑是第五、第六代电影人始终"追光"的故乡母题。然而,他们与许多乡土作家一样,寻觅不到一个抵达当下乡土社会肌理的入口,因为共同的历史记忆的乡愁迷住了他们的眼睛,反封建母题像一座横亘在他们面前的无法逾越的大山。启蒙与救赎的双重悖论,让人们的思考局限在单一文化语境的抗衡中无法自拔,多元文化缠绕下,社会文化的差序格局形成的书写惯性一直笼罩在乡土书写者的头上,尤其渗透在故乡场域之中,让新启蒙陷入了单一的文化背景和语境,使其本可以辐射出的、万花筒式的多元背景和人性异化被遮蔽了。当下复杂的故乡早已超越了20世纪给定的文化背景,如果艺术家没有看到这种变化给我们的题材、主题和人物命运带来的异化后果,这无疑就是艺术家的悲剧。正是基于这样的考量,我们才去寻觅进入故乡的准确入口,层层敷演故事情节,精心构织矛盾冲突,别出心裁地塑造人物性格,隐匿释放出人性异化的肌理……从这个角度看,话剧《故乡》中多元人物性格的交锋恰恰反映出这种多元文化语境下现实社会人性的折射。

我注意到这样一个现象:但凡书写乡土题材并持有乡土生活经验的作家,在书写故乡的时候,都有一重难以抹去的回眸阴影——对童年记忆的深刻眷恋,家族血缘与象征风景固化在脑海中的抹不去的记忆认同,阻碍了作家对故乡的反思。这种集体无意识在鲁迅《故乡》对杨二嫂的态度,以及《社戏》的童年回眸中得以充分释放,以致一直影响至今不可磨灭,这也许就是当代作家难以从中突围的母题笼罩。在《一直游到海水变蓝》中,我们看到著名作家贾平凹尽管操着"秦腔"唱一出历史的大剧,却永远在"古炉"中走不出封建文化造设的历史语境。"你生在那里,其实一半就死在那里,所以故乡也叫'血地'。"这句话深刻地揭示出中国乡土作家无法割断自己的根而独立存活的真谛。近年来一直盘桓在故乡梁庄的女作家梁鸿,对中原土地上悲剧的慨叹,也难以在回眸衰败的故乡时表现出批判的锋芒并流露无尽的悲悯与同情。这些都是文学的应有之义,但是,他们无法触动这个时代最敏感的神经——多元意识形态在主流意识形态的统摄下所形成的更为复杂的文化语境和人性扭曲,往往让作家无法找到时代与人物跳动的脉搏。就像余华所憧憬的那样,他想在黄色的海水中坚持不懈地游下去,"一直游到海水变蓝"。然而,故乡的海水已经没法变蓝,就像话剧《故乡》中,男主角李新拿到借款协议后兴奋地喊出"再见了,故乡"的强音——永远告别多重文化挤压下的故乡,才是逃离故乡的不二选择,尽管带有强烈的悲剧意蕴,但这就是中国乡土社会的现状。这让我想起,20世纪90年代初,在北京歌德学院召开的"中德乡土文学研讨会"上,莫言和刘震云同时发出了"逃离故乡"的"呐喊"。无疑,那是一次企图逃离封建囚笼的挣扎,但比起如今异常复杂的多元文化语境,那只是一种简单的逃离行为,而我们的作家能否在多元文化中找到突破单一主题的阈限,才是文学生与死的灵魂考验。尽管我们仍然不能忽略封建传统文化在当下强大的生命力,但是看清它与消费文化、后现代文化交媾诞生的杂交怪胎的面目,才是作家的慧眼所在。

所以,当我看到阎连科的《黑猪毛白猪毛》和鬼子的中篇小说《瓦城上空的麦田》时,才发现阎连科在黑色幽默笔调下再次复制新时代故乡中新阿Q精神的意图,当然,他重复的主题仍然是启蒙主义的呐喊,而鬼子则是把一个回不去故乡且如游魂一样晃荡在瓦城上空的"死魂灵"展示给我们,却没有能够引起我们极大的注意,这是批评界的失察。那是一篇反思封建文化与后现代消费文化交媾下人的异化的小说,这一帷幕拉开虽然是在二十多年前,我也在《文学评论》上发表过评论文章,却鲜有人关心这种故乡失落与沉沦母题的巨大现实意义和历史意义。如今,话剧《故乡》意欲表现这种发散性母题的动机,是否会再次淹没在当下林林总总的现代性、后现代性主题阐发的汪洋大海之中呢?这是我最担心的事情。

二十年前,我在《文学评论》上发表了一篇文章《"现代性"与"后现代性"同步渗透中的文学》,这个题目后来被我改写为《前现代、现代和后现代同步渗透的当下文学》。尽管贾平凹在近三十年前写就的《废都》遭到了许许多多诟病,但从文学史题材和主题的创新来检视,它却是第一部把三种文化语境的折射注入其中的作品。我曾经在中国新文学史的有关教材中有点儿牵强地把贾平凹笔下四个披着恋爱外衣的女性形象归为前现代、现代、后现代和理想浪漫主义的原型人物类型,凸显其人性异化的复调主题。但十分可惜的是,贾平凹将书写的场域放在了都市,他的另一些书写乡土社会的长篇小说,如《古炉》《浮躁》《高老庄》《怀念狼》《秦腔》《带灯》等,都没有涉及三种文化对当下乡土社会的挤压,而《废都》是第一部涉及三种文明形态对社会的压迫的作品,荒诞而夸张地呈现了人的异化,尤其是知识分子的异化母题。尽管那是一座充满着根深蒂固的封建帝国的象征性的"废都西京",但毕竟让人惊心动魄地发现这个社会场域有着丰富的人性内涵可以发掘,恰恰在这一方面,三十年后,我们欣喜地看到话剧《故乡》弥补了中国当代文学在乡土领域里遗留下来的一个巨大的空洞。

当然,一部话剧的成功不是一部剧本就可以解决的,编、导、演三维空间中的任何一个环节都是它成功的关键所在,我尽量从这三个维度来谈感受,但主要还是落在题材和主题内容的释放角度。

三

首先，我得提出一点观看此剧时的不甚满意之处。

其实，在对各种文体和文本的阅读与观赏中，那种狭隘的阅读心理是阻碍我们艺术鉴赏的视野进入深度模式的障碍物。用肯尼斯·克拉克的观点来说，欧洲的绘画艺术都是从诗歌和戏剧中汲取营养的，而场景这个话剧的重要元素是直接催发欧洲象征风景画的深刻肌理。从这个意义上说，我很重视话剧中对特定场景的布局，因为要理解创作者的意图，特定的场景就预示着时代文化背景在时空中的浓缩，鉴于此，我认为场景的特定性对母题的阐释有着至关重要的作用。毫无疑问，从展示这一文化空间的舞美需求看，目前的话剧《故乡》的确是太简陋了，甚至无法满足一般观众理解作品的需求，希望在条件许可的情况下，话剧《故乡》的装台艺术能进一步完善，达成一种可以让观众会心进入现实情境的视觉期待。

> 辉煌的宗祠内，四壁都是富丽堂皇的装饰，透过窗户能看到一座簇新的七层琉璃高塔。宗祠内布置了两排玻璃展柜，华丽但粗糙。展柜内稀稀拉拉地放着一些印刷品。有一处陈列品用红布盖着。

无疑，我们看不见对那座"辉煌的宗祠"的舞台特写，两排玻璃展柜丝毫不能展现故乡博大精深的文化内涵，其维护几千年中国传统封建文化的象征意义没有"辉煌的宗祠"的支撑，就有点儿立不住。茅盾在《子夜》中让吴老太爷紧紧握住的《太上感应篇》，陈忠实在《白鹿原》里重新树起的那块伤痕累累的宗族乡约祠碑，都是乡土中国的意象性、象征性的丰碑，它还在，就是一种对现实世界的解构性的阐释。李家祠堂也是如此，它倒与不倒，重修或重铸，全在作者的曲笔、隐喻之中，但这个意象的舞台布景一定是不可或缺的，还有意象点缀布局的巨大空间，以空间换得时间的效果，或许更能深化主题内涵。

当我们看到那块具有象征意味的牌匾"永世克孝，敬明其德"成为一出多声部戏剧的主旋律时，全部剧情与人物之间的矛盾冲突都是为了这一主旋律展开的。它让我们思考这样一个时代命题：究竟是谁在主宰乡土社会以及乡土文化的秩序？如果仅仅用费孝通先生的《乡土中国》中维护中国乡土宗法制度的差序格局理论来审视话剧《故乡》里中国新农村的文化格局与秩序，已然是远远不够了。如果说陈忠实在《白鹿原》所描述的时间段中尚可修复宗祠里的祠碑，那么，在话剧《故乡》中，一直试图回到旧秩序当中的梦想已经幻灭。那个试图赓续农耕文明的社会秩序，甚至不惜毁灭自己女儿的前途，借高利贷来换取一个儿子继承祖业的李守根，最后也只能斧劈那口旧时代遗留下来的好棺材：

李守根 二哥，(大声地、重重地)没有难为情！没有难为情！我一直想不通，我们是在中国最有钱的地方，而且一分钟都没有偷懒，为什么还那么缺钱？为什么日子还那么难过？都是有钱人给拱起来的。人拱人。你盖三层楼，我就盖四层；你买电视机，我就买汽车；你要是买汽车，我就买飞机。你们看着吧，买飞机，有那么一天的！我彻

> 底想通了,一切都是假的,什么祠堂啦,灵修塔啦,新楼房啦,上门的儿子啦,都是假的!假的!我们全都陷在坑里了!陷在了一个烂泥坑里,出不去了!

这个没有因勤劳而倒在苦难岁月中的农村手艺人,最后却倒在因奋斗终身而得到的悲剧结局中。最让人惊讶的是,李家的子孙们,包括这个"守根者",竟然让自己因病濒死的父亲/爷爷住在猪圈(这个场景设置极富象征意味)旁的破屋里,这就使得多声部的旋律有所跳转,深化了主题的开掘。这不是旁枝逸出的闲笔,恰恰是神来之笔,尤其是不让爷爷这个代表着一个终结时代的"僵尸级"人物出场,是对舞台上"活动变人形"人物的一个补充,他的缺席正是对在场的一种暗喻,绝妙也!对这些被时代抛弃的故乡守望者的塑造,正是这出多声部戏剧的主旋律中面向一个旧时代奏出的葬礼乐音,它预示着一个永远无法回归的旧时代已经终结,哀婉悲凉,令人沉思。

作为返乡者、见证者和跳出局外、居高临下的觉醒知识者,李新是站在后现代立场来审视父辈的"守根言行"的,其两面性就更能启迪我们对现实世界的思考:

李新 三叔,我知道,你爱菲菲。没有人比你更爱她了。可是,这么说吧,你不能因为自己投入的爱,而感到女儿就欠了你什么,那只是幻觉。你投入越多,你的幻觉越严重。但是,从精神的本质上看,父亲和儿子,父亲和女儿,这些所谓的"亲情关系",完全是偶然的。每个人都是独立的个体。每个人都应该有绝对的自由去追求自己的生活。你不能仅仅劈了这口物质的棺材,你还应该把你精神的棺材一起劈掉。你现在所感受到的这些痛苦,都是因为我们人类还处在一种非常幼稚的文明之中。这种文明在物质上好像已经很现代了,但在精神上却仍然徘徊在中世纪……

李守根　中世纪?什么是中世纪?

【李守根没有听懂李新说的话,他捆上木条背着,下。

李　新　(自言自语地)中世纪,就是个人被礼教所压制的世纪……

是的,这口"精神的棺材"是不能被劈掉的,中世纪也不是不可能回归的,当然不会高度重合,但它会一种新的形式出现在这片故乡热土上。因为在新的故乡秩序中,那个如同曹禺《日出》中没有露面的金八一样一直没有走进舞台中央的、叫作"建国"的书记,才是20世纪之后主宰这个乡土社会的当权者,而那个占据舞台中央吆五喝六、耀武扬威的胡总经理,只不过是农村权力与商品文化交媾生出的一个怪胎而已,而正是这样的怪胎控制了故乡的经济和文化脉搏。所有灯光聚焦在这个人物身上,在追光的暗隅里,我们看到的是一群与中世纪人一样想做奴隶而不得的人物的群像,且不说李继祖和李阿花这样对胡总阿谀奉承、感恩戴德的老一代顺民,即便在新一代中,试图爬上奴才宝座的故乡宗族子孙也不乏其人,李承就是这样一个时代的第三代产儿:

李　承　几百年后,人们会发现,原来是我李承做了这个碑!我还有个弟弟,叫李新,文学博士,有个漂亮的妹妹,叫李

> 菲菲。他们肯定以为我永远只是村里送报纸的小瘪三！可建国书记说了，再做两年，就会考虑发展我。的确，我没读过几年书，小学没毕业就工作了。但是，我是李氏宗族的长孙，以后给祖宗上坟，所有人磕头都得跟在我的后面。

妙就妙在作者用了觉醒知识者的一段看似闲笔的旁白，注释了李承可能遭受的悲剧结局：

> 李　新　（陷入自己的思绪，但并不难过，而是怀着一种美好的情绪）我爬啊爬，我越爬越高。到中间实在太害怕了，你在底下喊："你只有两条路，要么爬上去，要么摔下来死掉。"的确是这样，要么爬上去，要么摔死。我常常梦见这个水塔，梦见自己爬到了塔顶，看着整个村子金黄色的麦地。有时候爬到中途突然一脚踩空——笃，砸到水泥地板上，我看见自己成了一摊烂泥。

或许，这就是李承这一代故乡秩序的回护者和捍卫者最后的宿命，然而，又有几个人能够看清楚自己选择的道路呢？新一代故乡人如果不是出走远方去打工，就是留在故乡讨生活，他们厮守在这片热土上，只能在巴掌大的天空中看风云，却看不见那只操控风云的手，他们跟着时代的潮流和感觉走，跟着建国书记的指示，尾随着胡总，他们已然心满意足地奔向未来的康庄大道了。用李承的话说："那地方现在是十四线了！六条道的大马路！""胡伯伯的天才创意！建国书记讲:'这是要写进历史里去的。'"

但是,在觉醒知识者李新那里,却有另一种阐释:"我觉得我有责任告诉你:你受骗了。这么个东西,你把它叫'祠堂',对吧?把它叫一个'建筑',我觉得都很吃力。你看不到自己掉到坑里了吗?你说胡向军亏本建祠堂,可能吗?但是不管信不信,你屧了。你的父亲死在他的厂里,现在,我的父亲也要死在他的厂里,而你、我,我们都是同样的年轻人,怎么可以也死在他的厂里?你太善良了,这片地方,多的是像你一样的人。善良,但是软弱,而且……蠢啊!"

即便是李守根这样的老一辈人,也能看穿胡向军这种新一代乡村统治者从痞子转换成赵老太爷的伎俩,然而,正是这样的人把持着故乡的山水和人的命运,商品经济繁荣背后的时代病漫溽于故乡的各个角落,这种"混有污秽和血"的表面的灿烂辉煌渗透在乡土文化的每一个毛孔之中,用黑格尔的话说,就是"恶是历史发展的杠杆",李守根从无意识层面认识到这个问题,却只能咒骂而无力抗拒。其实,谁能够阻挡这种时代潮流对乡土的侵蚀呢?"一个个都穿得跟劳改犯一样。你们都趴下了,服软了,认屧了。过去的事情也都忘了。一个个都觍着脸去给人当奴才。祠堂里放骨灰,哪里来的规矩?过去什么时候祠堂里放过骨灰?放的那是牌位!人死了就应该入土为安。放那么高,干什么?等着鸟来吃吗?当爹的把祠堂砸了,当儿子的拿祠堂来赚钱,把李氏宗族全当傻子吗?!我算想明白了,这就是彻头彻尾的诈骗!胡向军就是靠这种诈骗才富起来的。"

最后,我得分析一下话剧《故乡》中一号人物李新的意义。无疑,他是这个多声部乐章中的"第一小提琴手",作者赋予这个人物多重角色。

作为一个返乡者,他是一个经历了 22 年苦读、从故乡走进大都市、饱读诗书的知识者,虽然他嫌弃故乡,但又无法割断自己与故乡联系的血脉脐带。他与鲁迅那一代返乡者不一样,在经济完全独立的情况下,后者带着一种"侨寓"的眼光,回到那个依然苦难的故乡,只能带着哀愁去反思封建社会给农人带来的灾难。如前所说,鲁迅骨子里有一种对商品文化侵入乡间的本能的厌恶与歧视,这似乎是一种超越历史的意识,对"豆腐西施"杨二嫂的偏见来自传统文化中重农轻商、重义轻利的伦理,这在一定程度上成为中国农村经济发展的阻力。但是,到了李新这里,道德伦理的标准变了,他对故乡没有丝毫同情和怜悯,处处体现出一个觉醒知识者的理性批判,他看到的是一个完全没有希望的混乱的乡土社会。时代不同了,我们不能说李新的觉醒是虚妄的,恰恰相反,他的批判都有其合理性,甚至真理性,如何判断他的言行? 我们既不能否定,也不能简单地肯定,只有在这种状态的价值评判中,这个人物才有意义,这部戏才具有喜剧悖论的艺术效果。

作为故乡历史的见证者,李新是一个出将入相式人物,换一个说法,他既是局内人,又是局外人,在乡与城、城与乡的二度循环往复中,他获得的是理性的胜利,却失去了人伦的感情。与五四时期乡土作家试图皈依"父亲的花园"相反,他最终还是背叛了故乡对他的养育,走上了一条不归路。

无疑,李新生长在前现代农业文明逐渐消亡、现代工业文明崛起、与消费文化相伴的后现代文明到来这三重文化叠加于中国乡土社会时空的时代,在过滤文化的过程中,他的选择是由于他见证了垂死的农耕文明被工业文明污染,被消费文化一步步侵蚀。因此,在历史"恶的杠杆"的作用下,他为了逃离故乡,决绝地割断自己与乡土的血脉脐带,毫无顾虑地选择了以向自己的父亲借贷的方式出走的计划。李新质问他父亲:"你在这儿活了五十年,就凑不了五万块钱?""我这是找你借,我还你的。我一工作,第一笔工资就拿来还你,协议里面,清清楚楚写上了。你没有仔细看看吗?"他打碎的是亲情与乡情羁绊他的锁链,这是他的亲人们无法理解的,正如李承对李新的父亲李继祖所说:"他这是在跟你算总账了。老子和儿子,能这么算账吗?算得清吗?"

究竟是谁傻了?我们无法给出标准答案,但是,从另一个角度说,觉醒知识者李新说的话有道理吗?"一面大修祠堂,讲着文化复兴,一面却把自己的父亲扫地出门,跟一群猪养在一起。这就是我们的文化。人类历史一个有趣的片段。"这并非因果报应祖辈循环的戏剧故事情节设计可以解释的戏码圈套,李新的话虽不好听,但重要的是,他对乡村文化颓败事实的揭露是鞭辟入里的。

那个无恶不作的胡总出于险恶目的说出来的话,似乎更加冠冕堂皇、合乎情理。"宗法制传到了你们这一代人手里,已经成了垃圾。纯粹的垃圾了。你们只保留宗法制最糟糕的糟粕,却把所有优秀的道德,所有的中华美德,所有的仁、义、礼、智、信,统统丢掉了。你们丢掉了祖宗传给你们的所有好东西。你们连基本的孝道也丢掉了。你们活得简直就跟畜生一样!你们把自己的父亲放在这么个猪圈边上,因为你们内心里,已经把自己看得跟一头猪没有什么两样!"

一边是乡村的溃败,一边是逃离者的幻想。堂妹李菲菲幻想自己"从长江大桥上跳下去。我才不想死。我只是想让这个世界以为我已经死了。然后,我再从江对岸爬起来,换上一身干净的衣服……"李新则想逃往国外,两个返乡者的命运各有各的不同,作品最后还是用喜剧的形式完成了主人公胜利大逃亡的结局。

作为整部戏剧中的重要角色,叙述者李新在成功出逃后第一个想到的是什么呢?不是对故乡的眷恋,不是对亲情的思念,他怀着实现拯救人类的宏图大业的心愿出发了,从这个所谓的"故乡"出发。"芝加哥大学,想想看!等我学成回国,一定要把我的成果狠狠地摔在导师的脸上!我要重写文学史。我要重写中国史。不,我要重写整个人类的历史……我会回来的,总有一天,我会改变这一切的……"这一笔既有反讽意味,又有黑色幽默的味道,且不说他们这一代人是否能够拯救人类、拯救中国,即便是这个沉沦的乡土社会,他们也无法面对。他最后的告别词中似乎流露了些许淡淡的惆怅,却无法掩饰他脱离苦海时的那份喜悦和骄傲。

李　新　菲菲,我从美国给你寄明信片。
　　【双手捂着自己的脸,痛苦地喘气。但在手拿开的一瞬间,突然又兴奋起来,开心地。
　　我得和这里说再见了。永远地说再见了。(抒情地)菲菲,再见了。再见了,水塔。再见了,竹林。再见了,池塘。再见了,我的可爱的、养了两头猪的猪圈。再见了,故乡。

我在大幕徐徐落下时,不由得落下了一把辛酸的眼泪。

2021年12月1日草于南大和园
12月2日改于南大和园

原载于《戏剧与影视评论》2022年第1期

短篇小说的引力究竟在哪里

——从朱辉的叙事方法看短篇小说的构思和语言

> 短篇小说希望令时间停滞。如果长篇小说像电影,那么短篇小说就像一张快照。
>
> 短篇小说倾向于给我们刻画尚未结束的生活,或者早已结束的生活:那些充满着悔恨和失去的痛苦片段。它可以是玩笑或逸事性的,暗示出喜剧的弹性。不过,不论哪种情况,短篇小说都靠简洁取胜。
>
> 在读者不到一个小时便能读完的篇幅中,所有的一切都被浓缩,令读者难以忘怀。
>
> ——[美]大卫·米基克斯《快时代的慢阅读》

对于一般读者来说,要在一个快时代里细嚼慢咽一部长篇小说是很困难的,然而,我们的作家却恰恰青睐这种宏大叙事文体,认为这才是通往大师的成功之路。殊不知,当下每年数以千计的长篇小说涌上看台,成为无从下口的巨无霸大餐,吓退了读者。然而,微信互联网时代又让微型小说和短篇小说获得了巨大的阅读空间,当然,非虚构的短篇文体似乎更受青睐。快速阅读能否抓住读者的眼球，产生出契诃夫、欧·亨利和莫泊桑那样的短篇小说大师？我并不否认长篇小说代表着一个国家、一个民族文学创作的综合水平，但是，从艺术质量上来说，短篇小说更能体现出小说家在语言和构思上的艺术才华，因为它们都是戴着时空镣铐的灵魂舞者，一个高难度的动作既可让他成功，又能让他坠入深渊。这样的舞者在中国往往会被评论家所忽略，在适合短篇文体的时代里，人们对它反而轻忽，这是文坛的悲哀。

其实，阅读朱辉的两个短篇小说集《午时三刻》和《要你好看》，比阅读两部长篇小说还要费时费工，因为你得琢磨每一篇小说的立意与构思，你得留意每一篇作品语言张力背后所寄寓的叙述内涵，所以，如何突入朱辉小说表达的核心地带，进行不同于他人的评价，成了我思考几个月不能下笔的难题。于是，我重新阅读世界三大短篇小说大师的作品，以此来比照朱辉小说的优劣，心中就有了评论的冲动。

朱辉和毕飞宇一样，从小就生活在苏北水乡兴化，但他的题材指向很少落在乡土小说这块沃土上，他擅长城市题材写作，尤其对小资生活和底层市民的描写更是鞭辟入里，"小人物"描写往往是短篇小说选择的描写对象。有人以为他的短篇小说《七层宝塔》是乡土小说，恰恰相反，那是一个由农耕文明转迁到现代小城市而失去了灵魂天堂的时代零余者形象，契诃夫小说的阴影笼罩着唐老爹，七层宝塔倒塌预示着唐老爹世界中的伦理已经被这个时代所抛弃了，昔日被农耕文明包围着的公序良俗让唐老爹获得的快感和荣耀瞬间就轰然倒塌了："当夜，清风拂面，冷月照影。他在院子里站了好一会儿。宝塔明月交相映，他能够准确找到宝塔原先的方位，却再也看不见如此旧景。"在无可救药的精神崩溃中，作者让唐老爹"文化中风"了，作品戛然而止，为主题开掘留下了硕大的空间。

如果让我从朱辉众多好小说中选出一个最好的短篇来,我会毫不犹豫地选择《午时三刻》,因为它让我想起了欧·亨利短篇小说的构思手法,尤其它的结尾,活脱脱就是一个"欧·亨利式的结尾"。我想斗胆说一句——一部好的短篇小说往往就取决于它的结尾,换言之,结尾往往是成败的关键。《午时三刻》的结尾当然要比《七层宝塔》高明得多,它让人们想起了教科书里的《麦琪的礼物》和《最后一片长青藤叶》。和欧·亨利一样,《午时三刻》这样老派的写法是快时代里绽放出来的一朵奇葩,虽然故事叙述中掺杂了许多现代派的元素,但是从构思到结尾,都是"欧版"的,尤其是出人意料的结尾,从"欧·亨利的结尾"里溢出的黑色幽默注入的是悲剧,而非《麦琪的礼物》中泛出的喜剧元素,深深地打下了我们这个时代小资产阶级的中国烙印。当秦梦媞最后一次从国外整形回来面对自己亲生父亲的遗像,听到养母诉说她的私生女身世的时候,故事情节彻底反转了,一个有意味的结尾让现代小说获得了一线生机,只有好构思、好结尾的短篇才能让这个玩于股掌之中的小挂件闪耀出熠熠的光泽,能够让人惊讶和回味的结局,才是短篇的翘楚。

毫无疑问,欧·亨利的小说叙述风格是幽默、诙谐、揶揄,从语言层面上来说,善用双关语、俚语、讹音和旧典翻新。所有这些元素,我们都可以在朱辉的短篇小说中找到。其实,仔细阅读朱辉的短篇小说,你就会发现作者是一个极会运用传统曲艺相声语言艺术手段的人,短篇小说起伏曲折的故事情节并不是取胜的决定因素,关键是在语言的张力和爆发力的运用,它足以弥补情节延展诱惑力的不足。相声里的十八般武艺当属"抖包袱"为最,那么,讲故事在相声艺术中并不重要，重要的是，小说推进的驱动力是依靠充满着噱头的语言，短篇胜在语言，而非强大的叙事功能。你会看到频频迭出的笑料，形成了"逗哏"的艺术效果，犹如北方人侃大山时那种"贫"，那样幽默、诙谐和揶揄，你甚至可以看到作为一个"说书人"的朱辉所扮演着的"主角"行状，他连自己的家乡语音，或者普通话的口音都改变了，许多语言都带上了北京大爷的"儿化音"，一个极具表演才能的朱辉把短篇小说变成语言的会餐，这在他的短篇小说中信手拈来，幽默调侃，淋漓尽致，让人会心一笑，当然并不是那种捧腹的大笑，因为小说到了捧腹大笑的地步也就成为滑稽了。

这样的表现形式，我们过去怎么没有觉察到呢？例如秦梦媞的漂亮同学说"我妈妈肚子就是整容医院，我整好了才出来的"，无疑，这是刺激秦梦媞不断整容的动力，让她成为"笑里藏着手术刀"的假面女人。作者对秦梦媞丈夫黑胖的描写就显得更阴损了，"胖猪终于露出了獠牙，是野猪"。而秦梦媞试图通过色相来进步的语言描述就有了添油加醋的噱头，说书人的叙述明显带有戏剧效果："她的优势是身材好，呻吟好——不不，打错字，是声音好。"这就是欧·亨利在短篇小说中采用的"讹音"所形成的语言双关效应，让读者进入一种特有的情境之中，从而让故事情节淹没和消化在诙谐幽默的语言中，成为一种无形的存在，故事情节即便再空泛，也会在这些空灵活泼的语言跳跃中获得完整的链接。因为短篇小说只有留下飞白修辞的空间，才能在这个网络语言时代获得更多变异的艺术认同。

与《午时三刻》相反相成的姊妹篇是《吐字表演》，一个是广播电台不出镜的丑女，是声音代言人；另一个是省电视台的出镜新闻主播，是形象代言人。二者的差异性体现了不同社会生存语境中形成的巨大落差，同样是吃开口饭的女人，前者秦梦媞的声音甜美，富有磁性，但魅惑不足；而后者含逸是声音与美貌兼得的成熟女人。小说名字《吐字表演》应是双关语，其表层语义是贴合其职业身份，而深层含义（含逸）却是一场权色交易的作战。无须避讳，这部作品是隐逸的情色风月小说，秦梦媞用声音工作，征服了广大听众；含逸用身体工作，赢得了台长的多年青睐，这是她占据舞台中央位置的法宝。与秦梦媞的悲剧结局恰恰相反，含逸的故事虽然没有情节的反转，但喜剧的效果还是十分明显的。在一场"政治的交媾"或曰"交媾的政治"中，形成了一种具有黑色幽默的反讽喜剧效果，当一曲酣畅淋漓的交响乐戛然而止后，沉浸在疯狂之后沉思的含逸，在考虑台长政治沉浮命运时，还不忘走到小卧室里把丈夫安装的偷窥录像及时删除。无疑，作者给了女主人公这么一个动作设计，看似随意，其实这个"噱头"是在小说没有人物命运反转的情况下，做出的一个烘托主题的无奈之举，但正是这一笔强化了作品的喜剧风格，也算是一个不错的结局。这就是朱辉崇拜福楼拜那句"我们通过裂隙发现深渊"格言的缘由所在，其小说的"痛点"就在此铸魂。

毋庸置疑，朱辉的短篇小说多数都是喜剧性的，《吞吐记》是一部离婚喜剧，让人看到了现代社会中夫妻关系的功利性，充斥着作者调动各种修辞手段的能量。作品把孟佳和徐岛这对夫妻的嘴脸与行状刻画得见皮见骨，值得注意的是，朱辉把自己精心设置的故事情节的"包袱"抖开的时间滞后了，为作品添置了一个带有喜剧效果的"尾巴"，这是否为"蛇足"？这是作者一种两难的抉择，从短篇小说出人意料和留下空间的角度来说，这个"包袱"如果在楼下股市翻红时就戛然而止，是好的结尾。但是，作者以徐岛的心理活动——幻想着今夜可以与孟佳"播云布雨"的场景作结,虽然具有喜剧效果,但是点得太明白,反而堵死了读者的想象空间,作者有时不经意的解释,往往非神来之笔也。

《郎情妾意》是一篇十分高妙的"骗婚"故事,是生活中偶然里的一种必然。小说以狗为媒,苏丽的圈套原是为了克拉获得无偿的交配权而精心设计了狗们偷情的剧情,而正是狗的交配引发了苏丽与年轻帅哥宁凯的交配,这一系列的流程都按照苏丽的设计圈套圆满完成,苏丽在怀孕后一面与宁凯做爱,一面"拍着自己幸福的肚子道,'你的命就是他的命,我儿子的命哩'"。这样的结尾既有讽刺喜剧的效果,同时也留下了一定的空间。更重要的是,作品推进小说前进的动力全仰仗作者幽默诙谐的笑料和各种修辞语言的爆发力,比如"苏丽和宁凯也开始了经常性接触"这一句有歧义的双关,如果不是后来怀孕的谜底揭示,在阅读的过程中,读者往往只会将它当作"经常性"的日常用语,然而这正是小说情节推动的"风暴眼",待到回味时,你才能看清楚作者的苦心孤诣。

《夜晚面对黄昏》也是一篇风月小说,马冰河与叶嫣的偷情故事倒是写得情节生动,同样是以狗为媒的设计,这次朱辉给小说留下了一个未解开的"包袱",悬念留下了,一个没有结局的结局,更让小说引人遐想。

《要你好看》无疑是一篇翘楚之作,极富戏剧性,一幅幅场景构成了短篇小说的"复调"意味,这在短篇小说中极少出现的多声部回环效果,让小说具有更多空间阐释,几组矛盾纠葛以桥段的形式呈现,相互冲突,相互照应。一爿茶馆,几桌男女,一出喜剧,这比沙汀的《在其香居茶馆里》还要精彩得多。浪漫的词句,小资的情调,却并没有阻挡朱辉不抖开"包袱"的强烈欲望，作品在一个无厘头的结局中突然刹车，也不给出一个圆满的解释，如同一部悬疑小说——他把醉了的她的头发用剃须刀全部剃光，"临出门时，他忍不住再看她一眼"。朱辉把小说的结尾打上了一个死扣，把一切留给读者，这才是作者最高明之处。

朱辉并非不写悲剧故事，《药是爱情》就是一篇浪漫动情的悲剧，一开始的虚拟人物"子君"名字一出现，就看出了作品爱情"伤逝"的悲剧结局。作品运用了一个套装的故事叙述方法，女主人公的父母为了让泽天成为一个"完整的女人"，费尽心机设计了一场病床上的婚礼。作者想要叩问的是另一个婚姻的哲学问题——婚姻给人的真正涵义是什么？李漾的迷茫正是社会的迷茫。这种善意的欺骗就是人性的向善吗？这使我想起了莫泊桑的名篇《项链》，无意的欺骗和善意的欺骗的区别究竟是在哪里？《药是爱情》和《项链》同样是在最后甩出了"包袱"，但人性的阐释却是不同的。

"欧·亨利的结尾"给短篇小说作家提供了无限的写作契机，我们不能因为这是一个多世纪前的老派写法，就忽略了经典写作的无限生命力。最后，我还是想用大卫·米基克斯在《快时代的慢阅读》中的一句话作结，送给热衷于短篇创作的作者们："简洁性使得短篇小说具有明晰的结尾，但它也充满了各种可能性，所以我们深思、判断、同情，种种情绪同时进行——就像博尔赫斯的赫拉迪克一样，陷入时间的气泡之中。"

选择什么样的结尾的确很重要！

原载于《文艺报》2022 年 3 月 4 日

在写满人性的天空中飞翔

——电视剧《人世间》观后

那一天,我偶然看到由梁晓声长篇小说改编的电视剧《人世间》在央视播出了,带着一种探究如何改编的好奇心理,我开始观看,竟然一发而不可收,很快,我在微信群和朋友圈里对它做出了评价,建议大家看看。我并不知道此剧火起来了,很多人都在看,尤其是那些经历过动荡岁月的人们,他们在这部电视剧中究竟看到了些什么呢?

我在微信按语中用了这几个词作结:人性、历史、义气、烟火气。或许这就是这部电视剧最大的看点所在。

当年评茅盾文学奖前夕,我和在广州一起开会的徐则臣同去机场,我猜测的五部得奖作品全部命中,其中梁晓声厚厚两大卷的《人世间》是115万字的重头。我当时的直觉是:这个长篇在写满人性的旗帜下,提升了官员和平民社会生活的历史真实性,其中最重要的是,作者一直不肯放下的是那个江湖中的义气和生活中的烟火气。正是这些元素照亮了"人世间"的一切人物的灵魂道路。

正是电视剧的编导们抓住了这个长篇小说的灵魂进行再创作,较完美地放大了人物在生活中的合理存在,它才获得了如此高的收视率,人们一家人围坐在一起观看自己生活的《人世间》,他们在寻找自己的真实生活,在曾经的苦难生活中寻觅那仅存着的一丝人性的光辉,因为它能够慰藉普通百姓受苦受难的心灵。在光字片的棚户区和贫民窟里诞生出的是伟大的人格,它以微光烛照着中国社会,希望这个社会向更美好的境界前行。

在人性主题的统摄下,我认为在这部电视剧里,其主题阐释和审美释放中已经达到了时代语境允许的极限,尽管从许许多多的情节和细节描写上尚有不尽如人意之处,但是观众都会付之无可奈何的苦笑而理解,总体而言,我们从这部潜在的批判现实主义作品中(虽然这是"微辣批判现实主义"),找到了真实的生活,找到了我们曾经生活的影子,找到了我们周围林林总总的熟悉的陌生人面孔,切开了生活肌理中那汩汩流淌着鲜血的大动脉,让我们懂得,作为一个并不是大写的人,也应该坚守的人性底线道理。正如导演李路所言"我要看这个小说里有没有真正有筋骨、有意义的东西。有筋骨的东西转化成影视剧以后,它的力量是普通的电视剧所没有的……用一部电视剧去引起社会话题、社会议论,哪怕有一点涟漪也好,当然大波浪更好"。2022年伊始,这股热浪足以证明人心所向和人性所向。

我从三个角度来谈人性在《人世间》的阐释。

首先,从历史审美的纵深角度来看,作品截取的时间段是从1969年到2008年,近半个世纪,正是中国社会由衰到盛的历史过程。作品没有避讳历史背景,历史的真实性让我们感到无比的亲切,它也没有回避人性中的悲剧,但是从悲剧中诞生出的正是人性的光辉。雷佳音所扮演的秉昆的伟岸形象就是从历史废墟中站立起来的小人物,当然他并不是什么救世主,而是在那个特殊年代里,他用自己青春善良的眼睛去寻找美,寻找暗隅里的光明,寻找如饥似渴的爱情。他遵循的是人性中真善美的评价原则，他脱离世俗偏见，顶着政治压力，行走在江湖与家庭之间，并非他有什么高瞻远瞩的预见，而是出于一种生活中对美热爱的人性本能，一种对比生活得更加贫苦女人的"同情与怜悯"（亚里士多德悲剧核心观念）。这在那个历史背景下是一种难能可贵的人性品质，作者和编导紧紧抓住了这个牵动全局的线索，围绕着这个小人物打开了历史长镜头的拍摄——从头至尾，秉昆才是这个"家"真正的主人，他的父兄姐妹、妻儿、朋友、情敌皆是他的烘托陪衬人物，这是历史的使然，也是人性的使然。虽然他也是一个有瑕疵性格的人。

历史的长镜头一次次地把我们拉进了那个催人泪下的时代，又一次次把人生中有价值的东西毁灭给人看，悲剧的力量强化了历史的真实感和纵深感，编导甚至还进一步将改革的缺憾嵌入了历史的长镜头中，让秉义在面临炸药包和谩骂的险境悲壮历程中走来，那是光字片人性在官场上释放出来的历史英雄本色。早年我在评论达理改革题材的长篇小说《眩惑》文章里的第一句话就是"改革是改革者的悲剧！"因为作者总是把改革的成败寄托在某个领导者身上。三十多年过去了，我把这句话送给此书此剧的作者们，仍然感到一种幸福的沉重——历史在这里沉思！

其实，从《今夜有暴风雪》开始，梁晓声的那种江湖气就凸显出来了，是的，人生就是倘佯在江湖中的一叶小舟，各种各样的人性就在这江湖中飘荡，如何对待江湖，也是考验作者和编导演的一个试金石。在各种各样的人物关系中，我们看到了作品的衡量价值标准就是一个义字。那个曾经把"江湖义气"推给地痞流氓的错误应该彻底纠正过来了，中国传统文化中的"忠义仁勇礼智信"，义字当头正是人性的最高体现，"出门靠朋友"在这部剧中得到了完美的阐释，为什么历经几十年的友谊长存，没有义气的支撑，这人世间的许许多多事情就无法回到人性的原点上来进行判别和解释，那些生活在底层的人们，也只有靠着这样的江湖义气苟活下来。所以，每当视频显现出忠孝义气的故事情节档口，我都会流下热泪。我并不完全同意导演李路的一个观点："我一再讲'哭'不是好剧的标志。"

诚然，与那些影视剧里奢华而美轮美奂的恢宏场面，以及演员们穿着华丽时尚霓裳的长镜头相比，《人世间》的那些原生态的具有年代感的棚户区风景和人物穿着，真有云泥之别，然而我认为李路镜头下的历史和现实的真实感远胜过那些影视剧的奢靡铺张，作品的内容和立意高下，并非时尚与华丽的浅薄美学原则所决定的。正是充满着烟火气的人世间，让接地气的老百姓看到了他们自己的生活实况，也正是烟火气让那些走过这段路程的人们看到了自己曾经的历史背影。

电视剧《人世间》之所以成功，正如梁晓声在回我的信息中所言："这是编剧、导演和演员共同努力的结果，这是我的荣幸。"毋庸置疑，电视剧对原著的局部提升，让人性的元素得以极限的展示，应该是一个重要的原因。

原载于《文学报》2022 年 3 月 10 日

调色板上的颜色

——文学、绘画与舞蹈的灵魂旋律

引　子

近年来一直在读新版的勃兰兑斯六卷本《十九世纪文学主流》和五卷本的"克拉克艺术史文集",以及一大堆20世纪五六十年代的文艺理论书籍,意在重新审视共和国的文学创作潮流和作品现象。恰巧,去年收到的关于歌颂自然生态的散文作品颇多,首先是冯秋子编辑的广西师范大学出版社出版的苇岸四本巨著,一本是修订版的《大地上的事情》,另外三个大部头作品是《泥土就在我身旁·苇岸日记》;还有译林出版社两本树皮皱封面的现代精装插图本梭罗的《瓦尔登湖》和《四季之歌:梭罗日记选》,这两套书以对应的文体形式把自然主义的生态理念推向了一个新的境界。

与秋子相识多年,我一直以为她是一个用一种特殊的思维和特别的语言来描绘大自然的作家,雄浑与柔韧、广袤与纤细在她笔下竟然成为雌雄同体的艺术呈现。

她是一个多栖艺术家,是一个能够把绘画、舞蹈、音乐和体育实践经验融进文学创作之中的散文家,同时也是一个能够把自由独立的思想表达出来的沉思者。所以我特别欣赏林贤治先生在《大地上的事情》序言中的那句话:"如若仅仅是观念的产物,他怎么可能凭着柔韧的美学触角,穿越如此巨大的历史沉积物,把感知能力修建到尚不美丽的人类思想之中呢?"以此来阐释冯秋子的散文也是十分切合的,我想,这也是为什么秋子编写苇岸作品的初衷吧。

过年期间,我收到的最丰厚礼物就是秋子寄来的她今年一月刚刚出版的插图本《时间的颜色》。我十分喜欢这个具有艺术通感的书名,于是用了五个小时一口气读完这本散文集,在扉页上做了总批,又在许多书页中用红笔画上各种自己才明白的符号,在两边空隙中写下了阅读瞬间的关键词,作为写作思路的提示。这是我改不了的阅读习惯,虽然通常的看法是这样的涂鸦对不起作者的赐书,但是,我却认为这是对作者和书籍的最大尊重,我阅读,我快乐,分享精神的美食,是要将它吃完,且露出饕餮者贪婪的微笑。

于是,我就试想着用散文体的评论来阐释这部优秀的散文。

一打开空白环衬扉页,看到秋子四行遒劲有力、行云流水的题签,我就笑了,我笃定感受到了她从内蒙古大草原风景中汲取的行文风格了。孰料,我的判断并不是完全准确的,随着文字舞蹈的跳跃和音乐旋律敲打灵魂的节奏,我激动,我歌哭,我愉悦,我悲伤,我沉思……一切都进入了作者渲染的情境和思想之中。

开篇《生长的和埋藏的》，我读到的是这部生活交响诗的"序曲"，业余歌手的作者用她的灵魂唱出的旋律，虽不能用音质、音准和技巧的标准去衡量其完美度，然而，这种一次性的自然抒情旋律是不可重复的天籁。尽管她并不知道"词和旋律在哪里"，但是她知道最美的艺术表达来自人与自然对话的真谛："但是我的土地，深埋在我心里的土地，已经开始伸展，遥远而长存在我梦中的青色山脉，把我的声音驮载起来，爬过山去。声息滚滚流动，在起伏的草地里颠簸、颤动，向着草原深处走。那是我即兴唱出的蒙古长调，词和曲是走到那里的时候，自然而然生长出来的。我唱着，眼泪顺着面颊流下。"这就是属于秋子自己的自然之歌！难怪那个蒙古族作曲家都忘却了及时记下这个自然生长出来的优美旋律，因为这是自然形态音乐的"绝唱"。读到这里，耳畔响起的是那个民族特有的那种带着呼麦气息的《天边》旋律，眼前飘浮着的是辽阔草原的风景画。散文的通感让我沉浸在"多声部"的文学艺术的享受之中，这并不是每一个从事文学创作的作家都能够做到的。

《额嬷》是一首动人的母亲颂歌，这在秋子对天地乾坤的描写中，更倾向于对土地母亲的深刻眷恋，至于对代表中国文化父权的天，则更多的是敬畏之情。土地的耕耘和繁衍，那些充满着意象的图景，是作者从婴儿时期在吮吸额嬷乳房时就镌刻下的旋律与风景，从"胸腔里流出悠远跌宕的声音，那是天然醇厚的蒙古长调。那声音粗犷、没有遮拦，自由自在地走，走过沉睡，走过苏醒，万物萌动、天地啜吸……"于是，呈现在我眼前的是白云、蓝天、草原、各种色彩的野花、牛羊群、蒙古包……以及"遍地都是女人，就像遍地长的草"。我确认，秋子在骨子里并非一个女性主义者，她意在歌颂母性繁衍的美丽和伟大,虽然她们生活在苦难的诗意栖居之中——"额嬷就在琴声里"才是这首交响诗主题中三个叠置和弦里最柔软,也最有韧性的自然呈现。

思乡情结作为交响诗的展开部分,成为作者代表所有远离家乡迁徙者和异乡客发出的对自然的无限眷恋之情,这五味杂陈的抒情长调,在悲怆的基调中得到了充分饱满的表达。在《荒原》里,一首关于风的歌词,立马使我的耳边响起了在那个并不遥远的时代里邓丽君歌喉送来的"风儿呀,吹动我的帆船……"旋律中淡淡的哀愁,虽然没有黑塞的《荒原狼》对那个堕落时代的绝望嘶吼,却也是对毁坏大自然吟出的歌哭,面对沙漠化"无草的荒板地",这是一曲游牧文明的哀歌,它的诗意就藏在那句"北方的风中,有说不出的悲怆滋味"。这恰好就是我最喜欢的,也是柴可夫斯基最得意的第六交响曲《悲怆》旋律的升腾。因为,悲剧情绪表达是人类最高美学原则之一,从埃斯库罗斯的《被缚的普罗米修斯》开始,这是包括文学和艺术表达的最高形式。这个旋律,这个色彩,才是秋子在调色板上找到的最好的色彩。

让我意外得到启蒙的描写,是作者对蒙古族灵魂交流处所"敖包"的阐释。我们这几代人是听着那动人的爱情歌曲《敖包相会》成长起来的,以前我并不理解"敖包"一词的涵义,当知道那是一个坟场墓地的时候,那种汉文化的不祥之念瞬间掠过,我却仍然抵挡不了它的旋律和歌词的诱惑。尤其是在 20 世纪六七十年代它被禁之后,我们躲在乡间小屋里放声歌唱,虽然那时广播电台里不时传出的是男高音歌唱家胡松华唱的由蒙古长调改编的《赞歌》,开头部分的长调前曲哼唱,优美的旋律竟然让我们忘却了歌词的表达。《敖包相会》是我们在广阔天地的荒原里寻觅天籁情感的最美寄托。而作者笔下"荒原"里的敖包,"是老人们与上天、与辽阔久远的历史交换心灵话语的地方。

敖包储藏了激情、梦想、愿望；敖包点化了一个又一个冥顽之心；敖包通向远方；敖包既是一个高点，也是一个灵魂栖所，或者就是心灵驿站。对成人来说，敖包包容了他们的日常生活和精神寄予；琐碎的一切，都在它的眼里溶解为水，滋养心田，哺育长久而艰辛的生长。敖包，差不多就是他们心目中的旗帜，是他们启程路上的号令，疲惫、迷惘、困顿时的救助塔台"。到这里，我的心灵豁然开朗，从而彻底理解了欧美人为什么会把墓场建成公园的原因。同样是祭祀，他们与蒙古民族的相似之处就在于除了把庄严的忏悔和深切的悲痛化为生活的力量外，更是用戏谑的方式去把生活的悲剧变成喜剧，从死者俏皮的墓志铭上和播放的轻松曲目中，就可感知到他们对生命的另一种理解方式。从这个角度来思考，就顿悟为什么每年维也纳新年交响乐中最后一首保留曲目永远是《拉德斯基进行曲》了，这是生命和生活的结束，也是生命和生活的开端。用此来解释生活在"荒原"里的人们大体是不错的。

这种悲怆的思念情感化作一幅《老人和琴》的铜版肖像画，悬挂在作者的墙壁上，让她伴随着马头琴声进入梦乡——这是绘画与音乐的魔力。显然，蒙古族长调是思恋亲人、感念故土的表达，诚如与蒙古族有着血脉关系的作者一听到那首三百年前由原始曲调改编而来的《鸿雁》时，就止不住热泪长流，因为它"悠扬、苍凉、辽远、高亢，感染于心而情不自禁"。是的，好的音乐旋律是超越国家、民族、阶级的艺术语言，它之所以能够传遍四方，缘于它用人性和良知征服了世界。在《母亲的花草》里，我们同样在画外音乐里听到了罗大佑的《亚细亚的孤儿》在风中哭泣的颤音，在戈壁草滩、沉缓的山峦以及沙尘暴的暗色背景中，"长鞭一样的颤悠悠的歌，一起落进了我的心里"。孱弱的母亲的花草就在这里挣扎着、生活着。这就是许多欧洲油画家为什么早在几个世纪前就在调色板上调出"暗色"光感的原因。这种艺术幻想能否运用到文学创作中来呢？

我理解这本精致的插图本书籍为什么都采用了很多作者自己绘制的"白音布朗山系列"作为插图，那是因为这是她散文的基本色调，其风景画中所蕴含着的人文色彩是显而易见的。此时我正在撰写克拉克对欧洲印象主义绘画的解读，本来想对她插图中所有风景画，包括许多向日葵的临摹画，进行详细的解读，可惜篇幅受限，只能放弃对插图绘画主题与文学作品之间对应关系的阐释了。

在《白音布朗山》里，我们仍然可以看见作者描绘出的草原风景组画的脉络，其给人遐思的空间远远大于静观画面的视觉冲击力。以我浅见，秋子的绘画在技法上并不是一流的，但是，作为一位现代文人油画创作者，她的思想价值却是远远高于一般油画家的，这不仅是她对色彩的敏感性，更是她对绘画艺术的深刻理解。她的这一段话简直可以作为画论经典语录："假如我双目失明了，视觉出现了障碍，那些物质在你眼里便不存在——而双目失明仍然是一种物理现象，它局限和阻止了你对这个世界的直观认识，局限和阻止了你的身体力行更远之境，因为你目不能识，你和世界的关系大打折扣。而你的觉悟假若辽远深邃呢？景象就会不同，但那是心灵帮助你完成了抵达，而不是你的眼睛。所以你从心里把这些屏障你的物质的东西剔除掉了，它也就无法阻拦你心灵的透视力和觉悟力。"这让我立刻想到了印象主义大师莫奈的那句使古典主义油画真正走进现代性绘画的至理名言："我希望自己生来就是一个盲人，然后忽然获得视觉，在不知道物体是什么样的情况下去画眼前的一切。"

克拉克说："这是感觉美学的最极端和最夸张的陈述。"是的，绘画的色彩依靠肉眼来调配,而其表现的内容力度却依赖心灵觉悟来体现。从这个角度上来解读秋子的绘画与散文作品,应该是一个准确的切入点。同样,我们在这本写景之外的记人散文里也看到了自然风景画艺术家钟蜀珩先生对秋子画的评价:"你画得很美,单纯、细腻、真挚,艺术在心中不分门类,是相通的。"也正是这种通感成就了秋子散文的独特性。百年来,除了丰子恺的散文小品外,没有哪个画家能够写出更好的散文来,没有哪个文学家能够画出具有现代意识的好油画来,虽然冯骥才、贾平凹、忆明珠那样的大作家也画画,但是他们都是沿着中国传统文人画的路子行走,能够吸收西方油画艺术风格入散文,以此形成对位与互文关系者罕见。

再从舞蹈艺术切入。此书在记人散文中对亲历现代舞的过程与感知,大大地提升了这本书的艺术含金量。能文、能歌、能画、能舞、能体育者,在中国文坛上好像是绝无仅有的。

《想画在灵魂里窜动的东西》是秋子对自己艺术生涯和艺术理念的最好注解。她曾经做过运动员的历史鲜为人知,但她和著名现代舞编舞大师文慧在1998年的"生活舞蹈工作室"合作,做了现代舞《生育报告》的编剧,同时也作为一个舞者正式登台,这是文学界所鲜有人知的。为什么默默舞蹈?那是她一直信奉皮娜·鲍什那句"我跳舞,因为我悲伤"的格言。我注意到秋子对舞蹈认知时用了两次的词语"它对于'活着'的尊重……这也是大家其实看重和珍惜的方面"。秋子活得痛并快乐着,她参与编剧和舞蹈的作品轰动了世界。我以为,她消耗那么多的时间从事舞蹈,并非仅仅为了展示肢体的美学,而是将节奏和韵律融进文学作品之中。但是,有谁能够体味到她作品中那些色彩和舞蹈中的韵律和节奏呢?

肢体的韵律和节奏感如何与文学血肉相连呢？秋子认为："文学写作和舞台艺术创作一样，有自身规律，有共通的艺术格调和要求。写作行为和'文学的艺术'之间，有不小的距离，在有限的时间和生命里，我愿意为文学达到其艺术那样的高度而倾心尽力。我从舞台艺术实践中学习到的节制分寸，将贯穿我的文学写作中。因为文学与舞台艺术实践给予我的浸淫和鼓励，今天，使我能够去体会绘画艺术。"这就是作者把文学和舞蹈、绘画紧紧联系在一起的艺术逻辑所在，当然也是其文学作品的灵魂所在。

所有这一切，都是与一个作家的价值观和思想深度紧密相连的。《她的诗穿越了疼痛和悲伤》和《一种文体的写作，以及个人的活着》等篇什中，都清楚地表明了她深深地怀念苇岸，并非仅仅是对大自然的敬畏之心，而是她需要文学的"在场"——这使我想起了十二年前第一届在场主义散文颁奖会的热烈场面。那时候我们对"在场"的定义发生了剧烈的争论，而正如秋子《在现场》里所说的，面对"人性的麻木、扭曲、堕落、邪恶和残暴，还表现在对真实熟视无睹和极力美化与掩饰"，这样的作家和艺术家是没有灵魂的躯壳。所以，作者在且作全书跋的最后一篇文章《文学的脚力》中，明确标明了"写作者也是思想者"的书写逻辑——"他们发现、发掘、探求、描述，以生命的底力，思想的锐利、眼光的独立和艺术的韧性与觉悟，和生活发生各种特别的关联"。

这就是秋子调色板上的颜色——在文学、绘画与舞蹈的灵魂旋律中的身影。

2022年3月26日10:30定稿于南大和园

原载于《文学报》2022年4月19日

悲剧美学的深入与上升

　　三十年前，一次偶然的机会，我与刘醒龙彻夜长谈，他向我讲述了自己十几年来创作的艰辛，我惊讶地发现，他的小说《村支书》的底稿竟有一麻袋之巨。随后，我们深入讨论了他即将发表的中篇小说《凤凰琴》，他把故事情节和人物塑造的构思详细诉说了一遍，我们展开了热烈讨论，甚至连细节的预设都做了研磨，气氛亲切而兴奋，直到鸡鸣五更仍无困意。这是我有生以来唯一一次私密性的二人研讨会，终生难忘。

　　不久，我就接到了刘醒龙寄来刊于《青年文学》的《凤凰琴》全文，一气读完，读到悲处，潸然泪下，读到预设情境时，便会心一笑。无疑，小说的基调是悲剧的，没有越出我们讨论中预设的美学描写阈限，因为我们坚信只有悲剧的力量才能配得上这样的题材和人物，只有悲剧才能突破当时廉价的喜剧和悲剧描写。毋庸置疑，刘醒龙的《凤凰琴》是成功的，他突破了《村支书》观念的局限性，占领了当年悲剧美学写作的制高点。后来我对电影改编时《凤凰琴》淡化的悲剧色彩极不满意，觉得影片远不如原著更有现实主义的悲剧审美意识，无形中消弭了小说最宝贵的悲剧美学，小说《凤凰琴》是一个标杆，它是刘醒龙后来作品美学风格的一次定位。

于是，我在1992年6月10日夜半的"涕泗交流"中完成了一篇《读〈凤凰琴〉所想起的》读书笔记，这篇文章留有底稿，却忘记了发表出处。无疑，《凤凰琴》是刘醒龙写作的新起点，我以为，这部作品所获得的许多荣誉并不重要，重要的是它的悲剧美学效应给刘醒龙日后的小说，尤其是中长篇小说带来了强大的活力，一步一个台阶，一直走到《圣天门口》。毫无疑问，是悲剧的力量使刘醒龙的作品别具一格，与同时代同题材许多作家的风格不同，刘醒龙的小说形成了自己的独特风格。对于中国乡土小说，他在题材上的突破是有创新性的；对于一贯被冷落的中国教育题材小说，这种触及广大农村基础教育命门的作品，从内涵到形式的悲剧叙述又是前所不及的。作品没有仅仅停留在亚里士多德的古典悲剧美学"引起同情和怜悯"的层次上，而是开掘了一个具有"现代性"的悲剧描写场域，将"英雄情结"置于知识者和追求知识者身上，开启了悲剧英雄新的篇章，所有这些，我在这篇文章中并没有充分展开，这是一大遗憾。但是，在刘醒龙接二连三的中长篇小说创作中，其悲剧美学观念一直都围绕着这个标杆前行，而且呈不断深入和上升的趋势。

从《秋风醉了》《暮时颂课》《白菜萝卜》哀愁式的悲剧显现，到《分享艰难》具有现代反讽艺术效果的黑色幽默式的悲剧变幻，刘醒龙的悲剧观念在小说作品的创作中不断增值、不断扩容、不断变化。

显然，在长篇小说中，从《威风凛凛》《至爱无情》到《生命是劳动与仁慈》，刘醒龙的悲剧色彩似乎有点削弱，这些倾向在我与刘醒龙的通信中进行了充分地讨论（《小说评论》1997年第3期），我们坦诚地交流了各自的观念，我提出不能和解的现实主义悲剧效应问题。这个讨论的后果在《寂寞歌唱》《爱到永远》《往事温柔》等长篇中得到了一些回应,直到《痛失》的出现,我才激动地写下了这部长篇小说评论文章,指出其要害就是完美地诠释了世纪之交中国现实主义创作的"痛点"——现代悲剧的回归意识让这部作品留在文学史的长廊之中。

当然,我并不否认刘醒龙长篇小说的一个里程碑是《天行者》,倒不是因为它最终一举拿下了茅盾文学奖,而是作者又回到了他所熟悉擅长的题材和悲剧美学表达的语境中,重新抒写了一曲乡土教育的悲歌。

以我陋见,《圣天门口》是刘醒龙最能够入史的一部扛鼎之作,其重要在于它的史诗性,它纷繁的情节和众多的人物设置,它悲剧的美学效果,以及它揭示了中国 20 世纪家国的史实——并且是以悲剧的形式抒写了那段隐秘的历史。所以,它获得了评委们的一致首肯和赞誉。后来我看到有人赞颂这部鸿篇巨制是一种"暴力美学"的呈现,我却不以为然,其实,这仍然是悲剧美学内涵的优秀作品,尽管我对有些枝蔓不甚满意,但是用恩格斯的"典型环境中的典型人物"来衡量这部鸿篇巨制,却也是符合现实主义悲剧美学的风范之作,只要是熟悉世界美学史的人都应该能看出其中林林总总的悲剧美学元素。然而,反躬自问,这部长篇是不是刘醒龙创作的顶峰呢? 显然,后来的《蟠虺》虽然也是一部力作,却无法与《圣天门口》相比。

从《凤凰琴》开始,至《圣天门口》等止,刘醒龙的悲剧美学跋涉贯穿于他整个小说创作体系之中,期间的创作图式呈螺旋式上升的态势,至于今后如何发展,我们拭目以待,作为朋友,我不希望刘醒龙被堵在"圣天门口"。

原载于《文艺报》2022 年 6 月 29 日

黄蓓佳跨界小说中的感伤浪漫抒写风格

黄蓓佳是中国作家当中鲜见的跨龄、跨界写作的作家,所谓跨龄,是指描写的人物对象既有少年儿童,也有成年人。所谓跨界,是指其描写的文体,不仅仅有儿童文学和成人文体的区别,而是泛指其创作涉及小说、散文和剧本改编。

童心未泯是一个作家保持旺盛创作生命力的表现,而将童心转化成一种看取世界万事万物的人生视角,那是感伤浪漫主义的创作情愫。小说《请与我同行》中的同学S君在诗歌《我希望》中所表达的情感,足以概括、印证黄蓓佳作品感伤浪漫的内涵:"我希望/人们常问我,应该找什么样的伴侣呢我说——/我希望她和我一样,/胸中有血,心头有伤。/不要什么月圆花好,/不要什么笛短箫长。/要穷,穷得像茶,/苦中一缕清香。/要傲,傲得像兰,/高挂一脸秋霜。/我们一样/就敢在暗夜里,/徘徊白色的坟场,/去倾听鸱鸮的惨笑,/追逐那飘移的荧光。/我们一样,就敢在森林里,/打下通往前程的标桩。/哪管枯枝上,猿伸长臂,/何惧石丛里蛇吐绿芒。/我们一样,就敢随着大鲸,/划起一叶咿哑的扁舟,/去探索那遥远的海港,/任凭风如丧钟,雾似飞网。/我们一样,就敢在泥沼里,/种下松子,让它成梁,/我们一样,就敢挽起朝晖,/踩着鲜花,走向死亡。/虽然我只是一粒芝麻,/被风吹离了茎的故乡。/远别云雀婉转的歌喉,/远别玫瑰迷人的芬芳。/我坚信也有另一颗芝麻,/躺在风风雨雨的大地上/我们虽未相识,但我们终极乐观/因为我们欣赏的是同一轮太阳。/就这样,在遮天的星群里,/去寻找那粒闪烁的微光。/就这样,在蔽日的密林里,/去辨认那片模糊的叶掌。"这才是成熟的黄蓓佳的另一面,显然,这与她童心未泯的儿童文学的创作有着血肉相连的关系。

黄蓓佳与我相识四十年,我对她的作品认知是经历过一个漫长的变化过程的,限于篇幅,我只把这个审美认识过程做一个提纲挈领的概括。这里要说明的是,由于种种原因,一直以来,对于黄蓓佳林林总总的小说创作,尤其是她的中长篇小说,我错失了许多评论她优秀作品的最佳时间,换言之,虽然我长期关注她成人题材的作品,评论的数量和深度却是远远不够的。

我曾经概括黄蓓佳小说的审美特质是那种感伤主义的浪漫情愫表达,这个整体评价至今都没有改变,无论是悲情主义、感伤主义的构思,还是充满着喜剧色彩的历史和现实的故事营造,感伤浪漫主义的元素始终贯穿在黄蓓佳所有的作品之中。浪漫诗意的审美在她青春期的作品中就得到了完美阐释,小说集《雨巷同行》中的故事意象得以朦胧而羞涩地呈现:《雨巷》《去年冬天在郊外》《这一瞬间如此辉煌》《阳台》《秋色宜人》和《请与我同行》(我之所以把《考学记》排斥在外,就是因为它纪实性较强,减弱了感伤浪漫的元素)。那时候我们读这些作品,往往会发出年轻的会心一笑,从中引发阅读的青春冲动而产生一种美好的爱情恋想与幻觉,无疑,这是那个时代青年的阅读聚焦。而这种早期作品中的浪漫写作元素虽然没有在黄蓓佳的写作中成为一种自觉的意识,但在下意识当中,她已经意识到了这样的写作风格是适合她的。

然而,遗憾的是,这一切努力并没有得到评论界的充分关注,从《午夜鸡尾酒》这本长中短篇集子里便可见一斑,黄蓓佳在"序言"中说出了她早期作品感伤浪漫主义元素对其创作风格的影响:"《冬之旅》是我写得最短的一个中篇,仅三万字,但是在我的作品中的位置非常重要,是我的写作风格由抒情浪漫转向冷静现实的一个标志。"但是,我并不认为她的浪漫主义元素在现实生活描写中消逝了,被瓦解和遮蔽了,相反,她用成熟的哲思剔除了青春期冲动的盲目浪漫激情,转而植入了冷静的浪漫描写,带着"忧伤的浪漫"进入主题的深层模式表达之中。这在《那个炎热的夏天》《忧伤的五月》《柔情似水》《仲夏夜》《婚姻变奏》和《午夜鸡尾酒》中都有令人沉思感伤主义浪漫元素的呈现。

毫无疑问,这种变形的感伤浪漫元素在历史题材作品中更是有着阅读的魅力,《新乱世佳人》足以证明黄蓓佳这类小说生命力所在,20世纪90年代末我看完这部长篇时,产生了一股即时性的评论冲动,可惜被那时一个突如其来的特殊事件耽搁了。

长篇《婚姻流程》虽然也是现实题材的作品,但是,我认为这是一部黄蓓佳用变形的感伤浪漫枪杀生活中的普泛廉价浪漫的一次阴谋,这就是用"冷静的忧伤浪漫"的感伤主义呈现冷酷现实的一种回答。这让我想起罗伯特·本顿执导的电影《克莱默夫妇》从消解浪漫到回归现实感伤浪漫的主题表现。

这种深度模式的感伤浪漫主义充分地潜入了黄蓓佳的中篇小说集《爱某个人就让他自由》之中。2008年当我甫一拿到这本书的时候,首先就是被书的封面装帧震撼了——那个系在书名上心形铁丝像绞索一样锁住了"人"的图案,以及一道横亘在书名中间的铁丝,划掉了人和自由的字样,最后终于断裂了,这种意象具有逼真的立体感,甚至用手摸上去的凹凸感,就像真的是一段铁丝嵌进去的,其视觉的冲击力让我折服,美编设计者算是吃透了小说的寓意,并深入其肌理之中,把作品的深层表现力发挥得淋漓尽致。除了《爱某个人就让他自由》之外,《爱情是脆弱的》《玫瑰灰的毛衣》《逍遥梦》《眼球的雨刮器》和《枕上的花朵》都是黄蓓佳深度思考生活和爱情的感伤罗曼蒂克之抒写,堪称上品佳作,漏读可惜,弃评更是永远的遗憾。

无疑,从《派克式左轮》这部小说集开始,标志着黄蓓佳对现实题材的转型描写,一直到新世纪以来,连续几个长篇小说的出现,让评论界得出了她对现实生活题材深度介入的结论,可是我始终以为那个潜在的感伤浪漫主义幽灵,仍然弥漫在黄蓓佳的作品之中,从《目光一样透明》到《所有的》,再到《家人们》,我们仍然看到了黄蓓佳流泪的罗曼蒂克背影,我曾经写过一篇《家人们》的评论,主要是从这部作品的风景画描写入手,那只是从一个侧面来阐释作者感伤浪漫元素的植入。

让我充满狐疑的是,黄蓓佳作为一个优秀的成人题材的小说作家,其浪漫主义的艺术风格和深度的人性描写应该进入中国当代文学史之序列中,但它们却被评论界和文学史界所忽略和轻慢了,究其原因,更大的缘由是她的儿童文学创作的巨大影响力,遮蔽了她成人题材作品的深度辉煌。

值得深刻检讨的是,由于我个人的审美偏见,历来认为儿童文学创作不能入正史的谬论主宰着我的思维,所以,当我被江苏作协邀请参加黄蓓佳长篇儿童小说《童眸》研讨会的时候,与其说是对作品产生了阅读的兴趣,还不如说是与黄蓓佳的友情驱使而至,我以为这是我对儿童文学评论画上的一个休止符,谁知一次偶然性的阅读摧毁了我的偏见，那就是在黄蓓佳新的长篇儿童小说《太平洋，大西洋》出版之际，她告诉我这部长篇小说不仅是给孩子们看的，而且也是给成年人看的。于是，我一口气含着热泪看完了这部作品，从此，动摇和改变了我几十年来固执己见的陋习，便立马动笔写了那篇《谱写友情的复调悲怆交响诗》的文章。

在这篇文章中，我不仅分析了小说的复调艺术特征，以及人性力量的强大震撼力，同时也强调了小说中风景画描写对现代少年儿童的教育意义，更重要的是，我已经深刻地认识到小说中不断插入的风景画描写所构成的恰恰就是衬托贝多芬"悲怆交响曲""英雄"和"命运"的"田园"，如果没有浪漫童趣的田园乐章为最终的"悲怆交响曲"做出的反衬与烘托，感伤浪漫主义悲情的描写就不会打动全年龄段的所有读者，小说也就缺乏了人性的深度表达。

由此，我才真正认识到："一部好小说的阅读群体是超越年龄与国别的，《太平洋，大西洋》就是这样的好小说，当我们这些垂垂老者在即将走向人生终点时，我们能够在这部优秀的作品中看到我们童年的面影。"这就是人性的悲情感伤浪漫抒写所带来的交响诗的力量所在。

感谢这部好作品的浪漫感染力，也感谢黄蓓佳改变了我对儿童文学的偏执。浪漫不仅属于儿童文学，它也是成人文学不可或缺的写作元素。

更要感谢悲情浪漫主义的抒情风格不仅仅属于18世纪，同样适应当今现实世界的描写；它也不仅仅是属于浪漫主义的，同时它也是属于现实主义的。

原载于《文艺报》2023年1月16日

在拯救与自我救赎中徘徊的白衣骑士

——毕飞宇长篇小说《欢迎来到人间》读札

小 引

3月20日,正是草长莺飞时节,毕飞宇、苏童和我三人一同去参加王尧先生组织的苏州大学文学院庆典活动,然后再去兴化参加施耐庵文学奖颁奖仪式。一路上,毕飞宇一直都在喋喋不休地谈论着他花费了四年时间创作的新长篇小说,和上一部相隔了十四年,虽然以往耳闻他有一部长篇即将在《收获》杂志发表,但一直未见文字。那些天,除了打牌,我几乎每天都在断断续续听他叙述他的这部最满意的长篇小说,心中不禁暗自思忖,这部小说真的就那么好吗?

第三天下午,我们来到兴化,在菜田垛里的一爿茶馆里吃茶,毕飞宇和我单独坐在一桌,专聊他的长篇《欢迎来到人间》,大赞主编程永新为这部长篇小说所起的名字的妙处,当然,倘若坐在隔壁一桌的程永新听到了,肯定也是很受用的。的确,一个好的编辑,就像一名在大海航行中的领航员一样,千帆划过,他一眼就能洞察辨识出每一艘轮船的吨位、性能和特点。程永新是培育20世纪80年代先锋派作家的锐眼编辑家,当年余华、苏童都是经他手中拿捏推出后,迅速冲上文学巅峰的青年作家,《收获》由此而收割了这几十年一茬茬的好庄稼。既然小说如此之好,便十足吊起了我急于阅读小说的欲望。

终于,毕飞宇给我发来了小说的电子稿,起初我是在手机上一页一页地翻检,看得十分吃力别扭,多年来我已习惯于看纸质文本的稿子,喜欢用红笔在书页上画红,做眉批、旁批,在扉页和环衬上写总批,写得越多越满,心里就越有评论的底气。虽然看得十分艰难,但是,看到四五十页的时候,我就有底了,并体会到给文章起名的妙处,佩服程永新的慧眼,因为不久前,他把我那篇长篇散文《观赏油画》改成《天使降临人间》,就有了和《欢迎来到人间》异曲同工之妙——当那些死而复生的人重新回到人间时,以及那些试图像神那样来拯救人间疾病却又无法完成自我救赎时,人间的欢迎仪式也就是各种各样的。总之,"活着"的人间是色彩斑斓的,同时也是无法解读的。

看完电子版的《欢迎来到人间》,我依然不放心,还是请人找来了纸质版的《收获》杂志,再走一遍,便记录下了这份超长的札记。写这篇文章很轻松,不用再顾虑说好话和说坏话会给自己和作家带来什么负面影响,因为像毕飞宇这样的作家无需再去为追逐什么大奖而奋斗了,随心所欲,按着感觉走就好。

一、题外的话："要我下生活"和"我要下生活"

不知从什么时候开始，文学作品高于生活的创作理念，逐渐被生活远远大于文学想象力的现实所替代，非虚构文学的崛起，就是对空洞无力的虚构文学提出的严峻挑战，不加雕饰和虚构的现场直击的震撼力，往往彻底颠覆了读者对文学想象力的期待视野。因此，毛茸茸的，甚至带着泥水晨露的原生态的生活场景，成为征服读者的创作原动力。当然，这个问题是一个文学创作的悖论问题，其中尚有许多问题需要探讨，比如，一个完全没有虚构成分的作品存在吗？没有虚构成分的作品是文学吗？

我今天需要探讨的问题则是由此而衍生出来的另一个古老的话题，那就是在新世纪的文学创作中，作为创作主体的作家，还需不需要沿袭那种指定或指派的深入基层"下生活"的运动，历史告诉我们，但凡是被动的大规模指派"下生活"运动所产生出来的作品，一定是大量失败的概念化、公式化的作品，就像七十多年前赵树理这样的作家，身在农村，还带着文件精神下乡，也只能创作出带着满腹狐疑的《下乡集》来。

最早提倡从群众中来到群众中去"深入生活"的作家是丁玲，从20世纪50年代至今已有七十多年了，在历次运动式的"下生活"中，成功的作品似乎并不是很多。唯有像柳青那样辞去长安县县委副书记，长期定居在皇甫村的破庙中的作家，才能写出真正的史诗性的鸿篇巨制《创业史》来。虽然小说受到时代的局限，但是，这种主动"下生活"，完全是与作家渴望深入真正的生活的欲望与冲动分不开的，和历史上一切打着旗号，响应号召的"深入生活"有着霄壤之别。

后来，我们又经历了"生活无处不在"的理论魔圈，是的，我们并不否认一切生活都是生活，问题是作家能不能用自己的一双慧眼发现生活，这是一个创作的死结。然而，为什么作家还要去探究自己并不熟悉的生活呢？"生活在别处"，将是作家开拓新的描写领域的原动力，一旦失去了新鲜的生活题材，作家蜗居在一成不变的生活"死水"之中，他就无法取得创作的活水。所以，"下生活"并非停滞在下自己熟悉的生活，而是要掀开"生活在别处"的异质风景，丰富自己开拓新题材的生活经验和知识储备。这样我们就能充分理解《欢迎来到人间》中，一个穿着白大褂的"见习"外科医生能够头是道地从病理学和心理学的角度，甚至从外科手术的技术层面，一层一层地打开肾移植的手术肌理，发掘到故事和人物的宝贵素材。一俟"下生活"的作家从一个主动的"闯入者"成为一个行内的"见习者"和"实习者"，那种对典型环境中的典型人物的描写，就会征服许许多多行内行外的读者。

所以，除了去完成一项什么任务，作家要不要"下生活"，显然是一个伪命题。当一个作家沉湎于自己热衷于表现的题材时，他被那种自己陌生的生活高度吸引时，那里的生活场景，其中人物的生活方式、生存理念，以及他们心灵深处的一系列问题，便成为作家亟待解开的生活谜团，那么，心理窥探就成为作家创作的驱动力，"下生活"就成为作家最亟待探索人物和故事素材的第一要义，因为它已经成为作家生活不可或缺的一个有机部分，这亦可说成是"上生活"，因为作家是带着十分虔诚的心情去摘取生活中可以转化成艺术奇葩的材料的。

所以，"要我下生活"和"我要下生活"在本质上是完全不同的两个概念，前者是在被动中摸生活的大象，后者则是深入生活的肌理，去寻找自己需要的创作答案，在熟悉大象的过程中，去窥探清楚大象的每一个行为的动因所在。

　　二十年前的"非典"时期，毕飞宇几乎花了近一年的时间，泡在南京某一个著名大医院的泌尿科里，具体来说就是蹲守在肾移植手术室内外，老老实实做一个编外的"见习医生"。那时，医生、护士、病人、领导、家属……都是他最亲近的人，因为他们将成为他笔下生动而鲜活的产儿，他们是他的上帝。他要了解他们的生活，他们的思想行为、他们的一颦一笑都牵动着他将来小说的走向。甚至毕飞宇连对他们私生活中最隐秘部分的探寻都不放过——性心理描写往往也是人物塑造成败的关键。毫无疑问，仅凭一个作家的才华，用近一年的时间，完全可以虚构描写出一部二十万字的长篇小说来，毕飞宇用这么多的时间来"下生活"，换来的是反反复复地不断推翻自己的故事结构和人物设计的草案，用反复推翻改写的方式，在百万字之巨的草稿中，淘洗出现在这二十万字的创作成果。得与失，并非读者所以为的那样简单，从与毕飞宇的长谈中，我深为其中舍去的那些故事和人物设计，以及细节描写而可惜，《欢迎来到人间》本来应该有一个更加伟大的内容和结局，虽然现在已经很伟大了，已经让我们从二十年前的"非典"日子里，看到了当下生活的历史倒影和人性关怀，然而，作品所留下的拯救他者和自我拯救的双重哲学命题，在主人公的人生困惑中留下了巨大的阴影，或许，那正是《欢迎来到人间》下部所要描写和阐释的人物的终极命运吧。

　　作家自愿"下生活"和带着上级的指示"下生活"，那是完全不一样的生活境界，前者会全身心地投入生活当中去，像海绵一样吸附生活中的所有有机物，让它化作文学作品中巨大的能量；而后者却是用一种走马观花、浮光掠影的旅行者的眼光去看待生活中的浮萍，这是无法真正进入生活深处的。我以为，如何打开一个人物的真实心理世界，倘若没有专业技术的支持，那么一切描写都是皮相的、肤浅的，是缺乏说服力和震撼力的。亦如毕飞宇自己所言，"下生活"就是挑战自我，这是一个极限问题，想突破原有的知识体系极限，唯一的出路就是开拓自我。

围绕着一台成败未知的肾移植手术展开的现实和梦境描写，毕飞宇付出了巨大的生活成本，值得吗？我认为他对肾移植手术的专业知识掌握，已经与一般的普外科的见习医生平齐了，甚至觉得大量的专业术语的介绍对于小说描写来说，有些过了。但这样耐心的自我投入生活，却是一个作家对自己作品负责的品格秉性所在，当年柳青自愿放弃城市生活，拖家带口去了皇甫村，虽然其小说没有能够超越时代的局限性，但是作家"下生活"的胆识和勇气还是令人敬佩的。倘若柳青能够像毕飞宇这批作家一样，遭遇到了 20 世纪 80 年代汲取西方"先锋派"，以及多种现代主义创作方法和技巧的冲击，借鉴一些新的表现手法，更加客观中性地表现笔下的历史和人物，其《创业史》的史诗性就会超越历史的局限性，比如采取"复调小说"的技法，比如摒弃"全视角"和"扁平人物"的描写方法，或许就会避开在文学史中留下的遗憾。从这个角度来说，毕飞宇这一代作家是幸运的——在自愿"深入生活"中，对"非典型的生活"给出的是不留历史遗憾的廓大多维的思考空间。

二、城乡题材转换过程中的阵痛

我原先也很奇怪，毕飞宇何时对医院和医生护士产生了浓厚的兴趣了？为什么去写这个场域？找到这样的一个文学描写的突破口，其意义又在何处？甚至我反躬自问，与我最激赏的乡土题材长篇小说《平原》相比，哪一部更好呢？无疑，两部作品的可比性不是太大，因为《欢迎来到人间》注入了更多的人生与人性的哲学思考，是从形下往形上升华的过程。

无疑，我把这部小说看成毕飞宇真正开始转型的杰作——从乡土题材转入城市题材的创作。他对城市的关注看似始于20世纪90年代的《上海往事》，但那个时候，他只是在城市的外围转悠，从一个苏北少年的视角，去发掘那些历史记忆中亦真亦幻的魔都里的罗曼蒂克故事，那就是一个残酷惊险的童话。而真正的转型基本上是定位在世纪之交的2000年，《青衣》的视野悄悄进入了城市的内核，人物别一样的生活让他在艺术的殿堂里徜徉，他与京剧演员交朋友，目的就是要从这里打开进入城市的通道。当然，《霸王别姬》的影骨们并不是像戏骨那样执着，从表演艺术层面深入到艺术领域去认识人物，所以从小说角度上来看，《青衣》和《霸王别姬》是没有可比性的。但是，随后的乡土题材的中篇系列《玉米》《玉秀》《玉秧》和长篇《平原》的问世，又一次打断、淹没或是暂时浇灭了毕飞宇城市题材创作的欲火——还是历史乡土题材抒写更加得心应手。毕飞宇城乡题材大转换的时期何时到来呢？

直到长篇小说《推拿》的问世，读者才又一次看到了毕飞宇进入城市文学创作的野心，这次他放弃了对城市知识阶层和自认为熟悉的艺术家阶级的描写领域，以一个特殊的盲人群体为叙事对象，打开了再闯城市水泥山林的通衢。不可否认的是，作者希望通过这些只能谛听这个世界的人群，提供一个"抚摸城市"的契机，让一个"看不见的城市"在盲人的手中变得鲜活而生动起来。其实，这个素材在毕飞宇心中储存了许多年,当他第一天踏进这个城市里的特殊学校执教的时候,人物就在潜意识里设定了,但是,这个野心是常人无法察觉的,它是毕飞宇进入城市文学的第一篇埋藏在心底里的宣言书,这颗信号弹发出后,收获了中国文学的最高荣誉奖——茅盾文学奖。然而,毕飞宇城市文学抒写的梦想实现了吗?我认为并没有,虽然当年毕飞宇动用了他对这个城市的全部生活积蓄,但是在我对毕飞宇城市题材的长篇小说的期待视野中,这绝不是毕飞宇的最好作品,过去不是,现在也不是。

终于,《欢迎来到人间》在大疫情时代来到了人间,当我第一眼看到它的时候,立马就想起了加西亚·马尔克斯的著名小说《霍乱时期的爱情》,在恋爱外衣下去探讨人们在特殊环境中的心理。

所以,卡尔维诺在《为什么读经典》中那篇《巴尔扎克:城市作为小说》开头的那段话,就成为我们解读《欢迎来到人间》第一道门的钥匙:"当巴尔扎克开始写《费拉居斯》时,他感到自己必须着手去做的,是一项庞大的事业:把一座城市变成一部小说,把城市的区域和街道当成角色,赋予每一个角色完全相异的性格;使人物和情景活灵活现起来,如同植物自发地从这条街或那条街的道旁猛长起来,或作为环境因素,与那些街道构成如此强烈的对比,以致引发一系列大灾难;确保在每一变化的时刻中真正的主角都是这座活生生的城市,其生物延续性则是巴黎这头怪兽。"[①]是的,正是二十年前"非典"时期的生活积累、"深入生活",让毕飞宇认识到自己笔下人物在一场灾难中的悲剧角色

---

① [意]伊塔洛·卡尔维诺:《巴尔扎克:城市作为小说》,《为什么读经典》,黄灿然、李桂密译,译林出版社 2015 年版,第 162 页。

和拯救职责,认识到城市这头怪兽是那样狰狞,那样可恨,却又可爱。更重要的是,毕飞宇最终想打开的是人性的潘多拉的盒子,真善美与假恶丑是如何显影曝光在阳光灿烂的日子里的。

无疑,一部长篇小说的开头是十分重要的,如何开好《欢迎来到人间》这个头,我相信毕飞宇是考虑了很久的,初读《欢迎来到人间》,并没有觉得开头有什么异样,甚至觉得有些稀松平淡,但是,读完全文,掩卷遐思,再回首重读开头部分,就有了一种城市描写的特殊人生况味了:

> 行道树在一个星期之内就被砍光了。砍光了行道树,市民们突然发现,他们的城市不只是大了,还挺拔了。以千里马的右前方,也就是户部南路的西侧为例,依次排开的是各式各样的、风格迥异的水泥方块:第一医院门诊大楼、电讯大厦、金鸾集团、喜来登大酒店、东方商城、报业集团大厦、艾贝尔写字楼、中国工商银行、长江油运、太平洋饭店、第二百货公司、亚细亚影视,这还不包括马路对面的华东电网大楼、地铁中心、新城市广场、世贸中心、隆美酒店、展览馆、电视台、国泰证券。在以往,这些挺拔的、威严的建筑物一直在马路的两侧,它们对峙,文武不乱,却被行道树的树冠挡在了背后。现在好了,高大的建筑群露出了它们的面貌,峥嵘,摩登,那是繁荣、富强和现代的标志。人们想起来了,城市和女人一样,"挺"好——关键是敢穿、敢露。无论如何,砍掉行道树的大街就如同穿着吊带背心的少妇,一旦脱去了外罩,肩膀裸露了出来,那就不只是现代了,还性感。

几乎就在裸露的同时,户部大街和米歇尔大道上的那些铺路石也被撬走了。那些石头可有些年头了,都是明朝初年留下来的,六百年了。每一块都是等身的,二尺见长,一尺见宽,十寸见高。因为六百年的踩踏与摩擦,石面又光又亮,看上去就特别硬。缺点也有,它们的缝隙太多了。对汽车来说,过多的缝隙相当地不妙,汽车颠簸了,近乎跳,噪音也大。即使是弹性良好的米其林轮胎,速度一旦超过了八十迈,刹那间就会变成履带,轰隆隆的。比较下来,沥青路面的优势就体现出来了。沥青有一个特殊的性能,那就是"抓"——它能"抓"住轮胎。这一来轮胎的行驶就不再是"滚",更像"撕",是从路面上"撕"过去的。再暴躁的兰博基尼或玛莎拉蒂也可以风平浪静。①

无疑,南京人一眼就可以看出这是那个时代新街口地区的景象,这段描写和欧洲19世纪批判现实主义在描写资本主义上升时期的城市变迁的笔法有所不同,愤怒的控诉与批判在冷静常态的日常描写中变得幽默诙谐,揶揄调侃的蓝调描写,就略带了一种反讽的意味了,比如"千里马"塑像的虚构,比如那个时代南京著名的"杀树事件",——都在作家的笔下成为一种客观的历史物象,你看不出作家灵魂深处所想表达的真实思想和情感。但这绝非三十多年前,许多人在"新写实主义小说"的讨论中说到的"情感零度"的表述。其实,一旦你真正进入了小说人物和事件的描写层次,尤其是当你进入作品大段的逻辑哲

---

① 本文所引《欢迎来到人间》原文内容出自毕飞宇未刊稿,不一一作注。

思阐释的肌理层面阅读时,你就会明白这部小说中作者终极表达的主题是什么。

毕飞宇一再强调这部小说的关键词就是"拯救",傅睿想要拯救病患,想要拯救他人,拯救人类,从肉体到灵魂的拯救,他像堂吉诃德一样去拯救世界,却永远无法拯救自己,这才是小说打下的最大的扣子——直通人类心灵世界许许多多作家和哲学家都无法完成的主题表达。

然而,在作品的死结之处,作者设置的这个人类无解的叩问,正是这部作品最深刻之处——傅睿最终需要拯救的还是自我,救人与自救成为一种人类拯救世界二律背反的现象而无处不在时,作品的主题才有可能进入一个无限廓大的哲学意义空间。犹如莎士比亚给人类丢下的那句最精彩的短句一样:是生还是死?!

我一直在苦思冥想一个问题,男主人公傅睿究竟是陀思妥耶夫斯基笔下《白痴》中的梅诗金那样试图拯救他人的人间基督,还是塞万提斯笔下《堂吉诃德》那样拯救世界的疯狂骑士? 这个问题还是留到最后再说吧。

记得三十年前,"人文主义精神大讨论"时,我买过一本米兰·昆德拉的小册子《小说的艺术》,那是三联书店 1992 年 6 月版的,其中有一句话震撼了我三十多年:"卡夫卡实现了超现实派在他以后所谋求但却没有真正实现的东西:梦与真实的混合。"[①]用这样的视角来看《欢迎来到人间》也许是再恰当不过的了,历史和现实都在梦里实现。

[①] [捷]米兰·昆德拉:《小说的艺术》,孟湄译,生活·读书·新知三联书店 1992 年版,第 15 页。

所以，昆德拉才进而用哲学家和小说家的双重身份，说出了小说之所以能够成为艺术的最精彩箴言："所谓梦的叙述不如这样说：想象从理性控制下解放出来，从担心雷同的压抑下解放出来，进入理性思维所不可能进入的景色中。梦只是这种想象的模特儿，我认为，这种想象是现代艺术最伟大的成果。"①"梦是这种想象的模特儿！"多么形象的理论哲思警句啊，从这个意义上来说，我不敢断言《欢迎来到人间》是当下中国最伟大的艺术小说，但是，可以肯定这是毕飞宇小说创作中，尤其是城市题材长篇小说的一部巅峰之作。

我无法辨识判断《欢迎来到人间》是一个什么类型的作品，但是，米兰·昆德拉在总结小说形式的时候说过这样一段话："自巴尔扎克以来，我们的存在的'Welt'（世界）便具有了历史性，人物的生活发生在一个以日期为标记的时空里。小说永远也摆脱不了巴尔扎克的这份遗产。"②那就是批判现实主义的创作方法永远会徘徊在世界上许许多多作家的幽灵之中，但是，那个现实生活的"梦"又超越了老巴尔扎克，把过去、现实与未来链接在一起，显示着作品强大的"当代性"小说的哲思元素。于是，我们又从另一个角度看到了一个疯狂执着的白衣骑士的形象，他与传统的伦理习俗和强大的社会制度作战，自己却浑然不知。正如温迪·雷瑟在《我为何阅读——探索读书之深层乐趣》一书中所言："《堂吉诃德》中的语气带有嘲讽，却也是亲切的，同时它又是犀利的、批判的，富有同情心并带着善意。小说主人公就

---

① ［捷］米兰·昆德拉：《小说的艺术》，孟湄译，生活·读书·新知三联书店1992年版，第78页。
② ［捷］米兰·昆德拉：《小说的艺术》，孟湄译，生活·读书·新知三联书店1992年版，第34页。

像我们一样,是一个沉迷不能自拔的读者,他是我们所能想象的最可笑的疯子(陀思妥耶夫斯基笔下的梅诗金公爵可能紧随其后,作者有意让他如此。尽管陀氏给小说带来了令人惊奇的创新,而且在过去无人匹敌,但是他深深崇拜《堂吉诃德》,小说《白痴》就常常有意识地借鉴它)。"①尽管约瑟夫·布罗茨基诟病过米兰·昆德拉藐视陀思妥耶夫斯基的《白痴》,但是,"梦"所构筑的是在现实生活中无法抵达的精神境界,而批判的锋芒则潜藏在华丽"模特儿"的大脑之中,方才是艺术高度的显现,也许这就是《欢迎来到人间》所要抵达的主题彼岸。

《欢迎来到人间》是描写一批在"肾移植"手术死亡线上走过来的人群,作者是想塑造一个拯救人类的白衣男神的形象——一个生活在城市边缘的英雄形象,然而,现实中的生活、婚姻和爱情都不能容纳接受这样一个纯洁的人,傅睿就像塞万提斯笔下的堂吉诃德那样,在救赎病人和自我救赎的道路上渐行渐远,他就是新世纪大时代里那个非典型的骑士形象的再现。

以我的拙眼来看,作品在塑造一个动荡时代中的城市英雄形象的时候,作者首先需要寻觅的是能够凸显大写的人性的元素,而一切景物和物象的描写,只是外在的辅助性成分。典型环境中的典型人物才是城市的主人,我们只有理解了如何去塑造一个城市的典型性格,才能彻底理解我们所处的这个典型环境,才能看清楚这个典型时代的"非典型"特征,否则,你理解的作品永远是在平面效果的思想和艺术

---

① [美]温迪·雷瑟:《我为何阅读:探索读书之深层乐趣》,仲伟合、王中强译,译林出版社2016年版,第57—58页。

层面盘桓。

看出典型环境和典型人物的真实面目,而不能理解处处埋伏着的反讽艺术的陷阱,我们还是不能彻底读懂《欢迎来到人间》这部作品的真正含义。

三、谁是典型环境中的典型人物

于是,我反反复复思考的问题是:究竟谁是这部小说的主人公?无疑,男一号是傅睿是没有争议的,毕飞宇原先还想以他的名字命名,毫无疑问,这就是人物塑造决定小说走向的结果,典型的"堂吉诃德"情结,倘若傅睿这个人物不能形成堂吉诃德的"共名"与"共鸣"的巨大艺术效果,"傅睿"就会被淹没在人物塑造的汪洋大海之中。而且,当现代阅读突破了塞万提斯小说"传奇性"囚笼的时候,最后的人间关怀,让小说的人性的主旨升华成为阅读"当代性"的重要元素时,《欢迎来到人间》的题目给人留下的遐想空间则更加广阔。

围绕着这个生于斯长于斯的城市人,作家倾注了许多笔墨,试图将他塑造成一个现代骑士风格的"圆形人物"。作为一个技艺高超、恪守职业道德的肾移植外科医生,傅睿在与一切世俗宣战,同时,他也是在与这个时代宣战,作为一个堂吉诃德式的现代骑士,他身旁甚至连同行伴侣桑丘都没有,当然,把小蔡作为傅睿的同行女桑丘也是一种恰当的解释。但他仍然是一个孤军奋战的勇士,如果能够读懂这个人物,《欢迎来到人间》所要表达的繁复芜杂的主题内涵也就不难理解了。

那么,谁是女一号人物呢?我以为不是敏鹿,而是那个寄植在傅睿背上,不,是寄植在傅睿灵魂深处的知更鸟——小蔡,她是一个永远无法杀死的知更鸟,因为她是这个城市的新主人!属于新城市人,他(她)们不能主宰这个城市,但是,他(她)们足可以改变这个城市。正义与邪恶都无法远离他(她)们,一个城市的成长,就孕育在小蔡们的子宫深处,他(她)们从"城市的异乡者"逐渐成为这个城市客厅里的主角,那是任何力量都无法阻挡的,虽然他(她)们有时还在城市精神废墟上徘徊踯躅。

小蔡踏进的却始终是同一条河流,七次。她总共受过七次伤。这个伤当然是内伤,外伤不算。内伤有内伤的硬指标,必须发展到身体内部。但恋爱就是这样,身体的内部不再是脏器,是灵魂。但灵魂一旦被触动了,可供感知的又还是身体。小蔡疼,到处疼,就是说不出具体的位置。当疼痛与位置失去了对应,那就只能再一次反过来,把肉体归结为灵魂。小蔡一共谈过多少次恋爱呢?也记不得了,但是,触及灵魂的一共有七次。作为一个从乡下来到城市的姑娘,小蔡荒唐了。她只是知道了一件事,大时代开始了。为了尽快地融入城市与时代,小蔡相当地尽力。然而,什么是时代?什么是城市?小蔡并不知道。她能够选择的只是修正对身体的态度。正如麦当娜站在阳台上所吟唱的那样,小蔡有过她的 wild days,自然也有过她的 mad existence。

如果你读懂了小蔡才是傅睿的红颜知己,才是他身边的桑丘,犹如傅睿在手术过程中那样,只要手一伸,那么,啪的一声,小蔡就会将器械准确地递到他的手中,其默契程度,不仅是器械在两人之间无意识的默契,更是一种高度的精神媾和。小说中有一个十分重要的细节描写,就足以证明了这一对新旧城市人精神默契度是如此珠联璧合。

  护士小蔡出手了,她来到傅睿的面前,拉起傅睿,直接解傅睿的纽扣。就在小蔡解完最后一颗纽扣之后,小蔡摆动了傅睿的身体,她让他背身,她把傅睿的衬衣撩了上去,反过来扣在了傅睿的脑袋上。——这就是傅睿,这才是傅睿。他背脊干干净净,没有哪怕一处的红肿,没有斑点,没有疙瘩。这样的皮肤或这样的后背怎么可能出现瘙痒呢?小蔡把她的嘴唇一直送到傅睿的耳后,问:"哪里痒?"说话的工夫,她的发梢已经蹭到傅睿的肌肤了,傅睿一个激灵,说:"就这里。"小蔡就给傅睿挠上了。然而,痒不是别的,它类似于爱情,它从不在这里,它只在别处。小蔡还能怎么办?她不再询问傅睿,她的双手开始了四面出击。傅睿的嘴巴张开了,钻心的快感弥漫起来,他发出了绝望的呻吟。那是解决了问题之后才可能出现的声音。尖锐的快感在迅速地消耗傅睿,他的双臂很快就撑在了桌面上,在抖。傅睿侧过脸,问:"我的后背究竟出了什么问题?"

  "我不确定。"小蔡说,"也许只有医生才知道。"

这个细节抓得十分精准,傅睿精神之痒的倾诉者为什么不是敏鹿,为什么不是其他人,恰恰就是小蔡?就像左手握住右手那样自然,就像小蔡在手术中用下意识就知道傅睿下一步需要什么器械一样顺理成章。无需理论上的逻辑阐释。

原先,我觉得傅睿和小蔡肯定会有一场轰轰烈烈的性爱,但是,它被写这种场景和细节的圣手毕飞宇给扼杀了,我问过毕飞宇,他承认是主动放弃这场戏,性爱描写被他无情地掐掉了,掐得好! 用抓七年之痒的隐喻,自然而然地变换了抓痒之人,这就是对小蔡与傅睿之间精神媾和的最大肯定,其实,小蔡早就在梦中与傅睿媾和了不知多少回了,灵与肉,肉在这里已经变成次要的,这才是写性的高手。这与其说是对一种人生价值的肯定,倒不如说是在一个非典型时代中,两个不同出身的城市陌路人在共同抵抗世俗、抱团取暖的典型生存状态之中因灵魂撞击而走到一起了。

毕飞宇把那种轰轰烈烈的性爱场景镜头,让给了傅睿的妻子和郭大夫的野合,但这个场景最终又被删除了,我知道作家忌讳的是什么,然而,我觉得这是可惜的,我一直认为,所谓性描写不只是单纯地陷入自然属性场景,为满足读者纯粹感官刺激,而是赋予其社会属性,使它成为推进人物性格进入深层描写的层面必需的情节与细节,那就是小说不可或缺的人性元素,也就是社会属性大于其自然属性,那就是作品深入主题的要件。

当傅睿与敏鹿进入了一个无爱亦无性的生活状态,其本身就是他在拯救他人与自我拯救精神道路上的障碍体现,我们能够通过这样的描写,更加看清楚一个时代的本质。用毕飞宇的话来说就是,无论是灵魂的拯救,还是肉体的拯救,这种充满着弥塞亚的时代大寓言,才是我考虑的终极问题——希望拯救他人的人,往往就是最需要拯救的人。

无疑,能够清清楚楚看到一个城市本质性变化的人,应该是那些城市的"闯入者",他们并不像土生土长的城市人那样,只感受到一个城市的历史变迁,而更加深入地看清楚一个城市的历史变迁如果缺乏了乡土社会这个坐标的参照,则永远是停留在一个地域的平面,没有大格局的纵深感。所以,我把护士小蔡作为观察这个城市的特殊视角,首先是其观察世界的方法不一样,是微尘中的一粒沙子,仰望星空,但对城市抱有天然的警惕;其次,就是她对事物,尤其是爱情,抱有一种天真且洞穿一切的态度,所以她敢于揭穿人性中善与恶的真相;再者,她又是一个彻头彻尾的浪漫主义者,与向上流社会攀爬的于连式的男性不同,她的可爱之处,是没有任何野心,只是一个在夏日的夜晚里,坐在摇篮中仰望星空,做玫瑰之梦的乡下姑娘。她和玛・哈克奈斯笔下同样生活在底层的"城市姑娘"耐丽不同,在19世纪大工业背景下的伦敦东头的小裁缝耐丽被资产阶级绅士诱奸,这个现实主义的古老的话题,已经不再适用于一百年后的中国城市语境了,小蔡和胡海的婚姻既非政治,又非完全是财富的诱惑,纯粹是一种偶然因素,与旧时代的婚姻完全相反,小蔡只是在家庭和性之间游弋的一条小船,她在这个城市的夜空中飘荡,既不浪漫,又不悲哀,那是大时代汪洋大海里颠簸的一叶小小的帆樯而已。

然而,这不是生活的全部,如果说,家庭是私有制的起源这个观念是有其合理性的话,那么,我们在小蔡身上看到了婚姻与爱情、婚姻与性、爱情与性分离的现象,这种似婚非婚现象已经在新世纪的大动荡时代里凸显出来了。

"先生真的爱自己么?小蔡不知道,有时候也想知道。但小蔡还算克制,她很好地控制了自己,不涉及爱的生活才更像生活。"传统的婚姻观念在这里已然崩陷,城市里的家庭和性,像一头巨大的怪兽侵袭着每一个社会细胞:"性耿直,它从不撒谎。小蔡对先生的性当然有过假想性的预估,他这样的男人么,淫是要务,在风格上极有可能偏向于蛮横或亵玩。""先生对性的需求真的是次要的、附带的、辅助的。他真正需要的,是突发的暴击之后所采取的救治措施。"所以,"小蔡就觉得她做爱一次就救人一命,胜造七级浮屠"。这种思想蔓延在城市的空间里,不易被人觉察,只有小蔡这个经历了两种文明落差的新城市人才能深切地体会到它的本质特征——这是毕飞宇借着小蔡的思想和行为举止,所揭示出的人间真谛。

那么,是不是这个时代浪漫主义和理想主义的爱情就彻底消亡了呢?答案并非那么简单。像小蔡这样从农村走进城市的"闯入者",早已经是交际场上的"老司机"了,婚前的性行为是家常便饭,像这样的女子,还有纯洁的爱情吗?她们配有那种洁白无瑕的爱情吗?倘若我们用古典主义的道德观和传统的贞操观去衡量她们的思想和行为,那就是与娼妓画等号的结局。然而,毕竟时代不同了,女权主义思潮荡涤这个世界已经半个多世纪了,倘若换一个角度来审视小蔡这个人物,你则可以看到这个站在无影灯下一丝不挂的女性最真实的一面。

上面我已经谈到了,小蔡才是最懂傅睿这个纯洁且最富人性的男神的女人,她才最有资格为傅睿挠精神之痒、灵魂之痒。

小蔡在淋浴——其实是洗头——的时候设想了一些具体的画面,这画面直接跳过了诸多的时光,直接进入了手术室。此刻,小蔡已经是傅睿的器械护士了。在手术的进程中,傅睿会不停重复同样的动作——对着小蔡摊手。然后呢,小蔡会把傅睿所需要的器械递给他。也不是递,是拍。这是护士与主刀医生的传递方式。小蔡有百分之百的把握,她的传递准确无误,换句话说,他们之间天衣无缝。这就是他们的工作,是一体的,不得已被分成了两个部分。像铰链,像打开的书,像大海里的贝,像窗户的两扇。他们就这样,一台又一台,一年又一年。枯燥,无与伦比。他们俩就是在无影灯的下面一起老去的,都没能留下哪怕硬币大的阴影。而那个时候,小蔡很可能又成了寡妇,那又怎么样?生活要继续,那就到傅睿的休息室去休息一会儿吧。他们没有隐私,像旷野的一棵树。树上布满了枝丫,树就是这么长的。任何人都不能以任何理由指责任何一个枝丫。

其实,在小蔡的梦中,她几乎每一天都在刻骨铭心地和傅睿做爱,这种精神出轨,是要被推上道德审判台的,但是,它却成了新世纪大时代里浪漫主义和理想主义的一种新的恋爱模式,这也是《欢迎来到人间》的一种生活方式和理由。

我们无法判断小蔡的对与错,她是需要拯救的人物吗?这个答案直到最后,才由作者交予了读者进行判断——是傅睿拯救小蔡,还是小蔡拯救傅睿;是傅睿要完成自我救赎,还是小蔡要完成自我救赎;抑或是所有肉体被解放了的人类都要进行自我救赎?这是一个弥散在这个城市和世界里的人类死结问题,何去何从?

小说在结尾处提出的这个哲学命题才是全书的主旨所在。

四、拯救人的人何以被世界拯救

像傅睿这样一心走"白专道路",不谙世事的技术控外科医生,几乎在这个时代已经绝迹了,是救死扶伤的人道主义使然,还是天职与人性使然,让这个一心埋头拯救人类肾脏的医生视一切荣誉为粪土,这分明是"天使来到人间",不错,他从死亡线上拉回了无数个像老赵这样的濒死者,让他们重新获得旺盛的生命力,喷射出无限可能的力比多。然而,就是一个年轻小姑娘田菲在"非典"时期因为并发症而导致的意外死亡,让这个有着强烈精神洁癖的医生一生都无法走出巨大的道德阴影,他像堂吉诃德那样执着地拯救人类,以此来改变每一个换肾者的命运,他把一切失误都当作自己的失职,即使天使也无法做到的事情,成为他一生不可饶恕的罪责,当他无法代表天使当面向每一个患者说"欢迎来到人间"时,他便陷入了无限循环的自我谴责之中。小说开头和结尾采取的是"叙述回环"的方法,现实与梦境的交织,恰恰把这个并非生活在现实中的天使形象,提升到了一个既荒诞又充满着丰富时代意义的哲学层面。我们影影绰绰看到了这个时代的大风车,看到了那个手持长矛,英勇地冲向风车的骑士。当然,我们更多的是看到他因特立独行、孤芳自诩受到的种种劫难,是他醉了,还是别人糊涂了?亦如"傅睿指着小蔡的鼻子,明确地告诉她:'你把你的生命弄脏了,你需要一次治疗,治疗!'"是这个世界被弄脏了,还是傅睿灵魂被弄脏了呢?这个答案需要解释吗?它使我想起了大卫·米基克斯在《快时代的慢阅读》一书的《阅读长篇小说》一章里的那段话:"这里我们看到了《美国牧歌》真正的怀旧对象:一种已经古老过时的对工作的认真态度。这样的精湛技艺既是瑞典佬的专长,也是叙述者的专长:理解和汇报某事的细致努力,与制造精工手套的技术颇为相似,都是用精湛的设计来适应穿着者手掌的大小。罗斯提供了一个与之形成对比的镜头,它是作者故意设计来引起读者反感的:在《美国牧歌》的中间部分出现了一个令人震惊的镜头,手套在手掌和手指处缝合的精美工艺被丽塔·科恩的一个污秽手势消解了。丽塔是梅丽的激进主义同伴,她用粗鄙的手势撑开了她的阴道,奚落瑞典佬,并宣称他那失踪的女儿痛恨他。"①一个十分精美的外科手术,只因"非典时期"的典型环境,被彻底颠覆了,这就是让傅睿疯狂的缘由所在。

显然,傅睿无法从田菲的死亡中挣脱出来,叙述者虽然没有用过激的言行去营造一个惊人的场景,但是,他用带有哲思的情景设计,同样就产生了一种巨大的时代反讽意义。

> 哥白尼离这里不远,向北走,最多两百米,哥白尼就死在那里。那个已经被郭鼎荣敲断了脖子的医生也许还躺在图书馆东侧的草地上,脑袋是一个部分,其余的则是另一个部分。他彻底死去了。是死亡之后的死。无尽的悲伤奔涌上来,傅睿对哥白尼说——
>
> "就是她,她堕落了!"
>
> 哥白尼的脑袋埋在了草丛中,面朝下。哥白尼的嘴巴陷在泥土里说:"你要挽救她,你是医生。"大地的表层泛起了涟漪,把哥白尼的嘱托一直传递到了傅睿的脚下,傅睿的双脚听见了,哥白尼在说:"你要挽救她,你是医生。"
>
> 傅睿郑重了。夜色是使命的颜色,笼罩了傅睿。傅睿说:"我会。"

---

① [美]大卫·米基克斯:《快时代的慢阅读》,陈丽译,译林出版社 2022 年版,第 205 页。

与"你把你的生命弄脏了"的哲诗语言一样,哥白尼的情景设计也是一种诗意的表达,同时也是全书主旨所在。如果我们能够读出其中在不经意间构成的时代反讽意义,也许,这就是我们在"欢迎来到人间"的声浪中,听到的另一种天籁之音。

这个试图拯救人类、拯救世界的人,当他处于一种被世人所拯救的眼光之中的时候,我们还能说些什么呢?这是世人的悲哀,还是时代的悲哀,抑或是真善美的悲哀呢?

我还在思考另一个问题,当傅睿遇到问题时,他为何不求助于许许多多有识之士,包括他的父母妻子好友,而是求助于他的助手护士小蔡?其实,我在上文已经做出了解释,在这里,我想进一步说明的是,叙述者之所以为傅睿设计了这样一个人物,进行思想和灵魂的交流,就是缘于这个从乡间走进大都市的姑娘,与一般的城市姑娘不同,她不做作。当然,她也像所有的女人那样追求虚荣,追逐金钱和幸福生活,但她的灵魂中有一种真诚的东西在吸引着傅睿,包括她对傅睿忘我的真爱。是的,她做了胡海的小三,但她的灵魂是属于傅睿的,因为她认为傅睿才是这个世界里最纯洁最干净的人。如果用米基克斯在分析詹姆斯的小说《黛西·米勒》时所言,《欢迎来到人间》的人物走向和主题走向就跑偏了:"黛西精神自由,坦率直白,又颇具风情,十分迷人。温特伯恩痴迷地爱上了她,又不敢承认,因而感觉有必要去发现她的秘密。她真的就像她看上去那么天真吗,又或者她会不会其实是个擅长操控别人、性经验丰富、世故庸俗、令人失望的人?黛西的巨大魅力吸引着每一位读者:她是一个自然、不做作的人。"①

---

① [美]大卫·米基克斯:《快时代的慢阅读》,陈丽译,译林出版社2022年版,第202页。

不错，小蔡就是一个自然而不做作的女人，所以才能成为傅睿倾诉的对象；是的，她经历过许多男人，那只是肉体上的需求，而非灵魂的寄托和对话。

关于傅睿究竟睡不睡小蔡，叙述者曾经纠结了很久很久，正如小蔡诘问傅睿"你也想睡我"那样，引发了傅睿指责她堕落的后果。毕飞宇试图用傅睿的谵言呓语来拯救小蔡的灵魂，这是一种拯救她人，还是救赎自我灵魂的思想行为呢？小蔡跳江自杀，为情还是为了灵魂的自我救赎？叙述者有意处理成一种模糊状态。

——就在傅睿的面前，小蔡越过了大桥的栏杆。她并没有跳下去，而是跨了出去。傅睿都没有来得及错愕，小蔡的双脚已经行走在虚空中了，她在攀爬，在并不存在的阶梯上。小蔡攀爬的样子真的是从容啊，她就那样沿着三十五度的坡面，那条抽象的斜线，一步一步走向了高处。她是断了线的氢气球，神奇和伟大的空气浮力体现出来了，小蔡在天空中远去了，雾霾就这样吸收了她。空气越来越稀薄，傅睿很清楚，在一定的高度，小蔡这只氢气球会自行爆炸的。

傅睿是多么悲伤，却无奈。事实证明，一个灵魂都没能得到拯救的人，她就这样飘走了，越来越高。

"傅睿，你也想睡我，对吧？"

这一次轮到傅睿不说话了。还要说什么呢？他必须拯救她，现在，马上。傅睿再也不能看着这样一个姑娘在他的眼前溃烂下去。他决定救治。他的救治在临床上并不复杂，是物理疗法,尽最大的可能让患者呕吐。——傅睿经受过最为严格的现代医学的教育,可傅睿已经不相信它们了。它们只不过是尝试,稳妥的尝试和激进的尝试。肾移植是老傅选择的激进尝试,傅睿的激进尝试则是拯救灵魂。他要治愈堕落。——患者只需呕吐,肮脏的灵魂完全可以伴随着体内的污垢被剔除干净——灵魂不属于任何具体的脏器,这话对,反过来说,灵魂类属于所有的脏器。

这样的话从傅睿口中说出来有些可笑滑稽了,真有点堂吉诃德的意味,他真的把小蔡当作超越异性的同行者桑丘·潘沙了,当作他灵魂的伴侣侍从——小蔡是打开傅睿心灵的一把钥匙,如果钥匙丢了,傅睿就失去了生命的另一半。叙述者设计这个人物的深意也就会大大地削弱。小蔡可不是玛·哈克奈斯笔下的《城市姑娘》中的主人公耐丽,那是一个"扁平人物"形象,倘若恩格斯能够看到《欢迎来到人间》,也许他会对典型环境中的典型人物做出更加深刻符合当今时代的艺术评判,因为新的时代已经给出了更加复杂的人物性格了。这也是毕飞宇意识到的性格的多元多义性给小说带来的无限生机和无限发展空间所在:"模糊是一种结论,它告诉人们一件事,湖水、星辰与花朵已不再是湖水、星辰与花朵,它们飞奔了,像子弹,只要空间不要时间。物质的造型就此消失,肌理也一并消失,留给你的只有印象。它是世界赋予人类最后的馈赠。"(《欢迎来到人间》)

好在《欢迎来到人间》给我们留下的是另一种超越湖水、星辰与花朵的空间,明眼的读者一定会从中悟出另一种人生与社会的况味来。

五、长篇小说的容量

　　这个问题已然是当下业界争论的一个焦点问题,毫无疑问,当时代已经进入了一个快速阅读的文化语境时,鸿篇巨制的小说是违反时代阅读规律的,慢阅读在快节奏的生活旋律中,显得如此不协调,尤其是上百万字的三部曲,又有谁能够逐字逐句地去啃噬呢?除了专业性的阅读外,流行于19世纪和20世纪的鸿篇巨制代表着一个国家最高艺术水平的文学史情结,逐渐被遗弃了。然而,这并不代表这样的鸿篇巨制就不能产生出优秀的传世之作,关键的问题就在于,有没有好的作家能够耐住寂寞,十年磨一剑,经过长期的思想和艺术的准备,写出这个动荡的大时代中林林总总的现象,塑造出具有时代意义的典型人物来。可惜这样的作家在这个时代里已是凤毛麟角了。

　　话又说回来了,一部长篇小说的容量不仅仅是字数多少的问题,而是取决于这部小说能否准确地概括出作者所处的那个时代的本质特征来,能否把这个时代的特征独到而准确地安放到自己笔下的人物性格当中去,从而折射出人性的、历史的和审美的思想和艺术的内涵。

　　毕飞宇最近在分析《阿Q正传》时阐述了这样一个观点,即《阿Q正传》最早的单行本标明的是长篇小说,而这部仅仅有三万三千字的小说,"依照我们当代小说的体制标准,3万字以下叫短篇小说,13万字以上叫长篇小说,3万字到13万字之间的当然是中篇小说"[①]。他

[①] 毕飞宇:《沿着圆圈的内侧,从胜利走向胜利——读〈阿Q正传〉》,《文学评论》2017年第4期。

从世界小说分类法当中得出的结论是,从来就没有中篇小说的说法,但他又认为:"我们的'中篇小说'就是从《阿Q正传》起步的,是《阿Q正传》为我们提供了'中篇小说'的体制模式,或者说美学范式。毫无疑问,《阿Q正传》拥有文学史的和美学的双重地位。"①这就让我无从判断毕飞宇真正想说的是什么了。然而,如果我的猜测不错的话,他所想表达的潜台词是——长篇小说的容量并非取决于它的字数长短,关键是它有无"史学和美学的双重地位",大概毕飞宇对自己的《欢迎来到人间》有这样的自信吧,花了二十年,将其浓缩成二十万字,足以支撑这部小说全部的双重美学内涵了。

无独有偶,大卫·米基克斯在《阅读长篇小说》一文中也这样表述:"詹姆斯早期的中篇小说《黛西·米勒》只有薄薄一本,勾画了一个求索型的主人公,就像凯瑟的教授一样。(中篇小说,或者说篇幅短的长篇小说是一种重要文类,从古典时代晚期的古希腊散文一直延续到现代主义后期的独白,如托马斯·伯恩哈德的《输家》和罗贝托·波拉尼奥的《智利之夜》。)"②无疑,"篇幅短的长篇小说"不应该被归入中篇小说的观点是普遍存在的看法。从这个角度来看毕飞宇的各类小说创作,容量的大小才是决定成败的关键。

我们完全可以将《玉米》系列的三个中篇合并起来看成一部长篇小说,这在中国现代文学史上是有先例的,茅盾的《蚀》三部曲就是由三个系列中篇所组成,而"玉米系列"的人物描写更紧凑,情节发展也

---

① 毕飞宇:《沿着圆圈的内侧,从胜利走向胜利——读〈阿Q正传〉》,《文学评论》2017年第4期。

② [美]大卫·米基克斯:《快时代的慢阅读》,陈丽译,译林出版社2022年版,第201页。

更有内在的逻辑关系。

短篇小说《哺乳期的女人》和《地球上的王家庄》,虽然前者留下的心理空间很大,但毕竟情节还是单调了一些;而后者的叙事足以成为一个长篇小说的结构,但人物性格的延展缺乏故事的支撑。这就是长篇小说容量决定它与短篇小说水火不容的理由。

《平原》和《推拿》都是好长篇,前者是作者花费了他全部的青春荷尔蒙,锻造出来的一部大容量的时代交响乐;后者则是将触角伸向了城市边缘的一群特殊的群体,试图用极大的心理空间来表现一个时代人性深处的暗域。

但是,《欢迎来到人间》引领我们来到了一个非常时期的城市,光明与黑暗的交战,让人性进入了一个更加博大的空间,亦如陈忠实在看完托马斯·马伦的长篇小说《地球上的最后一座小镇》时说:"《地球上的最后一座小镇》是个能引发许多想象的书名。这部小说以1918年肆虐全球,夺走一亿人生命的大流感为背景,从而像许多名家经典那样,又一次在极端的险境中暴露、挖掘了复杂的人性。小说让人情不自禁地联想到前几年流行的'非典'和目前正在全球流行的 H1N1 流感。"①也许,这就是对《欢迎来到人间》另一种准确的诠释吧,而非是对《地球上的王家庄》的主题阐释。

六、在"复调小说"叙事模态中穿越

与毕飞宇以往的创作观念和方法不尽相同的是,《欢迎来到人间》

---

① 语出陈忠实,见[美]托马斯·马伦:《地球上的最后一座小镇》,孔保尔译,译林出版社 2009 年版,封底。

舍弃了全视角的叙述方法,而是加入了"复调小说"的模式,亦如巴赫金所倡导的长篇小说应该是"一个没有乐队指挥"的交响乐,对于读者,巴赫金用陀思妥耶夫斯基小说的诗学精神来提升小说的鉴赏品格,这就是去"主旋律"的观念,这一观念曾经在 20 世纪 90 年代风行一时,这个把思想和艺术的判断留给读者的观念经过三十多年中国小说的历史检验,利弊凸显,换言之,能够用这种方法去解读陀思妥耶夫斯基小说的读者毕竟少之又少,它和 18 世纪流行在音乐沙龙里贵族化的"复调"(polyphony)古典音乐一样,被束之高阁。但是,对于一次小说革命来说,打破"单调"小说的叙述模式,才会使小说获得新生。或许毕飞宇想在两者之间,选择一条可以适合自己表达风格的中间道路。

纵观《欢迎来到人间》,我们不难发现这样一种叙述现象,在众声喧哗中,有一个高声部显得特别突出,这就是作者假扮叙述者所发出的不太适合小说表达方式的大段大段哲思话语。这种看似"独白型"的话语,像一只只楔子一样插入了小说故事情节和人物的叙述肌理之中,比起毕飞宇以前的小说创作,这个艺术手法的运用明显是加大了许多。当一部长篇小说在陈述逻辑缜密的哲学思考时,上帝会不会发笑?我以为只要部分读者会发出会心的笑,那就是巨大的成功,是艺术和思想上的成功——假扮的哲学家跳出来喋喋不休地进行逻辑思辨式的叙述,虽然有时还真的让读者有点不适应,但能使小说进入一个现代阅读的巨大空间之中。

以我粗浅的理解,要让小说形成多声部,艺术手法上去"主旋律",让每个人物都能够发出自己的声音,甚至摆脱"指挥家"作者的意识控制,"复调小说"的意义才能真正达到解构"一家独大"叙述意识的小说呈现模态。就此而言,《欢迎来到人间》用"半步主义"实现了在没有一个统一指挥下的"复调"中,突出了高声部在"众声喧哗"中的地位的作用。也就是说,作品在"零视角""内视角"和"外视角"三种叙事模式中,来回穿插跳跃,以此来完成叙述者所要表达的那个不宜表达的思想内涵。

当人物之间产生矛盾冲突的时候,两者与叙述者谁是现实的最终判决者?这个问题往往是无解的,比如傅睿和小蔡这一对在灵与肉等方面都有着高度契合的男女,一俟小蔡发出一个十分简单的生活问题——"你想睡我吗"时,这个命题却会突然成为一个哈姆莱特"是生还是死"的哲学命题,这个连叙述者(当然也是作者)都无法回答的问题。

正如巴赫金所言,每一个人物都不是客体的观念,只有"人物主体性"才能构成小说各自独立的人物群落,从而形成小说的"对话"功能,这样的叙述模式难度极大,到目前为止,我尚未见到这几十年来中国有一部这样完成度极高的作品问世。而毕飞宇在叙事过程中采取的这种中间状态的方法,是有一定时代意义的。

也许,我们用病患老赵的视角来解释毕氏叙事方法,可能是再也合适不过的了。

其实,老赵一直想搞清楚一件事,"他"和他现在是混合的,那么,"他"的感知、思考和情感在老赵的感知、思考和情感里到底占有多大的比例呢?为了活着,术后的老赵必须接受这样一个折磨人的事实,他是异己的。这导致了一个结果,他的自我反而陷入了神秘。他不能让自己处在忘我的处境里,那不是忘我,是自我的背叛,是自我的离弃与放逐。

显然,这分明就是作者和叙事者合谋下为患者老赵代言的话语,但是,它无疑形成了小说叙事的"对话"关系,由此而产生的去"主旋律"的多边形态的叙事模式,让小说拥有了多义效应,同时,躲在暗处的叙述者直接进入独白,这让阅读者有了一个可靠的参照系。

这让我想起了温迪·雷瑟在《我为何阅读——探索读书之深层乐趣》中,对陀思妥耶夫斯基叙事方法的剖析:

> 最奇怪的是,陀思妥耶夫斯基的叙事者,甚至也用私人的、有些杂乱的方式跟我们说话。
>
> 这个叙事者在小说中进进出出,经常露出他的行迹,但更多时候他却躲在暗处,时不时给我们描绘非常私密的场景。如果确实如他所声称的,真的来自"我县"的人,而不是一个不见其人却无所不知的作者,那么他是不可能出现在这些场景之中的。对于叙事者是如何对陀思妥耶夫斯基相对私密或者宏大的故事产生影响的,我还没有定论(因为在其他小说,如《群魔》《白痴》以及一些也许我没有读过的小说中,叙事者也存在)。他果断却不合时宜的出现,将小说变成了他和我们之间的一种对话,这会不会使小说变得更容易理解?[①]

---

① [美]温迪·雷瑟:《我为何阅读:探索读书之深层乐趣》,仲伟合、王中强译,译林出版社2016年版,第131—132页。

是的，正是这样的"对话"，使小说从没有指挥的"人物主体性"中突围出来，在去"主旋律"中获得了一种非主体性的主体性介入，让读者在一种主体的参照系中去寻觅自己的价值观，作者和叙事者并不是上帝视角，只是一种"高声部"的呐喊而已。

无疑，百年来的小说史告诉我们，当中国长篇小说脱离了明清话本传奇小说的全知全能叙事视角以后，小说革命的现代性往往是伴随着叙事风格的转变而进入现代性模式的，尤其是20世纪80年代以来的小说叙事模式的当代性阐释，给中国小说叙事的突变带来了一片生机，然而，光是套用西方的模式，永远无法抵达艺术自由王国境界，只有在改造过程中不断地形成自己的叙事风格，才有可能在宏大叙事和内涵拓展之间找到一个有效的平衡点。

难怪"日本的海明威"三岛由纪夫在《文章读本》的"长篇小说文章"一节中说："日本很难产生像欧洲文学那样宏大的长篇小说（Roman）。就如同我在上一章里提过的，日本文学里男性文字和女性文字各擅其场，可是真正的长篇小说必须同时具备男性的理智世界和女性的情思世界，两者要达成辩证上的合命题。"①这虽然不是从叙事角度来谈的，但是，就叙事主体的性别情感的角度来说，这无疑也是小说的真谛，比如，毕飞宇就十分擅长钻进女性的肚皮里进行叙事的"对话"，成为"青衣"的角色。

言归正传，我感兴趣的是三岛由纪夫对陀思妥耶夫斯基长篇小说《卡拉马佐夫兄弟》的剖析角度，和他分析巴尔扎克小说叙事"像贝多

---

① ［日］三岛由纪夫：《文章读本：三岛由纪夫文学讲义》，黄毓婷译，译林出版社2013年版，第62页。

芬音乐一般丰沛而汹涌的能量,带着自己往前推进"不同,他用"鲁钝"一词来形容陀思妥耶夫斯基的长篇小说,却有别一番意味了。

> 而读过陀思妥耶夫斯基《卡拉马佐夫兄弟》的读者大概就能体会,陀思妥耶夫斯基那种俄国人典型的富于朝气——在某层意义上是鲁钝——的文体,是多么不协调地在支撑着表面上相当敏锐而神经质的主题。对日本人来说,最难养成的就是这种肉体能量的持续,以及某种大气的鲁钝了。①

我不知道三岛由纪夫的这种观念是否还适用于他死后的20世纪70年代后的日本小说,但是,这在中国小说这里并不是一个真问题,尤其是20世纪80年代后的中国小说,鲁钝的大气超过了世界的想象力。更不要说像毕飞宇这样的作家,擅长的就是在伪装鲁钝下,将无限放大的现代信息转换成叙事者的哲学思考,用诗的语言爆破力加以"当代性"的阐释,不仅仅是对另一种宏大叙事的回应和超越,更是对当代知识型阅读的一种新的诠释。

> 科技是多么神奇,它改变了时代。科技也是戏法,它消弭了物理世界的所有维度,然后呢,仿佛神仙吹了一口气,BIU——所有的现实就被扔进了虚拟世界。那个虚拟的世界叫网络。虚拟世界就一定是"虚拟的"世界么?当然不是,

---

① [日]三岛由纪夫:《文章读本:三岛由纪夫文学讲义》,黄毓婷译,译林出版社2013年版,第65页。

那才是现实,只不过剔除了它的物理性。但事情就是这样,物理性失去了,公共性却提升了。网络正是这样的一种东西:它失去的只是维度,得到的却是整个世界。相对于那些愿意隐匿自我的人来说,公共性就是一切,是存在的最佳方式。唯有公共的才是合理的,唯有公共的才是安全的。所谓的虚拟世界,其实是一次切割,公共与私人之间彼此都实现了清除。老赵惊喜地发现,他隐匿了,可是,世界真的诞生了。

或许这就是《欢迎来到人间》高声部对小说主题的阐释吧。

余　论

本来,还有另外两节要写的,一是关于小说的细节描写,另一个就是关于小说广义的风景风俗和风情描写,限于篇幅(这篇两万字的单篇小说评论打破了写评论四十四年来的篇幅记录),暂时放弃了。比如小说中呈现出来的那种"夹叙夹议夹论夹描夹抒"的"五花肉式"的叙述方法,也是一种新的行云流水叙事形态的创新。

说不尽的《欢迎来到人间》,就是因为它有了多重的叙事意义,所以值得一读。

毕飞宇笔下的傅睿是一个拯救现实世界的疯狂白衣骑士,这个当代与大风车作战的骑士能够走多远呢?!

欢迎来到人间,但人间并非天堂。

2023年4月—6月2日13:30时初稿于南大和园

补　记

今日凌晨我被这个毫无逻辑的真实的梦惊醒了。

若干年前，我在大教室里给本科生讲授现代文学史课程，课间，我用粉笔在黑板上写英文老体圆头字，那是初中一年级时，我们把蘸水钢笔头剪平，把学到的单词用英文美术字写成，当作外国书法作品贴在墙上。我下意识地写下了"Revolution"，也许是法国革命画家欧仁·德拉克洛瓦《自由引导人民》那幅油画让我下意识写下了这个单词。

未曾想到的是，一群操着膀子的学生站在我背后观赏着，突然站出来一个外教，他在黑板上迅捷地写下一个"单词""huo zhe"，让我写成圆体字，我不知道这个单词是英文，还是法文，抑或是德文，只是随手写下来。然而，他突然又黑板上写下了"To Live"，我方才如梦初醒。

醒来之后，我想，这是不是《欢迎来到人间》的另一种解释呢？

东方欲晓，今天太阳照样升起。

2023 年 6 月 7 日 6 时补记

2023 年 6 月 20 日 10:30 时修改于南大和园

6 月 22 日 9 时再次修改于南大和园

原载于《扬子江文学评论》2023 年第 4 期

夏坚勇"宋史三部曲":
让死的史料活起来,是文学作品的最高目标

我对历史题材作品的鉴赏,首先就是观察作者的史观,用文学的方式去书写历史的终极目的是什么。有两个伟人说得很到位,一个是恩格斯,他以为:"我们根本没有想到要怀疑或轻视'历史的启示';历史是我们的一切。"另一个是英国教育家史蒂芬·斯宾德,他形象地表达了历史的意义:"历史好比一艘船,装载着现代人的记忆驶向未来。"用这样的观念来解析夏坚勇的"文化大散文"大体是不错的。

夏坚勇前三部作品研讨我都参加了,第一部是 20 世纪 90 年代对其首部"文化大散文"《湮没的辉煌》的定性,而"宋史三部曲"的第一部《绍兴十二年》在艺术上更加老辣成熟,《庆历四年秋》就更加谐趣生动了,史实在生动的语言修辞和人物描写中活色生香。但我始终把《湮没的辉煌》看成"宋史三部曲"这部史诗作品的序曲,因为贯穿这部交响诗的主旋律并没有变奏,也就是作者的史观一直是不变的,虽然《绍兴十二年》和《庆历四年秋》的叙述风格和方法与《湮没的辉煌》相比有所变化,多了一些调侃、谐趣和佯谬的修辞手法,多了一些隐晦的史鉴评判,但它带来的历史意涵却更加宏阔、丰富和深刻了。

1996 年《湮没的辉煌》出版,代表着中国散文进入了一个平面表

达的时代,史鉴让人驻足在历史现场生动的描述中沉思,当年我阅读时心潮澎湃,陷入了久久的沉思,窃以为,江南文人士子的性格是柔美婉约的,却有着被人忽略了的强悍豪放的另一面。我被作品中江南士子那种大江东去、金戈铁马、气吞万里如虎的气势镇住了,原来那是江南烟雨背后的电闪雷鸣,士子的铮铮铁骨跃然纸上。

我从中读出了鲜有的知识分子的风骨,读出了在历史的大变局中人性审美的扫描。在那次研讨会上,夏坚勇的"历史文化大散文"概念定性就得到了学界的普遍认可,当时我说,这种以史为镜的大散文远超平面写作的吊古之作《文化苦旅》,毫无疑问,余秋雨造就了一场大众文化的狂欢,让千千万万普通读者走进历史的现场,满足了观看历史风景的阅读快感。然而,我们不能不遗憾地说,这是一次并无历史深意的文化旅游指南,虽然,它能够让读者从文化游览的视角来欣赏历史的风景。但是,深刻的历史反思以及穿透历史雾霭、反观现实生活的深度是缺乏的,作家的隐形价值理念远不及夏坚勇这种历史叙事来得宏阔而精深。夏坚勇的作品中多了一些深沉的历史哲思,更多了一些支撑现代知识分子骨骼的钙质。

我们欣喜地看到,夏坚勇十年磨一剑,于 2016 年 4 月完成了"宋史三部曲"的第一部《绍兴十二年》,在当时的研讨会上我说,首先,这部作品组合成的历史故事生动有趣,往往是用悬念的叙述方式吊足了读者的胃口,在非虚构的文本中,能够把史实运用小说的笔法进行生动的书写,有开端、发展、高潮、结局的故事情节节奏感,实属难得;其次,作品具有深厚的思想穿透力,穿越历史,与当下的现实生活链接,是一部充满人文激情和人文价值理念的作品。这本书虽然和《万历十五年》一样,选取的是历史大变局的某个时间节点,但不同的是,它对人物的塑造和复杂人性的文学性表达,对当时社会历史生活风俗的描写,以及其所涵盖的人物历史内容是广阔的,上至天文地理、皇亲贵胄,下到黎民百姓、贩夫走卒,无所不包,无所不及,"工农商学兵"无所不写。此外我最激赏的是,文中处处有文眼,句句皆扣题。尤其值得注意的是,作者在书中是在场的,"我"是一个判官,常常跳出描写来做批注,这是一种鲜明的批判价值立场的体现,穿透历史现场,掀开历史帷幕,兑现的是克罗齐"一切历史都是当代史"的史观,从而引起对于当下社会生活的思考;再者,从艺术上来说,其语言是高古与通俗的双向的融合,修辞上是幽默与俏皮的互动,调侃、讽喻的词语很多,这种语言在历史与现实之间来回跳跃,构成的反差和落差给人的阅读带来了无限的想象空间。许多地方"兵不血刃",作者不吐一个直白语词,就将历史意义的表达和人物性格描写入木三分地表现出来了,不得不佩服作者运用"佯谬"语言表达的机智。这种历史叙述风格一直贯穿于三部曲之中,让历史成为一块艺术的"活化石"。

我以为,书中写的绍兴十二年南宋岳飞时代的种种事件的构思,反射出当今学术界和文化文学界人文知识分子普遍的思想状况。历史反射文学,是衡量作家把握历史题材价值理念的试金石,无疑,夏坚勇的作品往往在大变局的历史节点中,找出了让人会心的答案。

又过了十年,《庆历四年秋》继《绍兴十二年》之后问世了,其视野和内涵更加广阔深刻了。我看了以后仍然很激动的原因是,我被作品中那种深刻的历史隐喻所感动,于是,我在书籍的天头地脚和两边进行了批注,可谓页页见红。作品的两个特点让我眼前一亮:一个是历史的深度发掘,也就是大量史料的收集当中,如何进行人物的细节描写,如何处理史实与虚构之间的文学性表达,可谓炉火纯青。如何让死的史料活起来,这才是文学作品达到的最高目标。因为很多人写这类历史散文,往往忽略的就是如何用文学的手术刀把死去的历史和历史人物重新"复活",这就是胡适所说的"活的文学",从这个意义上来说,夏坚勇是开拓者,所谓"非虚构文学"的虚构成分,就是将细节,特别是在典型环境下的人物心理描写,还原于人物的典型性格之中,在日常生活中将他复归于正常人,从而进入现代生活的场景之中。在虚构中,使用想象的、夸张的、延展的人物描写,让人物成为有血有肉的形象,矗立在历史与现实交互的现场情境之中,这就是文学超越历史的魅力所在。在这里,我们看到的是让史料在虚构的描写当中,走向现实、走向未来的一种期许。

在这里,让我感受最深的启迪就是:历史的空间在史料里面是有限的,而众多人物的描写与勾勒,有些甚至就是一个剪影,则是显示一个作家是否能够生动地把整个社会的面貌和本质全部揭示出来的宏观把握眼光和能力的体现。在这一点上,《庆历四年秋》里面的描写例证太多了,应该说是既丰富了空间,又规避了一些不宜表达的东西。会心的读者,可以在字缝里面寻找到很多现实生活的内涵。

还有一点也很重要,作品中作家跳出来,用大量的旁白,进行指点江山的评点,嬉笑怒骂,皆成文章。我以为这是开创了大散文的另一个抒情议论的描写领域,这个领域开创了当代散文评点的先河。20世纪80年代曾经在中国兴起过一阵模仿法国"评论小说"的风潮,但这个风潮很快就偃旗息鼓了,如今反思,像这样的抽象论说在大散文里面出现,俨然是不同于传统套路的所谓"夹叙夹议"模式的,一个是生硬的插入,一个是顺势而为,不得不议的历史抒情。作者作为一个在场的"我",跳出来以后,穿插大量的历史评判,那是一种超越历史局限的书写,是经过深思熟虑的哲思的作品精华,成为作品不可或缺的有机部分。

当然,作品中也有非常世俗化的描写,跟市井生活勾连在一起,这些描写正好反映出了整个中国阶层和社会形成的断面和张力,当然,这不仅仅是"清明上河图"式的风景、风俗和风情的功能描写,而是通过它折射出整个社会的历史走向。

作者评点臧否人物的时候,是有节制的,有时候看起来只是哈哈一笑,背后却隐藏着杀机。但遇到关键之处,其评点的时候,是点到为止,把更大的空间留给读者去想象。这里面的警句太多了,太精彩了,尤其谈国情,大宋民主政治所发明的一个词叫"议论相交",这一段的议论实在是让人联想太多了。

总之,对夏坚勇作品来说,这是一个新的高度,从《湮没的辉煌》到《绍兴十二年》《庆历四年秋》之后,我们一直在等着"宋史三部曲"最后一部面世。

今天,我们终于看到了其收官之作《东京寻梦录》,我一看到题目就寻思,为什么不延续前两部作品的名称呢?如果书名叫《景德四年》不是更妥帖吗?然而读了此书,才知作者"史鉴"之深意,对于执政十年的宋真宗,和其身边的王宫贵族和大臣,以及各路地方官员的种种行状描写,预示了那个大变局时代潜伏着的危机。开篇之前,在扉页上的那句《宋史·真宗本纪》上的"国君臣如病狂然,吁,可怪也"便是点题之笔也。从第一章"瑞雪兆'疯'年",到尾声"从坑书到焚书",在调侃、幽默、谐趣、揶揄和佯谬种种修辞手法的表达中,作品的语言更加老到、旷达、精炼了。他让我们在愉悦的历史故事中,看清人物在现代的复活,看到了历史并不是只能淌进同一条河流的真谛。只可惜的是许多历史的隐喻或许一般读者未必能够读懂,历史的阐释权交给了未来。

"史家之绝唱,无韵之离骚。"鲁迅认为《史记》是"中国自然地看世界的方式和造世界的一部分",那么,还有另外的一些部分,必须由当今的文人知识分子去填补空白。

夏坚勇的"历史文化大散文"有了"序曲",有了三个乐章的主题部分,那还有没有最后一个终章的再现部分"终曲"("尾声")呢?我仍然期待着。

夏坚勇的"文化大散文"乃史鉴乎,抑或史诗乎?

原载于《文艺报》2023年12月20日

学者评论与著作读札

青年作家的未来在哪里

"我们承受青年犹如承受一场重病。这恰恰造成了我们所抛入的时代——一次巨大的堕落和破碎的时代;这个时代通过一切弱者,也通过一切最强者来抗拒青年的精神。不确定性为这个时代所独有;没有什么立足于坚固的基础,也没有什么立足于自身坚定的信仰。人们为明天活着,因为后天已经是非常可疑的。"尼采的这段话应该成为我们认知21世纪中国青年作家预言性的座右铭。

最近,我在给何同彬的新著写序言时,看到他对青年作家的许多精彩分析,很是感动,他把我积郁了好几年欲说还休的话几乎都说出来了,针对这十几年来的青年作家创作现象,我们除了吹捧和"鼓励"之外,我们的批评家对其深入的学术和学理的批评有多少呢?面对批评的失位与失职,一个青年批评家的指谬则是难能可贵的。

在一切文学审美活动中,除了技术与形式层面的外壳,最重要的就是作家在内容中所表现出的价值观念的高下优劣了。所以,围绕着"青年""公共性"和"历史"等三个关键词,何同彬能够"以粗犷的线条和锐利的笔锋勾勒出一个青年批评者'无知无畏'的精神图景和野蛮生长的批评个性",充分展示了一个批评家的勇气。

的确,对于当下80后、90后的一批批新锐作家作品的评判,给老一代批评家带来了无边的陌生与困惑,如何在一个公共性的平台上去评价他们的作品,何同彬的批评观念无疑是中肯的、尖锐的,同时也是有效的。

针对"青年"这一代际问题,他的看法是锋芒毕露的:"秩序在收割一切,收割一切可能对秩序造成威胁的各种力量,青年、新人就是这样一种具备某种潜在威胁的虚构性力量,一种正在被秩序改造并重新命名的新的速朽。收割的前提是培育,是拔苗助长,是喷洒农药、清除'毒草',是告诉你:快到'碗'里来。"毋庸置疑,这个无形的"碗"是巨大的,既有体制的召唤,也有商业的诱惑,青年作家面临的被规训、被同质化、被秩序化的问题应该是一个大问题,而这个大问题却是评论的盲区,如果我们看不到这一点,仅仅将它作为一个收着商品化制约的代沟问题来看,而看不到青年作家将失去的是文学的独立性和创造性,那么,我们在扫描一切青年作家作品时就少了一层深刻的批判性。"秩序",无论是体制的,还是商业的,这部"联合收割机"将会收割一茬一茬青年作家,成为消费文化和意识形态案板上的快餐食品。而且,这些转基因的文学食品对一代又一代青少年而言,都是慢性毒品,虽然,它们会不断更换其商标的名称。

当然,我最激赏的是何同彬指出的青年作家需要警惕的几种行为弊端。

"青年写作者和文学新人的滔滔不绝的赞美、期许,广泛持久的扶持、奖赏是制度的代际焦虑的产物,它们的共同目的是去锻造青年的皮囊如何与苍老、丑陋的灵魂完美融合。"毋庸置疑,文学创作者在整个创作当中都要面对一个"灵与肉"的哲思命题,当下,名与利是这些青年人生观当中最首要的文化核心理念,写作也概莫能外,它往往成为许多青年作家出名谋利的手段,当然,谋生是无可非议的,但将它作为舍弃一切人文伦理的束缚,将其作为向上爬的阶梯,却是可鄙的,它给古今中外一切文学和作家蒙羞。我们不要强调这是商品时代的使然,却应强调坚守人文精神的道德底线,越过了这条底线,一切创作都是速朽的。

我并不反对得奖,所谓奖项,只是某些群体对你的作品的认可,并不代表你的作品就到了登峰造极的地步。诺贝尔文学奖如此,国内的茅盾文学奖、鲁迅文学奖亦如此,在它们评出的作家作品之外,尚有大量的,甚至是严重的遗珠之憾,况且,许多奖项所带有的政治与艺术的偏见,是戕害文学的利剑。但是,大量的青年文学家都不顾廉耻地去钻营此事,这就足以证明时代的创作思潮已经发生了根本的变化。扶持和奖赏就像一个巨大的黑洞,吸纳了一部分青年作家,大部分青年作家就开始有了"焦虑症",就害怕被甩出这个圈子,成为离心力之外的另类。殊不知,真正的文学创作就是需要离开中心,失去离心力失去的只能是文学外的重,得到的却是文学之重!而谁能理解这个常识性问题呢!

因此,接下来的逻辑问题就是"文学权力与政治权力强烈的同构性,文学权力显著的区域性、机构性集中,导致青年写作、文学新人在被制度命名和生产的过程中,不可避免地遭遇到源源不断的、难以抗拒的吸纳性、诱惑性、抑制性和同质性的挑战"。几十年来的文学国情已经让我们习惯了在权力之下生存的语境,许多事情已经习焉不察了,这不仅仅是青年的问题,而是整个作家队伍的"集体无意识",能够意识到这个问题,并且为将来的文学所考虑,也是一个不容忽视的问题。我们不断在给一茬一茬青年作家进行命名,而且是以正统的意识形态的名义,殊不知,一个有独立思考能力和有独特艺术风格的作家,一俟被命名,也就离站在绞索架套上绞索绳不远了,更不用说那些生产性的商业化命名了。它们都是概念化、同质化流水线上的产物。

于是"新的文学写作者与前辈写作者(尤其那些掌握更多权力的)及相关机构之间有着一种微妙而暧昧的依存关系,其中涉及权力的承传,涉及互相调情的必要性,涉及一场有关宫廷、庙堂的舞台剧中恰当的角色分配"。同样,这个问题的提出也是文坛整体性问题,不过,这在青年作家那里更为突出,如果说那些历经了历史沧桑的作家尚在这一点上还保持着一点矜持的话,那么,某些青年作家的无骨媚态就令人作呕了,其角色处处表现出被阉割后的谄媚和无性。这里必须说明的是,目前,中国作家尚不具备那种"自由之思想,独立之精神"的条件,除了生计问题外,更重要的是,我们与当时苏联作家不同的是,他们有一个俄罗斯文学的传承,即使在最严酷的时期,他们也还存在一个知识分子写作的阶层,但是,自近代以来,我们作家的现代性之所以无法完成他的启蒙,当然包括自我启蒙,即使缺乏阶层的存活性,没有一个作家作品的统一价值标准,缺失的是以赛亚·柏林所说的作家的"心灵"和立场。

无疑,这些都是当下部分青年作家的问题,但是,这却是一个带有普遍性的文学病症,所以,从制度的缺失中来看待青年作家人格的缺失,可谓鞭辟入里,一针见血。何同彬所列举的新世纪以来文坛上所出现的那些林林总总的青年文学和文化人物的怪现象,足以让青年警醒,也更令那些文学史家和年老的批评家去深入思考:时代病了,人也病了!而且这不是世纪末的恐惧症,是未来文学的"黑客攻击征兆"。

这些年来,一个接着一个的"文学事件"和"文化事件"让人目不暇接，这种炒作，无论是意识形态的，还是商业化的，都无疑给文学创作带来了致命的重击，作家们都指望这些"事件"成为自己作品的卖点，即便是负面的影响，也是出名的机会，宁愿留下千古骂名，也要出名的心理，更是青年作家一夜成名的幻想，所以，新闻性的、世俗性的、生产性的"事件"，是简单的、消极的文学致幻剂，是作家创作的"摇头丸"："无聊而热闹的文学'事件化'的受益者和受害者，他们在'事件'的漩涡中丢失自己、重塑自己、成为自己。"所谓丢失，是不准确的，因为他们从来就没有过"自己"，所以也谈不上"重塑"，"成为自己"应更名为"制造自己""打扮自己"更为准确一些。

何同彬注意到的另一种青年作家的弊端，也体现出了他的敏锐性和深刻性，而且其批判的力度也是十分犀利的，那就是青年作家渴望成为一个"职业作家"，那是进入体制的"红派司"，"职业性成功已经成为青年写作者们重要的，甚至唯一的梦想"。我们无法在这样的语境下评判这种作家体制的优劣，但我所要表达的观点是：无论你处于一个什么样的体制当中，作家自身的小环境，也就是你的创作心态，你的内心对文学创作的本能冲动尚存在否，这一点是不能变的！唯有此，你的作品才有生命力。否则，你成天想的是如何进入正统的作家体制当中去，充分享受体制给你的好处，那么，你的创作生命也就到此为止了。当然，现在各省市的作家协会都在以"赎买"的形式，把一些出了名的或正在出名的萌动中的作家纳入自己的旗下，孰好孰坏且不说，就我尚未见到过一个拒绝者而言，包括那些身价已经几千万的所谓"网络作家"，也一个个渴求"招安"，以获得"正名"，这并非一个青年作家的正常的创作心态。

也正是如此，现在的一些走红的青年作家在媒体时代的追捧下，在数以几十万众的"粉丝"簇拥下,变成了一种文化的代名词,于是乎,一种文坛领袖和霸主的江湖气油然而生,正如何同彬所言:"'成功'赋予青年人荣耀、权力,也赋予他们某种老气横秋的、世故性的自大。这一自大在写作中体现为某种不加反省的惯性的、重复性的平庸(反正有人赞赏并随时准备予以褒奖),和以信口开河、话语膨胀(如各种断言、命名或自我标榜的热情)为表征的狂妄、自负乃至自恋;在文学交往中则呈现出某种仪式性、仪态化的模仿,模仿那些成功的前辈和大人物(文学大人物则模仿政治大人物、商业大人物)的腔调、姿态、神情,甚至某些不可告人的癖好。"这就是消费文化带来的恶果,是青年毁了文学呢,还是文学坑害了青年?这是一个两难的文化命题,我以为这是一个互动的哲学关系,相辅相成才是他们成长的培养基,如果我们无视这样的一些司空见惯的现象,放弃批判的权力,我们就愧对文学的未来。

因此我才十分同意何同彬的结论:"他们的多数书写几乎不涉及政治、道德、美学、形式和文学本质方面的任何特殊性、独特性。当前,最让人沮丧的是,文学新人之间缺少分野,缺少对立,缺少各种形态的冲突,缺少因审美偏执和立场差异导致的'大打出手',这和前辈们曾经有过的某种革命氛围、野蛮风格大相径庭。就已经发生的矛盾和有限的冲突而言,涉及的基本是和话语权、利益有关的诸种晦暗不明的欲望,除此之外,他们在多数情况下是和睦的、友好的、礼尚往来的、秋毫不犯的、在微信朋友圈随时准备点赞的……"在这里,何同彬不仅指出了许多青年作家写作的致命伤——不涉及政治、道德、美学、形式的内涵,漠视文学的特殊性和独特性。思想的缺失是中国作家普遍的历史问题,但是如今已经发展到了一个令人胆寒的地步,却是始料不及的。所以,其写作陷入工厂式的模具化大生产,从流水线上出来的是商业产品,而不是文学作品。

  同时,不可忽视的问题是,青年作家与老一代作家的差异性——"革命性"和"野蛮性"。无论如何,作为这两个中性词,的确可以概括近百年来文学的某些本质特征。但是,我在这里要强调的是,正是在新世纪这个世纪的交汇点上,我们必须看到在这个文学坟场里的许许多多青年作家,并非像鲁迅当年寄予厚望的青年作家那样朝着正确的轨道前行,进化论对于今天的时代青年而言,已经完全不适用了,因为追名逐利的消费时代,鲁迅们是不可预料的。

  我们须得叩问的是:我们的青年作家的未来在哪里?!

原载于《文艺争鸣》2017年第1期

做一个为文学留下印痕的人

前几天收到一份快递寄来的书籍,打开一看,是"中国艺术研究院学术文库"中李松睿的"中国现代文学论集"《文学的时代印痕》,因为种种原因,我还是在十分繁忙的琐事当中,抽空读了这本书,着实有许多话想说出来。

我与李松睿从未谋面,但是文字上的交道倒是有过两次,一次是2015年我在《文艺研究》上发表《中国当代文艺批评生态及批评观念与方法考释》时,他作为责编,其认真负责的校勘态度让我深深感动;另一次就是因为评审某一个奖项时,我第一次接触他的文字,才领略到他扎实的学风和开阔的视野。

尽管我与李松睿的学术观点有许多并不相同的地方,但是,作为一个长期在文坛和学界工作的人,我谨记的是:学术乃公器,但凡是学术争鸣,只要不是恶意人身攻击,就应该克服学术偏见,让不同意见充分发挥,更需要为那些真正把学术当作自己生命的青年学者铺路架桥,即便是与你的价值观相左。这么多年来,眼见着许许多多急功近利的青年学者为了暴得大名而不惜制造学术垃圾,便心有戚戚焉,无疑,当下许多时髦的评论文字将会被文学史的大潮无情地吞噬,成为稍纵即逝的流星。但是读了李松睿的《文学的时代印痕》,我以为,其中的一些文字是可以经得起历史检验的,那是因为一个人的学风和学养决定了他的学术寿命。

我觉得一个好的学者起码应该具备三种学术的素养,唯此,才有可能立于不败之地。显然,李松睿是具有这些学术素养的青年学者。

首先,看一个学者对待史料的认真程度,便可见出其学术训练的功力,在这一方面,李松睿与当今有些急于成名的青年评论家有所不同。他对史料的蒐集可以见出文献整理的功底,文章的来龙去脉笔笔有交代,来路清楚,出处分明,虽然这是并非难事的"小学"之功,但在这个生活节奏十分迅捷和学术氛围十分浮躁,且商业化愈来愈浓烈的时代里,能够静下心来坐冷板凳的学者,尤其是青年学者是少有的。反躬自省,包括我自己也时常逃脱不了浮躁的毛病,而从李松睿文章的字里行间中却尚能嗅到那种冷板凳的气息,这是一个学者的基本功,更是一个学者学术品格的呈现,希望李松睿能够保持这样的学术优势,不过,所要花的时间却是比别人多出数倍,这就须得有长期作战的准备。

其次,要具备的是文学史的视野,一个没有文学史意识的文学研究者,他可以是文学作品的鉴赏家、评论家,但是他绝对不能称作是一个好的学者,因为,没有长期系统的大量阅读,没有作家作品和文学事件的时序发展的逻辑排列,就不可能有深厚的学术积累,也就没有厚积薄发的功力,也就不可能站在一个历史的高度来俯瞰和平行比较作家作品,识别其创作的"代码"。我以为,这才是文学史家与评论家视界的根本区别所在。像《另一种进化论——威尔斯〈星际战争〉的晚清译本》这样的文章虽然看似在考辨一篇译文的利弊,而实际要解决的却是晚清(实际上是延续至今)两种翻译弊端的文化思想的大问题:

"由是观之,传统中国向现代中国的'过渡'注定无法完成,因为进化论的逻辑已经事先将中国钉在进化的落后一环上。"由一篇翻译文章谈到文化思潮对中国命运走向的影响,这才是作者所要涉足的本质问题,从微观到宏观转换,表层结构似乎就是一个论文的写作方法,其实这里面却是论者知识积累和思想深度的显现。我尤其激赏的是《二十世纪三十年代初的左翼批评话语及早期革命文学》一文,其不仅具备了文学史的自觉意识,同时又具有哲思的批判性:"强调作家的思想倾向要与革命政党的意识形态诉求保持一致。在很大程度上,这一转变使得现实主义在意识形态的推动下决定性地影响了中国现代小说及批评的基本面貌。因此,20世纪30年代初左翼批评家对早期革命文学的批判给我们提供了一个很好的个案,对这一文学史现象的考察可以帮助我们更好理解为何左翼批评家需要借助现实主义理论来对革命文学规训。"虽然这原本是一篇硕士论文的主干,却让我讶异的是李松睿学术训练的基本功由此而出,高起点就将决定他日后学术成就的光明前途。这些充满着哲学文化思考的文章始终成为李松睿的一个下意识的学术追寻,《做现实主义者,为不可能之事——1925年的鲁迅》《"是聪明,聪明,第三个聪明的"——论鲁迅的翻译语言》《地方性与解放区文学——以赵树理为中心》均为作者将文学史的眼光与文化哲思融为一体的文章,体现出李松睿作文由小及大、由表及里、由浅入深的开阔视野。

再次,文本细读乃李松睿承继其导师吴晓东学术方法的行文习惯,但尚有个性风格之区别。一个文学史家和批评家必须具备一种文学悟性的素养,不具有这样的能力,你永远都是在文学的门外谈文学,其文学史家只能做史料的梳理和综述工作,其批评家和评论家也就只能做思想、语录、箴言的"搬运工"和"组装工"。而从《文学的时代印痕》这部书籍的大部分文本细读文章中,我们能够明显体悟到一个青年学者对作家作品独特的自我解读能力。

李松睿对"海派文学"的独到分析集中体现在《误认、都市与现代性体验——读〈上海狐步舞〉》一文当中,当然,对20世纪30年代"新感觉派"的评论文章已经汗牛充栋了,但是,李松睿这篇文章的好处就在于不是平面地去解析作家作品,而是在肯定与否定的悖论之间找到一个新的论证裂隙:"而由此引发的问题就是,为什么左翼批评家对穆时英作品所表现出的倾向性那么敏感?穆时英的作品在什么意义上触动了左翼批评家的神经?难道仅仅是一个风靡上海的作家吗?这些问题构成了本文的出发点。"无论是文体引发了文化的思考,抑或是文化引发了作者对文本的重新探索,总之,李松睿对文本的细读彰显出的是那种独特的体悟,从此文的三个小标题上就可以看出其行文的端倪:"一,技法的新奇与结构的精巧";"二,错格与叙事裂隙的显影";"三,误认与现代性体验"。最后则将穆时英定格在文学史最恰当的坐标位置上:"他留给我们的只是一些断简残篇。或许可以说,穆时英有成为卡夫卡的机遇和天分,但却最终只成了穆时英而已。"我以为这样的定位是十分准确的。同样,《渡船与商船——论〈边城〉牧歌形象的裂隙》不仅表现出作者对作家作品独特的敏悟能力,而且那种把沈从文的《边城》放在一种特定的"牧歌"语境中考察,其阐释出的文化风景的意义显然就与众不同了:"渡船与商船就构成了小说内部幻景与小说外部社会现实之间是一条隐秘通道,在沈从文所营造的'牧歌幻景'上打开一道裂隙,使读者透过它,呼吸到现实的空气。"细致的文本分析最后落实到人文关怀上构成了李松睿文学史批评独有的视角,并正在逐渐形成风格，这才是他文章中最难能可贵的闪光之处。

之所以有些冲动地写下了上述的文字，源于这几十年来在阅读了大量的过眼云烟的博士论文，以及目睹了许许多多新锐学者和评论家的昙花一现，触发了我对整个中国现当代文学学术生态的思考。我庆幸李松睿至今还没有踏进那条被名利施洗的河流，趁着尚年轻，做一个踏踏实实、不随波逐流的真学者，才是一个能够在文学史上留下痕迹的人。

原载于《中华读书报》2017 年 5 月 24 日

带着生命体征和温度的文字

三十二年前,因为中国社科院文学研究所与《文学评论》编辑部在昌平开办第一期文学评论研修班(后来被戏称为"黄埔一期"),让我去做班长,费振钟介绍那时还在高邮党史办工作的王干一同前往,起初我以为王干是一个老者,一见面却是一个大眼睛滴溜溜转的小年轻。无疑,王干是研修班里听课最认真、读书最勤奋(为了挑灯夜读贾平凹的《商州》,就熄灯问题与林道立差一点发生"武装冲突")、写作最频繁的学员,这些都是他日后成名不可或缺的元素。当然,具备这些元素一般人都能够做得到,但是一般人做不到的却是一个文学工作者对作品的高度敏锐性,所以用"机敏"一词来形容王干对文学世界感悟的敏锐性是比较恰当的,说它是王干的天赋也好,说它是王干的秉性也好,这样的性情会是一把双刃剑。

王干让我为他的这本评论集写序,可以看出王干性情中的另一面,用聪慧的大度来直面自己的人生,这是包括我在内的每一个从事人文学科工作的人,都应该具备的基本素养。二十年前,那场文坛的"断裂"事件,王干被卷入其中,虽然他自己否认直接介入,但朱文和韩东当时和他来往密切,在心理上绝对是惺惺相惜的。今天回过头来看,其事件本身的意义并不重要,重要的是那种姿态表明了文学已然走到了分化的断崖口,他们和我们的态度并不重要,重要的是,经过这二十年的风风雨雨,大家认清了文学发展的走向;也从"断裂"作家群的沉浮之中,看清了一个作家生命力的所在。包括王干本人的文学经历,也充分证实了一条文学的真理:除了文学的天赋以外,一个作家还得保有对文学的一份真诚,这个真诚就是对人性的尊重。

闲话不说,言归正传。王干的这本评论集是他几十年来专写江苏作家作品的集子,我数了一下,一共三十余人。从老一辈作家高晓声开始,到中年的赵本夫、周梅森、苏童、叶兆言、范小青、朱苏进,再到后来的"断裂"作家群,以及更晚一辈成名的作家,江苏知名作家基本上是一网打尽了。

说实话,一个评论家要展示自己一生的评论经历是一件需要勇气的事情,当你将几十年前的文章都翻箱倒柜地寻找出来,再一次公布于众,总有明日黄花之憾,倘若尚有突破时代局限的文字留下一二,也就沾沾自喜了。显然,王干这些过期的评论当中是有一部分具有突破素质的,否则,他是没有底气拿出来的。我不想对王干的作家作品论进行逐一的评点,因为那是一件吃力不讨好的事情,我不能说他对这些作家的评论不到位,而是认为这些评论虽然在当时是领风骚的,但是,一俟王干摆出了一副理论家的面孔来评论作家作品时,就会显得有些凌空蹈虚了。这就使我想起了与王干几乎同时出名的陈晓明来,用理论轰炸机来对作家作品进行全方位的扫射,那是陈氏评论的长项和专利,乃王干之所短;而王干所具备的长项又恰恰是陈晓明所没有的,那就是用比狗的嗅觉还要灵敏的那种特有的感悟或顿悟,去感受作家作品,也就是与作家一起走进生活的现场,去触摸和体悟那充满着毛茸茸质感的现实。

所以,我发现了其中的秘密,在这一本书里,王干评论苏童的作品是最多的,其他人只是一篇,至多不超过三篇,而苏童却占了五六篇之多。究其原因,不管王干是有意识的还是无意识的,他之所以陷入了苏童评论的怪圈之中,就是王干的评论最适合对苏童作品做出最优质化的呈现与再造,无论他是出于对苏童作品的真爱,还是出于他本人对苏童笔下生活的热爱,我们都可以见出王干倾力为之赞叹的行状来,这一部分是其评论集中最精彩,也是最出彩的篇什,其根本缘由就是,他是用文学创作的语言和激情来书写这些带着生命体征的评论的。

像这样的语言才是最接近作家作品本意表达的独特语言,极具表现力:"苏童在先锋派作家中,以其语言丝绸般的柔和和光滑独具一格,他小说的语言时常可以自成一体,不必指向叙事。在《河岸》里,苏童始终保持这种语词的飞翔感觉,并时不时地向人物读者进行俯冲。《河流之声》那个章节里,能看出孙甘露式的语言修辞的天赋,但又没有脱离人物和小说的具体情境,结合得近乎完美。"王干多处提及苏童语词的"飞翔感觉",只这四个字,就高度凝练而准确地概括出了苏童的语言风格,虽然是让人靠意会去感觉和体验作家的语言背后的玄机,但是足以让人感觉到另一种超越理性概括的准确性,因为它有一种感性的温度让你激动。

当然,像这样把感性认知和理性分析进行混合搅拌后,从"意象"感受上升到"具象"分析的评论文字,也同样是精彩的:"苏童的小说也是圈,他使用灵性用感觉用色彩组成的神秘之圈,是用生命汁液浸泡出的意象之流,它自山地流动在心灵与大自然契合的那一瞬间,没有开始,没有结局,也没有高潮。它是流动的画面与流动的旋律熔合起来的诗潮,在这股诗潮里飘溢出桂花的芬芳、夜晚的宁静、历史的幽远和孩提的忧愁,我们必须调动自童年时代所保存下来的种种新奇的视觉、听觉、嗅觉、感觉去感受这种诗潮对我们感官的美丽的冲激,去体味种种意象里所潜藏着少年时代许多美丽的梦幻和看似轻淡实似沉郁的悲剧。也许,童年时光的种种诗意和感伤便由此涌上了你的心头,甚而至于笼罩着你,久久不离,像一个奇异的神秘的光圈。"在这里,既有调动文学意象的词语,也有分析概括的文字,二者交融,给人留下咀嚼回味的艺术空间。

毋庸置疑,一个评论家不可能永远陷入文学创作的语词当中进行作家作品的分析,那样也就不能称其为评论了,我以为,在其他作家作品的评论中,王干对作家作品的概括分析的独特点未必十分准确,但是,在评论苏童的作品中表现出来的却是十分自然熨帖的,我之所以采用"熨帖"一词,就是要表达一个评论家能够在进入作品充分的体验过程中,发自肺腑的概括才是对文学作品的"再创造"和升华的过程:"在1993年的一篇《苏童意象》中我曾将苏童小说分为三大类型,一是童年视角的记忆性的乡村叙事类型,一是关于女性生活的红粉系列,还有就是香椿树街的城市生活系列,后来苏童又增加了新历史小说的创作。这种分类,未必准确,但基本上能够概括苏童小说的重要特征,好的视角,细腻的心理,城市的变迁,成长的主题,历史的无奈,由此带来的人性的扭曲和伸张。"

分析人物同样如此:"这显然是在叙事,是在表现颂莲秋日烦乱的心绪和越来越乖戾暴躁的性格,所用笔墨不加心理分析,也没有变形夸张之处,是纯粹的写实的白描,但整副场景却给人意象性的阅读感受,具有一种强烈的画面感。这一方面是由于落叶本身在中外诗歌中特有的意象内涵唤起人们的阅读经验,另一方面苏童将其场景与叙事进行定格处理,便形成了一种意象块面,这种方式延伸了意象的内涵,也为白描灌注了新鲜的汁液。因而当《妻妾成群》改编为电影《大红灯笼高高挂》时,小说里的生活场景乃至色彩几乎原封不动地搬入镜头。色彩本位论者曾认为张艺谋的电影艺术在于实现了故事的意象化,那苏童的小说则有异曲同工之妙。"无疑,这些都是王干评论文字中最干净,也是最出彩的地方,往往给人惊鸿一瞥的感觉。

这恐怕才是王干评论与其他评论家之间的区别所在。

可惜的是,王干蛮可以将这样的文本分析贯穿到那个与苏童有着同样感觉的毕飞宇的文本分析当中,但是他没有,这是他的失误吗?或许,他觉得一个苏童就耗尽了他的才华和灵敏,也就不难理解他没有把好友韩东的作品也纳入这样的文本分析之中,但对我而言觉得奇怪。尽管他做出了这样的解释,但我还是不能理解:"我一直想为韩东的小说写一篇评论,但始终未能写好。我觉得韩东的小说在 20 世纪 90 年代是相当独特的,他的小说从形式上看不出什么奇异之处,甚至有些陈旧,但读下去,在那些近乎枯竭的文字缝隙间又发现处处暗藏'杀机',处处有埋伏,处处有意味。套用韩东的那首著名的《有关大雁塔》诗中的'警句',便是:关于韩东,我们又能说些什么?"无疑,感觉是对的,但为什么就不写呢? 其实韩东的小说比他的诗歌还有嚼头,至今,其《障碍》《交叉跑动》等篇什中的细节描写还时时浮现在我的眼前,一个作家的作品能够让人记住的往往是细节描写,被人记住就是一种成功。韩东有许多地方与苏童十分相像,王干却没有在这里充分展开他那充满激情的评论,确有遗珠之憾。

王干当初也非常看重朱文,也许有人认为朱文将来会成为"大师"

而蛊惑了王干。二十多年过去了，摒弃一切前嫌，我仍然坚持自己当初的判断：韩东的才华远在朱文和吴晨骏之上。历史已经证明了这一点，无须赘言，其实王干当时也意识到了这点，只是过于放大和夸张了朱文小说的长处，而忽视了一种小说家最大的忌讳与隐患，那就是对"历史的必然性"的疏忽，王干也意识到这一点："这并不是说朱文的小说已经无懈可击了，恰恰相反，朱文小说中常出现的随意性因为把握不住'飞'的冲动而失之过分，他在躲避生活的沉重的同时，也会同时丧失生活的厚实，很容易滑向浮泛和贫乏。作为游走美学的探索者和实践者，朱文的路还刚开了一个头，他还要走很久。"可惜朱文也只是，也只能开一个头，他不能维系下去，除了缺乏心性上的定力外，少的就是对现实生活描摹的准确性和超越性。于是最后还是放弃了小说，去捣鼓电影去了，没有像有些人热切希望的那样做一个"大师"，历史做出了一切合理亦合情的注释。昙花已逝，铁树犹在。

三十多年过去了，文坛的风风雨雨会改变一个作家或评论家的命运，但改变不了的却是各色人等对文学的那份真情或是虚伪，这是我们每一个钟情文学的人都需要反思的问题。但愿王干揣着十二万分的虔诚在文学评论的道路上一直走到底，相信他是不会辍笔的。

是为序。

原载于《文艺争鸣》2017年第9期

"世界中"的中国现当代文学史编写观念

——王德威《"世界中"的中国文学》读札

作为一直从事中国现当代文学与文学史研究的海外学者,王德威应该是第三代的领军者,他几十年来打通了中国现当代文学学科的壁垒,将百年以降的所有文学史思潮现象和作家作品(哪怕是一个有文学史意义的不起眼的小作家)都纳入自己研究的视域中,这是我们大陆学者所难以企及的学术态度,如今他竟然将中国现当代文学史的上限拓展至明末,如此大胆的举措让我震惊,有理无理另当别论,但是在学术上的刻苦追求令人尊敬。更重要的是,他的视野十分开阔,知识储备丰厚,古今中外的文学作品和思潮,文史哲各门类的方法与观念,无所不涉,无所不用,这也是一般学者望尘莫及的。就我多年来对他的观察,其学术性格基本上是持重稳健、客观公允的,尽管我不赞成书中收入了与全书价值判断相左的极少篇文章,有些观点也看似激烈,那是因为所处的文化语境的殊异,乃至于因为意识形态的差异性而形成了反差和落差:你以为是站在政治正确的立场上去批判他的观念,他却以为自己是站在学理的客观立场上进行"历史的考古",视其为一种严谨的学风,相比一些大批判文风的文章,谁的观念更具有学理性和学术性,学界同仁心照不宣,不言自明。在我与王德威接触的过程中,我反倒以为他的性格在谦和之中少了一些刚烈,甚至有点懦弱。

前年去美国,又见王德威,在他的办公室兼书房里,得知他正在主编一套卷帙浩繁的中国现当代文学史,没有想到的是,这部千页之巨的皇皇大著的英文版如今已然问世了,据悉中文版不久也将面世。从德威先生的这篇导言当中,我们可以清晰地看到此书的编写宗旨和体例规范,更重要的是,这种具有把中国现当代文学代入"世界中"的意识,试图让中国现当代文学进入正常的世界文化和文学语境的雄心,却是我们国内学者缺少的视界和魄力。我尚未读到全书的中文版内容,但是,就此阐发的观念而言,就让我们这些专治中国现当代文学史的国内学者汗颜,因为我们长期只在狭小的中国文化地理版图中打圈,走不出自我设定的陈腐史学观念之囚笼,也就让我们的中国现当代文学史在近七十年之中只是在修修补补当中戴着镣铐跳舞,往往囿于形式上的些微变化而沾沾自喜。读了王德威先生这篇文章,我觉得有必要将他的文学史观与我们的文学史观进行一次对照,旨在进一步深化中国大陆中国现当代文学界同仁的问题意识,让中国文学走出国门,让中国现当代文学研究走向世界。

"哈佛大学出版公司《新编中国现代文学史》是近年英语学界'重写中国文学史'风潮的又一尝试。这本文学史集合美欧、亚洲、大陆、台港一百四十三位学者作家,以一百六十一篇文章构成一部体例独特,长达千页的叙述。全书采取编年顺序,个别篇章则聚焦特定历史时刻、事件、人物及命题,由此衍生、串联出现代文学的复杂面貌。"显而易见,在进入"重写文学史"的序列中,王德威先生在国内诸多文学史的比对之中,是想进行一次大的"外科手术"的,撰写者是一个"联合国集团军",各自带着自己的文化基因和密码进入了对中国现当代文学的考察,诚然,这无疑就加大了此书的世界性视域,这种编写人员的世界性元素,可能是当下任何一部中国现当代文学史撰写队伍都不可能达到的组合境界。所以说它"构成了一部体例独特"的著作,我担心的也正是在它无比多声部的优势当中,会不会在"众声喧哗"中呈现出偏离主旨、各自为政的体例和风格的散乱呢?这要有待于读了全书后才能做出判断。

但是,从这四个维度来看王德威先生文学史编写观念,我们就会知其良苦用心了:"《新编中国现代文学史》借以下四个主题,进一步描述'世界中'的中国文学:时空的'互缘共构';文化的'穿流交错';'文'与媒介衍生;文学与地理版图想象。"我想就其中的几个问题谈一点浅见。

采用编年来结撰文学史的方法似乎并不鲜见,但是,将特定的作家和人物"聚焦特定历史时刻、事件、人物及命题,由此衍生、串联出现代文学的复杂面貌"却是一种独特的视角和方法,把历史的细节真实客观地提纯并放大在"历史时刻"的显微镜下进行分析,由此显现出历史的斑驳的复杂性,这也许更能够让我们厘清作家作品的原意所在。"作为中国现代文学公认'开端'的 1919 年五四那一天,又到底发生了什么?贺麦晓教授(Michel Hocks)告诉我们,新文学之父鲁迅当天并未立即感受到'历史性'意义,反而是鸳鸯蝴蝶派作家率先作出反应。而在官方文学史里鸳蝴派被认为是不登大雅之堂的。文学史的时间满载共时性的'厚度',1935 年即为一例。那一年漫画家张乐平(1910—1992)的漫画《三毛流浪记》大受欢迎;曾为共产党领袖的瞿秋白(1899—1935)在福建被捕,临刑前留下耐人寻味的《多余的话》;电影明星阮玲玉(1910—1935)自杀,成为媒体的焦点;而河北定县的农民首次演出《过渡》《龙王渠》等实验戏剧。文学史的时间包容了考古学式的后见之明。1971年美国加州《天使岛诗歌》首次公之于世,重现19世纪来美华工的悲惨遭遇;1997年耶鲁大学孙康宜教授终于理解五十年前父母深陷国民党白色恐怖之谜。文学史的时间也可以揭示命运的神秘轮回。1927年王国维(1877—1927)投湖自尽,陈寅恪(1890—1969)撰写碑文:'独立之精神,自由之思想'。四十二年后,陈寅恪在'文革'中凄然离世,他为王国维所撰碑文成为自己的挽歌。最后,文学史的时间投向未来。"这些在"历史时刻"中人的特定行为的表现,往往是被我们的文学史所忽略的东西,恰恰就是它们构成了文学史最复杂,同时也是最深刻和最精彩的组成要素。一切本质性的东西往往就是在历史时刻的细节之中凸显出它的意义和作用。而这样的耙梳也许只有王德威想到了,同时,也只有他才有条件完成这样的学术性探究。

　　顺便需要指出的是,从目录中我们可以看出,《新编中国现代文学史》内在逻辑虽然是按照编年史的方法进行的,但是在目录次序上却是无次序状态的,或许这就是"大兵团作战"留下的遗憾,抑或就是作者考虑如何按照问题意识进行文学史的组元方法所致,这就需要读者自行从问题出发,重新在大脑中梳理出一条清晰的编年史的脉络来,这对于一般读者来说是比较困难的。尽管如此,这种将许多杂乱无章的历史碎片拼贴起来的文学史叙述,的确给了我们许多启迪。

　　毋庸置疑,我们首先关注的焦点就是王德威先生在文学史的断代与分期中的创新观点。近四十年来,国内对中国现当代文学史的断代方法已经十分多了,但总是在意识形态之争当中盘桓,而王氏切分法虽然诡异大胆,却也让我们看出他跳出五行举止背后的深意来了。

"《新编中国现代文学史》的读者很难不注意书中两种历史书写形式的融合与冲突。一方面,本书按时间顺序编年,介绍现代中国文学的重要人物、作品、论述和运动。另一方面,它也介绍一系列相对却未必重要的时间、作品、作者,作为'大叙述'的参照。借着时空线索的多重组合,本书叩问文学(史)是因果关系的串联,或是必然与偶然的交集?是再现真相的努力,还是后见之明的诠释?以此,本书期待读者观察和想象现代性的复杂多维,以及现代中国文学史的动态发展。"基于这样一种治史理念,王德威对中国现当代文学史的断代便有了自己的考量。显然,从明末作为中国现代文学开端的切分法具有很大的风险性,肯定会招致中国大陆学界的许多诟病,不仅中国现当代文学史的学人不会同意,而且那些专攻中国古代文学史的学者们也会反对,因为中国现代文学史上溯至晚清,就有了二三十年的论争了,何况上溯到明末?记得20世纪90年代中国大陆史学界在一片"现代性"的鼓噪下,就论证了中国明朝政治和经济的巨大现代性元素,文学界跟进,指出生活在明代中叶的西门庆这个人物身上体现出的现代性元素。我担心这种诟病会不会出现在这本书的评价体系当中。然而,王德威先生的理论依据是从何而来呢?

"《新编中国现代文学史》起自1635年晚明文人杨廷筠、耶稣会教士艾儒略(Giulio Aleni)等的'文学'新诠,止于当代作家韩松所幻想的2066年'火星照耀美国'。在这'漫长的现代'过程里,中国文学经历剧烈文化及政教变动,发展出极为丰富的内容与形式。借此,我们期望向(英语)世界读者呈现中国文学现代性之一端,同时反思目前文学史书写、阅读、教学的局限与可能。"就此,我们便可以看出此书作者如此开端的缘由了。之所以上溯至1635年的明末,是因为被称为中国天主教"三大柱石"的杨廷筠(此时杨廷筠已经去世八年)与那个重新绘制利玛窦的万国全图的意大利传教士艾儒略对文学的重新定义,与封建正统的文学观念相左,融入了欧洲文艺复兴以后以人为本的文学理念。显然,这种追溯的真正目的则是作者将中国现代文学的开端建立在世界格局的大框架中进行考察辨析。将华语文学作为世界文化与文学发展的一盘棋中,才是王德威先生的最终的企图,因为在许多章节当中,他念念不忘的就是华语文学创作在海外的传播与研究,当然这也是为了突出现代性文化在中国的传播是始于明末。

也许这是受到了黄仁宇的《万历十五年》思维和方法的影响,王德威的历史分期虽然在中国大陆学者眼里有些标新立异,但是细细考察,这种分期法是有一定的内在学理性的,因为在马克思看来"世界贸易和世界市场在十六世纪揭开了资本的近代生活史"(《资本论》第1卷)。欧洲资本主义的影响通过利玛窦和艾儒略这样一批传教士将资本主义的文化思想传播到中国大陆本土,正好与明代中后期许多试图突破封建思想藩篱的"异端邪说",如李贽与明末东林党人的一些新思想的传播相契合,形成了尔后史学界将中国最初的启蒙运动归于明末的新观念,其最有影响的当数侯外庐先生《中国思想通史》中的论断:"中国启蒙思想开始于十六、十七世纪之间,这正是'天崩地解'的时代。思想家们在这个时代富有'别开生面'的批判思想。"我不知道王德威先生是否也受了这种观念的影响?但是,无论如何,持这种观念的学者之所以如此,一是能够从历史文化制度的缝隙中发现资本主义文化的启蒙元素,这本身就具有历史新发现的学术价值;二是基于学术研究的世界性视野与格局,将处于并不成熟的、萌芽状态下的启蒙运动也纳入中国现代文化的学术研究范畴内,其思想和方法都有先锋性的一面。我以为,王德威先生主要的考量是落在后者的。因为将中国现代文学的发生置于与世界文明进程的同步之中,应该是王德威先生的良苦用心,以文化启蒙为新旧文学变迁与划界的理论依据是有道理的,沿着这样的理路去破解这样的观念,我们就不难理解这种分期的大胆和怪异了。不过我还是要有所建议,倘若王德威先生是将这种萌动孕育中的启蒙元素,放在整个文学史的"绪论"当中作为"序曲"来处理,是不是更能让人理解和接受呢?

而将中国现当代文学史的下限止于科幻小说的虚拟时间的维度之上的做法,我自己却是不能苟同的:"止于当代作家韩松所幻想的2066年'火星照耀美国'。"因为未来不是过去,它不能构成历史,这是一个常识性的问题,科幻作品中描写的场景即使在将来兑现,它也不能成为当下已经过往的"历史的时刻"。

但是,这些瑕疵无碍大局,王德威先生这些年一直标举的"世界中"的"华语语系"的主旨就是:"华语语系观点的介入是扩大中国现代文学范畴的尝试。华语语系所投射的地图空间不必与现存以国家地理为基础的'中国'相抵牾,而是力求增益它的丰富性和'世界'性。……'中国'文学地图如此庞大,不能仅以流放和离散概括其坐标点。因此'华语语系文学'论述代表又一次的理论尝试。……以往'海外中国文学'一词暗含内外主从之别,而'世界华文文学'又过于空疏笼统,并且两者都不免中央收编边陲、境外的影射。有鉴于此,华语语系文学力图从语言出发,探讨华语写作与中国主流话语合纵连横的庞杂体系。汉语是中国人的主要语言,也是华语语系文学的公分母。然而,中国文学里也包括非汉语的表述;汉语也不能排除其中的方言口语、因时因地制宜的现象。"

"更重要的是,有鉴于本书所横跨的时空领域,我提出华语语系文学的概念作为比较的视野。此处所定义的'华语语系'不限于中国大陆之外的华文文学,也不必与以国家定位的中国文学抵牾,而是可成为两者之外的另一介面。本书作者来自中国、日本、新加坡、马来西亚、澳大利亚、美国、加拿大、英国、德国、荷兰、瑞典等地,华裔与非华裔的跨族群身份间接说明了众声喧'华'的特色。我所要强调的是,过去两个世纪华人经验的复杂性和互动性是如此丰富,不应该为单一的政治地理所局限。有容乃大:唯有在更包容的格局里看待现代华语语系文学的源起和发展,才能以更广阔的视野对中国文学的现代性多所体会。"上述观点,我们可以看出,王德威先生是一个十分推崇大中华文学的倡导者,在他的血脉里流淌着的是对中华文化的热爱,反观一些人将他作为右翼学者的靶来抨击,委实是冤枉了一个正直的学者对中华文化和文学有着拳拳之心的善意,因为王德威既不是左派,也不是一个右派,他只是一个秉持着客观公允态度,并且有着中华情结的历史叙述者,为再造中国文学而贡献一生的学人,仅此而已。用他自己的话来说,就是:"中国现代文学是全球现代性论述和实践的一部分,对全球现代性我们可以持不同批判立场,但必须正视其来龙去脉,这是《新编中国现代文学史》的编撰立论基础。首先,文学现代性的流动是通过旅行实现。所谓'旅行'指的不仅是时空中主体的移动迁徙,也是概念、情感和技术的传递嬗变。本书超过一半的篇幅都直接间接触及旅行和跨国、跨文化现象,阐释'世界中'的中国文学不同层次的意义。"这样的学术态度恰恰又是与当前中国共建"一带一路"的倡议是一致的,那我们是不是又得批判王德威先生是政治投机呢?

将现代性切为近代、现代与当代三个时段的史观来对四百年的中国文学的现代性进行重构,其意义何在?我想这是作者试图把整个现代性进程的历史路径展示给我们看,尤其是在其萌动期的状态是如何呈现的,由此而在历史的环链中找到作家作品的位置,这当然是值得注意的历史问题。而我们更关心的却是现代性产生过程中的许许多多至今尚不能解决的问题和症结所在,这种困惑才是我们共同急切关心的真问题,所以,王德威的诘问才有了更加深刻的现实意义:"《新编中国现代文学史》企图讨论如下问题:在现代中国的语境里,现代性是如何表现的?现代性是一个外来的概念和经验,因而仅仅是跨文化和翻译交汇的产物,还是本土因应内里和外来刺激而生的自我更新的能量?西方现代性的定义往往与'原创''时新''反传统''突破'这些概念挂钩,但在中国语境里,这样的定义可否因应'脱胎换骨''托古改制'等固有观念,而发展出不同的诠释维度?最后,我们也必须思考中国现代经验在何种程度上,促进或改变了全球现代性的传播?"

毋庸讳言,由于王德威先生对中国文化,尤其是共和国文学情势的熟谙,对几十年来各种思潮对文学史的干扰了如指掌,他想还原历史的真貌,所以,为了让中国现当代文学史进入正常的学术研究轨道,还是中肯地提出了自己的看法:"近几十年我们越来越明白如下的悖论:许多言必称'现代'的作家,不论左右,未必真那么具有现代意识,而貌似'保守'作家却往往把握了前卫或摩登的要义,做出与众不同的发明。张爱玲(1920—1995)在上个世纪末进入经典,不仅说明'上海摩登'卷土重来,也指出后现代、后社会主义颓废美学竟然早有轨迹可寻。陈寅恪曾被誉为现代中国最有才华的史学家,晚年却转向文学,以《论再生缘》和《柳如是别传》构建了一套庞大暗码系统,留予后世解读。论极'左'政治所逼出的'隐微写作'(esoteric writing),陈寅恪其人其文可为滥觞之一。就此我们乃知,当'现代'甚至'当代'已经渐行渐远,成为历史分期的一部分,所谓传统不能再被视为时空切割的对立面;相反的,传统是时空绵延涌动的过程,总已包含无数创新、反创新和不创新的现象及其结果。"好一个"卷土重来",好一个"隐微写作",以我之浅见,王德威所要表达的观点则是:无须用左右去划分作家,只有现代性才是衡量一个作家价值观的标准,他们与文学史的构成关系是靠着自己的才华和现代性价值理念发生,以此为文学创作的资本而融入"世界中"的。张爱玲的"上海摩登"自不必说,而陈寅恪《柳如是别传》的"隐微写作"却是叩开了那扇文学如何影射通往现实世界的大门,让我们望见了陈寅恪"软性"创作彼岸的风景所在。

王德威先生一直强调这部文学史的"文",用我们通常的理解,那就是"文体",讲究多文体介入文学史,当然可以大大地丰富文学史的内涵,这种做法在大陆有些中国现当代文学史当中亦有呈现,但是像他们这样大规模、集成化的植入,却是不多见的。"目前中国现代文学的文类范畴多集中于小说、诗歌、戏剧、散文、报道文学等。《新编中国现代文学史》尊重这些文类的历史定位,但也力图打开格局,思考各种'文'的尝试,为文学现代性带来特色。因此,除了传统文类,本书也涉及'文'在广义人文领域的呈现,如书信、随笔、日记、政论、演讲、教科书、民间戏剧、传统戏曲、少数民族歌谣、电影、流行歌曲,甚至有连环漫画、音乐歌舞剧等。本书末尾部分更触及网络漫画和文学。"其"文"的考量则是"为文学现代性带来特色",这一点我倒是觉得有点牵强,如果说是进一步丰富和拓展了更有趣味性的文类,增加了全书的生动性,还是说得过去的。但是,任何文体都可以有现代性元素与符码的文本可供选择,比如一幅照片、一个器物,都有可能带有那个时代的先锋性和现代性，如此一来，这部著作在数量上的叠加便会十分可观，变成了一个无穷无尽的无边的现代性了。

"其次，本书对'文学'的定义不再根据制式说法，所包罗的多样文本和现象也可能引人侧目。各篇文章对文类、题材、媒介的处理更是五花八门，从晚清画报到当代网上游戏，从革命启蒙到鸳鸯蝴蝶，从伟人讲话到狱中书简，从红色经典到离散叙事，不一而足。不仅如此，撰文者的风格也各有特色。按照编辑体例，每篇文字都从特定时间、文本、器物、事件展开，然后'自行其是'。夹议夹叙者有之，现身说法者有之，甚至虚构情景者亦有之。这与我们所熟悉的制式文学史叙述大相径庭。"如果我的理解不错的话，那么王德威先生所说的"制式"便是"体例"，也就是说主编放权给各个章节的撰写者，充分发挥他们在阐释文学史时的想象，将自由叙述的空间放大至极致，这一点是我们的文学史绝对做不到的，因为我还没有看到中文版的《新编中国现代文学史》，我无法想象的是"夹叙夹议叙述者有之，现身说法者有之，甚至虚构情景者有之"是一个什么样的文学史书写样态。如果说夹叙夹议我们还能理解；那么"现身说法者"必定是参与过文学史进程的作者自己的故事，如此一来，这就带有了"散文随笔"的文体的色彩了；最让人讶异的是"虚构情景者"，此乃小说笔法，我实难想象这样的文体样态的嵌入，会对文学史的构成起着什么样的意义与作用。毫无疑问，这种大胆的尝试，也许会给读者带来极大的阅读兴趣，像《万历十五年》那样引人注目，但它是否能够成为一部信史，可能尚需历史的检验，一切尚有待于中文版中的表述为准，那时也许会让我们的治史观得到颠覆性的改变。因为王德威先生对此的解释的确是让我怦然心动的："众所周知，一般文学史不论立场，行文率皆以史笔自居。本书无意突出这一典范的重要性——它的存在诚为这本新编《文学史》的基石。但我以为除此之外，也不妨考虑'文学'史之所以异于其他学科历史的特色。我们应该重新彰显文学史内蕴的'文学性'：文学史书写应该像所关注的文学作品一样，具有文本的自觉。但我所谓的'文学性'不必局限于审美形式而已；什么是文学、什么不是文学的判断或欣赏，本身就是历史的产物，必须不断被凸显和检视。唯此，《新编中国现代文学史》的作者们以不同风格处理文本内外现象，力求实践'文学性'，就是一种意识的'书写'历史姿态。"文学史的撰写也强调其"文学性"的"书写"，这样的理念打破了大陆文学史干巴巴的、程式化的编写模式，用生动的语言进行"再创作"，跳出枯燥灰色抽象的理论思维的藩篱，用鲜活生动形象的感性思维去叩响文学史那扇沉重的审美大门，固然是十分有意味的形式探索，然而它能否获得人们的认同呢？尤其是许多学者的赞许，可能尚得经过多次历史的验证，我也说不准它的生命力会有几何。但是，我却坚信文学史的写作不能墨守成规，用鲜活的文学语言去阐释学术问题，应该成为文学史书写的题中之义。

　　无疑，王德威先生主编的这部文学史是有着许许多多的亮点的，最重要的是对我们大陆已有的几千部中国现当代文学史构成了一种挑战，从思想到内容，都有许多值得我们参照和深思之处，从中我们肯定会大有受益的，因为他的编写思路的开阔和另辟蹊径，是让我们在反思大陆几十年来编写中国现当代文学史时有着很大启迪的，因为我们缺乏的正是一切尽在让中国现当代文学史回到"世界中"的跨文化传播的视野："因此《新编中国现代文学史》不刻意敷衍民族国家叙事线索，反而强调清末到当代种种跨国族、文化、政治和语言的交流网络。本书超过半数以上文章都触及域外经验，自有其论述动机。从翻译到旅行,从留学到流亡,现当代中国作家不断在跨界的过程中汲取他者刺激,反思一己定位。基于同样理由,我们对中国境内少数民族以汉语或非汉语创作的成果也给予相当关注。"

当然,王德威先生所提出的许多尖锐问题也是值得我们思考的,在我们的编写史中有着禁忌的话题,我们不能说出,但是,作为海外学者,他们有发言的权力,作为学术的讨论,我们也不妨作为一种参照:"《新编中国现代文学史》也希望对现代中国'文学史'作为人文学科的建制,做出反思……牢牢守住了'文'(以载道)的传统。新中国持续深化'文'的概念不仅得见于日常生活中,也得见于社会、国家运动中。因此产生的论述和实践就不再仅视文学为世界的虚构重现,而视其为国家大业的有机连锁。文学无所不在。"显然,这里所指的"文"就不是文体形式的问题了,而是指意识形态的问题,如果我们闭目塞听,永远绕开这个话题,那我们的文学史就永远是残缺的,也是经不住历史的检验的。总而言之,一部当代文学史是难以与意识形态脱钩的,如果一味地回避,就会像安泰那样拔着自己的头发上天一样荒唐。

尽管王德威先生的有些文学史理念我们早就意识到了,但是我们不一定就能够实施,也只能眼巴巴地看着王德威在他自己的文学史著作中体现了:"归根结底,本书最关心的是如何将中国传统'文'和'史'——或狭义的'诗史'——的对话关系重新呈现。通过重点题材的配置和弹性风格的处理,我希望所展现的中国文学现象犹如星罗棋布,一方面闪烁着特别的历史时刻和文学奇才,一方面又形成可以识别的星象坐标,从而让文学、历史的关联性彰显出来。"这将是一部什么样的文学史鸿篇巨制呢?我们拭目以待!

文章本应该打住了,但是,还有一个不得不说的学术问题需要赘述几句,因为王德威在他的这篇文章中也谈及了在中国现代文学界流传甚广的夏志清的现代文学史著述:"《中国现代小说史》出版于1961年,迄今为止仍然是英语世界最有影响力的现代中国文学史专书。尽管该书遭受左派阵营批评,谓之提倡冷战思维、西方自由派人道主义以及新批评,因而成为反面教材,但它'濯去旧见,以来新意'的作用却是不能忽略的事实。将近一甲子后的今天,夏志清对'执迷中国'的批判依然铿锵有声,但其含意已有改变,引人深思。在大陆,作家和读者将他们的'执迷'转化成复杂动机,对中国从狂热到讥诮,从梦想到冷漠,不一而足。而在台湾,憎恶一切和中国有关的事物成为一种流行,仿佛不如此就成为时代落伍者——却因此吊诡的,重演'执迷中国'的原始症候群。"无疑,从20世纪80年代开始,当此书尚在坊间地下运营的时候,我们就从复印本中汲取了它的学术营养,它为几代从事中国现代文学史研究的学人打开了一扇看世界的窗户,尽管它有着这样和那样的缺点,但是,它至今仍然不失为一部严谨的学术著述,你尽可以从学术和学理层面去进行商榷,甚至批判,但千万不可再借助意识形态的棍子将它置于死地,我们欢迎那种指出此著中许多硬伤的做法,那是提倡学术严谨的好事情,比如指出史实上的错讹,甚至用词造句上的错误,这都是正常的学术批评范畴内的指谬。然而,若是用意识形态的标准来衡量学术著作和学术观点,就脱离了正常的学术批评的轨道。正如王德威先生所言,夏志清这样一批海外学者的"中国情结"还是十分重的,他们对中国文化与文学的传播,皆是为中国现代文学进入"世界中"不懈努力的结果,我们千万不可做那种亲者痛的事情。让这些"执迷中国"学者的学术思想在大陆本土的传播也占有一席之地吧!

就在前几天王德威先生在中国人民大学的演讲词最后还呼吁："扩充我们对华语世界的憧憬!"这个憧憬只能靠一批从事华语语系的汉学家来完成吗?那么大陆本土的学者的位置在哪里呢?如果我们自己都不做这样的工作,还要去诟病"闯入者"的他者的学术努力,我们还能对得起中国现当代文学史的研究吗?我们自己可以禁锢自己的治学,我们有什么理由和权力去阻止一批人热衷于从事对中国大陆与海外华语语系文学的研究呢?

学术是开放的,即使我们不可百家争鸣,也应该宽容他者的学术自由。

让历史作出最终的评判和裁决吧。

原载于《南方文坛》2017 年第 5 期

启蒙是启蒙者的悲剧

噩耗传来,王富仁先生的形象在我的脑海里却反而更加明晰起来了。作为百年来接过鲁迅启蒙火炬的领跑者之一,他的学术研究和传导的启蒙主义价值观延续了四十年,其一生已经无愧了;他与这个世界的决绝方式是那样的果敢和坚毅,却让我们这些苟活者有了些许警醒,在那些肩扛着闸门的人群中,尚有无新的启蒙者去替补这份重任。如若启蒙队伍里还有前赴后继者,富仁先生在天之灵也会像"鲁迅先生笑了"(郭沫若先生语义反用)那样欣慰的。

近四十年来,在高举着启蒙大纛的"京派"学者中,钱理群先生和王富仁先生无疑是旗帜性人物。尽管这四十年当中我们经历了许许多多的文化风雨,我们经受了各种各样中西观念的冲击,但是始终能够坚持现代启蒙精神,并矢志不渝地坚守鲁迅先生文化批判价值立场者的队伍却是愈来愈稀少了,眼见着许多打着各式各样旗号的"遗老后少"们成了政治与商品宴席上的座上客,他们却坐在铁屋子里的冷板凳上为中国现代文学的学术性和学理性继续勘探着本是无路的荆棘小路。他们滔滔不绝的演讲为无声或喧嚣的中国留下的是一种精神财富,尽管它在这个时代的回声是微弱的,甚至有些空洞,但是,只要薪火尚在,历史终究会做出公允的评判,他们的这些工作给我们从事中国现代文学研究工作的学人做出了榜样。

其实,我与王富仁先生的交往并不是很多,私交也不是很深,但是,仅仅几次的深谈,就足可引为知己与同道者,这让我对王富仁先生另眼相看。记得1985年文学研究所和文学评论杂志社在昌平的"爱智山庄"开办了俗称"黄埔一期"的研修班。作为班长,我有时负责接待讲课的教师。王富仁先生那时还是一个刚刚获得博士学位不久的年轻教师,然而,大家都被他的演讲所折服了,尤其是他的演讲结束语令1985年从事中国现当代文学研究的我们震撼不已,他那带着浓重山东口音的话语三十多年来一直萦绕在我的耳畔,时时敲打着我的学术灵魂:"一个没有悲剧的时代,是一个悲剧的时代;一个没有悲剧的民族,是一个悲哀的民族!"我以为这就是我们心气相通的地方:一个现代知识分子如果连悲剧意识都不具备,你还有什么资格进入批判的价值立场当中去面对惨淡的人生?你对这个时代没有了痛感,也就是没有了文化的触觉,没有了触觉,无疑便是一个被阉割了的人,如此而来,你还有什么批判的能力呢?这于一个知识分子而言,无疑就是一种思想的慢性自杀,抑或就是一种自宫,其苟活的学术意义也就全无了。许多人都说王富仁思想的深刻性来自他的才华,我却不以为然。我认为王富仁的学术思想之所以能够洞穿中国文化的弊端,除了其批判力度外,不外乎两个因素:一是同类文化文学的比照;二是毫不犹豫的价值立场。

首先,王富仁先生的知识结构与绝大多数从事中国现代文学者是不同的,其俄罗斯和苏联文化文学的滋养,就决定了他对中国现代文学研究的深度。因为百年来的中国文学始终是亦步亦趋地跟随俄罗斯和苏联的足迹走下来的,尤其是苏联文化与文学的左倾思潮,对中国文学带来的影响既是显在的,更是隐在的,关键的是中国现代文学的许多研究者对此习焉不察,一个缺乏文化和文学参照系的文学现象和文学史,是无法确定坐标的。诚然,我们绝大多数的学者都是以中西文化和文学为参照系来确定坐标的,而这样单一的坐标思维方法一旦成为一种惯性,就会使得我们的学术思维僵化,因为这种有着落差和反差的参照系追求的只是异质性比较,却少了其同构性的比照。因此,王富仁的知识结构和其深厚的俄罗斯文学的修养就使得他的视野与众不同,往往是在源头上找到了其滥觞的因果关系。尤其是他对俄罗斯文学"黄金时代"批评巨擘别林斯基的推崇,就决定了他治学的批判价值立场的坚定性和独特性,总是与那些时髦和时尚的西方现代和后现代的批评迥异,用冷兵器时代的长矛去戳破当代文化坚硬的壳,看似有点堂吉诃德与风车作战的没落骑士的滑稽可笑,但这正是一个现代知识分子所缺乏的那种鲁迅所倡导的韧性战斗精神。我们不知道这是一个学者的幸还是不幸?

另一个让王富仁先生的文章更加丰富和深刻的因素就在于他能够清晰地厘定"我们"与"他们"的阵线。记得他在一次中国现代文学研究学会所作过的一个主题报告里,明确地提出了这样的观念。以我浅显的理解,王富仁先生这样的提法就是明确了在十分复杂的文化环境中,一个知识分子所应该秉持的文化价值立场——既不做"单纯的传声筒",也不做商品和消费文化的奴隶。对这种"做稳了奴隶"的所谓现代知识分子的不屑时常隐晦地表达在自己的文章和演讲中,几乎成为王富仁先生的一种思维惯性,也就是钱理群先生最终概括为的那种"精致的利己主义者"导致的中国知识分子群落真正的溃退,所以,仅存的"我们"尚有多少呢,多乎哉,不多也!到处都是倒戈的"他们",

"我们"死在路上,"他们"生在金碧辉煌的后现代的途中,抑或又活在金光大道的旧文化的中兴之中。"我们"不能自已,"他们"春风得意,这是你撒手人寰的理由吗?呜呼哀哉!富仁先生,你是在天堂中彷徨,还是在地狱里呐喊?

王富仁先生对鲁迅的理解有着与众不同的解释,然而最为精辟也是最切近鲁迅思想本质特征的是"人性的发展是鲁迅终身追求的目标……这种批评不是依照西方的文化价值观念,宣传西方的某些固定的思想,而是对中国传统文化的一种新的解读、反驳和批判,尤其是对儒家文化的一种批判"。这就是鲁迅"掊物质而张灵明,任个性而排众数"的独特阐释,这就是他认为的"鲁迅的思想一直未被真正的重视"的结果。我以为王富仁先生此话背后的隐语应该是:在鲁迅逝世后的80年来,鲁迅研究从来就没有冷落过,一直是一个热门的研究领域,也成了一种显学,但是,鲁迅先生的文化遗产始终是被当作时尚思想潮流的工具来使用的,鲁迅研究的泛化和庸俗化使得我们在鲁迅研究上的实用主义思潮抬头。凡此种种,让王富仁这样的学者就不得不担心鲁迅研究走上歧途,这种担心恐怕不是没有道理的。王先生认为知识分子有三种价值立场:公民立场、同类立场和老师立场。我以为最适合的还是启蒙的传道授业的老师立场,当然"教师爷"的头衔却是万万不可以戴上的,那样就违背了现代启蒙的初衷了。

王富仁先生说他是一个"没有文化家乡的人",他既是"北方文化的叛徒",又是南方文化曲折隐晦的诟病者。以我的理解,王富仁先生对那种工具性的宏大意识形态叙事是有保留意见的,同时又对那种曲曲弯弯、絮絮叨叨的文本细读却又不能清晰地表达自己观念的研究工作提出了意见。其实,他是一个有文化家乡的人,因为他的文化家乡落在了鲁迅所倡导的人性家乡之中,所以他才是一切反人性文化的叛徒!

王富仁先生以他的那种特别方式与世界告别,也许许多人不可理解,但是,我以为这亦是知识分子面对世界的另一种选择,这种选择虽不为大勇者所为,却也表现出了一个智者看破红尘、回归自然的理性。

作为一个启蒙的教师,他也许在那个冷月的夜晚复读了鲁迅的诗歌"两间余一卒,荷戟独彷徨",在悲观的意绪之中,他便选择了他应该选择的告别方式。

于是,似乎启蒙往往是启蒙者的悲剧。

原载于《传记文学》2017 年第 6 期

人生如诗　诗如人生

  他腼腆、朴实、与世无争、自爱自觉、恭谦礼让、尊崇自由、恪守传统，是有着异于他人的特殊秉性的人。

  世纪之交那一年，同事倪婷婷和我说，她有一个很好的硕士生想介绍给我读博，于是，经过笔试和面试，傅元峰便在我这里开始提前攻博了。

  傅元峰是一个十分内向的人，平时很难见他在公共场合下发表自己的意见，更加难得见他有侃侃而谈、慷慨激昂的时候。但是，他绝对是一个内心潜藏着巨大激情的浪漫主义和理想主义知识分子，正义伦理和自由信仰是他追寻的人生目标，爱憎分明、疾恶如仇、从善如流成为他个性的特征，然而，这些性格特征却往往不被人们所注意，因为他是那种活在自己的世界里的人，其内心奔突的地火在燃烧，火山的喷发不是在人和事的纠葛上，而是漫溢流淌在自己的学术研究之中。

  攻博期间，我将他的学术研究框定在工业化和后工业化的文化背景下当代文学作品风景画的消逝这一论域，他便兢兢业业、认认真真地去完成这项任务，从未见他有过半句怨言，我也自认为给他选择了一个十分有意味、有前途的学术领地。我一再强调的是，博士生阶段一定要开始学术圈地,无论圈定的领地大小,只要能够达到两个满足即可,即首先是满足自己的学术兴趣,其次是自己的知识储备能够满足学术论文给养线的供应。当时,我自己也很得意,认为给他找到了一个前景十分广阔的学术空间。无疑,他的毕业论文做得也十分顺利,精华部分发表在 2001 年第 2 期的《文学评论》上,题目是《诗意栖居地的沦陷——论九十年代小说中的自然景物描写》。那时,我根本就没有在意这个题目是背离他的学术兴趣的,只是沉浸在自我陶醉的情境当中,现在回想起来,那正是他试图用自己的诗学理念去阐释这一文学现象的过程,成为他对学术诗意和诗意学术不懈追求的无意识表达,虽然在"风景"的论域里,他这十几年还是笔耕不辍,然而几年以后当我看到他终于回到诗歌的怀抱之中,才悟到他的学术兴趣是贮藏在内心深处的诗歌领域,我想,这不仅仅是文体选择的问题,文体背后潜藏着的是一个学者的巨大学术兴趣的取向,当然也是一个学者的学术性格的外化。从中,我才悟出了一个道理,倘若一个导师强求自己的学生按照自己的学术设想去勾画他们的学术蓝图,那不仅是一厢情愿的专制行为,更重要的是,他往往就会扼杀一个学术前景可能十分广阔的天才型学人,在摇篮里杀死婴儿是一件十分残忍的事情。

我十分赞同傅元峰的学术转型,从小说思潮研究转向诗歌思潮和作家作品的研究,他终于翱翔在自己喜欢的阔大无垠的蓝天之中,那里有他的温柔恬静的学术梦乡,那里有他可以表达和释放诗意的学术空间,更有那寄望着浪漫理想的性格栖居。

他写了大量的诗歌评论,被认为是诗歌评论界的老树新花。他很快乐地和同仁们组织了许多国内外的诗歌学术研讨会议,质量高、收益大,得到诗歌学界的广泛赞誉。他收集了大量的诗歌民刊的原始资料，不仅开阔了人们研究的视界，而且大大丰富了文学史的内涵。他还与诗界同仁主编了几个诗歌创作与批评的刊物，虽然尚未形成很大的影响，但是，就其投入的精力来看，是一定会在诗坛赢得声誉的……所有这些都得到了诗歌界的广泛好评，诗人们认可他，诗歌评论界的同行也对他的评论和批评给予高度的学术评价，这是他学术兴趣和学术性格得以充分体现和发挥的黄金时代。他还写诗，他的诗歌创作不仅有诗歌的美学品位，更有目前诗歌界缺少的人文思想内涵，得到了业界和圈内的一致好评。

在北师大的一次学术研讨会上，他的精彩发言不仅让大家吃惊，就连我也没有想到他能够发挥得如此酣畅淋漓，深刻而优美。《南方文坛》的主编张燕玲对我耳语了一阵，她说她十分看重傅元峰的学术思想和才华，认为这是当今中国70后学者里扎实而富才气的评论家，立刻决定要做他的专辑，我暗自为张燕玲的慧眼击节。但是，一直催了他好几次，他还是迟迟没有交稿，张燕玲说，还没有见过你这样拖拖拉拉的，许多人是迫不及待。我深知，他就是一个希望低调的人！怯弱和自弃伴随着他的诗意人生。

傅元峰在当今的诗歌评论界确定了自己的学术位置。正如施龙在《审美救赎的焦虑——傅元峰诗歌批评论》一文中所言："面对'主控意识形态与市场经济的二元作用力的受动存在'文学局面，傅元峰多次沉重提及新文学的审美'创伤'及其'修复'、'救赎'问题，具体到当代诗歌，更直言'当代中国无诗魂'，因而'诗歌史还不能是诗歌经典史，而是诗歌审美的问题史，是创伤及其修复史，而非经典认证史'。……傅元峰认为，审美现代性有广、狭两种界定：'广义的文学现代性与文学的永恒命题(如爱、死亡等)和稳定的审美情感(如优美、崇高等)联系在一起,共同体现为对所处的社会现实的独立姿态与超越品质'……""当代中国无诗魂"的全称否定性价值判断,是要有理论勇气的,但如果是没有理论目标的妄言,这便是哗众取宠的谵语,而他提出的"诗歌史还不能是诗歌经典史,而是诗歌审美的问题史,是创伤及其修复史,而非经典认证史"是有学术眼光的新见。把诗歌发展史拉回到审美的永恒主题当中,应该成为诗歌创作和研究的本源。只有把诗歌的创作放在历史的长河中,我们才能清晰地定位和定性其价值的所在。傅元峰是找到了其解析的学术路径的。

在《"诗学"的困顿》中傅元峰指出了"中国当代诗歌史研究的学术误区"是"当代新诗史的书写大多依赖学术本能,依赖于诗歌流派和诗潮的推动力,诗歌的流派线索养成了诗史书写者史料发现的惰性。因时间推延而获得的编年时机,成为另一个诗史书写的应激性触点。由于民间存在被忽略,导致批评的虚妄、程式化的研究心理、对民间的误认或忽略等缺陷在新诗研究中普遍存在。另外,诗歌本体的迷失也促使诗评界形成了'诗人批评家'和'非诗人批评家'的身份区别。改善这种状况,需要诗评家进行深刻反思"。无疑,这种持论也是建立在文学史的大视野之下的,对于"民刊"的重新发现,这成为傅元峰考察文学史构成的新视点,其独到的学术视野,让他对当代诗歌研究有了一个比他人更加广阔的学术空间,同时,也逐渐使其逻辑化和学理化。

因此,在《中国当代诗歌民刊文化身份考论》中傅元峰如此说道:"自20世纪70年代末以来,中国大陆创办过数以千计的民间报刊,其中大多数为诗歌民刊。大多诗歌民刊继承了中国新文学的良好的'同人'传统,汇聚着的编读群体映射出民间文学的生态格局。但因为合法性问题,该重要文学族群至今未能进入文学研究者学术视野的中心,大量民刊也不能在各种公立图书馆收藏,导致了文学研究资源的损耗和研究对象的迷失。其中,也包含了文学观念的偏差。对当代诗歌民刊进行资料搜集和研究,并勘察它们的文化身份和历史地位,已经是学界的当务之急。"其实,我以为他的这项工作在当下来说是一个吃力不讨好的事情,是没有任何意义的。但是,为了为中国当代诗歌史保留一份珍贵的历史档案,为了抢救被淹没的历史,他的这项工作却又是功德无量的学术史大事,否则我们无法面对诗歌的历史和未来。

在《错失了的象征》一文中,他对新诗抒情主体的审美选择做出了这样的判断:"象征主义作为现代派文学的源头,对中国诗人影响深远,但象征主义在中国并未如文学史家描述的那样获得创作实绩。象征主义的中国接受存在理论认知与创作实践的失衡。由于新诗抒情主体未完成观念转换,亦缺乏合适的文化土壤,新诗未能超越技法范畴在更深的抒情主体层面接纳象征主义的诗学养分,形成了对象征主义的错失。"这种大胆的立论是建立在推翻前人的许多学术成果之上的驳论之文,不但需要胆识和勇气,更需要学识、学养的积累和沉淀。无疑,这种否定性判断对文学史的重新认知提供了另一种观察和考量的窗口及依据。

通过解剖一个文学群体来认识一代作家的沉浮,则是贴近文学史分析的最好方法,傅元峰选择了与自己同时代出生的作家为分析对象,他在《"70后"作家叙事话语特质论析》中说:"当代汉语写作呈现的特性与作家代际有无直接关系?思考这个问题,实际上是在时代、社会、文化等领域进行的文学语言的探询,最终关注的思路将被牵扯进一个文学的'话语'(discourse)范畴。当代大陆汉语文学状貌的变更,确实和说话主体受影响的语义环境的变更相对应,这使作家的代际研究，特别是与代际有关的文学语言的研究，在'话语'方面呈现出空前的学术意义。甚至，指认'70后'作家的文学行动，也是一种历史自新行为——在代际更迭中完成文学话语更新的诉求，不可避免地要放弃对陈旧话语的继续依赖，对新的话语族群进行重新指认。那么，对前代作家（他们已被逐渐认知为丧失了话语更新功能）文学期待的自动放弃，对话语新质的培育，具有残酷的同步性。它类似于文学经典化中的主观断代行为，在本质上，它是文学的话语自觉，也是在文化意识和精神价值决定论下汉语文学的语言自觉和审美自觉。"对同代诗歌作家的无情审视当然是要有学术勇气和理论功底的，倘若因为害怕得罪人而不能说出真话，那将不是一个学人真正的治学态度，而"对前代作家（他们已被逐渐认知为丧失了话语更新功能）文学期待的自动放弃，对话语新质的培育，具有残酷的同步性"。这就是他对文学"话语"进化的期许，这种期许是建立在"如何培育"新的汉语体系的学术建构之中的。

当然，对于旧的学术论域的延展性研究，他仍然是有新见的，在《中国现代文学研究中的城乡意识错乱及其根源》中，傅元峰认为："在中国现代城市化进程中，殖民历史语境和当代简单的城建思维导致了城建先行、城市文化滞后的'片面城市化'格局。在此情形下，如果忽视都市文化作为文学语境的特殊性，就容易忽略都市文化和城市文学、乡土文学之间特异的对应关系，造成对文学史和当下文学现象、作家作品的误读。学界应对现代文学中的'侨寓者''城市异乡者'和'局外人'等关键词作都市文化视角的比较分析，结合'片面城市化'的文学语境对城乡文化和文学的关系进行重新辨认，以矫正与西方文学和文化理论简单比附的研究偏差。"在他随我攻读博士的这些年来，他一直没有丢弃对乡土文学的研究,与很多人不同的是,他是那种在领悟你的学术意图之后,能够发现和提出新的观点,并延展这一领域研究的学者。

综上,我们可以看到一个在学术论域里大胆立论、小心求证的傅元峰的面影。

但是,他还有另一副文学创作时的行状。在其诗歌创作里,我们仿佛能够看到他的理想主义的激情,看到他为正义而宣誓的庄严,看到他为伦理道德辩护的勇气,还看到他对真善美的追求,更看到他对诗歌意境美和语言美的追求。

在《我需要深深地写景》中,他写道:

整个有我生命的这段时代,
在安静地委身蛇行,朝着光,愚蠢而又坚定。

我自恋,喜欢后撤并深情地看它。
当年纪关闭了眼睛,耳朵和触觉,
我的审美需要深深地写景,有一颗嗜血的雕刻之心,
用雨天的碎玻璃,来自那些空酒瓶。

祖先啊,某个无名的黄昏,因为红霞的喜事你才多喝了几杯。
只有雷雨能把你的黑夜照亮,把你的清晨抹黑,
把古老的毒药像香瓜一样种植在你无所事事的夏天。

> 我抱着女人和孩子，像抱着空酒瓶，反过来也一样。
> 像孝子出殡，野狗刨食，
> 像浪子寻找宿醉和痛哭。

我以为，这一首诗就高度凝练地概括了傅元峰的诗歌审美倾向，无须赘言，这里面的内涵和外延的喻指是不言而喻的。

《我们》一诗的开头一句："我们回头，是为了摹仿每次天亮？"就充分表达了他那追寻自由天空的飞翔欲望，这凝聚的诗句是积郁了几代人的心声，似乎是穿破林间的响箭，直抵意象的终极人文目标。最后一句："我们没有黏着语，干脆而缺少情感，几乎是世界上最简单的河流。"同样是把我们带入了意象的河流，让你久久沉浸回味在人性的思索之中。

而《青木原纪事》中，"东京繁华的夏夜也被啄食了／何况你"，那些他在谷川俊太郎诗歌中读到的日本"镂空诗学"和"物哀之美"，通过风景传达到了诗人的生命里，产生了"既做柴烧／又当琴弹"的对生活的放纵与深情。

在《藏南札记》中，他是这样表现自己诗歌意绪的：

1. 行走的树

> 那些老人是怎么上路的
> 一棵树在走
> 他们的走，根深蒂固

他们怎样移栽自己到尼洋河边

带着仅够活命的泥土

他们的走,日暮途穷

羁留成都的时候

他们枝叶已枯

却约见故友

分食了各自可吃的部分

带着爱情

吃了仓底之粟

穿了寿终之衣

带着高耸人世的恍惚

一棵棵树在走

非常可观

2. 刑罚

告别使峡谷扬起了她的鞭子

在流放地,史书只写了这些鞭影

除此之外

祥云下,也有情欲升起

打好行囊的那个早晨
两只小狗在楼下做爱
早起的夫妇露出微笑

苍茫的雅江啊
放下鞭子
客人就要走了
给他一个可以这样的姑娘

3. 云之一种

我们次第溜进了马厩
它们的清秀是云之一种

我们的手臂上多了串珠
胃里多了牦牛
心里多了女人

它们是云之一种
我们对云的爱在高原狂奔

徒劳的热烈的奔跑——
飞回原点

买了假货

醉了酒

多了兄弟

我们，是云之一种

  这些带着藏地特色的意象群，在风俗与宗教的掩映之下，诗人本身在浮世当中的皈依心态已然可见一斑，而对于人类归属的终极哲学思考，才是作者所要表达的诗歌初衷。树的行走、雅江的情欲、云的奔跑，倒映出人性中的悲悯、不羁、迟暮、怅惘……从中，我们看到的是一个沉思者的形象。

  我不知道傅元峰在学术的道路上还能够走多远，也不知道他在诗歌创作中尚有多大的艺术潜能。但是，从对他的性格揣摩中，我分明看到的是一个在逶迤天路里踽踽独行、一步一叩首、渐行渐远的背影。

2017 年 10 月 20 于南京—北京 G5 次列车上

10 月 22 日凌晨于北京友谊宾馆

原载于《南方文坛》2018 年第 1 期

平民理论视野下的中国当代小说

刘志权是一个天资十分聪明的学者,论起学缘关系,他所接受的教育思维方式与一般文科出身的学者不尽相同,他本科是学理工科的,青年时代就练就了一套逻辑性强的思维方法,能够迅速看出问题的本质,并找到解决问题症结的方法,抓住事物本质特征的理科思维方式方法,为其在文学研究领域内独辟蹊径的创新提供了先天的条件。有了这样的基础训练,他突然改弦易张,报考了中国现代文学的研究生,从硕士一直读到博士,师从著名导师,脚踏两个学术领域:将苏州大学的近现代通俗文学研究领域的学术研究精华尽吸胸中;再把中国现代文学与政治关系的学术研究之"大道"尽收腹中,可谓一路顺风顺水。

三年前我去美国参加一个学术会议,在杜克大学碰见了适逢在此访学的刘志权,会上会后的接触,让我了解到最近几年来的学术研究状况,联系他这些年所发表的文章,我就猜度他正在开始重操旧业,发奋作文了。果不其然,两年多后的今天,他就交出了这份沉甸甸的答卷。看着这厚厚的书稿,从中,我仿佛找到了一个刚刚步入中年的学者自信而坚毅的面影。

在《第三维度——平民理论视野下的中国当代小说》一书中,刘志权对中国古代和现代小说的区分是十分准确的："中国现代小说与古代小说最为显著和最为直观的区分，一是其创作群体，从传统的文人，转变为具有现代意识的知识分子；二是功能，从娱乐核心转向参与社会改造的利器；三是其地位，从边缘开始走向中心。"其实，这些具有常识性的文学史概括在许多小说史的著述中不乏其论，然而，能够用三句话就将其概括得如此准确明了者少见，这就是一个学者逻辑思维方法不同而造成的结果。所以我特别激赏的就是刘志权这种明快直接的论述逻辑和叙述语言。

说实话，这部著作当中有许多论断是有独到见地的高论，尤为论及小说与启蒙的关系，他以为："现代知识分子历史性地选择小说这一体裁，部分源于当时知识分子对小说在西方社会的影响力的误读。更深层的原因，则是知识分子对启发民智的迫切要求。小说作为接近平民的'低下的'文体属性，反而使之成了知识分子启民众之'蒙'的利器。"其实这个理论并不稀奇，而是在他的阐释下，却分外明晰了。启蒙与文体的契合，成为时代的潮流之必然趋势，五四文学革命的爆发，应该是这种呼应的"历史的必然"结果。看不到这一点，我们对五四小说的阐释就有凌空蹈虚的嫌疑。但是，倘若看不到小说领域内从文学革命走向革命文学的得失，文学史的阐释就是苍白的低吟。

从本书的逻辑结构来说，刘志权的学术贡献就突出表现在他对中国现当代小说的整体性归纳与概括。首先，他是要阐明其为什么要把此书的分期一直下延到 20 世纪 80 年代，其理由是："本人认为 1949 年至 80 年代中期的小说与此前的现代小说之'同'，大过了它们与此后的'当代小说'之'异'。判断的核心标准，是以小说是否摆脱了工具论和现代以降所形成的'现实主义'的'规范'，进一步说，是以平民性是否重新进入小说并成为小说的重要内核作为'当代'开始的标志。"毋庸置疑,人们往往强调的是五四小说的启蒙性,而忽略了其工具性的一面,说实话,五四新文学启蒙为张扬"人的文学"内涵立下了汗马功劳,但值得反思的问题是,五四新文学以革命的名义提倡了、启蒙了人性和人道主义的文学内蕴,但很快就被颠覆五四"人的文学"的另一种革命文学所替代。同样,五四平民文学的初衷是文学启蒙的一种策略和方法,到后来走向工农兵文学的道路,也是始料未及的事情。所有这些问题应该成为我们反思五四文学变化的深层焦点。刘志权的提示是有学理意义的。刘志权在几个时段的"同"和"异"的分析之中,要表达的文中之意应该是很清晰的了。

所以,刘志权进一步认识到:"在'古代小说—现代小说—当代小说'这样一个小说发展的宏观序列里,可以将现代小说分为启蒙小说与革命小说两大主潮。前者从《狂人日记》起,延续至40年代末告一段落,经过新时期的赓续,已经成为中国小说的优秀传统之一;后者则经历了从20年代末普罗小说、30年代左翼小说、《在延安文艺座谈会上的讲话》理论指导下的解放区小说、1949年后小说的发展。它和启蒙小说尽管也有一些相异之处,但都统一于'现代性'内核,并由此形成了'平民其表,精英其里'的共性——在此,'精英'指掌握着话语权力的知识分子立场。"无疑,刘志权梳理出来的林林总总的"现代小说"中的"现代性"是一种中性的价值表述,但是"启蒙小说"和"革命小说"之分野,其中的利与弊大家不言自明。我认为,只有充分认识到现代小说本质性变化的学者,才能如此精到地把握住文学史层面中最为关键的小说思潮变化过程中的主脉。

正因为刘志权能够站在高屋建瓴的宏观层面,在汗牛充栋的现代小说中抽绎出问题的症结所在,才能扣中百年小说史变迁之要害。此书从三个维度——古代、现代到当代的小说内涵和外延——进行了本质化的理论梳理:"在现代小说中,作家与平民之间始终保持着一种既亲密又疏离的关系";"小说地位的颠覆性变化,使基于现代性和功利主义的现实主义的创作观,取代了古代小说去功利化的消闲文学观";"现代小说所承担的历史使命,使之失去了古代小说的欢乐活泼,代之以严肃和焦虑的情绪指向"。我们必须承认,这些概括都是十分准确独到的真问题,反映出本书的理论深度。但是,从另一个角度来看,百年来的现代小说思潮的演变正是中国社会一个投影,它所附着和承载的内容太多,既有负面性的销蚀小说娱乐性的弊端,又有触及社会进步的积极意义。如何分析他们的利弊,则是仁者见仁智者见智的事情了,所以,刘志权在本书留下的学术空间也是较大,我相信他会不断将这个论题延展下去,形成系列性的学术成果。

原载于《中华读书报》2018年5月2日

"边地文化"与"文明等级"

——评金春平《边地文化与中国西部小说研究》

这是一个被文学创作界和文学研究界所边缘化的领域,而这个文学的"富矿"被冷落,却是中国当代文学的一种巨大损失。面对这样的窘境,我们应该承担起责任,我以为,只有首先让文学研究者高度重视起来,指出其文学史的意义和审美意义,才能从根本上解决这一领域的难题。所以,我要在这里疾呼:请不要忽略中国文学最具表现力的文学场域——在两万两千公里的边疆区域内,"边地文学"具有强大的生命力和生长的空间,它将成为中国文学书写的沃土,也将成为中国文学与现代文明拉开距离的最佳视点,必将成为中国文学创作的高峰。

所谓"边地",乃边疆之谓也,"边地文化"便隐含着以下几层意涵。首先,它隐含的是国家地理的内涵,在与他国接壤的土地上所产生的文化和文学,必然会带有两种或两种以上的文化冲突,无论是意识形态方面的分歧,还是国别疆土上的分歧,都会对文化和文学带来差异性,造成与内陆文化和文学的落差,这也正是文学创作最有"异域情调"的富矿所在。其次,它隐含着的是民族文化和文学的多元性元素,这种多元文化之间的冲突,当然,也包括宗教文化的差异性效应,都是在多个民族文化的"差序格局"之中各自形成了多圈的涟漪效应，这些层层叠叠涟漪交合，恰恰又是文学最好的审美场域和描写对象，这也是迥异于内陆文学题材和审美异趣之处。缘于此，只要有比较文化审美视野的作家是一定会将之作为至宝一样收纳其创作宝库的。再者，其独特的文明语境为文学创作提供了丰饶的创作素材，如果抛开人类文明进程的价值优劣的进化论观念，单单从文明的形态给予文学创作的审美价值来看，窃以为，那种游牧文明和农耕文明给文学审美带来的吸引力则更加巨大和惊艳，因为读者的审美期待视野是建立在"生活在别处"的，异域的"风景画""风俗画"和"风情画"是吸引全世界只要有"求异审美"眼光游历者的文学风景线。鉴于此，我认为这是一个十分有文化和文学意味的选题，但是如何做好这个大题目，却是中国新文学百年来最大的困惑和难题，金春平始终想动这块文学边缘的奶酪，最终还是吞下了，至于消化得如何，还是大有说法的。

《边地文化与中国西部小说研究》一书，截取的时间和空间就决定了它的涵盖面。从1976年至2018年，这四十二年间所发生的"边地文化"冲突给文学带来了无限的再现和表现空间，我们的文学创作，尤其是小说创作，有无达到一个空前发掘富矿，使之繁荣的境界，我们的文学研究有无达到认知富矿的文学史意义和地位，使之成为一个有较高显示度的研究领域，都是有待于解决的难题。用这样的标准来衡量"边地文学"和"西部文学"，我以为是十分欠缺的，金春平的这种系统性的研究作为一种门类的研究，就显得意义重大了。但是，从另一个角度来看，由于论者生活的环境和条件的限制，他无法把中国广阔无垠的边疆都作为自己的研究对象，故而只能选择"西部"这个地理空间来分析其42年来的得与失，这不能不说是一个遗憾。

金春平的终极目的是:"以边地文化为研究视角,力图从地域自然、宗教文化、苦难生存、现代性焦虑等方面,探讨西部作家对边地文化因素的不同叙事策略,以及这种地域文化的文学书写在新时期以来所呈现出的文学史价值。西部小说的地域特色包含了稳定性和动态性两个方面。地域自然是构成西部小说的背景空间,且在西部小说中具有隐喻化和象征化的叙事主体角色功能、浪漫型自然所隐喻的人格特征、对立型自然所隐喻的人的本质力量、动物形象所隐喻的人性与生命内涵,以及西部生态理念的生成形塑,都体现出西部小说在立足本土文化的基础上所进行的先锋性和人类性的普世化思想美学构建。宗教文化之于西部少数民族文学,不仅是美学符号和审美意象所构筑的审美空间的艺术拓展,还在于宗教文化以其特殊的文化理念和宗教思维赋予西部小说以内在性的指向哲思。这都是西部小说的民族性独异于非宗教小说的重要文化表征。西部小说的苦难体验主题,由于西部边地与中东部地区在经济、政治、文化领域发展的差序性而显得异常沉重和普遍,苦难从日常生活、历史记忆和文化生存等方面构成了西部民众的外迫性力量,而超脱苦难境遇的生存姿态以及在消解中所形成的集体民族性格,也构成西部小说拯救苦难的文化理念模式。随着全球化和现代化进程的加快,西部边地进入了前现代、现代和后现代文明同时演绎的历史境遇,面对这一时代性难题,西部作家集体性陷入了对现代性认知的悖论当中,这种焦虑不仅体现为作家对自我身份认同的分化,表现在对乡村、都市以及乡村都市化和都市返乡化的不同价值判断上,还包括民族作家对现代性与民族性冲突的生存体验差异,造成西部小说本土化叙事的集体困境。论著以中国文学主潮流为评价坐标,总结和反思着西部小说在曲折演进中所呈现出的文学价值和文化启示,包括时代喧嚣中的本土地域坚守、暧昧语境中的艺术立场坚守、消费漩涡中的人性价值坚守、文明等级中的文学民主坚守。"

显然,作者的内在逻辑是十分清楚的,这四个向度钩织成五章十九节的结构篇章就很能说明作者的意图,有些章节阐释分析得十分精彩,是许多"边地文化"的"他者"所没有的文化审美体验的呈现与阐释。但是,他所提出的一个重要的问题却是我们无法解决的文化悖论和难题,这就是"文明等级中的民主"问题。

毋庸置疑,人类"文明等级"的落差造就了我们当下的"现代人"和"后现代人"看待"次文明"或"低等级文明"的异样眼光,作为一个非人类学家和社会学家,我们的文学家是否能够采取另一种眼光去平等地审视你所见到的"文明风景线"呢?这就是审美的、人性的、历史的眼光!在这里,我们需要用更多的非意识形态的理念去观察审美对象,越是异域风情的图景越是艺术世界的,更是世界艺术的。其他的一切内涵都是"次生等级"内涵的表达。如果我们的作家和研究者都是这样去看待和开发"边地文学"和"西部文学",也许那就是"边地文学"繁荣昌盛到来之时。

原载于《文艺报》2018年12月28日

文学批评的个体言说

——关于方岩的批评

方岩是南京大学文学院的学生,又是我多年来主编《扬子江评论》杂志的得力助手,我对他的了解不仅仅是在其学习与工作中获得的印象,更多的是在他平时为人为文的品行与个性中总结出来的。尤其是读了他的批评与评论文字后,便更体味到布封所说的那句名言"风格即人"的准确性,它成为方岩行文风格的写照。

从2015年至今,方岩在《文学评论》《文艺争鸣》《当代作家评论》《南方文坛》《小说评论》《扬子江评论》《当代文坛》等各种刊物上已经发表了五十多篇文章,其代表作就有《文学史幽暗处的高晓声——兼谈当代文学史叙述中的"代表作"问题》《历史的技艺与技艺的历史——读王安忆〈考工记〉》《批评史如何生产文学史——以"新时期文学十年"会议和期刊专栏为例》《作为"札记"的文学批评——从"重读"苏珊·桑塔格谈起》《传奇如何虚构历史——读贾平凹〈山本〉》《当代文学批评史方法论刍议》《诱饵与怪兽——双雪涛小说中的历史表情》《"世界的一段盲肠"——从阿乙小说的起点谈起》《"卑贱意识"与作为历史证言的文学批评》《历史记忆、精神创伤与中年危机——弋舟小说集〈刘晓东〉读札》《当代文学批评史的起源、分期和时段——以1980

年代文学批评史研究成果为中心》《当前长篇小说的现状与可能——从一场小说家的对话谈起》《从文学期刊到文学选本：1980年代文学批评史形态的一个侧面》《80年代作家的溃败与80后作家的可能性》《当代文学批评史中的批评家论》等。

纵观这些批评与评论文字，我们从中可以看出其学养所在，其特点就在于这些文字的背后渗透着作者开阔的文学视野，我以为，其中起码涉及了以下几个领域，即文学史、文学理论、文学现象、作家作品；而批评品格的元素则涵盖了对史的重估、对理论的重建、对现象的发现、对作品的新见。这种素质的形成，除了其读书的用心外，就是周边的文学语境的暗流影响，再就是编辑杂志时接触各种各样的人和思想后进行二度鉴别与思考的结果。

我激赏他的文学批评的态度，他认为："我把文学和文学批评均视为个体言说的方式和权力，区别在于，作家以'虚构'作为言说的方式来完成关于个体、历史、社会的描述和想象，而批评家则是以'虚构'作为讨论对象或中介来完成价值判断。重建当代中国文学批评的有效性，需要重视黑格尔式的'复杂'文学批评所彰显的一些启示。很显然，从形式上来说，文学批评之于文学是一种'依附性'关系，这也是文学批评作为'次要的''从属性'的写作，始终挥之不去的焦虑。然而如何理解这份'依附性'焦虑却是一个很重要的问题。首先，从形式上讲，从文学作品到哲学观点的写作过程，其实是一个文学批评摆脱'依附性'关系的过程。在这个过程中，文学批评颠倒了其与批评对象的从属性关系，把作品变成了素材。经由批评对象这个'中介'，文学批评恢复了其作为'写作'主体性和开放性。这便意味着，'文学批评'超越所谓'文学'边界，自由地出入更为广泛、多元的表达领域成为可能。"①作为一个一直被视为"依附性"的"中介写作",文学批评历来是被作家又爱又恨的玩意儿,而作为一个端着这个职业饭碗的评论家和批评家们在"主体性"与"依附性"两者之间彷徨,的确是使我们当下的批评和评论失去方向的通病,方岩能够发现这个现象的本质,并作出了自己有机和有效的回答,这是难能可贵之处,正好我也刚刚写完了一篇同样主题的文章,将"厨师"与"食客"的关系加以梳理,也是试图为文学批评和文学评论开出新的理念和方法来,尽管文章的角度不同,但是问题相近,真是不谋而合的论题。

考察方岩文学批评和文学评论的心路历程,我们就可以发现中国几乎所有的理论家、批评家和评论家都经历过的写作心理状态,我们都曾经匍匐在大师的脚下,这并没有什么不光彩,问题就在于你是否永远匍匐在地,从来就不敢抬起头来仰望过天空:"如果文学批评在当下算是一个正当的职业的话,那么,在漫长的'学徒期'中大约总会有这样一个阶段,就是对理论和大师批评经典如饥似渴地阅读。这种饥渴并非仅仅是因为知识的匮乏,而是很大程度上源于名震天下的野心和虚荣心。于是,阅读行为变成了寻找闪闪发光的金句和气势恢宏的论断的过程。因为,总是迫不及待地要在随后的操练中能及时地把它们镶嵌在文章中,所以,写作的过程也就成了制造'我在说,世界在听'的幻觉的过程。然而未经有效审视和转化的知识实践总是来得汹涌,耗散得迅疾,如同幻觉来去如风。总是用不了多久便会发现,一篇篇貌似华丽而深沉的成品其实只是骷髅新娘,经不起细看和推敲,轻轻

---

① 方岩:《"卑贱意识"与作为历史证言的文学批评》,《南方文坛》2017年第4期。

一碰,大师的残骸散落一地。"①问题就在于我们的许多理论家、批评家和评论家一生都在大师的阴影下生活和写作,他们离开了大师的语录就不能写作,是文学的爬行动物,他们终生都是在"学徒期"中度过。所以,一个评论家、批评家和理论家只有在思考中获得自己的观念,他才能成为一个真正的批评者,一个大写的文学独立观察者。否则你就是说上千万言,世界也不会记住你的一句话。从这个意义上来说,方岩奔着独立批评的目标前行,方向绝无问题,只是能否持久坚持,这才是最难做到的事情。

我读方岩的作家作品评论,看到的最大好处就在其能够将作品不仅放在"当代性"(我正在写这个题目的论文,就是因为它有歧义)中进行即时性的考察,更重要的是,他能够将它们置于文学史的高度来考辨其优劣之处。所有这些均来自他对历史的钟情,有了这样的视界,其评论的视点肯定是比那些平面的评论高出一筹。因此,我更加看重他的中观和宏观的批评文字,他在《当前长篇小说的现状与可能——从一场小说家的对话谈起》中说:"每年的年底有关长篇小说的各种榜单纷纷出炉,上榜的作品未必值得谈论,落榜的作品也乏善可陈。年复一年的数量繁荣,依然难掩心不在焉的写作和敷衍了事的批评。同往年一样,2015 年的长篇小说依然是在声嘶力竭的叫好声中乱象丛生。因此,在我看来,与其全景式的泛泛而谈,倒不如细读部分文本,提出与长篇小说相关的若干具体问题,由此,我们方能细致辨析这个

---

① 方岩:《作为"札记"的文学批评——从"重读"苏珊・桑塔格谈起》,《文艺争鸣》2018 年第 1 期。

文体的病象和症结,或许还能找到保持这个文体尊严的某些要素或新质。"①这种具有宏观意识的批评,带出的是那种在细读过程中获得的文学史自觉意识,从而得出的结论是独到的:"国家进程与文学史发展有时并不是平行的对应关系,却存在一种复杂而隐蔽的关联。文学发展总是在具体历史语境中生成的,每个时代都产生了大量直面历史进程、积极参与历史形态建构的文学创作,除此以外,无论文学作品或流派其自身诉求如何,历史的碎片也都会散落于文本中散发幽暗的光芒。尤其是中国改革开放以来30余年的国家进程,浓缩了欧美现代国家几百年发展的经验和挫折,文学在这样急剧的历史进程中根本无法抽离其中。"②从历史的碎片中看到"散落于文本中散发幽暗的光芒"才是评论和批评作家作品的好手段。

在另一篇《作为历史遗产的先锋文学:局限与可能》的文章中,他以为:"如今重新谈起先锋文学,我们谈论的是一个闪闪发光的历史时刻:1985年前后,一批在文学观念、文学形式等方面具有强烈反叛意识的作品在较短的时间内涌现,对彼时的文坛造成了巨大的震动。作为创作潮流,它只持续了四五年的时间,却产生了一批迅速进入文学史叙述经典序列的作家作品。这批作家不仅现在仍是当下文坛的主导力量,他们当年的作品亦不断地释放历史影响力。只是年复一年的近乎雷同的谈论方式充满了仪式感,反倒日益将这一切塑造成只供膜拜、凭吊的历史遗迹。以至于30年后,当引领这股浪潮的风云人物重

---

① 方岩:《当前长篇小说的现状与可能——从一场小说家的对话谈起》,《当代作家评论》2016年第3期。
② 方岩:《当前长篇小说的现状与可能——从一场小说家的对话谈起》,《当代作家评论》2016年第3期。

新聚集在北京师范大学时,已显得意兴阑珊。在我看来,问题不在于,先锋文学的历史势能已经耗尽,而是因为我们谈论它的方式已经僵化,换个方式或许能重建搭建起这份历史遗产与当下的关系。"① 这种"换个方式"重新梳理往日的历史,并非回到历史现场和语境中去,而是对过往的文学历史现象进行深度的反思,那才是一个合格的文学批评家和评论家所应该做的事情。

当然,对于方岩的有些观点我是持不同意见的,比如他对"中国故事""中国经验"的讨论,但是我尊重他的发言权。

重要的是批评家的品行才是第一位的。

2019 年 10 月 6 日草于南大和园

原载于《南方文坛》2020 年第 1 期

---

① 方岩:《作为历史遗产的先锋文学:局限与可能》,《文艺报》2016 年 2 月 29 日。

为我引路的良师益友

——我与《文学评论》

《文学评论》是引我走上文学评论道路的一座灯塔,她照亮了我的学术生涯,开启了我的心智和牢固的人生价值理念。她是生我养我的学术故乡,无论我走到哪里,即便是天涯海角,那都是要回望的星空。

那是一个拨乱反正的年代,也是我在文学道路上彷徨踟蹰的青春岁月,是《文学评论》编辑部的老师们让我坚定地走向了文学评论的道路。

1978年至1979年,我在南京大学中文系现代文学教研室做进修教师,那时,我就住在教研室里,天天三点一线:图书馆资料室—食堂—教研室。每天读书写作十几个小时,整整一年,一天不落,说实话,那个时候我正处在一个文学道路选择的彷徨期,一是选择我从16岁就开始的小说创作梦,直到1978年初我在"伤痕文学"的大潮中写了短篇小说《英子》,投给当时的《北京文学》,两个月后收到编辑部的留用通知书,让我激动不已,失眠了好几天;半个月过去了,我又收到编辑部寄来的"因主编认为调子过于灰暗,不能录用"的通知书,顿时让我跌入了冰窖之中,于是又失眠了几天。我心有不甘,仍然坚持不停地写小说。

然而，自从专攻中国现代文学史和中国当代文学史这两门课程以来，又不得不为这个职业而关注并潜心文学评论。于是，我就开始了一边写小说，一边写评论的文学生涯。好在那时我心无挂碍，也发下了"先立业，再成家"的誓言，认为只有心无旁骛才能成事，所以，白天泡图书馆资料室，晚上开始不停地换着文体写作，这成为我每天的必修课。

那时，我在南京大学中文系的资料室里几乎把从民国到1978年间的所有文学杂志的重要作家作品都通阅浏览了一遍，有些民国期刊是在南京大学图书馆的期刊部里阅读的，但是我将主要精力放在1949年以后的当代文学研究上，在"重放的鲜花"热潮中，便试笔为当年被"四人帮"打入牢狱的峻青作品翻案，写就了《论峻青短篇小说的悲剧艺术风格》一文。我把这篇文章给了我的指导老师之一的董健先生审读，他每天都和我待在教研室里，自然就是第一个读者，他和峻青都是山东昌潍平原人，对作品中的生活有亲切感，他热心地与我交流了意见和建议；我又给写作教授裴显生先生看，他说你的文笔不错嘛；我再给包忠文先生看，他提了几条意见，用他那种别有韵味的钢笔书法批阅在文后；最后，我才给许志英先生看，第二天我去听他的意见，他只说了两个字：不错！便递给我一张裁好的纸条，只见上面写着《文学评论》的地址和编辑杨世伟的名字。我立即回到教研室，连夜用大稿纸一丝不苟地将稿子重新修改后誊写清楚，胆战心惊地将它挂号投给了《文学评论》。

让我万万没有想到的事情发生了，大约一个多星期后，责编杨世伟先生居然买车票南下，专门从北京来南京指导我改稿。记得那是一个晴朗的日子，杨先生坐在南京大学西南大楼的现代文学教研室里，一条一条地为我的拙稿提出了修改意见,我不停地记录,生怕落下一个字。那时候,我们视编辑的话为圣旨,他怎么说,我们就怎么改,只要有改的机会就是极大的荣幸了。这个习惯一直沿袭至今,对于责任编辑来说,我绝对尊重他(她)的意见,因为他(她)肯定是对稿件最为负责的人。

把杨先生送到南京大学招待所后,我立即开始对照杨先生的意见,逐字逐句地在大稿纸上修改,于是,大稿纸上页页都是密密麻麻红笔修改的痕迹,红蓝相间的稿纸上已经成为只有自己能够读懂的"密电码"了,最后进入誊写已经是晚饭后了。那个年代没有电脑,也没有复印机,一切都是靠手写,规定是要用钢笔书写的,但为以防稿件丢失,允许用圆珠笔誊写,这样用印蓝纸垫上两层稿纸,便可一式三份了。誊写完 12000 字,已经是东方既白了,当我将誊清的稿子赶在杨先生登上回京火车前交予他时,心中就像放下了一块大石头那样轻松,杨先生用十分讶异和怀疑的目光看着我,不太相信我一夜之间就完成了修改任务。

1979 年《文学评论》第 5 期上登出了这篇文章,当我接到这本当时还很薄的刊物时,觉得十分沉重,手都在颤抖,要知道,那是经过了十年学术断层以后,年轻一代学者第一个在此重量级的刊物上发表文章啊!我感激《文学评论》为我的文学评论开拓了光明的通衢大道,从此,我便彻底放弃了做一个名世小说家的春秋大梦。

不久,《文学评论》编辑部给我发来了他们拟定的一份跟踪评论的作家名单,上面全是当时走红冒尖的中青年作家,尤其是像王蒙、刘绍棠等一大批"五七战士"都是当时文坛追逐的时髦对象。我说我下乡当过知青,知晓中国农村,且又对中国乡土文学研究有兴趣,还是选择乡土小说作家跟踪吧。于是，杨世伟先生就说：那么你就在1979年获得全国优秀短篇小说奖的"二贾"当中选择一个进行跟踪研究吧。我说，当然是选择贾平凹了。于是，便有了1980年在《文学评论》第4期上的那篇《谈贾平凹的描写艺术》。从此以后，我便成了《文学评论》的年轻"老作者"了，每年保持一篇发文量。

后来，陈俊涛先生负责当代文学这个版块，陈先生与我的联系也逐渐多起来，他也是一个十分勤勉的学者，不仅编稿认真，而且评论文章也写得漂亮，常常与他参加一些文学活动，得益匪浅。

我常常谈起《文学评论》编辑的传统，那就是突出两个字：严谨！有樊骏和王信这样的前辈为《文学评论》把关，其质量是有绝对保证的。曾记得我和一位同事合写了一篇《论茅盾小说创作的象征色彩》的论文，我们特地跑到北京王信先生家里请教，王先生不仅认真地看完我们的稿子，而且提出了许多宝贵中肯的意见，连其中有些措辞都做了修改，让我们十分感动。后来王信先生曾担任《中国现代文学丛刊》的义务审稿工作，他读稿的认真态度和看稿眼光博得了学界的一致好评，且往往是义务看稿，从不计较个人利益。据说有一年文学所许多人推选他为优秀共产党员，结果一查他还不是中共党员，可见其人品之一斑。《文学评论》编辑部历来讲究人品、文品与编品合一的办刊风格，这也是这本刊物在学界长期获得赞誉的秘籍所在。从20世纪80年代到90年代，樊骏和王信先生不仅为《文学评论》争得了口碑，同时也给现代文学界的学风和人品树立了楷模。作为一个知识分子，我在他们身上汲取的营养足以供我受用终生。

《文学评论》还有一个值得许多学术刊物敬重和学习的优良传统，那就是他们为了培养一支青年批评家队伍，肯花大力气。1985年《文学评论》编辑部以文学所的名义举办了第一期"文学评论进修班",这就是号称"黄埔一期"的青年评论家风云际会的"黄金时代",从这个进修班里走出了许多著名的学者、杂志主编和评论家,许多人也就此成为《文学评论》的长期作者。那时候,可能因为我是一个"老作者"的缘故吧,所里让我做这个班的班长,副班长是李明泉。

进修班是在昌平县的一个村庄里,那是中国社科院哲学所的一个叫作"爱智山庄"的度假村,说是度假村,其实就是几排简陋的平房建在离村不远的偏僻地方,生活条件十分差。也好,与世隔绝,心无旁骛,是一个读书学习的好去处。那时,几乎每天都请一位文坛的大佬来授课,或是著名作家,或是著名评论家,抑或是著名理论家。除了王蒙、邵燕祥那样一批"五七战士"外,文学所所长刘再复带头授课,且带来一大摞自己出版的书籍签名送给大家。

讨论课则更是热烈,大家各抒己见,有时为了一个观点争得面红耳赤,不可开交。记得有一次还组织我们去小西天的电影资料馆观看了"内参片",只要一进城,大家都去抢购理论书籍,尤其是当时中国"先锋派"刚刚崛起,大家争相购买的是那些西方文学理论译丛,以此作为批评的武器,许多人现买现卖,讨论课时运用西方现代派的文学理论去评价当时火起来的刘索拉的《你别无选择》和徐星的《无主题变奏》,可谓不亦乐乎。

记得那期间贾平凹自《商州初录》后发表了长篇小说《商州》,其手法是借鉴秘鲁作家略萨的"结构主义"方法,我进城时在邮局的报刊柜台上买了一本带回来,连夜阅读完,已经是下半夜了,王干往下接力阅读,那时是四个人住一间房,我和王干、费振钟、林道立同居一室,房间里只有一盏挂下来的裸体25支光的灯泡,王干就着昏黄的灯光读着,而邻床的林道立则是开着灯就无法入眠的人,已经是下半夜一点多钟了,一个要坚持关灯,一个要坚持阅读,两个人便产生了龃龉。可见那时虽然条件艰苦,大家的文学热情却是十分高涨的,十分注重文坛的创作动向。

白天上课讨论,晚上串门聊天,或者就着昏黄的灯光看书写作,分秒必争地撰写论文,成为"黄埔一期"诸位批评家朋友永远值得纪念的"阳光灿烂的日子"。

那年,我除了给《文论报》写一些短稿以外,还和我的编辑老师杨世伟先生共同撰写过论铁凝的文章。

那时的生活虽然清苦一些,但是内心却是十分充实的。馋了,偶尔也会让食堂炒两个菜,就着小卖部的劣质酒买一回醉,也不乏一种味蕾与精神的陶醉。犹记得有一回王干从厨房端来了一大脸盆红烧鸡头鸡爪,一问才知道北方人是不吃这些"鸡脑袋"和"鸡脚"的,王干就心生一计,给了大师傅烟和加工费,于是,那香喷喷的下酒菜让我们度过了一个最难忘的醉月时光。

想想当年那种艰苦的学习生活,人的一生能够经历几回呢?是《文学评论》给了我们历练的机会,许多人都把"黄埔一期"当作自己文学跬步跋涉的起跑点,终于在日后成就了文学大梦。这个班上也有作家,那就是整天背着一个书包的老鬼,其实他那时候很少发言说话,并不像他后来在《血色黄昏》里的叙述那样滔滔不绝。

紧接着的1986年,文学所所长刘再复和何文轩忙着召开了"新时期文学十年讨论会",原定的会议人数连北京和各省代表加起来不超过八十人,江苏分配到的正式代表是两个人,是我和老牌评论家陈辽,这还是名额多的省份。孰料,在人们奔走相告后,自费自宿旁听者纷至沓来，最后还是超过了四百人，会议代表住在国务院二招，而许多旁听者就住在附近的饭店。

　　会上的讨论异常激烈，各种观念进行碰撞，从刘某人抢话筒开始，除了推出了闻所未闻的湖南女作家残雪外，他还对当时的中国文坛大加挞伐，真是一匹理论的"黑马"。导致了许多青年评论家都纷纷效仿之，甚至导致会场一时失控，主持人没法按照会议既定的程序表来正常进行，会场秩序虽然有些混乱，但是思想情绪的活跃度却十分高涨，惊人的观点层出不穷，分会场的讨论更是口无遮拦，一派百家争鸣的景象。串会的人也很多，哪里热闹就往哪里跑。会后在宿舍里也争论不休。与我一起参与《茅盾全集》工作的王中忱当时在丁玲主办的《中国》杂志任职，他来看我，带来了那匹"黑马"，同行者当中还有徐星和吴滨。我们在宿舍里高谈阔论，主要发言者当然是善于激动的"黑马"了，从鲁迅谈到当前的文艺思潮，再谈到中西的哲学，最后落实到中国的国民性和中国当红作家的无耻与堕落。说实话，当时我既惊讶又有些反感，认为他们太狂妄偏激，否定一切成为当时青年批评家的流行病，会后我还专门在《文艺报》上写了一篇文章反驳了这样的激烈言论，如今看来，我的保守观点是有许多值得反思之处的，事实证明，如果没有新的评论思潮、方法的介入，没有"深刻的片面"，光从道德的层面去看问题，的确是有局限的。

　　三十多年过去了，如果没有那时文学理论和评论的观念大爆炸，我们的文学创作和文学理论是无法向前发展的，历史证明了评论的活力全然在于它的思想观念和方法能否充分地被激活。从这个意义上来说，《文学评论》编辑部召开的这次讨论会是可以载入共和国文学史的历史事件。当时的副所长是何文轩先生，他既是评论的大家，也是理论的先锋，因为种种关系，他与我有着较多的接触，会里会外，他的谈笑风生给大家留下了深刻的印象，后来在多年的交往当中，他的惊人记忆力和豪爽的关中大汉的性格让我们对他平添了许多尊敬和爱戴，如今斯人已去，不禁使人唏嘘不已。

二十二年前，也就是1997年，《文学评论》召开了一次四十周年纪念研讨会。那时我将自己在读的硕士和博士全带去参会了，目的就是让他们感受一下《文学评论》编辑部办刊的宗旨和氛围，以及各位编辑的人品、文品和编品，向各位老师讨教学识和如何选题的技巧。无疑，那次会议的熏陶对于他们的学术生涯来说是十分重要的，当他们走上各个高校或科研院所的工作岗位时，便体悟到了这种学术氛围熏染的益处：他们知道了如何在浩瀚的学海之中根据自身的学术积累和学术兴趣确定自己的学术坐标，圈划出适合于自己的学术领地。后来，其中的一部分人也成为《文学评论》的作者了，真是"江山代有才人出，各领风骚数百年"。

记得那一次的学术讨论会是分组的，现代文学、当代文学、古典文学、文学理论、比较文学……我们当代文学里有两位北大中文系的同学，那就是孙绍振和洪子诚先生，讨论地点在社科院文学所的当代研究室，他俩开场的调侃对话十分犀利有趣，人称"孙铁嘴"的孙先生言辞之锋利、行状之率真，至今尚历历在目。

白驹过隙，岁月如梭。今年已经到了《文学评论》六十大寿之年，如果再聚会，那是一个什么样的场景呢？那场景里的人物又会使我们想起共和国文学史里哪些发生过的事件呢？当时与我交往的一些老编辑早已退休，有的已经驾鹤远去。

我与《文学评论》交往四十年，她的主编换了一茬又一茬，编辑也是换了一轮又一轮,尽管办刊的风格与观念有所差异,但不变的是他们始终保持着对稿件的严谨审稿态度和对文学事业的高度责任感。

《文学评论》是中国文学评论之魂,作为文学史和文学评论的风向标,她的存在,应该成为学人们眷恋的学术故乡。

2017年3月草于南京依云溪谷小区
2019年12月14日上午修改于京师大厦

原载于《当代作家评论》2020年第2期

我们应该如何治中国新文学史

——《文学史的命名与文学史观的反思》读札

题 记

  作为人文领域的著述,尤其是在文学研究领域,一部理论书籍真正的学理价值和学术价值并不仅仅在于它得过什么奖、拿过什么重大项目,而是需要潜心评估它在学术史上做出过哪些贡献,提出过哪些新的观念,纠正过哪些谬误,从而认定它在理论的建构上刷新了哪一点前人的记录。它并不需要其论述句句都是闪光的哲理警句,只需它的核心观点是超越他人的,哪怕只是局部具有创新性,就是一部有历史意义的论著。唯有此,我们才能获得文学研究的进步。

  这是一部打通中国现当代文学学科界限横跨百年新文学历史的著作,它从宏观、中观和微观三个层面全方位地论证了文学史命名的重要性,以及文学史观在整个治史过程中不可或缺的价值导向问题。

  也许,一部论著切入研究对象的方法很重要,你选择的方法和你切入文学史研究的视角,对你文章的形式与内容的表述有着重要的辅助作用,而表述的形式,包括选取文章的角度、叙述的语言,都会成为一篇漂亮论文的华丽外衣,它让你的著述插上飞翔的翅膀,在得心应手、左右逢源中完美地表达出你的基本观念,使文章在华丽的形式设置中进行充分的论证,从而提升辨析的质量,能够抵达这一境界已经是一篇优秀的论文了。但是,不可否认的是,许许多多论文往往在观念和内容的表述上却陷入一种重蹈前人覆辙的窠臼之中。一部没有创新意识和超越前人思维支撑的著述纵然外在的形式再漂亮,也只是一种"学术喊话"而已。

所以,"如何治史",即以什么样的价值观来书写文学史,才是一部文学史书写最为重要的思想核心元素,它应该既是文章价值的呈现,同时,又一定是深思熟虑后在严密的思维逻辑统摄下爆发的思想火花;它既是思想灵感的闪现,更是长期学术积累过程中点点滴滴思考聚集起来的巨大能量释放,这才是一篇好文章、好著作的要害之处,同时,这也是衡量一部著作优劣最重要的标准。

在形式与内容上兼得的著述世间鲜见,就连那些大思想家都概莫能外,在缜密的逻辑思维的表达中,让思想穿上华丽的外衣几乎是不太可能的事情,因为急于将自己的观点表达清晰,思想家往往首先考虑的是他观点的逻辑震撼力,而并不在乎外衣的光鲜。我并非否定在历史的长河中就没有那种形式和内容完美统一的著作,而是说其在长篇大论的著作中鲜见,因为我说的形式,主要是指偏重于语言和修辞技巧层面的感性思维的介入,这在从事文学理论、文学批评、文学评论和文学史研究那里,形象思维的通道往往会被缜密的逻辑思维阻隔,从这个意义上来说,"理论永远是灰色的"便成为论文、著作的千古宿命。

因此,在一部理论著作中,我们不能苛求作者做到形式与内容最完美的统一与融合,只要能够始终如一地将自己长期思考的核心观念渗透进去，敢于不受外界任何因素的干扰，说出真理性的观念，形成逻辑严谨的表述，这样的学术和学理的表达就是最有效的优秀著述品格，也正是当下中国现当代文学研究最难能可贵的治学品质。

我以为，张福贵先生领衔主编的这部著作，在一定程度上是达到了自觉"如何治史"学术层级的好书。

毋庸置疑，近百年来对于中国新文学入史治史的论争从来就没有停息过，其文学史的命名问题一直在纠缠着许多研究者，以致我们这个学科的命名在不同时期的文化语境中变化无常，让许多研究者无所适从，尤其是在中国现当代文学史的断代问题上的争论由来已久。在近半个世纪的学术争论中，第一个提出"民国文学"概念的是张福贵先生。那是在二十年前，大家虽然也意识到了这个文学史命名的学术性和学理性内涵创新所在，但是，敢于第一个吃螃蟹的人是张福贵先生，他首先切近"历史的真实性"进行深层次的思考，更重要的是他经过大量史料阅读后形成了明确的价值理念，以敏锐的文学史的观察力和洞悉力，从已有的内部研究格局中突围出来，让思想的穿透力贯穿于文学史断代的逻辑烛照中，其文学史的命名和文学史的反思就是因为这样一个思想火花的闪现，最后点燃了许多学者对这一论域的思考与辨析。

说实话，我从张福贵先生那里看到，这个生长点对文学史的重新厘定与改写是一种新的学术路径，也是对一直纠缠不清的中国新文学史内在肌理的重构有着重大意义的，但是，有些话只有等待时机成熟以后才能发生有效的作用，所以我是在沉默了八年后看准了纪念辛亥革命一百周年前夕的契机，踏着张福贵搭建的"学术阶梯"进行了这一领域的研究，正如赵学勇先生在2009年成都召开的中国现代文学年会上所预言的那样,这个论域的研究将是今后十年的热点。历史证明了他的预言是准确的学术理性判断,我们这些步后尘者,都是这个论域里的学术受益者,但是,最后集大成者,也还是张福贵先生带领他的团队完成的,其中,李怡先生等诸多学者在这个领域内做出的贡献也是有目共睹的。

在学术新路径和新思维的发现与感召下,二十年来的研究成果卓越斐然,如何用一种恒定的价值观系统地阐释这一论域具有历史真理性的学术思想,才是这部著作最重要的学术总结贡献所在。

其实,一部著作的要害是其总纲的学术逻辑,只要抓住了它的核心观点,我们就能够理解它的全部,这就是所谓的"纲举目张"之说的重要性所在,所以,我们只要仔细阅读全书的第一章,就可以了解作者的史观与切入的方法了,就可以清楚地看出各章围绕着核心观念所做的从各种角度论证的目的。限于篇幅,在这里,我只想就本书的史观层面论述做出一些学理性和学术性的价值梳理和判断。

一

对史观的"重新确认"是从 20 世纪 80 年代就开始的新文学史价值观重构的核心问题。虽然历经了四十年的学术性和学理性的辨析与辩论,始终没有能够彻底解决中国新文学史的要害与核心问题。这个问题不解决,不仅仅影响着文学史的科研和教学,比如教科书的撰写观念问题、遴选作家作品入史的标准问题、文学思潮和文学现象的判断问题,都会使文学史成为一个没有坐标的紊乱图像,让人找不到北,用一把失准的尺子去盲目地丈量作家作品,我们就无法看见他们的肌理，我们对许多问题的看法就会处于一种"集体失明"的状态。其实，许多有识之士有这方面的思考，如20世纪80年代后，有人提出了"重写文学史"的口号，虽然在实证过程中难免粗狂，有点盛名之下其实难副的意思，但毕竟是对以往文学史观的一种革命性的颠覆。钱理群、陈平原、黄子平先生倡导的"20世纪中国文学"就是从新文学的整体观上来思考文学史重构的问题的。显然，许多学者已经意识到其短暂的现代文学三十年已经不能够适应本学科的研究和教学格局了。

无疑，正是这种危机感促使张福贵们在思考"如何治史"后在学术路径上迈出艰难的一步。"当学术研究中的非学术因素成为一种主导时……急功近利的需求会导致学科之间的不平等和过度量化的评价机制；主体性缺失则会导致学术思想的传统性'失语'和学术道德的当下性'失贞'。"这是这部著作的第一段话，也是其第一章中描述"现代文学"研究"三大症候"的触发点，看似是从外部切入的分析，却是关乎治史者主体价值观建构的大问题。用"失语"和"失贞"来概括这几十年来，甚至是百年来的文学史的书写，大抵是深刻和准确的，用作者的话来说主体性的缺失"也与此领域的价值评价的特殊性有关"。正是许多治史者不能够站在严谨和严肃的历史主义面前说出真相接近真理的根本原因所在。

针对"历史的通俗化与历史的庸俗化"问题，作者给出的答案是"希望通过对历史的深入了解和反思去感受其中的悲怆、屈辱与苍凉"。正是站在新文学"启蒙主义"大纛下的起跑线上，作者提出了治史价值观面临着的三大误区的困扰，我以为这种概括是十分准确的。

"第一，是对皇权意识的欣赏。"这几乎是一个常识性的问题，却让我们许许多多治史者始终无法从这个治史的怪圈中走出来。反封建，即或是反半封建,也是治史者对作家作品和文学思潮不可或缺的价值视点,然而如今成为"盲区""盲点"实在是令人惋惜的事情,文章将其置于价值弊端之首,显然是明察秋毫、颇具新意的"老调重弹",失去了这个"老调",百年新文学就无法书写,作者对所列举的作家作品和文学现象虽然没有进行学理性的归纳,但是熟知文学史的明眼学者是能够心领神会的。

"第二,对黑幕与权谋政治的热衷。"作者虽然是针对当下的文学现象而言,其实就是对百年来的通俗文学、大众文化狂欢中包孕着的意识形态问题提出了诘问,是对文学作品如何抒写历史给出的价值判断和价值标准——历史不应该这样,正隐含着历史应该怎样的价值回答。

"第三,游戏历史的态度。"这正是对20世纪90年代以后所形成的消费文化思潮的反思与批判,虽然只批判了"戏说历史"的文学现象,却是直指中国从前现代、现代跳到"后现代"文化语境中暴露出来的种种弊端给文学史的书写带来的价值困惑,从这个意义上来说,"以市场和消费群体的嗜好及关注热点为历史书写的出发点和审美取向,最终必然导致历史的庸俗化甚至虚假化"。作者能够将批判的触角延伸到当下创作的意识形态之中进行梳理,说明其捕捉历史信息的前瞻性眼光是敏锐的。

在论及"现代文学史写作制约"时,此书提出了三个条件制约的束缚是令人信服的,"体制制约""观念制约"和"知识制约",我只想就其"知识制约"进行一些分析。

无疑,自20世纪80年代中期"方法论"在中国大陆兴起之后,阐释学的新方法漫溢于各个领域,当然也波及了文学史的重构领域,我们不能不说它带来的"重写文学史"热潮是文学史写作的一场革命,但是,它在某种程度上又是在一知半解的方法论中生吞活剥了中国新文学史的重释,这些都与知识结构中的史料准备不足有着千丝万缕的关系,我以为文中所提到的问题至今都是应该引起我们每一个治史者警惕的:"单纯从文学史写作与史料的关系来看,史料学的建构是写史过程。史料是材料,是文学史构件,不是一般的资料。所以文学史料就可以分为两类:进入文学史的史料和没有进入文学史的资料。如果把资料一概作为史料就会遮蔽和误读历史,要想成为史料进入文学史,起码要做到能提升文学史质量。文学史不是思想史,但文学史料要成为思想的材料,而不是从史料到史料。"以我的理解就是——史料就是用来使用的材料,在进入文学史的书写过程之前,它是一堆死的历史"构件",只有治史者在文学史的书写过程中注入了价值观,赋予文学史以"思想",它才有可能"复活",具有生命力,否则它就是一具没有生命体征的"僵尸"。要想文学史真正成为"活着的文学史",我们就必须用具有将真理性的价值观植入文学史写作过程之中的识见与勇气。

在解决了这个问题之后,我们面临的不仅是文学史写作的形式问题,同时也是文学史价值观的选择问题。

二

何为文学史的"典范书写"呢?从作者的反思中我们可以体察到整个文学史在阐释过程中所不可忽略的三个节点问题,即"文学史文本的真实性问题""文学史观的个性化与连续性问题"和"研究者的历史心理问题"。

首先，如何甄别文本真实性的问题已然是横亘在文学史道路上的一只拦路虎，其实作者试图解决的问题是如何清除在既往文学史中已经成为既定史实的那些"伪事实"和"伪文本"问题，从这个意义上来说，"重新对既定文学史的一般事实进行考证，让逻辑服从事实——完成现代文学史的考古学过程，是现代文学研究历来的学术生长点"。在这里须说明的问题是，作者特指的是在历时三十七年的中国"现代文学"范畴的"伪事实"与"伪文本"问题，而以我愚见，它更实用于后七十年文学史的书写过程。"毋庸置疑，无论是历史事实的当事人还是后来的评价者，对于事实都有或多或少的选择性，受各种因素的制约，客观真实性往往会大大降低。所以说，历史文本都是对历史事实的夸大或缩小。这也是一种真实性，但严格说来是一种主观真实性，是被多数文本认定的一种真实。"与许许多多的文学史书写者一样，这种"无可奈何花落去"的治史语境所造成的客观与主观分裂的书写悖论，往往是困扰着治史者不可逾越的思想障碍，作者试图用日本学者那种文本细读的古典阐释学方法，通过"历史事实的考辨"来解决"受制于既定的历史观"困境，这一理想的学术路径虽好，但是我以为仍然无法解决外在的学术前提所带来的根本压力问题。

我十分激赏的是作者提出的"文学史观的个性化与连续性问题"的阐释："在基本历史事实的基础上形成的文学史观必然有其评价的连续性。要揭示过去与今天的同一性、连续性，又要提示过去的独特性与唯一性。历史文本是一部关于历史事件在某种价值体系支配下的'使用说明书'，马克思认为历史不过是追求着自己目的的人的活动而已。"我承认这个给定的历史事实是难以涂改的事实，但是，在时空的坐标中是否还存在着另一个维度的历史认知呢？这就是文学史的时间指向,不仅指向过去与今天,它还指向未来,让文学史永远活下去的理由是其价值观的真理性追求,唯有此,它才有可能不仅仅是文学史的"使用说明书",同时也具有了普遍真理价值的思想内涵,成为可以长久阅读的文学史"圣经"经典。这就是作者给出文学史书写的最佳答案——用英国学者贝特森区分文学史家与批评家的理论,张福贵们认为两者结合在一起才是文学史书写者最好的选择。我十分赞同这样的观点,因为没有批评和批判的视角介入文学史的写作,我们就不可能把具有思想价值的"以史带论""史论结合"的观念方法植入写作过程中,所以,"我以为,文学史家应该集叙述与评价于一身,就'史'与'论'来说,文学史家是必须承担连带责任的"。是的,文学史一俟书写完毕就会成为历史博物馆里的陈列品,历史的功过自有后人评说,那是要经得起历史检验和拷问的;同时,它在进入教科书的传播和研究过程中所带来的影响也是不可小觑的。从这两个角度上来看,文学史家下笔是有千钧重的。

然而,最为重要的还在于"研究者的历史心理问题"如何处理:"因为相当多的文学史写作者往往就是历史本身的参与者,作为当事人,他们更熟知事件的过程,这就为历史事实的真实性提供了更可靠的保障。但是这种历史的恩惠使当下文学史的写作者容易强化历史事实的主观真实性,还难免有对当下文本价值高估的心态。"作者所提出的这种文学史的书写弊端是存在的,那是因为许多文学史的书写者参与了文学史第一次的筛选工作,亦即他们都是当下文学研究和文学批评的参与者,难免会把自己既定的文学批评观念代入文学史的书写过程中,这成为一种历史叙述二次在场的结果,其价值观在没有经历过历史时间考验时的对错概率至多只有百分之五十,这种文学史书写的试错是被允许的,但主要是要依赖书写者以往的文学批评和文学研究成果的真理性含量的高低,其前瞻性的效应决定了它生命力的长度。一般来说,文学研究中的人性价值立场含量越大,其文学史的存活生命力就越强,这个观点在章培恒先生治中国古代文学史的价值观上得到了充分的肯定与贯彻。

从另一个角度来说,文学史构成的主要部件——作家作品才是文学史历史真实性的核心元素,鉴于此,作者提出的如何对待作家作品的文学史取舍原则就显得十分重要了:"对于一般作家和作品来说,随着时间的推移,都将要从文学史文本中淡化或淡出,时间是历史最终的裁判者。所以,无论是历史的当事人(作家和作品),还是历史的评价文本,都必须经历这种时间上的淘洗,都可能成为历史的一个匆匆过客,浩瀚的中国文学史不知已经淹没了多少作家作品。……作为作家,必须有一种最终将被后世文学史文本淡化甚至淘汰的心理准备;作为研究者,也必须意识到自己的研究成果可能面临被否定、被忽视的结果。"这些被作者归纳成"面向自身的历史心理学"问题的确成为文学史书写中的一道风景线,而我所考虑的问题恰恰是作者问题的延展性,即这种"历史心理学"所形成的联动效应却是——历史往往为他们提供了篡改历史真实性的契机。在我们的文学史叙述序列中占比很大的是作者的创作谈、作者自己对历史背景的描述、作者的口述史、作者的回忆录……虽然我们从"他者"(同一时空中的当事人)的口中得到的互证可以作为参照,使之不成为知识考古孤证,但这些应和或抵牾的史料毕竟不能作为信史,虽然我们可能从作者自身的美化与他者诟病的历史撞击中得到辨析,从中获得较为客观的历史真实性,但从模糊了的混沌历史中摸索真相,无疑给治史者平添了许多书写的障碍。

如此说来，我最感兴趣的还是在作者对唐弢文学史观的梳理时所提出的那个"历史结论的永久性与当代性"问题。因为我认为对唐弢先生提出的文学史"永久性"问题的辨析是一个十分有趣的话题，也是具有文学史书写典型意义的学术靶向，论争的空间较大。

"当代文学不宜写史"的论调并非唐弢先生的首先发明，这种沿袭文学必须经受历史的考验的"真理"作为治史的必要前提，已经成为文学史家的一种显在和隐在的共识，即便是张福贵先生也总结出了唐弢先生史观的两点重要意义："第一，承认人的认识（文学史家的历史结论）要有一个逐渐深入和形成的过程，史实评价具有延时、滞后性；第二，'文学史'中的史实评价具有定论的性质，最终应追求共识与一致。"其实，我是非常赞同张福贵先生在前文所阐释的文学史书写者同时也是文学史语境中文学批评的参与者观点的，作为文学史的第一道筛选者，他们即时性的文本批评与评论，本身就是文学史的活动的组成"要件"之一，如我在前文所言，这些批评和评论也许大多数会被文学史的筛子筛掉，但是有真知灼见的、具有前瞻性和真理的"追上时代"的批评和评论，恰恰会成为构成文学史叙述的精彩华章，其文学史书写的"延时性"和"滞后性"并不能够解决文学史家世界观的问题，尤其是那种长期形成的冥顽不化的陈旧世界观介入了文学史的书写中，恰恰是对文学史的最大伤害。这种现象在近百年的文学史书写历史上层出不穷，正是我们应该牢牢记取的历史经验教训。他们对文学史的"定性""定论""定型"所形成的"共识"，阻遏了文学史书写创新开拓的最后通道。在这一点上，作者陷入了一种二律背反的困境之中，他指出"从50年代初开始，唐弢便抱定这样的信念，为了'追上时代'，他积极配合时事政治,努力对一些重大政治事件做出自己的即时反应"。从这个角度来看,唐弢先生不是不要文学史家介入文学史的书写,而是强调他那种文学史观的介入,他自以为只有那样的文学史观才会"永久性"地留在文学史上,历史也证明了这种文学史观是有着较长时间段的生命力的,因为我们的文学制度会让它活得很久,但是,文学史的"永久性"在历史的长河中并非就是几十年或上百年的时间考验,它甚至需要几百年、上千年的历史考验,正如张福贵先生在前文中所说的那样,文学史是一个不断淘汰的过程,随着时间的推移,能够在长时段历史中留存下来的文本是极少的,一个文本能够存活在文学史中一百年已经是了不起的了,许许多多迎合时尚的文本都是昙花一现。那种以降低艺术含量而追逐时尚的文本最后都会被扫进历史的垃圾堆,而且无须分类。

所以,我以为这个当代不能入史的论断是一个伪命题,因为这些文学史的书写者们面对文本的分析没有自信心,也不能在即时性的文学史语境中持守一种恒定真理性的文学史价值立场。历史往往会流进同一条河流之中,文学史家能够保持淡定吗?

我还有一个居心叵测的想法,那些受到当时代追捧和一言九鼎的著名作家、批评家和文学史家,或恐自己的文本与作品会被后来的文学史所淘汰,他们就竭力回护自己的文本在文学史上的地位和重要性,这往往是构成文学史难以删除的核心问题,因为他们的文学史观的实效性仍然在各个不同时期显示出他们的权威性。

三

中国现当代文学的分期与断代一直是我们这个学科长期争论不休的理论问题，显然，它不仅仅是一个学术问题，同时也是人文学科，即囊括文史哲领域里遇到的共同问题——与政治语境有着难以切割的血缘关系。在这里，我只想在学术层面谈一点阅读此书的看法。

以1911年的辛亥革命为界来把中国百年来的文学史切割成"民国文学"和"共和国文学"这两大板块，经过了二十年学术争论，这已然成了人们习以为常的一种断代方式了，其中的许多理由就不必赘述了。但是我必须强调的是：基本按照中国传统的以朝代更迭为文学史断代方法并非沿袭守旧的文学史观念，而是从大的文化格局和文化语境上来看，占着主导地位的封建社会政治所形成的文学秩序与机制仍然延续在这百年的文学中，无论是文学理论、文学批评，还是文学指导思想都有着浓厚的传统文化气息，在文学创作领域，虽然启蒙主义大纛下的"现代性"催生了一批有质量的作品，形成了20世纪20年代的"黄金时期"，但是，也不乏仍然不断沉浸在旧有封建意识中的作品问世。所有这些，我将它归纳在我们百年来的社会结构始终就是在前现代、现代和后现代并置在同一时空中的文学史现象。所以，即使是以政治方式进行文学史的断代也是合情合理的，因为我们百年来的文学思想和文学创作本身就是在政治统摄下完成的历史，即使有超越的地方，也并不占主流地位。这样的观点也是作者在文章阐释的要义——"以政治时代作为标准来对现当代文学进行区分，不仅具有时间的明晰性，而且也适应中国现代历史的发展轨迹，符合中国文学发展的本质规律……文学史划分的基本思想应该是寻找文学与时代关系的因果律"。"中华民国和中华人民共和国的时空存在作为两种文学史的命名,本身就不可回避地包含有政治性因素。"在一个没有完全脱离封建政治文化的语境中,文学的从属地位是不言而喻的,如果一定要强调文学的自律性、自主性和自在性,就像拔着自己的头发上天一样可笑,你的文学作品是无法超越那个时代的统治思想的,这是马克思主义老祖宗留下的遗训。

我们有无数个理由对这两大板块进行切割,此书中对民国文学的阐释已经十分清晰了,退一步来说,"'民国文学'称谓的回避,除了学术理念的原因,也包含有政治上的忌讳"。"虽说可能淡化了文学史自身的特征和规律,但却把握住了中国文学的本质特征。中国文学先天地与政治密不可分,浑然一体,所以以政治时代为分期标准是一种预定的事实存在。"用我的话来说,这是一种戴着镣铐跳舞的文学史书写,如果我们不能跳出这个怪圈,站在一个更高的层次去把控这种文化语境中林林总总的文学思潮、文学现象、文学批评、文学评论和一切文学创作活动,我们的文学史的书写就是失败的书写,因为我们会永久地伫立在这个怪圈和悖论中走不出来。

比如,此书引述了范烟桥在《最近十五年之小说》中将"民元"作为中国文学发展转型的一个重要的节点,这是五四那一代作家和知识分子充满着启蒙意识的理想主义期许:"中华民国建立,于中国历史上为新局面,一切文化,一切思想,俱有甚大之变动。最要之一点,即响时小说,受种种束缚,不能发表其意志与言论。光复后,即无专制之桎梏,文学已任民众尽量发展,无丝毫之干涉与压迫。"甚至连鲁迅都是十分乐观的,他在《两地书》里回忆当时:"觉得中国将来很有希望。"其实大希望带来的是大失望,从鲁迅的小说和杂文中,我们望见的是极度的悲观情绪的笼罩,无须举证鲁迅小说《风波》《故乡》《在酒楼上》《阿Q正传》等作品。也许,我们从大革命失败后的许多知识分子题材小说创作中就可以找到这种对政治大失望后的思想轨迹。就以被称为中国"社会剖析派""左翼代表作家""女性描写的圣手"的茅盾创作为例,他在大革命低潮期的1928年,不仅写了颓废情色的短篇小说集《野蔷薇》,同时也将《幻灭》《动摇》《追求》三个中篇连缀为一个长篇《蚀》三部曲,我一直是把它的次序颠倒过来看的,那才是知识分子心路历程的真实写照。从这个角度来说,此书中具体分析的沈从文的《八骏图》虽然在艺术上略有特色,但从文学史的角度来看,《蚀》三部曲更应该放在文学史的前列,因为作为一个动荡时代的文学样本,《蚀》三部曲和《野蔷薇》更贴近那个时代政治的面貌,更能够反映出革命和启蒙在双重变数时的人物表现出来的普遍心态和本质特征。就像政治上的法国大革命催生了像雨果那样的"浪漫主义作家"一样,那时候的革命和浪漫是与小说创作紧紧相连的,政治不仅是巨大的背景,也是创作的题材,更是一种价值观念的植入。

无疑,此书也不是十全十美的,比如在列举各个时期创作文本的时候,遗漏了一些更加具有典范意义的文学创作文本,显然,这些入史的作家作品与此书的核心观念形成了不够对应和对称的效果,作为一部试图进入经典的文学史理论著述,这是应该注意的问题。

余 论

我赞赏这部著作之余,想到的是另一种写法,那就是把各个时期的四大思潮,即现实主义(包括早期沿袭西方19世纪批判现实主义)、浪漫主义、现代主义和后现代主义在各个时期的不同呈现融入"文学史的命名与文学史观的反思"之中,进行深层次的论述与剖析,或许其学理与学术的含量会更加强大。

2021年6月1日初稿于南大和园

6月2日定稿于南大和园

原载于《文艺争鸣》2021年第10期

现实世界中作家的历史倒影

——《文学法兰西》读札(之一)

这部1987年写就的书籍,直到三十二年后中译本才面世,所以至今我才知道在启蒙主义到大革命前后,法国产生了被认为的所谓"公共作家"一说。窃以为,作为"知识分子作家"一词倒是可以纳入法国的文学文化历史,虽然也有学者认为这一词是出自俄国。但是,因为那个发生在法国19世纪末的著名德雷福斯案件中,广大的知识分子群体出来为之辩护,其中最具轰动效应的是著名作家左拉在《震旦报》用标题向法兰西总统发出了最有力吼声《我控诉》之檄文,由此而形成的世界性知识分子的分化,而一批作家坚定地站在左拉一边,尽管左拉本人因判刑和罚款被迫逃往英国。契诃夫发出了一个代表着俄罗斯作家良知的心声"世间尚有公理存在",学者们将其作为现代"知识分子"的开端是理所当然的,如果再冠以"公共作家"的名头也未尝不可。它应该沿袭"知识分子作家"的称谓,原因就是倘若没有知识分子,尤其是没有作家的参与的"公共事件",可能就不会有如此震撼效应的后果。这个作家介入法律和政治的案件只有在法国出现,因为他们建立了一种无形的法国文学文化中"公共作家"的机制,他们用自己的作品证明给世界看:作家介入社会政治生活,抒写出来的重大题材作品是名垂千古的世界一流佳作，当然其中最具价值的元素当然是人性和真理的持守。

　　从时间的维度上来说，也就是在福楼拜的写作时代，作家的写作尚处在一种"个人写作"或"私人订制"的文学文化语境之中，是通过伏尔泰这个"过渡时代"哲学家兼作家的准知识分子的书写阐释，才使法国开始有了真正意义上的"公共作家"。一个国家把统治思想定位于文学文化，用"先贤祠"的方式方法遴选民族英雄，看起来是一个十分令人捧腹的罗曼蒂克举止，然而其中的文化内涵却是独树一帜的——经过大革命洗礼的法兰西非但没有像俄罗斯那样走向沙皇专制，却是更加以一个自由女神的姿态独于世界之林。具有幽默揶揄意味的是，在美国独立一百周年纪念日的时候，法国著名雕塑家奥古斯塔·巴托尔迪历经十年雕成的"自由女神像"由美国总统克利夫兰在纽约揭幕，名义上是纪念独立战争中的美法联盟，而在骨子里彰显出的却是两种革命不同的结果，法国人更崇尚浪漫理想的自由，尽管充满着乌托邦式的幻想，但是他们认这个。因此，克拉克在第一章"定位文学文化"中开头就援引了格特鲁德·斯泰因说的话："但他们所做的是尊重艺术和文学，如果你是作家你就享有特权……拥有特权感觉不错。"当然还有弗朗索瓦·努里西耶所的："法国作家在巴黎公众生活中所享有的至高无上的特权，在世界别的地方是看不到的。"他们宁愿把政治家关在笼子里，也不把文学家关在笼子里，那会造成一个什么样的后果呢？

　　与中国式的文学教育相反，法国是一个将文学教育置于民族文化最重要的组成部分，文学布满他们教科书的蓝色天空，这就使得他们的思维方式更趋于感性的元素，这种传统的利弊究竟在哪里呢？

仔细思量，如果用"公共作家"介入社会政治的标准来衡量各国作家作品史，仿佛都可以以此来界定本国文学史中作家的分类，中国更是如此，只不过情形更加复杂罢了，有些作品不是浪漫，而是孟浪了。

探讨这个话题十分有趣，它立马就让我联想到百年来经过五四新文化运动洗礼过的中国作家的两种身份认同问题，即那种潜在的"个人写作"，我就干脆命名为"个体作家"，他们与"公共作家"之间的差异性，甚至相互之间在文学史中此起彼伏的矛盾纠葛曲线图，就会浮现在我的眼前。显然这也是新文学史不被觉察的暗隅所在，研究他们的特征，有益于梳理出两类作家作品在主题表现上的差异性，也才可以看出其在整个政治社会史中各自不同的反应。更重要的是，在人类阅读史上，这两者之间的优劣随着时间推移逐渐显现出来的后果，则是文学创作的一种重要的参考值。

作为"一种文化的诞生"，克拉克认为"20 世纪的公共作家就是知识分子"，而知识分子作家所承担的社会责任应该是什么呢？这似乎是一个文学的外部问题，但它又的的确确是一种文化诞生时文学所起着的重要催化作用的命题，我虽然不完全同意普利西拉·帕克赫斯特·弗格森 1990 年在这本著作平版序《再读〈文学法兰西〉》（以下引文均出自《文学法兰西——一种文化的诞生》[美]普利西拉·帕克赫斯特·克拉克著，施清婧译，译林出版社，2019 年 1 月第 1 版）中对文化历史断代划分的观点，但是文化身份"这种意识在一个面临剧变和断裂的时代显得尤为重要。在民族主义思想仍然暧昧不清的当下，本书将为读者展示文化实践如何支撑民族身份"。从这意义上来说，本书所列举的伟大作家，无论是启蒙时代，还是法国大革命前后，直至 20 世纪文学家的所作所为，以及他们作品的思想内涵都是有益于我们从中汲取文学和文化营养的思想土壤。所以我试图选取书中所涉及的伏尔泰、巴尔扎克、雨果、左拉、萨特等作家为主要参照对象,从法国启蒙时期至20世纪的作家作品中找到中国作家的某些历史变形的倒影,以期获得一种警醒。

近几年,法国政治历史学家托克维尔的政治著述《旧制度与大革命》和《美国的民主》引发了中国学界广泛探讨法国大革命的强烈政治兴趣。殊不知,这个历史学家对法国政治文化的预言是与许许多多同时代作家的政治介入有密切关联的。我并不想把法国大革命与之前所发生的以独立战争为标志的美国革命相比较,做出一个谁优谁劣的政治性判断,而是想从法国大革命前前后后的政治历史背景中发掘出当时作家的思想状态,换言之,就是给那些世界级的著名作家进行一个肖像描写,我将这种思想肖像的寻觅叫作"作家坐标"的定位,或许我的这种定位并不一定精确,但是,它有益于对我们在鉴别中找到自己的历史倒影,寻觅到一个作家必须坚守的思想道德底线。

不可否认,中国作家与法国作家一样,除了在特殊时期外,在某种程度上,"灵魂工程师"的称号也受到社会格外的尊重。因为在传统经典的文化词典里,政治非但不是一个贬义词,相反是一个褒义词,与法兰西共和国相同的是:"在法国文学文化史上,与文学家的抱负相对应的是政治家们的文学抱负。"文学家与政治家的身份互通才是一个知识分子生存的最高理想境界,这在19世纪的法国不仅是一种无形的法典,而且成了一种信仰。文学就是"象征性资本",旧时代是为贵族服务的,新时代是为政治服务的。所以在文学创作领域里,既有渴望进入政治领域的作家,像夏多布里昂当上了外交大臣,像伏尔泰、雨果和萨特在法国政治圈内都享有特殊的崇高地位。反之,又有渴望进入文学殿堂的政治家，比如拿破仑这样的大皇帝也想进入文学的殿堂，展示一下自己的生花妙笔，甚至拿破仑三世希望自己的凯撒传记能够进入神圣的文学殿堂都被否决的历史事实。这些便充分证明了法国人对文学崇拜已经到了无以复加的地步，这在世界上任何国家都是一件不可思议的事情，难怪我们在浩瀚的世界文学长廊中总是看到法国作家不断灵光闪现的巨著诞生。

中国也是一个尊重文学和文学作家的国度，无论入世还是出世，都是一种介入政治的姿态，一个文以载道的大国，文学为政治服务是一种历史传统，政教合一、文教合一，是一种无形的文化规约。总的来说，文学必须与政治保持着亲密联系。所不同的是，我们文学与政治的关系并非像法国那样是平等的，他们甚至是把文学凌驾于政治之上，究其原因，他们是把文学当作一种国家和民族的信仰来对待的，无论是知识分子还是王宫贵族，都对文学采取一种仰视敬畏的神圣眼光，而中国的文人和统治者更多是把她作为一种工具来使用的。我们不能说法国作家就没有功利心，但是他们对文学的热爱是建立在一种个体信仰之上，而形成了国家民族的"集体无意识"，无疑，这种信仰促使他们对文学制度的彻底改变——启蒙时代以后出现的"公共作家"就是文学介入与承担政治义务的最好见证。从"过渡时代"伏尔泰的现代阐释，到老巴尔扎克人间喜剧的表白，到雨果悲剧的诞生，再到左拉式的"我控诉"和萨特对政治的强烈介入，我们看到的是文学在法兰西文学文化史上华丽而辉煌的表现，他们从文学外部攻入了人们精神上的巴士底监狱，让文学翱翔在自由的天空中，他们认为这才是文学本质的体现。

在中国，自五四启蒙主义的"小说革命"试图让文学承担起政治的使命后,俨然区分出两大阵营。用克拉克的标准来看,以鲁迅为代表的"为人生而艺术"的"严肃文学"队伍成为20世纪中国"公共作家"的群体。而与之相对的"为艺术而人生"的"创造社"群体,虽然抒写了许多"私小说",却仍然是以一个"公共作家"的身份介入现实社会政治生活,其发声的本质特征是与鲁迅作家群体一致的。显然,以晚清以来的"鸳鸯蝴蝶派"的创作为群体的"通俗文学"是真正属于那种"个体作家"的"私小说",很快就被"公共作家"打入了"另册"之中(我个人认为这种"私小说"带有极大的后现代性,原因就是它符合消费文化的铁律,艺术性并不是很高,却拥有大量的阅读群体)。然而,值得注意的是,原为"公共作家"群体里分裂出了另一支"私人订制"的文学流派价值观却始终贯穿于中国20世纪和21世纪的当下文学之中,这就是以周作人为代表的"美文",从废名、沈从文、汪曾祺等,到"京派"作家,都是如此。当然也包括这一流派延伸于小说创作中的审美价值观,显然也是两种截然不同的写作方式,而他们的作品却能够与鲁迅为代表的"公共作家"作品并存于世,并同样能够得到更多作家和批评家的青睐,且收获了更广大的读者群。这种现象也许在法国不一定会出现,它在中国文坛上成为一种特殊现象,当然自有它的道理。还有,我们当然也不能忽略介于这两种写作形态之间,或曰兼得"公共作家"和"个体作家"写作状态的作家,两副笔墨打天下的作家也是不在少数的。

一个世纪以来,因袭沉重负荷的中国文学,让作家们在许许多多的文学运动中吃尽了苦头,让他们怀疑鲁迅那样的"公共作家"姿态是难以走向远方的。所以,当时阿英喊出的那句响亮的口号"死去了的阿Q时代!"便回响在许多中国式的"公共作家"内心深处。然而,一百年过去了，阿Q非但没有死去，他却继续活在中国人的生活里，屹立不倒。这就使得中国作家介入政治采用了另一种曲笔的方式，这显然与法国的"公共作家"的表现方法有着巨大的区别，因为法兰西作家无需顾虑文学带来的政治后果。但是不可否认的是，中国的"公共作家"从秉笔直书到曲折隐晦的表达也逐渐成为一种写作风格。

作家逐渐对政治失去了兴趣。于是，远离政治，回到文学的私人订制中，成为许多中国作家们梦寐以求的写作风格。"公共作家"的写作付出的成本太大，让阿Q式的作家去承担吧。在这样的文化语境里，"个体写作"才是回到文学本质的论调占据了上风，具体表现为放弃重大题材的书写，躲进个人一隅的心理世界中成为创作时尚（需要声明的是：我并不反对作家回到个人内心世界之中，甚至我以为这种写作也是文学巨著的一种形态）。于是，20世纪80年代中国文学强烈的诉求就是要从政治的藩篱中挣脱出来，所以"向内转"的形式主义美学便风起云涌，从而促成了"先锋文学"的崛起，而这种文学的样式为什么又会在中国文坛上成为昙花一现的奇葩呢？这是应该引起我们深入思考的问题，我并不是说"现代主义"的作品不好，它对文学艺术的贡献也是有目共睹的。问题是，文学是无法离开"外部世界"的，因为这个"外部世界"的种概念是社会，而政治只是其中属概念的一项而已。所以，克拉克认为，"法国文学文化要求作家做得更多：要把文学运用到外部世界中去。对作家能够超越自身世界、超越审美的要求，最终促成了像伏尔泰、雨果、萨特这类'公共'作家的社会地位，因为他们把文学领域的私事变成了文化、社会等领域的公事。这些作家是公共形象，这实际上也是一种文化现象。和别人不同的是，他们从自己的时代出发，一方面代表了这个时代，另一方面又向着同时代的人们发声"。相比之下,似乎也不尽然是与中国作家发声部位的差异性所致的政治诉求失效,而是我们无法树立起一个作家在公共场域里的"公共形象",关键问题就是作家躲避的恰恰就是那种"公共作家"崇高的职责、义务和担当,当然主客观上的双重压抑,让我们失去了成为一个称职的"公共作家"的可能性。

我们只有哀叹鲁迅式的中国"公共作家"正如同我在三十年前分析的《废都》主人公庄之蝶那样,在"文化休克"的状态之中失去了"自主呼吸"的清醒意识。

法国作家真的太特别了。他们与美国作家的区别就在于,他们往往是从关注人类的感性认识入手,去发现人性之美,就像本书中描写的那个生活细节一样,美国人约翰·亚当斯1780年从巴黎写给妻子的信中说他"很想再次漫步凡尔赛,细细品味它的美丽,但可惜他没有时间:'我们的国家真正需要的不是艺术……我必须钻研政治和战争'"。这显然与用文学艺术来影响并统摄政治的法国人的浪漫野心是背道而驰的。

"法国文学诉说着一个国家的理想和壮志。毫无疑问,每样文学作品都会缅怀过去,而每位作家都会仰望前人。在法国,各种文学机构使文学充满了历史感,也在今天重塑了过去。"这样的情形在任何国度里都是一个无法实现的春秋大梦,而浪漫的法国人做到了。

好吧,法国人的浪漫请继续,他们才不在意别人是仰望还是蔑视"文学法兰西"呢。

原载于《小说评论》2021年第6期

飘然思不群

——李章斌诗歌研究刍议

在我的博士群里,诗歌研究者寡,而留校任教的却有三人,傅元峰、李章斌和李倩冉,占比百分之百,他们都是南京大学中国新文学研究中心诗歌研究的核心成员。

章斌是一个十分刻苦的人,但书生气中却裹挟着一种铁肩担道义的人性品格,在大是大非面前表现出一种无畏的慷慨,而这种血性成就了他的诗歌研究中的批判精神。从另一个角度来说,他对诗歌研究与创作的热情却又表现出那种"绕指柔"的风格,显然,这就是"何意百炼钢,化为绕指柔"演化而至的"刚柔相济"诗风,作为一个诗评诗论者,又是诗歌创作实践者,用老杜《春日忆李白》的"飘然思不群"来形容和勉励李章斌的人生行状,应该是一个合适的词句罢。

首先,章斌对"九叶诗人"的研究是有突破性进展的。

章斌在读硕士期间研究的是穆旦诗歌,读博后,我第一次与他谈及研究方向的时候,就建议他把研究范围扩大到整个"九叶诗群",对于这个已经被学界研究得较为深入的诗人群体,想开创出新的研究成果出来是不容易的。但是,在他艰苦卓绝的爬梳和潜心研究后,交出了一份令人满意的答卷。

章斌在他的博士论文中充分利用他就读历史学本科时积累的历史、文献学视野和方法，同时又结合了他在美国深造时了解到的一些西方学界的理论与方法，比如将文本细读与修辞学的研究方法融进了自己的研究之中，所以他的研究方法体现出比较鲜明的个性特色。他的博士论文获得了台湾第三届思源人文社会科学博士论文奖唯一文学类首奖，旋即由台湾政治大学出版社出版。他通过对相关历史语境的考察，将"九叶诗人"作品通过文献学介入，发掘其诗学贡献所包含的本土性与历史性，避免将其简单地当作西方现代主义诗学的移植和模仿；在此基础上重新审视"九叶诗人"的诗学探索的意义，并进一步重构其在新诗历史上的地位。尤其是关于隐喻的研究是他的一大特色，他充分地利用了西方修辞学和语义学的理论手段，并结合了诗人创作的历史语境，有效地分析隐喻修辞在现代诗创作中的核心地位，并重新审视和批判了现代汉语诗学关于比喻的一些流行陈见。尤其是他深刻地意识到，隐喻的创造在现代诗歌的语言更新过程中所扮演的关键角色，而且还用版本考证的方式非常细致地分析了诗人一步步建构和修改隐喻的过程，比如，穆旦如何修改《被围者》这首名作就是一个有趣的例证，他还从中觉察到穆旦的某些微妙的历史意识。此外，他试图重新梳理并发展过去的隐喻理论，比如过去曾经影响颇大的袁可嘉的相关理论，对其内在理论和不足予以辨析，并指出，隐喻不是简单的"什么像什么的"一种修辞，其中还涉及词语范畴的转移、感觉形式的创新等面向。这有助于学界重新认识隐喻修辞在新诗发展史上的重要意义，并为新诗语言研究开创了一种文献学和修辞学、语义学相结合的研究方法。

　　在对于"九叶诗人"的研究中，穆旦研究自然是重中之重。在《重审穆旦诗中"我"的现代性与永恒性》这篇文章中,针对过去对穆旦以及其他20世纪40年代现代诗人的研究过度地依赖并"求同"于西方现代主义诗学的弊病,他认为要把穆旦诗学重新放回到历史中考察。在对于穆旦诗歌抒情主体("我")这个曾经引起很多学者关注的问题的研究中,他发现,穆旦诗中破碎的、分裂的自我表达,这些看似"先锋"的诗学特征,实际上深刻地与古希腊哲学、基督教思想联系在一起,它们并不仅是一种"现代主义"式的表达,也体现出超越于时间的"永恒性",而且深刻地与穆旦所处的历史语境相互呼应,他的"现代性"必须放在"历史性"的语境下理解。实际上,这篇文章想纠正在穆旦研究中根深蒂固的"现代主义执迷"和"现代性迷思",就是那种一味地把现代性当作一种价值标准,把中国诗人往西方现代主义诗学比附的倾向。从他的研究中,可以看到一种艾略特所谓的"历史意识":"历史的意识(historical sense)又含有一种领悟,不但要理解过去的过去性(pastness),而且也理解过去的现存性(presence),历史的意识不但迫使人写作时有他自己那一代的背景,而且还要感到从荷马以来整个欧洲文学和本国的文学有一个共时性的(simultaneous)存在,组成一个共时性的秩序。这个历史意识是对于永恒的意识,也是对于暂时的意识,而且是对于永恒和暂时合起来的意识,正是这种意识使一个作家进入传统。"这种历史意识用中国的话来说,就是"常"与"变"的关系,作为批评家,不能一味讲"变",也要知"常",对于已有的伟大作品有通透的了解,并在此基础上来评判当下的写作。

其次,章斌对新诗韵律研究的贡献也是有目共睹的。

章斌对于新诗节奏问题的研究,虽然看似是最近十年才开始发力的,其实早在他就读本科与硕士期间,就对此问题感兴趣,他的硕士论文开题报告有不少内容其实也是指涉这一领域的。在完成了关于"九叶诗人"的一系列论文后,他很快就重新回头来做有关新诗节奏的研究。最近十年,他一连发表了十余篇相关论文,也出版了一本专著,目前正在完成一项新诗节奏研究方面的国家社科项目。他选择这个研究课题,显然有着不小的学术野心。看得出来,他试图重建整个现代诗歌节奏的理论体系和分析方法,力图在这个领域里进行一场范式革命。

既然要变革范式,那么首先对已有的范式进行重新审视和评估是不可缺少的一环。章斌最开始的节奏研究工作便是重新思考民国时期的几种节奏理论,尤其是闻一多等"新月派"诗人、批评家的新诗"格律"理论。在他看来,自闻一多以来对"格律"的认识和定义其实很大程度上是受西方音韵学的刺激而产生的,它要求有相同/相近时长(duration)的节奏单位(如"顿"、"音尺"等)的整齐排列。如果用这种"格律"观来看,中国古代诗歌中的律诗(近体)和古诗(古体)都可算作"格律"(meter),因为都有"顿"/"音步"的整齐排列。这一条理论脉络影响了新月派以降的众多试图重建新诗"格律"的诗人的写作,比如闻一多、朱湘、卞之琳、何其芳、林庚、吴兴华等,甚至当代也有不少诗人写这种"豆腐块体"或者"水泥柱体",就是每行字数一样或者大体相近的诗体。当然,从理论上来说,闻一多、卞之琳等那种讲究"音尺""顿"的整齐安排的"新格律体"可以算是"格律",甚至林庚所提倡的"半逗律"也是格律,因为它同样主张每行有相近时长的节奏单位,尤其是以字数为基准考虑节奏的安排(如"九言诗")。这实际上是闻一多主张的一种变体,因此可称之为"家族相似"。但是,李章斌一反过去对于这种格律的肯定态度,针锋相对地提出,这一类"格律"并没有达到它们所设想的节奏效果,因为最后呈现给读者的只是每行字数相同或相近的豆腐块诗歌而已,其内部以"意群"为标准划分的节奏单位并没有诗律学上的效果,只是一种语义划分而已,任何句子都可以划成这么一些"音尺"或者"顿"的组合。在他看来,由于现代汉语本身的语法的约束,加上灵活多变的节奏和语气,很难把语言规整成古代诗歌那样的整齐的顿逗停歇。实际上,"时长"原则的崩溃是20世纪整个现代诗歌(包括英法语诗歌)的一大趋势。因此,他提出,新诗的韵律探索不应该聚焦于这一类"有名无实"的节奏,应该关注一些更有效的节奏模式("非格律韵律"),也就是不以时长相近作为节奏基础的那些韵律,实际上这是韵律模式的一次根本性的变革。

长期以来,由于新诗的激进变革摧毁了过去的格律形式,新诗的理论与写作一直处于一种缺乏形式的"合法性焦虑"中,因此现代诗律探讨都聚焦于格律的建设,对"自由诗"的韵律很少体系性的建设。章斌意识到,人们对"节奏"的认识都仅仅局限于格律,觉得只有通过格律营造的整齐的节奏才叫"节奏"或者"韵律",而自由诗由于不讲求格律,自然被有意无意地当作与韵律无关。所以,在"新月派"以及此后的不少理论家那里,"格律"与"韵律"(节奏)经常被当作同义词,甚至还等同于"形式"。如果做这样的等同,自由诗当然就与"韵律"无关了,所以其节奏形式建设长期被忽视也在所难免。可见,五四以来的中国韵律学,有一个很大的问题就是把诗歌节奏问题做"小"了,有点作茧自缚,把问题讨论局限在抽离出来的声响模式上,而忘记了作为诗歌整体之一部分的、活生生的诗歌节奏(当然也有例外)。因此,在最近几年,李章斌开始构思怎么样去研究这些变动不居的、活生生的节奏方式。

虽然，对于新诗声音或者节奏的这些非"规整"性的面向，近二十年也出现过一些研究，其中有不少对当代诗歌的"声音""语气""呼吸节奏"的分析也颇有新意。但是就耳目所及，不少研究流于表层的感觉和心理体验，没有把它和过去的节奏理论联系或者对比起来，很多分析流于诗歌的"神韵"或者脉络的主观感受，很少能以可靠的细节分析和理论体系为支撑。相对而言，章斌在理论建构时更为谨慎，文本细节的分析也尽量做到"步步为营"，不随意发挥。相对于前人的相关研究，他的突破在于把节奏分为不同的层次，即表示语言元素的一般分布特征的广义节奏概念，和表示语言元素分布之规律性的狭义节奏概念（即韵律），还有表示一种成熟、稳定的韵律规范体系的"格律"概念，他把这三者的关系用一个分为三级的金字塔来图示。只有这样清晰地区分节奏概念的层次，更新过去一些重要的节奏理论，不仅彰显其缺陷，也进一步建设、发展其观点。比如他讨论胡适著名的"自然音节论"的文章就给我留下很深的印象。在章斌看来，胡适关注的节奏自然不自然的问题，主要是在第一层次的节奏概念上运作的（即广义的节奏概念），但胡适的问题在于，他也由此较为极端地否定了传统诗学在第二、三层次的系统建构。而他在《谈新诗》文中谈到的"双声叠韵""内部组织"诸问题，却必须在第二层次的节奏概念上才能够解释清楚（而他却忽略了这个层面），即如何实现节奏的规律性上面。章斌不再拘泥于以所谓"音步"营造规律，而从各种语言要素的重复出发，形成形态各异的"非格律韵律"，胡适所提倡的诸种现象和基本理念都可以在这个框架内得到解释。

章斌那篇曾经获得"唐弢奖"一致好评的文章《重审卞之琳诗歌与诗论中的节奏问题》也是这个理论视角下的产物。他发现，卞之琳虽然被视作"格律诗"的代表之一,但是却又同时有不少自由体创作,而且其节奏理论也颇有不少有别于过去的格律理论的观念,他从这些"蛛丝马迹"出发,一步步梳理卞之琳节奏理论中的不同层次,从"格律"到"韵律"再到"广义的节奏",抽丝剥茧地挖掘出卞之琳的创作中以重复和对称为原则的种种韵律结构,并进一步探讨了更为微妙的一些分行、标点与节奏的关系,尤其是对《入梦》中的分行、《无题二》中标点的分析极为细致入微,能够深入作品脉络的内部来思考节奏问题,而不是抽离出来机械地讨论。他从中意识到,节奏并非"一个"单一本质的现象,而是"一群"现象。对此,李松睿指出:"李章斌的贡献在于,他虽然认为卞之琳的诗论存在着种种问题,但他发现卞之琳的诗歌创作超越了其理论言说,娴熟地运用诸如对称、重复、分行、标点等形式手段,创造出朗朗上口、富有韵律的优秀诗作。由此出发,李章斌认为可以从卞之琳的创作实践出发,重新总结和反思有关格律、节奏、韵律的经验。这篇论文一方面勾连着中国新诗的创作实践,另一方面则延伸到对理论问题的深入探讨,堪称新诗形式研究的重要收获。"

在学界,解志熙教授较早关注李章斌韵律研究的重要价值,他指出李章斌的理论贡献在于:一是有力地纠正了过去论者对"格律"和"韵律"混沌不分的迷思,从理论上清晰地区分了诗歌语言节奏的三个层次——节奏、韵律和格律,确认"节奏是所有语言都有的特点,而在诗歌文体的发展中,以语言的鲜活节奏为基础,逐渐形成了一些较为明晰的韵律手段(比如某种节奏段落的重复、韵的使用,此即韵律),再往后则进一步形成更为稳定、约定俗成的格律体系(处于金字塔的顶端,也是最广为人知的模式,此即格律)"(《重审卞之琳诗歌与诗论中的节奏问题》),并揭示了韵律的哲学—美学基础——"实际上,从哲学上来说，大多数有'规律'或者'结构'的东西，往往包含着某些重复的（或者同一性的）因素，否则便难以成为规律和结构。因此，我们将'韵律'（rhythm & prosody）定义为语言元素在时间上的有规律的重复"，进而主张从"从同一性与差异性的辩证关系来看待新诗韵律的种种结构与现象"（《胡适与新诗节奏问题的再思考》）。就我所知，这是迄今为止比较切合实际也比较辨正通达的见解。的确，诗歌语言没有同一性的重复便不可能有韵律，但一味地追求同一性的重复，则格律化的韵律也会趋于僵化刻板，所以又有差异性以为补救。二是突破了过去论者以整齐的格律作为诗歌唯一韵律标准的误解，强调其他语言修辞手段如复沓、对称、分行、标点等节奏手段，也可以形成诗的韵律。这就将自由体新诗也纳入诗歌韵律的分析范畴里，祛除了所谓自由诗没有韵律的惯常误解和偏见。三是理论思考总是配合着具体细致的诗歌文本分析，比如对卞之琳自由诗的韵律节奏成就之分析，就非常精彩，很有说服力。

最后，当代诗歌批评。

最近几年以来，李章斌也开始在当代诗歌批评领域发出声音，与前面两个领域的那种学术性较强的研究有所区别的是，当代诗歌批评是一个与现时创作联系更为紧密的领域。李章斌本人写诗，也是当代诗歌写作的涉入者之一，显然也试图对当下诗歌的走向与问题有自己的判断。比如最近的一篇讨论张枣和当代诗歌的"语言神话"的文章就颇值得注意。他认为，当代先锋诗歌一直对于"语言本体"有着很深的执迷，张枣就是代表之一，这种执迷既是对政治与历史的一种"回避"，但本身也带有一种"政治性"。李章斌深入到张枣创作的内部理路里去，发掘张枣自身的写作困境和"突围"的意图，他从中认识到，语言的创造并不是一个仅仅依靠对自我的挖掘就能完成的事情,让语言时时处于与生活、社会的张力关系中是必要的。实际上,这也是在试图超越20世纪八九十年代先锋诗歌那种"纯诗"诗学。而在《成为他人——朱朱与当代诗歌的写作伦理和语言意识问题》这篇文章中,他提出,从"朦胧诗"开始的当代诗歌写作中有着一种根深蒂固的"自我中心主义",虽然这在过去确实是强有力的写作主体意识,但是在伦理维度上却是颇成问题的,因此,他在朱朱等诗人身上发现可贵的写作伦理,即"成为他人",这不仅是一个抽象的道德"立场"的变化,也是具体的写作方法的更新,对于过去那种以自我为中心的抒情诗而言无疑是一种超越。可见,他对当下诗歌写作的发展是有自己敏锐的感知和判断的。

从章斌的诗歌研究中,我不仅得到了一种新的研究范式的启迪,更重要的是,我深深地体味到在这个领域里摸爬滚打的艰辛。做一个研究者不易,而持守一种恒定的价值观更不容易。

章斌未来的路还很长,我希望能够看到他飘然思不群、超越立于世的辉煌之时。

原载于《南方文坛》2022年第1期

在朦胧的艺术边界里寻觅艺术的感觉

朋友李舫寄来她的三本书籍，一本是刚刚出炉的"大散文"集《大春秋》，另两本是《魔鬼的契约》和《风笛中的城堡——爱丁堡纪行》。引起我极大兴趣的是后两本，那是因为我最近几年也一直在关注西方绘画史。特别是《魔鬼的契约》一书，当我一口气读完，便发现这本书本身就是一部将理性与感性熔为一炉的著述，其写法正是我多年来一直主张拿下高头讲章学术面具的随笔文体。所以，自己也就有了想展开一场与"魔鬼"对话的欲望。

李舫是文艺学博士，对中外文学理论有所专攻，然而，让我惊讶的是，她对西方绘画艺术，尤其是对现代主义绘画艺术有着深刻的研究。我这里用"深刻"二字，并非说她对西方绘画技法和理论的深刻剖析，而是说她在面对现代主义绘画艺术时能够用自己敏锐的观察力迅速作出艺术判断，而这个判断是建立在一个绘画观赏者独特的视角之中。这就让我意识到一个艺术鉴赏的重要问题：当你面对一幅画面的时候，你读出了什么，远比你看到什么更为重要；也就是说，你悟出了多少画面背后的内容，这也许比你看到画面表层线条、色彩和光影所产生的即时性愉悦更能产生"深刻"的记忆——因为那是一个观赏者调动自己全部生活经验，用第三只眼激发出来的艺术观察。或许这就是李舫从理性到感性、再从感性到理性的艺术鉴赏二度循环过程吧。从这个意义上来说，把这本学术随笔当作一部简明现代主义艺术解读来看也是可以的，它既是深奥的现代主义艺术理论深入浅出的解析，又是大众观赏阅读的指南。当然，从我个人的阅读兴趣来说，我更喜欢此书中那些从现代主义绘画艺术与古典主义、浪漫主义绘画特征的对读，从中看到一个观赏者的独特眼光。

其实，当《魔鬼的契约》的封面设计把那行白色的副标题"现代主义的病态艺术及心理特征"嵌进主题的意象表达中的时候，就抽绎出了这部随笔的深刻批判内涵。但是，作者是站在一个鉴赏者的角度，从读画的领悟中去分析现代主义绘画艺术深入骨髓的表现内涵，去除烦琐的注释和理性论证的逻辑链，直接贴近感性认知的艺术表达，用散文的笔法去阐释她的理念——本书扉页上用作"书引"的那句保罗·克利的话，"这个世界变得越令人害怕，艺术就变得越加抽象"，就是全文的注脚。

是的，工业文明和信息文明时代给人带来了暗流涌动的心理冲击，那么，现代主义艺术的本质究竟在哪里——"从波德莱尔和塞尚开始，现代主义以反和谐的无限力量把艺术品塑造成它自己的对立物，从而产生一种痛苦与沉思，理解艺术品对我们所说的话就成为一种自我遭际，艺术便是生活，人人的生活，其中充满了各种可能的状态。在复杂的过去和荒凉的未来之间，艺术提供了一种新的现实，造就了一个个永恒的开始和一个个持久的回忆"。每一个时代都会创造出属于自己时代特征的艺术，同样，每一个时代和每一个人在鉴赏历史绘画时都会产生与众不同的感受，它并不具有普遍的共性，这就是艺术不断延展扩散的魔力所在，正如肯尼斯·克拉克在《观看绘画》的导言一开头就说的那样:"毫无疑问,观看绘画的方法有多种,但其中没有所谓正确的方法。过去那些留下绘画见解的艺术家,从列奥纳多·达·芬奇到丢勒、普桑,从雷诺兹到德拉克洛瓦,经常为自己的偏好给出理由。但是,对在世的艺术家来说,他们则不一定都会认同这些理由。伟大的批评家也一样,无论是瓦萨里或洛马佐,罗斯金或波德莱尔。"也正是这种差异性的阅读,才是一件艺术品永恒生命力所在。否则,一部不能在不同时代里反复出现并不断被新的阐释所提及,即便是一直沉浸在肯定和否定悖论中的作品,也不能说是伟大的作品。

在现代主义绘画艺术之中,作者对各种画派的作家作品进行了分析,如雷诺阿、塞尚、毕加索、博乔尼、巴拉、马里内蒂、阿波利奈尔、恩斯特、夏加尔、契里柯、瓦托、高更、莫奈、格列柯、梵·高、康定斯基、布莱森、达利、贾科梅蒂等。窃以为,其中分析得最好的绘画是以下几幅。

对瓦托新印象主义点彩画法风格的《发舟西苔岛》的分析,是通过16世纪乔尔乔内创立的"交响乐式的绘画"到鲁本斯"田园游乐"的绘画特征分析,概括了风景画历史承袭的脉络,同时也呈现出强大的人文内涵的背景——"取材于波德莱尔那部著名的充满魔幻意味的诗篇《西苔岛之游》"。

与克拉克对绘画艺术分析特征不同的是,克拉克注重的是绘画技术层面的剖析,李舫却是注重对绘画背后的人文精神的揭示。从这个角度来说,我更偏向于李舫的阐释方法。但是,值得注意的是,两者相同之处就是将绘画分析引入对相同风格的文学作品中,进行珠联璧合式的耦合,克拉克在许多著名画家的作品中总是将它们与华兹华斯的文学风格紧紧联系起来进行分析。无独有偶,在对瓦托绘画的分析中,李舫也提到了"人的激情与自然的美丽而永久的形态结合起来"的文学精神。这暗合了华兹华斯"原始人性"的三重含义。

无疑,现代主义绘画显然与古典主义、浪漫主义绘画有着明显的不同。进入大工业时代以后,现代性思维进入了画家的大脑,他们把这些哲思融进了绘画风格之中。所以,李舫捕捉住了后印象主义绘画巨匠保罗·高更的巨幅绘画直射出来的哲思。于是,《我们从哪里来？我们是谁？我们向何处去？》本是取自宗教的道德训诫,但在这里得到了画家面对新世纪的哲学阐释,成为人类重新思考自我存在意义的哲学命题,从视觉艺术转换而来的思想冲击力,在某种程度上,超越了以往绘画艺术间接表达的含蓄功能,形成更能直接打动人心的艺术效果。同样在高更的另一幅著名的绘画《两个塔西提岛女人》的分析中,作者运用艺术的通感进行阐释,画家是以新颖的色彩在"用嘶哑的声音来歌唱",金色的肌肤和肉体的芳香并非高更表现的绘画本质,所以,李舫才用"像丧钟的声响"一样的色彩来评价高更画作里的生命哲学意义——"画面中的诞生、生活、死亡只是人类生命的三个片段"。

我注意到在对印象主义绘画的晦涩难懂的辨析当中,李舫用了一个语词,即印象派必须遵守的原则:"恰当的暗示。"唯有此,才能满足"观赏者必须知道怎样观赏"这一前提而使其进入大众视野之中。这就打破了克拉克所阈定的现代主义绘画的广义和狭义的悖论,让其获得更多的受众。正如他在《何为杰作》中把毕加索艰涩难懂的《女人和吉他》和一开始就遭艺术界诟病的低俗作品《格尔尼卡》进行比较:如果说《女人和吉他》是高级的狭义杰作的话,"那么《格尔尼卡》则可以称作我在这里试着使用的广义的杰作。它不仅仅是高超绘画技术的展现,而且是一种深刻而预见性经验的记录"。这就是李舫所说的,要让观众在欣赏印象主义画作时，领悟到"真正优秀的艺术，其本质永远领先于生活"的真谛。

在对梵·高作品的分析中，作者对其"激情冲击下的扭曲风景"的艺术阐释，用优美的语言对画面进行了散文诗式的抒情透视，使其画面逐渐清晰起来，更使其思想内涵从充盈着模糊意识的《干草堆》《夕阳下的柳树》《黄色的麦田》《向日葵》，以及《星月夜》感性视觉中突围出来，抵达"面对世界的人的深思"之处。

当然，李舫在展示爱德华·蒙克在1893年绘制的版画《呐喊》时，让我又一次激情澎湃地体验到对鲁迅小说集《呐喊》回音的沉思。我们虽然绝对不能肯定鲁迅作品受了蒙克画作的启发、鲁迅热爱版画是受了这幅画的影响，但是仅凭下意识，我们就可以从画面中得到"这个时代的心理特征"的心灵回应，正如文中所言："艺术家永远是他那个时代的精神秘密的代言人。蒙克用他的画笔把一些熟视无睹的东西变成了现代人心中的象征性风景。"鲁迅不就是在新文化和新文学发轫期将这种现代性勾兑成了一种悲剧的人间风景，写成了举世瞩目的名为《呐喊》的小说集吗？这样的风景画为什么具有永恒的生命力呢？不言而喻，其所散发出的人文内涵是一切艺术的底色。当年也有许多人看不懂鲁迅《呐喊》中的许多作品，但是随着时间的沉淀，我们就愈发领悟出了其中的奥秘，找到了解析现代社会的钥匙。这是克拉克所说的广义杰作的力量显现呢，还是长期的生活经验的历史积累呢？

因此，在绘画艺术的"原始人性"的阐释中，我们望见的应该是艺术的彼岸。

原载于《文艺报》2022年5月9日

为了不能相忘于江湖的笑声

小 引

庄子曰:"泉涸,鱼相与处于陆,相呴以湿,相濡以沫。不如相忘于江湖。与其誉尧而非桀也,不如两忘而化其道。"作为一个江湖中人,我最不屑庄子的这种故作高深的玄学,因为他轻轻地抹去了人生中最柔软,也是最坚硬的那个人性的驻留。

这些年,我的师辈、我的同辈,甚至我的晚辈同仁与友人都一个个逐渐离我而去。在悲痛与思念之余,总想写下一点文字,以寄托我的哀思,可是最想写的东西却不能写出来,这才是最大的悲哀。最遗憾的是,我最熟悉的老师董健先生去世时,许多报纸、杂志约请我写一篇纪念文字,我提出了两个条件:字数在一万字以上;内容不能做伤筋动骨的删除。前者连南方的一个著名报纸都没有答应,后者是许多刊物都万万不能答应的。其实,我想写出一个经历了两个大动荡时代学人灵魂深处的真情实感来,写出那个活生生的、没有脱离

"低级趣味"、内心既充满着自信,却又天真幼稚的真人。我甚至征求了董晓的意见,我文中会写到董先生的私生活,董晓毫不犹豫爽快地说:照写不误!然而,几年过去了,我的腹稿打了一遍又一遍,却无从下笔,倘若我违心地写一篇肤浅的纪念文字,那是对逝者的不敬,也是对历史的亵渎。因为,我并不想以相忘于江湖的绝情了断我与逝者永远的精神依偎。

这次,那个叫我"小老弟"的吴周文先生去世了,北京和广东的散文研究大家王兆胜与陈剑晖先生约我写一篇纪念吴周文先生的文字。作为一个曾经在扬州师院读书时的晚辈学生,同时也是与我在学术生涯中过从甚密的性情中人,更是对我的所谓散文随笔创作进行细读研耕的评论老将,吴周文也是我无法相忘于江湖的先生。

他的病故是突然的,那一天,张王飞先生电话中告诉我,吴周文先生住院了,我们商量抽空去一趟扬州探望;过了几天,得知他已安然无恙出院了,心中不免庆幸;又过了几天,突然传来他瞬间离世的噩耗,莫名惊诧之余,不免黯然神伤起来。

与吴周文先生相识已近半个世纪了,那是我在扬州师院上学时就久闻大名的杨朔散文研究专家,虽然他并没有直接任过我的课,但也是学生时代仰慕的老师。当然,后来我对杨朔散文在文学史地位上的评价发生了很大变化,然而,这并不影响我后来与吴先生友情的进一步发展。

20世纪70年代的一日上午,在寂静无声的图书馆里,我这个逃现代汉语课的顽主正在聚精会神地读着冈察洛夫的《奥勃洛摩夫》。

虽然讨厌作家花了冗长的篇幅去描写地主奥勃洛摩夫在床上迟迟不起的细节,但是,他让我突然想起了阿Q,地主和农民不是一个阶级,然而,两个不同国别的作家揭示的国民性和民族劣根性难道不是相同的吗?一个奇怪的念头让我想起了一个伟人说过的那句并不引人注意的话来:地主阶级思想就是代表整个农民阶级的思想。于是,这种危险的思考让我徘徊彷徨于难解的困惑之中。

此时,一个精神矍铄的中年人轻声走到我的对面,打断了我的思考,他拿着一本书静静地坐在我的对面读起来,我却不自然起来了,你想,一个陌生的老师坐在你的对面,那是一种无法对话的尴尬,我欲逃之夭夭,则又不敢冒昧,显出不敬。这时,他打破了尴尬的寂静:同学,你是哪个年级哪个班的?我如实告知后,他说:我叫吴周文,是写作教研室的老师,我立马起身,表示敬意。他挥挥手,让我坐下,又补了一句:你有什么问题,可以来找我。于是,我开始如坐针毡,佯装看书,却一个字都无法入脑。

好不容易挨到了图书馆下班的铃声响起,我恭恭敬敬向刚刚认识的吴周文老师道别,飞也似的逃离了图书馆阅览室。从此以后,偶然在图书馆里碰上吴周文先生,我也绕道而行,并不敢直视先生的目光。他与图书馆里的几个男男女女管理员都很熟,经常站在高高的借书柜台边与那个面容像卡西莫多似的长者聊天,恰恰那个姓金的老头也是我所尊敬的长者,因为我十分惊讶地发现,每借一本书,他都能介绍出这本书的主要内容,真是神了。后来我也将这个右派分子写进了《先生素描》之中,再后来,吴周文先生专门在一篇文章中纠正了我对他身世的误传,可见吴先生对他更加了解和佩服。扬州师院图书馆成为我与吴先生相识的起锚地,虽然有点尴尬与别扭,却也难忘。

20世纪70年代的扬州城并不大,出门便可遇见熟人,比如在一举粉碎"四人帮"后,我在新华书店门前购买新印刷的《唐诗三百首》的长长队伍里,一眼就瞟见了吴先生精神抖擞的面容。听到他爽朗的笑声,便有了一种读书人的亲近。在曾华鹏先生的客厅里也曾遇到过吴先生在那里高谈阔论的笑声,便又有了一种同道者的愉悦。

他虽然不是那种浓眉大眼的帅哥,但那炯炯有神的眼睛却让人过目不忘,眼睛不大,但一到激情时,便瞪得圆大,放出咄咄逼人的光来。也许正是他特别的眼神和他滔滔不绝的精彩演讲,招来了许多听他课的学生,记得前一届毕业生中的一个南通籍系花就是他的粉丝,在我们这届学生中广为流传。

1983年结婚后,我住在师院筒子楼的一号楼里,每天中午到教工食堂去打饭,便会经常碰见吴周文老师,在排队间隙,我们常常聊学术选题问题,引得众人侧目相看。1979年我在《文学评论》杂志第5期上发表了第一篇《论峻青短篇小说的艺术风格》论文后,恰好,吴周文先生在1980年第1期《文学评论》杂志上发表了那篇著名的论朱自清散文的评论文章,因此我们就有了更多的聊天话题。

吴老师在他的随笔《品读三位老弟》中直接称呼我是"小老弟",他大我近一轮,十一岁的年龄差,是一个称呼尴尬的辈分,在我心目中,我是将他看作老师的,所以我对他的称谓一直是"吴老师",如今他已驾鹤仙去,也是我《先生素描》里的人物了,所以我改称他为"先生",以示景仰。

我算是那个年代运气好的年轻学人,但在师长面前从未有过一丝僭越和骄傲的行为,因为是这个学校滋养了我,是这些老师孜孜以求的学术追求精神,感染鞭策着我不断前行。吴周文先生虽未直接任过我的课,但是他的刻苦精神也是激励我不敢懈怠的动力。作为长者前辈,他滔滔不绝地说出他近期的散文研究的学术规划,让我佩服之至,触发了我不得不思考自己对未来学术研究的整体规划。

1984年,我在人民文学出版社随叶子铭先生参加《茅盾全集》的编纂工作,整天埋头在朝内大街166号那栋楼房的书桌上做校对工作。一日,吴周文先生来京拜访朱自清的夫人陈竹隐,恰好住在那个十分简陋寒酸的人民文学出版社招待所里。他乡遇故知,分外亲切。他是平生第一次进京,于是,我陪着他去天安门、去逛王府井大街、去小西天电影资料馆观看内部电影。离京前,我俩相约去拜望《文学评论》的陈骏涛先生,因为陈先生是我俩共同的责编。

那是一个燠热的夏日。陈骏涛先生在距他家不远的一个小酒馆里请我们用餐。每人一大杯一升装的冰镇扎啤,我们边饮边聊。吴周文先生时而向陈骏涛先生请教选题的事宜,恭敬谦和有加;时而滔滔不绝陈述着自己论题的写作计划。啤酒加灌肠,很是尽兴,那是我在那个年代醉翁之意不在酒的一次畅饮畅叙。虽然是在首都的路边小酒馆,微醺让我这个冷眼旁观聊天的晚辈,心也不禁热了起来。时间过去了三十八年,那一顿畅饮的扎啤味道还久久地在我的舌尖味蕾上萦绕。

1988年底,我终于走完了客居扬州十四年的历史,回到了家乡南京。"十年一觉扬州梦"的小杜式感慨,则让许多世人忘却了下一句的含义。我道是,此一句是我人生驿站面对时间年轮的难忘江湖。而徐凝的"天下三分明月夜,二分无赖是扬州"的意境却更能解释我离扬而去的心情,开始我以为"无赖"是"无奈"的误植,后来才知道此词乃有通假之意,便释然了。不过,繁华的大唐时代,文人骚客在扬州留下的多为男女情缘的眷恋,"萧娘""桃叶"便是徐诗中的主题,而我留下的扬州眷恋却是江湖师友不相忘的义气情缘。

本以为我与吴周文先生的交往会在我离开扬州后慢慢淡化,孰料,他的七七届几个写散文和搞散文评论的铁杆门生,却将我与吴先生的关系纽带越系越紧了,其中张王飞和林道立先生为最,他俩是吴周文先生散文研究的长期合作者,历时四十多年之久,师生之谊情深意笃,恰恰他俩又是我四十年的故交同事。

每每回到扬州,有时他们就把吴周文先生请来一起吃早茶,共进午餐或晚餐,于是,便又开始聆听到了吴先生的高谈阔论和爽朗笑声,这让我想起了钱钟书在《说笑》中的两段话:"笑是最流动、最迅速的表情,从眼睛里泛到口角边。""笑的确可以说是人面上的电光,眼睛忽然增添了明亮,唇吻间闪烁着牙齿的光芒。"用这两段话来形容吴周文先生的笑声,是再恰当不过的了,熟悉他的朋友只要一听到他的笑声,就可以看到他在电光闪烁下的面孔,而那道电光就来自于他那双有点夸张的炯炯有神的眼神。用钱钟书引用"天为之笑"的典故,总结成"真是绝顶聪明的想象"的"闪电",是对吴周文先生讲课聊天时神情的绝佳描写,这是在许许多多学术讨论会上得以验证的真谛。在扬州、在南京、在北京、在广州……吴周文先生的笑声撒落在全国各地的山川大海和江河湖泊中,但并不是我在少年时代看到的那本从《地下的笑声》中发出的幼稚拙劣的笑声,因为吴先生是真诚爽朗、发自肺腑的地上的笑声。然而,用"唇吻间闪烁着牙齿的光芒"来形容吴先生间或开启的口腔,显然就不合适了,因为长期抽烟的缘故,唇吻间闪出的是并无光泽且稀松的黄黑色牙齿。

吴周文先生倒是喜欢在席间随性喝上几盅的,虽然不胜酒力,但喝个一二两助兴,却是非常高兴的。啜饮之后,他的笑声更爽,谈性更浓,烟瘾更大,此时此刻,他喜欢谈文坛的花絮与掌故,听花边新闻和小道消息。微醺之时,便更喜欢将三字名字的晚辈去掉一个姓字,让学生们感到亲近和亲切,而像我这样姓名只有二字者,他也就从同志改为先生了,我一再强调自己是晚辈学生,您直呼其名更为亲切。

未曾想到的是,这四年来,他竟然专门研读我的散文随笔起来了,这让我诚惶诚恐,甚至不敢阅读,一是因为他是我的师长,作序可以,写评论却折煞我也;二是我写散文随笔皆是出于好玩,用另一种形式抒发性情而已,尤其是纾解胸中之块垒,做曲笔的游戏,一旦被人揭开画皮,终究有些尴尬;三是自认为写就的散文随笔资质品位有限,均为博朋友同道一哂之文,孰料吴先生如此认真研读,真让我无地自容。2019年初,他在《文艺报》上发表了《先生"风骨"的敬仰与褒扬——评论丁帆的〈先生素描〉》一文,我不敢同意他对我文字的褒扬,因为我不配,但他最后一段的鞭策却切中我意:"他将'先生们'的生平事迹缩小在'素描'的叙述框架里,以求'传略'或'小史'的艺术概括;将对先生们的学理认知作为品鉴的放大镜,以求人格品藻理性穿透力的深刻;用智慧的修辞和感念的诗情,自由、洒脱地进行梦呓般的'随笔',以求自我形式创造的高度自由。在丁帆,信手码字,手由心来,什么范式、什么陈规、什么戒律都约束不了他。极度的随意与太多的自由,便成为其'素描'文体最显著的特征。"去除其中的溢美之词,我以为吴老师对我写作初衷所要表达的内容和形式概括是十分准确的,虽然我还没有达到他所期望的高度,但我深深地铭记了先生的期待,斯人已逝,笑声尚在,作为座右铭,这段话我谨记了。

同年,他又发表了《品味三位老弟》的随笔。紧接着,在2021年的

《当代文坛》杂志第 1 期上发表了长篇论文《学者散文与"中国问题"言说的先锋姿态——以丁帆、王尧为讨论中心》，其实，吴先生是以此为论述的切口，充分表达了一个前辈知识分子对五四启蒙精神的再次呼唤。同年发表在《江苏社会科学》上的长文《丁帆"学者随笔"论》，也是如此这般地强调启蒙精神，使我感动不已。其中对我随笔写作的概括，呈现出的是一个师者敏锐的洞察力，二次启蒙和知识分子的精神休克的点位抓得十分准确，让我不得不佩服先生作为一个知识分子的良知守护，知音和同道让我欣慰不已，尤其是最后一段，在他离去之后，成为激励我不断前行的力量源泉，一句成为"一个直立行走的大写的人"让我们醍醐灌顶。

2020 年 5 月 23 日是吴先生八十岁寿辰，那正是我刚刚在五天前走完六十八个岁月的生日纪念。张王飞先生约我一起去扬州给吴先生祝寿，可当时正值一个博士答辩会议走不开，错过了此次聚会的机缘，不过我让王飞捎去了一副祝寿对联：文移北斗成天象，月捧南山作寿杯。那天晚上，除了张王飞外，还有王慧骐、林道立、蒋亚林诸兄，他们举着我写的对联放了视频给我看，那时，我多么想去敬吴先生一杯寿酒啊，可惜不能将至。散文家王慧骐兄特地写了一篇散文，以作纪念，谁知此文竟然成为我们聚首的永诀之文。

斯人驾鹤西去，他留在我们心间爽朗的笑声，却在阴阳两隔的空间里久久回荡。

原载于《粤港澳大湾区文学评论》2023 年第 2 期